A POTEM PRZYSZŁA
WIOSNA

Agnieszka Olejnik

A POTEM PRZYSZŁA
WIOSNA

Redaktor prowadząca: Magdalena Genow-Jopek

Redakcja: Malwina Błażejczak

Korekta: Magdalena Owczarzak

Projekt typograficzny i łamanie: Barbara Adamczyk

Projekt okładki i strony tytułowej: Kalina Możdżyńska

Fotografia na okładce: www.depositphotos.com/massonforstock

ISBN 978-83-7976-333-7

CZWARTA STRONA

Grupa Wydawnictwa Poznańskiego sp. z o.o.

ul. Fredry 8, 61-701 Poznań

tel.: 61 853-99-10

fax: 61 853-80-75

redakcja@czwartastrona.pl

www.czwartastrona.pl

Mrok

Październik

Mrok gęstniał z minuty na minutę, noc zapadała zdecydowanie zbyt szybko jak na tę porę roku. Nigdy nie lubiłam jeździć po mieście o zmierzchu – na kilkanaście minut stawałam się wtedy zupełnie ślepa.

Znowu musiałam się zatrzymać. Cholera, nie mam czasu na korki. Niech ktoś rozpędzi to pieprzone zbiegowisko. Stoją i się gapią. Po chwili dał się słyszeć sygnał karetki, potem w lusterku wstecznym zauważyłam kogut policji. A więc to wypadek. Super, lepiej być nie mogło. Wybrałam numer Niny.

– Ninka, stoję w korku, kurwa, nie zdążę.

– Nie ma opcji. Musisz.

– Ale nie zdążę, słyszysz?! Wypadek był. Co mam zrobić, przefrunąć? Wjechać w zwłoki?

– Dobra, dzwonię do nich, może przesuną nagranie, o ile będzie wolne studio. Gdzieś ty była do tej pory?

– No gdzie byłam! Zdjęcia się przedłużyły, kręciliśmy chyba tysiąc dubli.

– Pogadamy później – ucięła. – Jedź jak najszybciej.

Samochód przede mną ruszył i powlókł się kilkanaście metrów. Miałam ochotę wyć.

Wpadłam do radia z wypiekami na policzkach. Zapomniałam, czego właściwie ma dotyczyć ta rozmowa. Dziennikarz kilka razy nerwowo przełknął ślinę, na szyi wystąpiły mu czerwone plamy. Przypominał mi jakiegoś ptaka, może indyka. Zanim mikrofony zaczęły rejestrować, rzucił jeszcze mięsem raz i drugi. Dopiero potem był w stanie naciągnąć na twarz uprzejmy grymas.

Udając wyluzowanych, oboje jednocześnie nabraliśmy powietrza.

– Witamy w studiu Polę Gajdę.

Uśmiech, bo wtedy mam bardziej aksamitny głos. Nie przełykać głośno, nie cmoknąć, nie sapać. Dobrze.

– Pani Polu, proszę zaspokoić ciekawość naszych słuchaczy: co czeka nas w nowym sezonie *Wakacji za barem*? Czy Monika wreszcie się zakocha?

Uwielbiałam takie pytania. Dziennikarz wiedział doskonale, że nie wolno mi zdradzić ani słowa ze scenariusza na nowy sezon – już pomijając fakt, że znałam tylko dwa pierwsze odcinki, więc i tak niewiele mogłabym powiedzieć. Lawirowałam, mówiłam o głupstwach, uśmiechałam się, bo ten głos. Musiałam brzmieć ciepło, seksownie, musiałam wytrzymać. Jeszcze kilka pytań: o plany, o stylistkę, którą zmieniłam, o wakacje na Sycylii i zgubione sześć kilogramów. Czy mam anoreksję? Nie, oczywiście że nie, uwielbiam jeść! Dużo ćwiczę. Jest cudownie, czuję się świetnie w swoim nowym ciele. Składam się teraz z samych mięśni. Zdrowie i pozytywna energia.

W oczach redaktora widziałam, że mi nie wierzy. On doskonale wiedział, że wieczorem nie będę w stanie przełknąć ani kęsa.

Po nagraniu byłam umówiona z trenerem, ćwiczyłam aż do mdłości. Kiedy wreszcie dotarłam do domu, moje ruchy były spowolnione, jakby oblepiała mnie jakaś gęsta substancja. Wsunęłam klucz do zamka. Ucieszyłam się, że Grzegorza jeszcze nie ma, chciałam poprawić makijaż, odświeżyć się i przygotować coś seksownego na kolację. Wzięłam szybki prysznic, musnęłam lekko perfumami płatki uszu, założyłam jedwabną koszulkę. Błękitną. Plastry mozzarelli ułożyłam na półmisku z pomidorami i bazylią, skropiłam oliwą; pokroiłam bagietkę w skośne kromki. Do tego szynka zwinięta w ruloniki, ozdobiona oliwkami. Wino na stole. Przetarłam kieliszki. Byłam gotowa.

Obudził mnie zgrzyt klucza w zamku. Świece, które zapaliłam do kolacji, dawno się wypaliły. Grzegorz wszedł do pokoju, nie włączając światła. Widziałam jego sylwetkę w niebieskawej poświacie telewizora.

– Gdzie byłeś? – zapytałam.

– Siłownia, potem impreza u Oskara. Wiesz, tego producenta. Kroi się nowa rola.

Szczerze mówiąc, nie pamiętałam żadnego Oskara. Miałam gdzieś Oskara. Liczyłam na to, że zwyczajnie zjemy kolację. To znaczy, że ty zjesz, kochanie, a ja będę patrzeć na twoje wargi. Na twój podbródek. Na twoje dłonie, kiedy unosisz widelec do ust, na ciebie. Bo jestem w tobie zakochana i tylko ciebie jestem głodna.

Pamiętałam taki wakacyjny dzień, kiedy próbowaliśmy z Pawłem, moim pierwszym chłopakiem, łapać słońce w dłonie. Leżeliśmy na ciepłym piasku i obejmowaliśmy ognistą kulę; między palcami robiło się wtedy pomarańczowo i nie wiedzieć czemu myślałam, że dokładnie tak musi widzieć świat dziecko w łonie matki. Szczerze mówiąc, nie miałam pojęcia, czy taki maluch cokolwiek widzi. Ale ten kolor krył w sobie jakąś pierwotną siłę i coś na kształt wspomnienia z tych pierwszych, najwcześniejszych chwil.

Przypomniało mi się to, kiedy rankiem jechałam na zdjęcia i znów stałam w korku. Słońce raziło mnie w oczy, a kiedy zasłoniłam je dłonią, żeby nie marszczyć czoła, ujrzałam ten sam kolor. Ciało od środka. Życie. Początek.

Sześć razy powtarzaliśmy ujęcie z pocałunkiem. Karol musiał jeść poprzedniego dnia coś z czosnkiem, bo jego oddech był trudny do zniesienia. Wreszcie udało nam się zrobić wszystko tak, jak chciał reżyser. Ja znudzona, on napalony. „Dobrze. Teraz widzę, że jej pragniesz". Pierdu, pierdu. Jeszcze raz, z innej kamery. I jeszcze. Kawa. Scena śmierci starego Józefa. Rozpłakałam się dopiero przy trzecim podejściu, zupełnie nie mogłam się skupić. Kilkakrotnie wybuchałam nerwowym śmiechem, więc reżyser zaklął raz i drugi. Karol szepnął mi do ucha, że podobno moja postać ma umrzeć. Nie będę już potrzebna, pora rozejrzeć się za nową rolą. Sratatata. Bez Moniki ten serial nie będzie miał sensu. Nie mogą mnie uśmiercić.

Późnym popołudniem kosmetyczka, masaż, solarium i pływalnia. Cięłam ramionami wodę z takim zapałem, jakby moje życie zależało od tego, ile długości basenu zdołam przepłynąć. Sześć, osiem, dwanaście. Dosłownie czułam, jak tkanka tłuszczowa na moich udach rozpuszcza się i znika. Razem z nią ulatywał ze mnie smutek (właściwie dlaczego byłam smutna?) i stres, niewiarygodny, krępujący ruchy. Taki, od którego nie można było w pełni ruszać głową ani nabrać powietrza.

Po pływaniu nie chciało mi się układać włosów. I tak wyglądałam fatalnie, trochę rozmazał mi się makijaż. Było już ciemno, nikt mnie nie powinien zobaczyć. Podsuszyłam tylko splątane kędziory i pobiegłam na parking. Zanim dopadłam do auta, zorientowałam się, że to był błąd. W oczy błysnął mi flesz, raz i drugi.

– Spieprzaj! – wykrzyczałam. – Daj mi święty spokój!

Cholerny paparazzo, znowu mnie znalazł. Znałam go, rozpoznałam – skórzana kurtka, czerwony motocykl, spod kasku wystawały długie jasne włosy zebrane w kucyk. Gdyby nie potężna sylwetka, można by pomyśleć, że to kobieta. Nienawidziłam tej gnidy. W ubiegłym miesiącu sfilmował nas na zakupach, kiedy pokłóciliśmy się o kolor koszuli czy jakiś tam krawat. Potem cała Polska mogła zobaczyć moje łzy, bo rozbeczałam się, kiedy mój mężczyzna nazwał mnie małomiasteczkową pindą.

Kiedy dotarłam pod dom, już z parkingu dostrzegłam ciemne okna. Grzegorza znowu nie było. Pewnie Oskar, impreza, siłownia czy co tam jeszcze. Ze zdziwieniem odkryłam, że mam to gdzieś. Chciałam tylko paść na łóżko i zasnąć. I nie obudzić się już nigdy.

Spałam niespokojnie. Kiedy otworzyłam oczy, nie potrafiłam sobie przypomnieć snu, ale doskonale pamiętałam smutek, który w nim przeżywałam. Czy to nie dziwne, że we śnie czujemy tak samo prawdziwie, jak na jawie?

Kiedyś śniło mi się, że bardzo kocham jakiegoś nie-istniejącego faceta. Rano pamiętałam tylko jego płową czuprynę, jasne oczy oraz niewyobrażalną miłość, czu-łość i ogrom szczęścia, bo on także mnie kochał. Przez cały dzień byłam wtedy chora z tęsknoty. Wieczorem upiłam się cierpkim czerwonym winem, od którego drę-twiały mi wargi. Przygryzałam je prawie do krwi. Może po to, żeby choć trochę pocierpieć fizycznie, bo ból ciała wydawał mi się łatwiejszy do zniesienia niż ból duszy. Byłam wtedy sama po rozstaniu z Jakubem, to był po-czątek mojej kariery, siedziałam w pustym mieszkanku odziedziczonym po ciotce i tęskniłam za wyimaginowa-nym mężczyzną. Po tej butelczynie, ale jeszcze zanim strasznie rozbolała mnie głowa, wytłumaczyłam sobie, że wielka miłość to właśnie złudzenie. Człowiek, któ-rego się kocha, jest zawsze takim sennym marzeniem. W pewnym momencie się budzimy i jeszcze przez chwi-lę tęsknimy za widziadłem, bo było takie ładne, nawet jeśli nieprawdziwe. Ale w końcu dochodzimy do siebie. Jawa zawsze zwycięży.

Dlaczego przypomniało mi się to właśnie teraz?

Spałam za długo, więc wszystko musiałam potem robić w pośpiechu. Zarzuciłam na siebie dres, niedba-le przeczesałam włosy, związałam je w luźny węzeł na karku. Coś mi się nie podobało w spojrzeniach ludzi. W piekarni, kiedy poszłam po bułki dla Grześka. I na malutkim targowisku, gdzie jak zwykle kupiłam świe-że warzywa na koktajl. Coś mi się bardzo nie podoba-ło, te oczy były niedobre, w niektórych dostrzegłam źle skrywaną satysfakcję, w innych – jawne współczucie. Aż tak źle wyglądałam? Fryzura? Miałam plamę na tyłku albo liść na głowie? A może cholerny paparazzo zdążył już gdzieś opchnąć moje zdjęcia?

Przy stoisku ze swojskim mięsiwem mignęła mi twarz mężczyzny, którego ostatnio widywałam w różnych miejscach. Albo może tylko mi się wydawało. Żyłam w takim pośpiechu, że sama już nie wiedziałam, co zdarzyło się naprawdę, a o czym tylko pomyślałam. Ten facet miał specyficzną fryzurę, niesymetryczną, jakby zaczesywał sobie wszystkie włosy na jedną stronę twarzy. Na początku sądziłam, że to jeden z cholernych krwiopijców, i spodziewałam się, że lada moment wyciągnie zza pazuchy aparat albo telefon. Ale nie, zawsze tylko patrzył. Teraz też.

Wróciłam do domu, kilkanaście ruchów szczotką, pianka i grube wałki na włosy, potem przygotowałam śniadanie. Grzegorz wrócił nad ranem; wiedziałam, że zaraz wstanie, bo przecież zwykle szykował się do wyjścia jeszcze dłużej niż ja.

Po przebudzeniu skierował się prosto do łazienki. Nie do kuchni, do swojej kobiety, czyli do mnie, żeby objąć mnie w pasie, tak jak robił to w reklamie pewnej kawy, której nie dało się pić, bo smakowała jak płynne gówno. Zamiast tego wszedł pod prysznic i przez kilka minut polewał się wodą. Kiedyś lubiłam mu przeszkadzać podczas kąpieli, wślizgiwałam się do kabiny i kochaliśmy się powoli. Teraz rzadko mieliśmy na to czas. Wszystko się zmieniło, ja grałam w *Wakacjach za barem* i w *Niewidzialnej*, on dostał rolę w *Gliniarzu*, do tego reklamy, talk-show, imprezy promocyjne, oboje żyliśmy

13

w biegu, a jeśli już mieliśmy chwilę, to więcej czasu spędzaliśmy patrząc w lustro niż na siebie nawzajem. Żal mi było tych pierwszych miesięcy. Byliśmy zakochani, pełni zapału, wiary, ambitni i bardzo, bardzo naiwni. Teraz została z tego tylko miłość, ale była jakaś... Szukałam przymiotnika. Chora? Rachityczna? Chyba raczej zmęczona, odpowiedziałam samej sobie. Nasza miłość znalazła się na skraju wyczerpania. Potrzebowaliśmy wakacji. Od pracy, od szalonego tempa takiego życia i od tego, kim się staliśmy.

Kiedy Grzegorz usiadł naprzeciwko mnie przy stole, dopijałam właśnie koktajl z zielonych warzyw.

– Chyba wczoraj zabalowałeś – zauważyłam. – Masz podpuchnięte oczy.

Zerwał się i prędko poszedł do kuchni po żelową maseczkę, która zawsze chłodziła się w lodówce. Wrócił do stołu, posmarował bułkę masłem i białym serkiem light, nalał kawy, a potem nałożył kompres i jadł tak, z tymi śmiesznymi niebieskimi poduszkami na oczach. Wyglądało to komicznie, ale zdołałam tylko o tym pomyśleć, nie uśmiechnęłam się. Właściwie dlaczego nie miałam siły się uśmiechnąć?

– Gdzie byłeś?

– Ksawery zaprosił nas po zdjęciach.

Ksawery to projektant mody. Ważna szyszka w naszym świecie. Powinnam była zapytać, dokąd poszli: do domu czy do lokalu. Bo jeśli do domu, to jak mieszka taki wielki projektant? Musiał mieć odjechaną, dizajnerską chatę. Jeszcze niedawno by mnie to interesowało, żałowałabym, że nie poszłam tam razem z nimi, a tymczasem siedziałam przy stole, popijając jadowicie zieloną jarzynową berbeluchę, i nie miałam ochoty pytać o nic. Jedyne, czego naprawdę w tym momencie pragnęłam, to położyć się skulona jak embrion na naszym wielkim łóżku i żeby Grzesiek położył się przy mnie. Żeby mnie objął bardzo, bardzo ciasno. Tylko tyle.

Tymczasem podniosłam się, odstawiłam szklankę do zmywarki, po czym poszłam do łazienki i mocno wyszorowałam zęby. Pomyślałam, że piję za dużo kawy, nie podobał mi się odcień mojego szkliwa. Może powinnam całkiem odstawić kawę i przerzucić się na wodę. Ewentualnie świeży sok z owoców. Tak, to byłoby dobre. Zastąpiłoby posiłek.

Nałożyłam makijaż, a potem długo zastanawiałam się nad wyborem ciuchów. Ostatecznie zdecydowałam się na popielatą sukienkę z czerwonym wężem wzdłuż bocznego szwu. Dostałam ją od Mony Lux po talk-show, w którym chwaliłam projekty z jej wiosennej kolekcji. Była śliczna. Sukienka, nie Mona. Zdjęłam wałki, ułożyłam włosy. Czerwona szminka, srebrne kolczyki w kształcie łez. Może jeszcze cieniutka srebrna bransoletka. Stanęłam bokiem, wciągnęłam brzuch. Nie, nie musiałam tego robić. Już nie. Czasy, kiedy musiałam, odeszły na zawsze. Teraz byłam szczupła. Już nigdy nie będę grała ról wiejskich dziewcząt szukających pracy w wielkim mieście. Stanęłam na wadze tylko dla przyjemności, bo doskonale wiedziałam, że ważę czterdzieści osiem kilo. Przyjemność była tym większa, że wyświetliły się cyfry 4 i 7. Świetnie. Jeśli jeszcze wyeliminuję kawę, a zastąpię ją sokami, to oprócz idealnej sylwetki będę miała idealne zęby.

Wróciłam do pokoju, by zajrzeć do kalendarza. Musiałam wygospodarować czas na wybielanie, może w przy-

szłym tygodniu. Niewykonalne? Zobaczmy. W poniedziałek zdjęcia, nagranie w telewizji, potem wywiad dla
„Gwiazdy". Wtorek – zdjęcia, siłownia, basen, spotkanie
z Moną. To ostatnie najchętniej bym wykreśliła, bo nie
lubię tej napuszonej małpy, ale zdawałam sobie sprawę,
że tego się nie da zrobić, Mona była zbyt ważna w śro-
dowisku. Środa – zdjęcia, lunch z Niną, potem sesja dla
„Francuskiego Szyku", miałam pozować w jakichś nowych żakietach, spodziewałam się, że coś dostanę. Poza
tym Karol mówił o jakimś evencie w środę, tylko nie
mogłam sobie przypomnieć, co to było i gdzie można
dostać zaproszenia. Wspominał o giftach, zresztą my
z Grześkiem już dawno ustaliliśmy, że trzeba chodzić
nawet tam, gdzie nic nie dają. Taka praca – jeśli człowiek chce istnieć, to musi bywać. W czwartek poza
zdjęciami miałam pilates, basen, kosmetyczkę, chirurga
w sprawie piersi. Przez chwilę zastanawiałam się, czy
nie przesunąć piersi o tydzień, w końcu radziłam sobie
z push-upami, a zębów ukryć się nie da. Nie miałam pojęcia, co zrobić.

– Kurwa mać, znowu używałaś mojego ręcznika! –
dobiegł mnie głos z łazienki.

Może tak. Może odruchowo wytarłam dłonie. Poszłam do Grześka, próbowałam się przytulić. Odsunął
mnie ze złością.

– Wiesz, jak tego nie znoszę – powiedział tonem na-
burmuszonego dziecka, a potem wysunął lustro, włączył
kinkiet i przestałam istnieć, liczyło się tylko jego odbicie.

Był taki piękny. Miał mocną, męską szczękę z doł-
kiem w brodzie. Czarne włosy, granatowy zarost, ciem-
ną cerę południowca. I do tego, zupełnie nie na miejscu,

jasne niebieskie oczy. Kochałam go. Mogłabym całować jego stopy.

– Gapisz się – dodał jeszcze, a wtedy wyszłam z łazienki.

Spojrzałam na zegar i szybko chwyciłam torebkę. Jasna cholera, reżyser będzie megawkurzony. Znowu się spóźnię na zdjęcia.

Kiedy wpadłam jak bomba w zgromadzoną ekipę, wszyscy umilkli. Chyba właśnie o mnie rozmawiali. Zerknęłam na reżysera, ale na jego twarzy nie widziałam gniewu. Różne inne rzeczy – owszem, głównie poczucie wyższości, ale do tego miałam czas przywyknąć. Najwyraźniej nie był tak wściekły, jak się spodziewałam.

Szybka zmiana ubrania, bo tę scenę grałam w łóżku, w skąpej koszulce, potem usiadłam i cierpliwie znosiłam zabiegi makijażystki. Nikt nie zapytał, dlaczego spóźniłam się o czterdzieści minut, nikt w ogóle nic nie mówił. Julia, która grała moją siostrę i za chwilę miała się nade mną pastwić w scenie kłótni o faceta, patrzyła z dziwną łagodnością. O co chodzi? Ci ludzie dziś rano na targowisku, w piekarni, a teraz tutaj... Oni wiedzieli coś, o czym ja nie miałam pojęcia. Wstałam za późno, nawet nie włączyłam komputera. Pewnie nie tylko paparazzo wrzucił fotkę, ale jakiś pismak dodał do niej kompromitujący tekst. To nic, nie zamierzałam zniżać się do tego, żeby zapytać.

Scenę łóżkową robiliśmy ponad godzinę. Karol raz wpadł do pokoju zbyt gwałtownie, potem dwa razy wszedł za wolno. Reżyser to świr, stwierdziłam to chyba po raz setny. Jakie miało, do cholery, znaczenie, czy Karol wpadnie, czy wejdzie? Tak czy siak, musiał mnie zastać we łzach po kłótni z siostrą. Kłótnia poszła nam rewelacyjnie, ale to „wpadanie" za nic w świecie nie chciało się udać.

Wreszcie Karol wpadł w odpowiedni sposób. Wtedy okazało się, że ja nie płaczę tak, jak trzeba. Pięć powtórek, zanim zadowoliłam reżysera. Potem pocałunki, które osuszą moje łzy. Trzy powtórki, bo nie całowaliśmy się wystarczająco namiętnie. Potem jeszcze dwie, bo nie wzniosłam oczu do nieba. To znaczy wzniosłam, ale inaczej niż chciał reżyser. Przecież nie kocham Karola, jestem z nim tylko dla kasy. Muszę wznieść te oczy tak, aby to było widać. Nienawidziłam tej roboty.

Chciałam grać w teatrze, gdzie nikt nie mógłby mi powiedzieć: powtórka, zrób to inaczej. Grałabym prawdziwie, tak jak bym czuła.

Nie, poprawka: chciałam już przestać grać. Moje marzenia się spełniły, ale ja już nie pragnęłam tego, co stanowiło ich treść. Teraz wystarczyłoby mi siedzieć w domu i patrzeć na Grzegorza. I żeby on siedział w domu i na mnie patrzył. Tylko o tym marzyłam. Albo inaczej – tego potrzebowałam. Marzeń nie miałam wcale.

Podczas przerwy na kawę zastanawiałam się, kiedy się to ze mną porobiło. Dałabym głowę, że jeszcze rok wcześniej świętowałam z Grześkiem nową rolę z prawdziwym entuzjazmem. Czułam w sobie moc. Byłam szczęśliwa. Nie tylko w związku z miłością. Zawodowo też. Z zapałem pozowałam do zdjęć, chodziłam na przyjęcia, lansowałam się raz w głupi, raz w mądry sposób, byle istnieć, byle o mnie mówiono. Ale przez ten rok coś się pomalutku, niezauważalnie wypalało, codziennie po trochu, aż została ze mnie kupka popiołu. Patrząc wstecz, nie potrafiłam znaleźć dnia, w którym to się zaczęło. Żadnego wydarzenia, żadnego słowa, które rozniecił ten mój mały pożar, pozostawiający we mnie wyłącznie zgliszcza.

Dopiero kiedy dopiłam obrzydliwie gorzką kawę, przypomniałam sobie o zębach. Szybko pobiegłam do łazienki i przepłukałam usta kilka razy, tarłam palcem i znów płukałam. Od jutra żadnej kawy, powtarzałam w myślach. Tylko koktajl, woda, soki, ogórek. Oprócz tego jeden posiłek białkowy, ryba gotowana na parze albo jogurt naturalny. I basen. Muszę więcej pływać.

Po zdjęciach byłam skonana. Zadzwoniłam do Niny, chciałam jej powiedzieć, że nie dam rady się z nią spotkać, zobaczymy się jutro. Nie odebrała. To dziwne. To bardzo, bardzo, kurwa, dziwne. Przecież odbierała ZAWSZE. Ode mnie – zawsze. Była moją agentką. Jeszcze nigdy, od pieprzonych czterech lat, nie zdarzyło się, żeby nie odebrała.

Wsiadłam do samochodu, ale nie miałam siły zapalić silnika. Zamiast tego wyciągnęłam z torebki smartfona i sprawdziłam, co słychać w wielkim świecie. W moim świecie. Niepotrzebnie zrobiłam to już w samochodzie. Gdybym zaczekała, gdybym dała sobie kilkanaście minut... Dojechałabym do domu, zobaczyłabym pustą półkę w łazience, potem zajrzałabym do szaf. Przekonałabym się, jak bardzo i naprawdę nie ma tam jego rzeczy. Dopiero wtedy przeczytałabym na jakimś szmatławym portalu, że znany z roli w *Gliniarzu* popularny aktor Grzegorz Krakus odszedł od Poli Gajdy. Że zdradzał ją od dawna ze znaną modelką, Samantą Jasak. Przekonałabym się, z jaką lubością powtórzyły tego newsa wszystkie popularne portale informacyjne. Zobaczyłabym to zdjęcie, zrobione zapewne z balkonu, na który – jak sobie wyobrażałam – paparazzo wspiął się z narażeniem życia. Zdjęcie przedstawiało Samantę siedzącą na łóżku w samej bieliźnie, a przed nią klęczał Grzegorz. Nawet gdybym nie przeczytała komentarza, musiałabym poznać mojego mężczyznę. Miał bliznę na lewej łopatce. Jasną, srebrzystą, w kształcie dużego przecinka. Nikt nie znał jego ciała tak dobrze jak ja.

Przez jakiś czas nie czułam nic. Oglądałam zdjęcie z zimną dokładnością, słowo po słowie przeżuwałam tekst, jakby był napisany w obcym języku, którego znaczenia tylko niejasno się domyślałam. Potem natknęłam się na jeszcze jedną fotografię – tym razem byłam na niej ja sama. Zrobiono ją na parkingu przed basenem. Przeczytałam podpis: „Zrozpaczona, zaniedbana Pola Gajda". Gówno prawda, zrozpaczona i zaniedbana. Kiedy ten gnój robił mi zdjęcie, nie byłam zrozpaczona. Miałam byle jak wysuszone włosy, rozmazany makijaż, ale nie byłam zrozpaczona. Tylko zmęczona. Tylko. Teraz też czułam się wyłącznie zmęczona. Wybuchnęłam płaczem, zanim jeszcze zdążyłam wypowiedzieć w myślach to zdanie.

Jakimś cudem udało mi się dotrzeć do domu i nie spowodować po drodze wypadku. Złamałam chyba wszystkie możliwe przepisy, ale nie natknęłam się na policję, w ogóle odnosiłam dziwne wrażenie, że na świecie zrobiło się zupełnie pusto. Zostałam sama na wielkiej, obojętnej planecie.

Chyba jeszcze wchodząc do mieszkania miałam nadzieję, że to wszystko okaże się tylko głupim żartem pismaka; nie, nie żartem, bezczelnym kłamstwem, zwykłą kaczką dziennikarską, jak mawiano w czasach mojego dzieciństwa. Nie okazało się jednak. Mieszkanie było puste w ten szczególny sposób, który wyczuwa się tylko wtedy, gdy kogoś w nim zabraknie. Już kiedyś w moim życiu panowała taka pustka, więc dobrze ją znałam.

Grzegorz odszedł. Bardzo odszedł, zupełnie. Nie było jego rzeczy, szczoteczki do zębów ani golarki w łazience, slipek w szufladzie z bielizną. Po prostu zniknął. Tak samo zwyczajnie i po prostu, jak kiedyś się wprowadził.

Nie spałam tej nocy. Wypiłam zawartość obu butelek z alkoholem, jakie mieliśmy, nie, żadnej liczby mnogiej, jakie MIAŁAM w barku. Nawet nie sprawdziłam, co to takiego. Sądząc po smaku, który czułam tylko na początku, pierwsza butelka zawierała resztki koniaku. Druga była już tylko płynem, niezidentyfikowanym, ale zawierającym w sam raz tyle alkoholu, aby mnie znieczulić. Włączyłam muzykę, na chybił trafił, jakieś rockowe kawałki, których słuchaliśmy z Jakubem w tamtym życiu. Sprawdziłam na okładce płyty – The Black Keys. Nie wsłuchiwałam się w słowa, sama muzyka pasowała idealnie. Płacz zgiął mnie wpół; właściwie nie wiedziałam dlaczego. Dlatego że Grzegorz, czy dlatego że Jakub, czy może tamto, czego nigdy nie wymawiałam, czego się nie wspominało, a co przecież ciągle parzyło gdzieś w środku. Kiedy nad ranem zaczęłam wymiotować, chciałam wyrzygać całe wnętrzności, a potem zdechnąć jak pies w pustym łóżku.

Sen odszedł ode mnie wraz z Grześkiem. Nie dana mi była nawet minuta niebytu, w który zapadłabym się, by przez tę chwilę nic nie czuć. Zamiast tego gapiłam się na drzwi, pusta, nieruchoma, bez jednej myśli. W każdym razie tak mi się wydawało. Pewnie myślałam o tym, że o niczym nie myślę; może nawet śniłam o tym, że nie mogę zasnąć. Rano wcale nie miałam kaca, czułam wyłącznie ból gardła po wymiotach, może jeszcze pustkę w okolicach serca czy raczej żołądka. Zresztą cała byłam w środku pusta.

Zadzwoniłam do Grzegorza. Chciałam jedynie usłyszeć to od niego. Że odszedł. Dlaczego odszedł. Kiedy zaczęło się to odchodzenie. Tak po prostu. Nie zamierzałam mu przecież robić wyrzutów, tylko niechby mi to powiedział. On. Nie gazety, nie portale z plotkami. Mój Grzesiek.

Nie odebrał, nie miał nic do powiedzenia. Albo może jeszcze spał. Czy wtulał się w jej szyję, tak jak dawniej wtulał się w moją? Kim ona właściwie jest? Zerwałam się z wymiętej pościeli i włączyłam komputer. Kim jest Samanta Jasak? Znalazłam tylko banalne informacje: prawdziwe imię Bożena, mężatka, bez dzieci, wakacje na Karaibach, wystają jej żebra, pracowała na wybiegach Paryża, Mediolanu i Londynu; w zeszłym roku na przyjęciu u Jeremiego Grabowego (tego stukniętego wokalisty) miała na sobie sukienkę z firanki, pod spodem żadnej bielizny, wywołała skandal, skutkiem czego był angaż do reality show. Reklamowała pastę do zębów, szampon, prezerwatywy, sok marchwiowy. Tyle.

Nie pojechałam na zdjęcia. Dotarło do mnie, że wszyscy wiedzieli. Przeczytali te newsy i obejrzeli zdjęcia dużo wcześniej, niż ja to zrobiłam. Już od rana ścigały mnie złe spojrzenia. Niby współczucie, a w gruncie rzeczy satysfakcja. Wiedziałam, że tak jest, każdy z tych niby-życzliwych wbiłby mi nóż w plecy.

Czy była na świecie choć jedna osoba, która stałaby teraz po mojej stronie? Ale tak naprawdę. Nie, nie było nikogo takiego – oto odpowiedź. Ojciec od dawna miał mnie w dupie, a matka... Matka mi to przepowiedziała. Mówiła: „Doigrasz się". Była zła, kiedy po rozwodzie z Jakubem sprzedałam dom po dziadkach i postanowiłam pójść na całość, spełnić marzenie z młodości: zostać aktorką. „Pożałujesz. To dobre dla kurew" – mówiła. – „Będziesz musiała włazić do łóżka producentom, rozkładać nogi przed reżyserami". Wszystko to okazało się nieprawdą, poza jednym. Że pożałuję. Bo teraz, kiedy z rozpaczy bolały mnie trzewia, kiedy wyłam w łazience i gryzłam ręcznik, tłumiąc krzyk, żeby sąsiedzi nie zaalarmowali policji, rzeczywiście żałowałam. Wszystkiego. Tamtego życia, o którym nie wolno było myśleć. I tamtego domu, w którym nigdy nie czułam, że jestem tak bardzo sama.

Przedtem nie było aż tak pusto. Nawet gdy stało się to, czego nie nazywałam po imieniu. Nawet wtedy miałam się w kogo wtulić, żeby wypłakać łzy, co do ostatniej. Potem już cierpiałam bez łez, ale wciąż wtulona w mocne ramiona, które miały być na zawsze. Nie były, odeszły, a może sama je odepchnęłam, dziś to już nieważne. Istotne było tylko to, że tamto cierpienie miało inny wymiar, bo nie nurzało się w takiej absolutnej, sterylnej pustce. Teraz zostałam naprawdę sama na całym wielkim świecie.

Wyłączyłam komórkę, bo nagle ogarnął mnie lęk, że ktoś mógłby zadzwonić i zapytać, jak sobie radzę. Nie ze współczucia, lecz z podłej ciekawości.

Kiedy zrobiło się ciemno, uświadomiłam sobie, że cały dzień przesiedziałam w kucki na pasiastym chodniku w holu, gapiąc się na klamkę. Trochę płakałam, ale łzy szybko mi się skończyły. Nie jadłam, nie piłam, nawet nie chodziłam do toalety. Nie miałam już potrzeb, nie miałam... ciała? Czy naprawdę bez Grześka nie istniałam?

Pewnie zwyczajnie nie chciałam istnieć bez niego. Był jedynym, co mi się tutaj udało, jedynym, co naprawdę pragnęłam mieć. Sama przed sobą udawałam, że wciąż jeszcze zależy mi na graniu, nowych rolach, sławie i pieniądzach. Teraz widziałam, że to był fałsz, że jedynym, co chciałam utrzymać, była ta miłość. Miała mnie uleczyć, przywrócić mi radość, nie jakąś wielką, od święta, tylko codzienną, spokojną. Potrzebną jak powietrze.

Podniosłam się z podłogi, przeszłam na łóżko. On się nie zjawi. Ani w dzień, ani w nocy, ani teraz, jutro czy pojutrze. Nie wróci. Choćby dlatego, że byłoby mu wstyd. Gdyby ten pierdolony paparazzo nie zamieścił tamtego zdjęcia, pewnie to wszystko by się nie stało. Nawet jeśli był romans, tak, był, przecież widziałam go na klęczkach przed tą dziwką i to naprawdę nie wyglądało na fotomontaż, no więc chociaż był ten romans, Grzegorz by nie odszedł. Boleśnie uderzyła mnie myśl, że było mu tu wygodnie i ciągnąłby to dalej, bo w końcu niełatwo znaleźć w Warszawie darmowe lokum. A Samanta? Pewnie mieszkała z mężem. No oczywiście, że z mężem. Dotychczas. Bo teraz, po tym kurewskim zdjęciu i komentarzu, być może i ona będzie musiała sobie znaleźć nowe mieszkanie.

Kiedy miałam piętnaście lat, napisałam pierwszy wiersz. O pierwszym nieporadnym uczuciu. Ta miłość była czymś radosnym, czystym i zagadkowym, fascynującym. Nie pokazałam nikomu tamtego tekstu, ale samo dobieranie słów, obracanie ich pod palcami i na języku pomogło mi uporać się z tym, że straciłam własne granice, oddałam komuś swoje ciało i złamałam własny pakt z dziecinnie rozumianą moralnością. Wiersz mi się podobał, za nim poszły jeszcze trzy, może cztery – przepisywane potem, przeredagowywane wielokrotnie.

Później na jakiś czas zamilkłam zupełnie, by wrócić do poezji pod koniec liceum. Pokochałam wówczas Jakuba, a ta miłość była tym, czym teraz uczucie do Grzegorza – próbą szukania ratunku, zakotwiczenia się w życiu na nowo. I wyłuskania tych nielicznych chwil, kiedy zdobywałam się na odwagę, żeby znowu poczuć odrobinę szczęścia.

Pisałam o wszystkim – o górach, które pokochałam równie mocno jak Jakuba, o codzienności, o powolnym procesie rozpadu mojej rodziny; nawet o samym pisaniu. Ilekroć w moim życiu działo się coś ważnego lub zwyczajnie ładnego, sięgałam po kartkę i długopis – i ostrożnie dobierałam słowa, przyglądałam się im, nawlekałam na wersy niczym kuleczki jarzębiny na nitkę. Tak było, gdy przeżywałam nastoletnie uniesienia i radości, i dokładnie to samo działo się, kiedy upadałam z rozpaczy.

Niektóre z tych tekstów wyrzucałam po kilku dniach w akcie jakiegoś buntu albo dlatego, że uważałam je za nieudane. Inne pieczołowicie przechowywałam. Nigdy nie przyszło mi do głowy, żeby je komukolwiek pokazać, nie myślałam o konkursach poetyckich czy publikacji. Nie po to mi były potrzebne. Po prostu porządkowały mi świat, oswajały, nadawały mu nazwę.

Tylko raz, jak dotąd, nie udało mi się wycisnąć z siebie ani słowa. Wtedy. W tamtym dniu, którego nie wolno mi nazywać.

A teraz był drugi raz. Przyciskałam do siebie teczkę z wierszami, błyszczącą, w szkocką kratę. Mieściła w swych chudych wnętrznościach moje uśmiechy i łzy, harde spojrzenia i pokorne pokłony przed losem. Co tylko potrafiłam zamknąć w garstce nieporadnych metafor – wszystko znajdowało się tutaj, pod czerwoną gumką, na kilkudziesięciu kartkach. Tylko te dwa dni, kiedy bolało najmocniej – wtedy i dziś – tego nie umiałam przelać w żaden, nawet najgorszy wiersz.

Leżałam na podłodze, na łóżku, na podłodze, w innym miejscu na podłodze. Kuliłam się w fotelu, wracałam na dywan; był miękki, kurz unosił się bezmyślnie w świetle słońca. Który dzień minął, ile było nocy? Nie jadłam, nie piłam, sikałam tylko raz, przepłukałam usta wodą, nie spałam, trzęsłam się. Może jednak zasnęłam, bo coś mi się roiło, że on wchodzi, że wybiera z szafy koszule, całymi naręczami, a przecież wiedziałam doskonale, że jego koszul już nie ma.

Kim właściwie jestem? Nikim, nie istnieję, nie ma mnie wcale bez niego. Bez miłości mnie nie ma. Nie chcę być. I jeszcze tak podle, nisko: jak mógł mi to zrobić, przecież tyle mi zawdzięczał, przecież mieszkanie i praca, i w ogóle to, że zaczął, że wszedł w środowisko, no bo gdzie by mieszkał, jak dałby sobie radę, nie miał pieniędzy, nikogo nie znał, nic by mu się nie udało beze mnie i on dobrze o tym wiedział. I jak, kurwa, śmiał mnie okłamywać, jak to możliwe, że po tym wszystkim, co razem przeszliśmy, gdy bywaliśmy głodni i upijaliśmy się tanim winem, bo nie było dla nas ról, gdy włazliśmy w tyłki reżyserom, a potem nabijaliśmy się z nich, leżąc zmęczeni po pijanym seksie i paląc wspólnego papierosa; jak to się mogło stać, że przestał być moim przyjacielem, a stał się... Kim? Kim on właściwie był?

Ta myśl okazała się najgorsza, że odszedł, bo się zwyczajnie zakochał; ponieważ to oznaczało, że nie stał się wcale męską dziwką, choć tak właśnie byłoby najłatwiej, uznać go za parszywą dziwkę. Ale nie, bo jeśli już miał w czymś interes, to w tym, aby zostać ze mną, więc może udawał miłość do mnie tylko z powodu mieszkania i wtedy był męską dziwką, a teraz odszedł, bo miał dość życia w takim emocjonalnym syfie.

Nazwanie tej prawdy po imieniu oczyściło mnie i pozwoliło zajrzeć sobie bardzo głęboko w duszę, i już wiedziałam, że nie chcę, nie mogę i nie umiem. To koniec. Rezygnuję. Nie chciałam leżeć skulona na dywaniku w białe i niebieskie pasy, skomleć pod drzwiami. On, gdziekolwiek był i cokolwiek teraz robił tej swojej Samancie, nie zamierzał wrócić. Pewnie rzeczywiście nigdy mnie nie kochał, od początku byłam dla niego tylko właścicielką lokum, w którym przechowywałam go niczym bagaż. Opłatą był seks i trochę czułości, nie przesadzajmy, nie jakoś specjalnie dużo, tyle, żeby mi zamydlić oczy. Nie stanowiło to problemu, bo byłam naiwna, głupia, pusta w środku, samotna i zrozpaczona.

I już wiedziałam, co zrobię. Ta jedna rzecz, a potem nie będzie już wstydu ani upokorzenia. I już nigdy nie będzie smutku. Wreszcie pozbędę się wspomnień. Jaka ulga.

Czy umiałabym o tym napisać? Czy chciałam? Taki pożegnalny, finalny wiersz, który ujmowałby w jakieś ramki smutny obraz pod tytułem „Życie Kasi Pietry, która chciała zostać Polą Gajdą".

Nie potrafiłam, jak się okazało. Wzięłam do ręki długopis i gapiłam się w kartkę. Wreszcie zanotowałam tylko tytuł: *Pożegnanie z życiem*. I tyle. Oto mój ostatni wiersz. Biała stronica. Pustka, nic. Tyle miałam do powiedzenia światu na pożegnanie.

Czy to nie było wszystko jedno, w czym mnie znajdą? Oczywiście, że tak, a jednak założyłam piękny, gruby golf dziergany w warkocze. Miał smakowity czekoladowy kolor. Dobrałam do niego wąskie sztruksy w odcieniu cappuccino i brunatne zamszowe botki. Kolory, które pozwolą mi się wtopić w ciemności nocy. Do torby włożyłam tylko teczkę z wierszami i portfel, w którym miałam dokumenty, żeby nie było problemu z identyfikacją.

Przed wyjściem uporządkowałam mieszkanie. Mama zawsze była strasznie pedantyczna, skrzywiłaby się z niesmakiem, wchodząc tu i zastając bałagan. Zamknęłam drzwi, choć przeszło mi przez głowę, że mogłabym ułatwić sprawę policji i zostawić otwarte. Zanim przekroczyłam próg, odwróciłam się i moje spojrzenie padło na sztuczne stokrotki z IKEA. To jedyne kwiatki, które miałam w domu – o ile można je nazwać kwiatami. Chciało mi się śmiać. Sztuczne rośliny, sztuczne szczęście, sztuczna miłość. Ale śmierć będzie prawdziwa, obiecałam sobie i wyszłam w ciemność klatki schodowej.

Jesienny wieczór był zimny, pewnie dlatego zaczęłam się trząść. Odruchowo rozejrzałam się na wszystkie strony, szukając hien z aparatami. Od strony garaży szedł jakiś wysoki mężczyzna, ale to był chyba tylko spóźniony przechodzień. Nie zwracał na mnie uwagi.

Poszłam do sklepu i kupiłam wódkę. Żołądkową gorzką, zawsze łatwo mi się ją piło. Pół litra powinno wystarczyć. I wcale nie chodziło o to, że bez alkoholu bym stchórzyła. Chciałam się tylko znieczulić, ogłupić i nie wiedzieć, jak to jest, kiedy zbliża się śmierć. Ta wiedza nie była mi do niczego potrzebna.

Po wódce noc wydawała się cieplejsza. Pachniała inaczej niż dzień. Wypiłam w małym parku, gdzie kiedyś chodziłam wąchać konwalie – mnóstwo ich tu rosło wiosną. Alkohol był dobry, słodki. Łyk za łykiem, powoli, miarowo; nawet nie czułam, kiedy się upiłam. Gdy butelka była już pusta, zaniosłam ją do kosza. Zaczęłam się śmiać jak wariatka, kiedy uświadomiłam sobie, że nawet parę minut przed śmiercią, pijana i pogrążona w rozpaczy, nie przestałam być grzeczną dziewczynką.

Drzewa wyglądały jak kostropate wiedźmy. Zawsze darzyłam drzewa sympatią, ale te wyglądały naprawdę paskudnie. Paskudny był też chodnik, pełen nierówności, na których potykałam się w moich zamszowych botkach. Kosztowały, kurwa, majątek, powinno się w nich płynąć nad ziemią.

Odniosłam wrażenie, że ktoś mnie śledzi, pewnie jakiś rzezimieszek; zaraz mnie dopadnie, ukradnie torebkę, może nawet zerżnie w tych krzakach za blokiem. Niech robi, co chce, byle potem zabił. Jakoś szybko, żebym zdążyła umrzeć, zanim wytrzeźwieję. Zaśmiałam się rubasznie. Co by powiedziała mama, gdyby rano zobaczyła w gazetach takie zdjęcie i newsa o gwałcie? Obstawiałam dwie możliwości: „Doigrała się" albo: „A nie mówiłam, że aktorki dają dupy każdemu?". Ta druga była nawet bardziej prawdopodobna.

Co powie po tym, jak znajdą mnie w kawałkach? Czy w ogóle coś powie? Miałam nadzieję, że nie, że zwyczajnie ją zatka.

Znalazłam to miejsce zaskakująco szybko, zważywszy że byłam już strasznie pijana. Ten odcinek, na którym pociągi rozpędzały się i sunęły po szynach jak rakiety; dopiero znacznie dalej zaczynały zwalniać przed najbliższym dworcem. Idealne dla moich celów. Położyłam się w poprzek. Niewygodnie. Podłożyłam sobie torbę pod głowę, wyjąwszy z niej wcześniej teczkę z wierszami. To idiotyczne, że nie chciałam jej pognieść, przecież zdawałam sobie sprawę, że i tak niewiele zostanie z moich wypocin. Zaczęłam beczeć. Byłam pijana i pewnie dlatego nie płakałam nad sobą, tylko nad głupimi wierszami i teczką w szkocką kratę. Wreszcie uspokoiłam się i patrząc w ciemne niebo nad głową, zasnęłam.

Nie byłam pewna, co mnie obudziło. Najpierw był chyba błysk, seria błysków, ale zaraz potem szarpanie. Bolesne, za ramię, oba ramiona, sweter; ktoś wyrywał mi ręce z barków, uderzyłam głową o kamienie, ponieważ ten ktoś ciągnął mnie teraz za nogi w dół nasypu.

Wreszcie zaklął i z wysiłkiem mnie podniósł, po czym rzucił gdzieś w trawę. Turlałam się przez kilka sekund, a potem zastygłam bez ruchu.

– Idiotka – usłyszałam. – Pieprzona idiotka.

Schowałam głowę w ramiona. Zaraz zacznie mnie bić. Okradnie. Zabije. Niech to zrobi, tylko błagam, żeby nie bolało. Wódka nie znieczuliła tak, jak bym sobie tego życzyła.

– Anorektyczka, psia mać, a ciężka jak słonica. Coś ty sobie myślała?

Nie miałam pojęcia, kto to jest ani o co mu chodzi. Coś mówi? Powinien mnie zabić, do cholery. To się musi stać jak najszybciej. Nie mam siły przechodzić przez to jeszcze raz.

Wydawało mi się, że słyszę dziwny, grający miarowo szum. Podniosłam głowę. Tak, to pociąg. Nadjeżdżał, a ten palant, kimkolwiek był, ściągnął mnie z torów. Musiałam z powrotem. Podniosłam się z trudem i na czworakach zaczęłam się gramolić na nasyp. Choć nie był wysoki, nie dałam rady, chyba dopiero teraz poczułam, jak bardzo jestem pijana. Kurczowo chwyciłam się kępek trawy, czując, jak moje wypielęgnowane długie paznokcie trzaskają jeden po drugim. Wbiłam palce w ziemię i zaczęłam wyć, bo już wiedziałam, że nie zdążę. Cholerny wybawca, niech go piekło pochłonie, chwycił mnie za łydki i pociągnął w dół. Zaczęłam kopać, ale zanim wyswobodziłam nogi z jego uścisku, pociąg przemknął z wizgiem nad moją głową. Opadłam z sił. Zrobiłam się wiotka jak szmatka, skuliłam się na trawie i zaczęłam beczeć. Przez zamknięte powieki widziałam błysk, potem kolejne. I dopiero wtedy dotarło do mnie, co się

31

dzieje. Paparazzi. Dopadli mnie. Nigdy nie zdołam przed nimi uciec.

Nie otworzyłam oczu. Nie chciałam ich otworzyć i nie zamierzałam odpowiadać na pytania. Skuliłam się jeszcze bardziej, zamknęłam się w pustce, która mnie wypełniła, cała stałam się pustką. Pragnęłam jedynie przestać słyszeć ten głos. Zakryłam twarz dłońmi.

– Coś ty sobie myślała? – powtarzał mężczyzna raz po raz, najpierw tylko siedząc przy mnie na trawie, potem tarmosząc mnie, pewnie po to, aby wywołać jakąkolwiek reakcję. – Zalałaś się w trzy dupy. Cholera, co chciałaś zrobić? Coś ty sobie myślała?

Ja jednak nie reagowałam. Nie odsłonię twarzy, nie dam im kolejnego zdjęcia. Cholerne pasożyty, wszy, najgorsze gówno. Zaczęłam jęczeć, żeby nie słyszeć jego głosu, rytmicznie, bo rytm mnie uspokajał. Zatraciłam się w tym pojękiwaniu, w spazmach płaczu, w ruchach ciała podobnych do bezładnego drgania. Nie byłam pewna, czy w końcu straciłam przytomność, czy zasnęłam.

Kiedy odzyskałam świadomość, przez chwilę nie rozumiałam, dlaczego głowa ciąży mi tak strasznie i porusza się w nienaturalny sposób. Dopiero po chwili zorientowałam się, że ktoś mnie niesie. Przerzucił mnie sobie przez ramię i taszczył, a zawieszony na ramieniu aparat raz po raz uderzał mnie w głowę. Jego twarde ramię uciskało mi żołądek i po którymś kroku ten nacisk wywołał falę mdłości. Zwymiotowałam mu na łydki. Obrzygałam najpierw jedną, potem drugą. Zaklął, ale szedł dalej. Zatrzymał się dopiero w jakimś jasno oświetlonym miejscu, stęknął, sięgnął ręką do kieszeni, potem usłyszałam charakterystyczne piknięcie i mój oprawca otworzył drzwi samochodu. Wrzucił mnie na tylne siedzenie. Nie wiedziałam, co działo się dalej, bo natychmiast znowu zasnęłam.

Zbudziło mnie szarpanie, po którym ponownie wylądowałam na ramieniu paparazzo. Dźwigał mnie po schodach, potem przez chwilę szperał w kieszeni. Otworzył drzwi do jakiegoś mieszkania, zaniósł mnie prosto do łazienki i bez ceregieli rzucił na podłogę. Uderzyłam biodrem w postument umywalki, ale nie usłyszałam żadnego „przepraszam".

– Jak masz rzygać, to tutaj – powiedział tylko i wyszedł.

Nie zdążyłam podnieść głowy, nie widziałam jego twarzy. Zresztą chyba nie byłam jej ciekawa. Podpełzłam do muszli klozetowej i zwymiotowałam znowu – najpierw samym powietrzem, a potem żółcią. Strułam się na amen. Jasna cholera, przez tego palanta będę musiała przez to przechodzić jeszcze raz.

Ocknęłam się w piekle. Piekło miało smak i zapach rzygowin, było zimne, twarde i ciemne. Wszystko mnie bolało, każdy mięsień, każda kosteczka. Chciałam się podnieść – byłam bardzo słaba, ale z największym trudem udało mi się to zrobić. Walnęłam głową w coś, co znajdowało się nade mną, i opadłam z jękiem. Wtedy nagle zapaliło się światło. Odkryłam, że leżę w łazience, zamiast poduszki mam złożone ręczniki. Widocznie spędziłam tu noc, przykryta wielkim szlafrokiem w granatowo-czerwone pasy.

Wraz ze światłem zjawił się mężczyzna, który mnie zabrał z torów – nienawidziłam go za to i najchętniej naplułabym mu w twarz, ale nie miałam siły. Zamknęłam oczy.

– Co tak huknęło? – zapytał.

Nie odpowiedziałam. Skuliłam się odruchowo, jakbym oczekiwała ciosu.

– Uderzyłaś się – stwierdził. – Zrobię ci herbaty.

Kiedy wychodził, otworzyłam oczy. Zdążyłam zobaczyć potężną sylwetkę i długie jasne włosy zebrane w kucyk.

O jasna cholera. A więc to on. „Mój" paparazzo. Ten sam, który czatował na mnie po basenie. Ten, który zrobił TAMTO zdjęcie, sprzedał jakiemuś szmatławcowi i zniszczył mi życie.

Wrócił po kilku minutach z kubkiem herbaty. Nie zamierzałam odpowiadać na jego pytania. A nawet gdybym miała taki zamiar, głowa zaczęła mnie boleć tak, jak nie bolała jeszcze nigdy. Nie mogłam otworzyć oczu, mdłości szarpały moim żołądkiem, ale nie miałam tam już nic, czym mogłabym zwymiotować. Byłam kompletnie wyczerpana. Kiedy blondyn wyszedł, z ogromnym wysiłkiem dźwignęłam się na łokciu i wypiłam kilka łyków gorącej herbaty. Niemal natychmiast zwróciłam na ręczniki, na których leżałam. Dobrze. Nowy pomysł na to, żeby ze sobą skończyć: zarzygam się na śmierć.

Sen, przebudzenie, torsje, sen; światło zapalało się i gasło. Rozlałam wystygłą już herbatę. Dostałam dreszczy, moje ciało podrygiwało groteskowo na twardej, zimnej podłodze. Sen, rozdygotany, bez obrazów.

Kiedy obudziłam się ponownie, leżałam na łóżku, przykryta szorstkim kocem. Nie otworzyłam oczu, tylko lekko rozchyliłam powieki, żeby nie natknąć się przypadkiem na gębę tego człowieka. Nie chciałam go widzieć. Na szczęście byłam sama.

Nie miałam pojęcia, ile minęło czasu, zanim odzyskałam siły na tyle, aby usiąść. Opuściłam stopy na podłogę i rozglądałam się przez chwilę. Pokój był niewielki, urządzony byle jak. Regał z książkami, wąska szafa, stolik i jedno krzesło, staroświecki fotel, a nad nim lampa z czerwonym abażurem. Pewnie mieszkał sam, nie widać tu było ręki kobiety.

Chciałam wyjść. Przez uchylone drzwi zobaczyłam fragment przedpokoju, wstałam więc z trudem i poszłam tam najciszej, jak umiałam. Znalazłam moje buty i torbę, rzuconą niedbale na podłogę. Sprawdziłam, czy jest w niej teczka z wierszami. Nie zgubiłam jej, albo raczej nie zgubił jej paparazzo, to dobrze. Byłoby mi bardzo źle, gdybym je straciła, choć przecież nie miało to najmniejszego sensu. Czyżbym tak bardzo chciała coś po sobie zostawić? Tylko po co?

Z łazienki dobiegał szum wody, pewnie cholerny pan fotograf się kąpał. Albo może sprzątał moje rzygowiny. I dobrze. Niech sprząta. Narobił mi w życiu syfu, niech i jemu teraz cuchnie.

Wyszłam cicho jak kot. Nie miałam pojęcia, gdzie się właściwie znajduję, na szczęście szybko znalazłam tabliczkę z nazwą ulicy. Zadzwoniłam po taksówkę, kazałam się zawieźć do domu. Nie wiedziałam jeszcze, co teraz zrobię. Nie, inaczej – wiedziałam, co muszę zrobić, tylko jeszcze nie byłam pewna jak.

Zapadłam w dziwny sen. Nie jadłam, piłam tylko wodę, raz zrobiłam sobie kubek zielonej herbaty. Ktoś zapukał, a potem walił do moich drzwi, ale miałam dziwną pewność, że gdybym otworzyła, w oczy błysnąłby mi flesz. Zresztą nawet gdyby nie błysnął, nie zamierzałam otwierać. Nie było nikogo, z kim chciałabym teraz porozmawiać. Komórka dzwoniła kilka razy. Nie chciało mi się podejść, więc nawet nie sprawdziłam, kto to. Trochę płakałam, ale nie miałam sił na porządny szloch. Łzy wypływały sobie ze mnie cichutko, a potem wysychały. Pewnie byłam trochę odwodniona i dlatego zaczynało mi ich brakować, tych łez. A może po prostu już nie chciałam płakać.

Co się właściwie stało? Przecież to już było: nieudany związek, samotność, smutek. Wielki, większy, największy, jaki mogłabym sobie wyobrazić. Wszystko to przeżyłam, nabrałam wprawy. Powinnam sobie poradzić. Rzecz w tym, że nie miałam ochoty. Nie chciałam już walczyć, próbować, szukać.

Czy zamierzałam kogoś ukarać? A może zobaczyć ich miny? Mojej matki, Grzegorza, Niny, która nie odebrała telefonu ode mnie w tamtym strasznym dniu? Szczerze? Miałam to gdzieś – kto mnie znajdzie, kto zapłacze, a kto powie: „doigrała się". Byłam po prostu zmęczona. Musiałam odpocząć.

Grzesiek. Mój Grzegorz. Zostawił mnie, a ja nie miałam odwagi być sama.

∽

Pokochałam go zupełnie po wariacku. Byłam wtedy pusta, nie wypełniał mnie nawet smutek po rozwodzie z Jakubem, wykasowałam wspomnienia. Jeśli cokolwiek w sobie miałam, to jedynie jakąś zaciętość, żeby spróbować. Może trochę po to, żeby zrobić na złość matce, choć to głupie i dziecinne. Na pewno bałam się dalszego życia, takiego jakie wtedy wiodłam, u boku mamy, wśród wszystkiego, o czym nie zamierzałam już nigdy myśleć. Ale może też trochę dlatego, że nie chciałam kiedyś, gdy już będę stara, żałować, że stchórzyłam.

Pewnie nigdy by się to nie stało, gdyby nie umarła moja ukochana ciocia Stasia – i gdyby nie zostawiła mi mieszkania. Przyjechałam do Warszawy i zwyczajnie tu zamieszkałam, wśród kilku starych sprzętów, bo większość ciotka przed śmiercią wyrzuciła albo może sprzedała.

Była jedyną osobą, która we mnie wierzyła. To ona, kiedy miałam czternaście czy piętnaście lat i przyjeżdżałam do niej na wakacje, powtarzała mi, że powinnam spróbować. Że czeka mnie kariera modelki, piosenkarki albo może aktorki. Byłam ładna, smukła i lubiłam się wdzięczyć przed lustrem. Dla cioci Stasi odgrywałam sceny ze szkolnych przedstawień, przerabiałam na scenariusze ulubione powieści. Byłam Anią z Zielonego Wzgórza, Ulą z *Tego obcego*, uwielbiałam też rolę Nel. Grałam nawet Małą Mi i Pannę Migotkę. Mama śmiała się z tego cioinego gadania i strofowała swoją siostrę. „Przewrócisz dziewczynie w głowie" – mówiła.

Nie przewróciła mi w głowie. Zwyczajnie zasiała w niej marzenia, a to przecież nic złego. W liceum zapisałam się do koła teatralnego, jako studentka jeździłam już na przeglądy teatrów amatorskich, raz nawet zgarnęłam główną nagrodę w kategorii monodramu.

„Niepotrzebnie poszłaś na tę anglistykę" – mawiała ciocia. – „Trzeba było studiować aktorstwo, bo przecież masz prawdziwy talent". Ale ja chciałam anglistykę, bo wtedy kochałam Jakuba, on był na drugim roku, więc poszłam za głosem serca, ponieważ ta miłość wydawała mi się taką na całe życie, a w dodatku mama pochwalała filologię angielską – tak rzadko udawało mi się ją zadowolić i to było zupełnie nowe doznanie.

Nie chciałam teraz o tym myśleć, o tamtym czasie, kiedy kochaliśmy się z Jakubem, o naszym beztroskim studenckim życiu i o tym, co stało się później, gdy wróciliśmy do Buków i spróbowaliśmy normalnie żyć, jak rodzina. Wymazałam to z pamięci i nawet w tej chwili, kiedy szykowałam się do odejścia, nie mogłam pozwolić tamtej rozpaczy, by dobrała się do mnie na nowo.

Po rozwodzie wróciłam na krótko do mamy, ponieważ nie miałam się gdzie podziać, a nie chciałam wynajmować mieszkania – to by tylko zwiększyło rozmiary mojej klęski, tak to czułam. Miałam pieniądze, bo sprzedaliśmy dom po dziadkach – ten, który wyremontowaliśmy z Jakubem na początku naszego małżeńskiego życia i w którym chcieliśmy się zestarzeć, mieć dzieci i wnuki – ale przyszło to złe, i nic już nie miało sensu, nic nie mogło się udać. Śmierć cioci, choć smutna, jak to śmierć, dała mi wybawienie. Przeniosłam się więc do Warszawy, czułam się bogata, ale pusta w środku, bo naprawdę taka byłam, i właśnie wtedy, zaraz na początku nieporadnego lansowania się i szukania pracy, spotkałam Grześka. Tak jak ja, przyjechał z małego miasteczka. W przeciwieństwie do mnie, pustej i wypalonej, miał odwagę i bezczelne marzenia. Był młodziutki, piękny, butny.

Po raz pierwszy zobaczyłam go na przystanku autobusowym, wpadliśmy na siebie, przeprosiłam, on przeprosił. Nie zwróciłabym uwagi i nie zapamiętałabym go, gdyby nie wściekły błękit jego swetra. To był deszczowy dzień, świat był szary od mżawki i złocisty od liści. Jechałam na jakiś casting, chyba do reklamy jogurtu. Dwie godziny później w tłumie oczekujących wyłapałam ten sam kolor, niebieskie rękawy, podniosłam głowę i uśmiechnęłam się, bo dobrze było zobaczyć znajomą twarz wśród tylu obcych ludzi, którzy życzyli mi porażki. Zaczęliśmy rozmawiać, potem poszliśmy na małe piwo, ale tych małych piw zrobiło się dużo, pewnie po cztery, do toalety ustawiła się kolejka, a nam się tak bardzo chciało, więc pojechaliśmy do mnie i sikaliśmy w pośpiechu, żeby znów rozmawiać o naszych pipidówkach, wspominać, śmiać się, zwierzać się z marzeń i złudzeń, a później kochać się na podłodze.

Wprowadził się do mnie już po kilku tygodniach, bo przecież nie było sensu, żeby wynajmował pokój za ciężkie pieniądze, skoro ja byłam sama, tak bardzo sama i tak strasznie spragniona czegoś ciepłego, spragniona życia i odrobiny nadziei, że coś mnie jeszcze czeka. Wprowadził się więc i został. Na cztery lata.

Na pewno minęła jedna noc, nie byłam pewna, czy i druga. Jasno, ciemno, tak na przemian, bo sporo spałam, trochę też leżałam z poduszką na twarzy. Próbowałam przestać oddychać. To byłoby wspaniale, tak po prostu postanowić sobie, że się umiera – i odejść, bez całego tego bałaganu, bez hałasu.

Wreszcie byłam już na tyle silna i spokojna, że wstałam. Miałam na sobie to samo brudne ubranie, w którym parę dni temu kładłam się na torach, ale to nie miało znaczenia. Rozczesałam tylko włosy, żeby kierowca taksówki się mnie nie przestraszył. Tym razem nie będę pić, postanowiłam. Nie mogłam nawet myśleć o alkoholu, miałam odruch wymiotny. Musiałam znaleźć w sobie odwagę, aby skończyć to na trzeźwo. Bardzo chciałam, żeby już było po wszystkim.

Wzięłam torbę, ale wyciągnęłam z niej teczkę z wierszami. Przejrzałam jeszcze raz zawartość. Podarłam na kawałki i wyrzuciłam do muszli większość tekstów, spuściłam wodę i patrzyłam, jak znikają. Zostawiłam tylko kilka ulubionych. Pragnęłam, żeby to, co zostanie, stanowiło prawdę o mnie, żadnej kreacji, żadnej fikcji, tak właśnie chciałam. Sama nie rozumiałam, dlaczego to było takie ważne. Może dlatego, że znajdował się tam ten jeden wiersz, dzięki któremu wiedziałam, kim byłam kiedyś. Namacalny dowód, że istniała taka Kasia Pietra, która kochała i była tak szczęśliwa, jak tylko można być szczęśliwym. Przez chwilę, ale jednak.

„Most Śląsko-Dąbrowski" – rzuciłam w stronę taksówkarza. Obrzucił mnie niechętnym spojrzeniem, pewnie był zmęczony, a zresztą może wyjaśnienie było prostsze: może mnie nie lubił, nie znosił aktorek w ogóle albo postaci Moniki, którą grałam w *Wakacjach za barem*. Miałam to gdzieś; niechęć, zawiść i uwielbienie – wszystkie wrzuciłam do jednego worka, już mnie nie dotykały – stałam się niewidzialna, bezcielesna i pozbawiona zapachu. Wsłuchałam się w siebie, ale nie znalazłam nazwy na to, co mnie wypełniało. To było dobre uczucie. Takie trochę... jak w przeddzień wakacji. Jakby człowiek łamał wszelkie zasady, bo wiedział, że jutro otrzyma świadectwo i nikt mu nic nie może zrobić.

Zapłaciłam, wysiadłam. Zanim zatrzasnęłam drzwi taksówki, zrobiło mi się jakoś rzewnie.

– Wszystkiego dobrego, naprawdę. Dobrego życia – rzuciłam do kierowcy.

Burknął coś w odpowiedzi. Nie byłam pewna, chyba powiedział: „Cholerna pijaczka". No tak. Jak ktoś nam dobrze życzy, to musi być pijany. Też bym tak pomyślała.

Wiał paskudny, lodowaty wiatr. Znowu nie założyłam kurtki, byłam tylko w czekoladowym golfie. Zresztą to już nieistotne, nie zdążę przecież zmarznąć, czy właściwie na odwrót – zmarznę niezależnie od tego, co mam na sobie. Woda będzie zimna, nie tak przyjemna jak wtedy, gdy pływaliśmy z Pawłem. Paweł, pierwsza miłość. Mętne wspomnienie ciepłych, dobrych wakacji. Pierwszy pocałunek. Było tak dobrze, tak beztrosko, bezmyślnie nawet. Miałam nadzieję, że jest teraz szczęśliwy. I że Jakub znalazł szczęście. I że Grzegorz nigdy go nie znajdzie.

Czy powinno się umierać ze złą myślą? Nagle po dziecięcemu przestraszyłam się, że spotka mnie za to kara. Gdzieś z dna pamięci wrócił dziecinny lęk przed Bogiem albo raczej przed piekłem. Wspięłam się na barierkę i szepnęłam:

– Przepraszam. Niech mi wszyscy odpuszczą. I ja też odpuszczam.

Pewnie przeczytałam to w jakiejś książce. Wołodyjowski czy coś takiego. Odpuszczam, naprawdę. Niech to się wreszcie skończy. Zamknęłam oczy i pochyliłam się. Pieprzyć wszystko i wszystkich.

Uderzenie było tak silne, że przez dłuższą chwilę nie mogłam oddychać. Miałam wrażenie, że wypadły mi zęby, w ustach poczułam słonawy posmak. Krew? Upadłam na wznak, gruchnęłam głową o beton.

– Co ty sobie, kurwa, myślisz?! – usłyszałam. – Odbiło ci?!

A potem cholerny paparazzo, bo to jego głos rozpoznałam, to on szarpnął mnie z całej siły w tył, złapał za sweter i po raz kolejny uniemożliwił mi załatwienie tego, co przecież musiałam załatwić, ponieważ nie miałam pomysłu, co innego mogłoby się wydarzyć – ten cholerny gnojek wziął mnie na ramię, tak samo jak poprzednio, i zaniósł do samochodu. Tylko że tym razem nie byłam pijana. Tym razem wyrywałam się, drapałam go i szarpałam za włosy, klęłam i plułam na niego, kiedy wrzucił najpierw moją torbę, a potem mnie na tylne siedzenie.

Ledwie zatrzasnął drzwi, zerwałam się. Rozdygotanymi dłońmi szarpnęłam klamkę i pobiegłam przed siebie, na oślep. Dogonił mnie, zamknął w żelaznym uścisku, znowu zaniósł do auta. Uciec mu, z powrotem na most, błyskawicznie przechylić się przez barierkę, tak do końca, żeby cały ciężar poszedł na tamtą stronę. Co on sobie myśli, kurwa mać.

Związał mi ręce szalikiem, który zdjął sobie z szyi. Wszystko na nic. Byłam bezradna i chyba dlatego zaczęłam beczeć. Nie umiałam mu uciec. Ruszył, najpierw długo jechał po mieście, poznałam to po pisku hamulców na światłach i nagłych przyspieszeniach; potem wyjechaliśmy poza Warszawę i melodia silnika stała się bardziej płynna, jednostajna. Wszystko mi jakoś w środku zwiotczało. Monotonia jazdy uspokoiła mnie, uciszyła. Niech się dzieje, co chce. Niech mnie zabije, zgwałci, a potem znowu zabije, jeszcze bardziej. Byleby przestało tak boleć gdzieś tam głęboko, w środku.

– Śpisz? – zapytał.

Zerknęłam w lusterko, w półmroku widziałam jego oczy. Były zmęczone. Pomyślałam, że dobrze byłoby rzeczywiście zasnąć i żeby on zasnął, huknął w drzewo i rozwalił nas oboje na miazgę. A ja bym nic nie poczuła, po prostu przeniosłabym się w niebyt, nie byłoby żadnej myśli, żadnego strachu.

– Czy ty się, dziewczyno, Boga nie boisz? – odezwał się znowu, tylko nieco ciszej. – Życie trzeba szanować.

Czy się nie boję Boga? Nie, bo nie ma żadnego Boga. Wiem to na pewno. Gdyby był, nie stałoby się tamto, przecież ktoś taki jak dobry, mądry Bóg nie pozwoliłby na to.

– Może i czasem jest źle – dorzucił jeszcze paparazzo. – Ale żeby od razu takie rzeczy? On nie jest tego wart, ten twój kochaś. To kawał skurwysyna, tyle ci powiem.

Zacisnęłam powieki. Chciałam móc zrobić to samo z uszami, nie słyszeć, odciąć się od tego, co on mówił. W jakiś sposób musiał to wyczuć, bo umilkł. Ukołysana warkotem silnika i podrygiwaniem auta na wybojach, zasnęłam. Śniła mi się twarz Grzegorza wciśnięta między kobiece uda, w tym śnie patrzyłam na to z boku i wbrew mojej woli wydobywał się ze mnie krzyk, a razem ze mną krzyczała tamta kobieta, tylko że to był jęk rozkoszy.

Rzecz w tym, że wszystko stało się takie męczące. Oddychanie, przekręcanie się na drugi bok. Ciężar, który mnie przygniatał, to jakieś trzy tony smutku. Przycisnęłam policzek do torby. Zasypiałam i budziłam się kilkakrotnie. Samochód ciągle gnał przed siebie. Kiedy wreszcie się zatrzymał, zostałam wyrwana z głębokiego snu i przez chwilę nie miałam pojęcia, co się dzieje. Trzasnęły drzwiczki samochodu, potem ktoś szarpnął mnie za nogi.

– Wstań – powiedział głos. – Jesteśmy.

Nie zapytałam, gdzie niby jesteśmy, nie odzywałam się wcale, bo było mi wszystko jedno. Miałam w dupie.

Dałam się wyprowadzić z samochodu. Ogarnęła mnie ciemność. Blondyn rozwiązał mi ręce, roztarłam je, chociaż szalik był miękki, poza tym wcale nie związał ciasno, więc zdrętwiały mi tylko barki. Nienawidziłam gnoja.

Nie rozglądałam się, spuściłam głowę, nie chciałam widzieć ani słyszeć. Przecież pragnęłam tylko umrzeć, nikomu nic do tego. Miałam prawo zrobić z własnym życiem, co mi się podoba. I tak to zrobię, nie dziś, to jutro.

Mężczyzna popchnął mnie lekko w stronę domu; nawet w ciemności widziałam, że to stary, ceglany budynek. Parterowy. Schodki – tylko dwa – były stare, wyszczerbione. Wszystko mi jedno. W progu podniosłam wzrok, bo drogę zagradzały zniszczone, ubłocone buty. Napotkałam spojrzenie starego człowieka, po ciemku nie widziałam nic więcej ponad to, że był niski i właśnie stary.

– Kłopoty? – zapytał.

Pytanie trafiło gdzieś w środek, pomiędzy mnie a rosłego blondyna. Żadne z nas nie odpowiedziało. Weszłam do środka, w czerń wnętrza, bo poczułam na plecach delikatne popchnięcie.

Blondyn zapalił światło w małej sieni, a następnie poprowadził mnie na lewo, do pokoju, w którym świeciła tandetna lampka.

– Dzisiaj prześpisz się tutaj – rzekł. – A jutro pogadamy. Chcesz do ubikacji?

Pokręciłam głową przecząco. Niech już idzie. Patrzył na mnie badawczo, jakby słyszał moje myśli i doskonale wiedział, że mam zamiar uciec, a potem rzucić się pod koła samochodu, pociągu, czegokolwiek, co byłoby w stanie skrócić moje cierpienie. Wyszedł. Zanim zdążyłam się rozejrzeć, dał się słyszeć zgrzyt klucza w zamku. Pięknie. Będzie trzeba wyłazić przez okno.

– No ale kolacja? – to głos tamtego starego człowieka.

– Ona prawie nic nie je – odpowiedział paparazzo.

Skąd wiesz, gnido, co jem, a czego nie jem, ile jem, czy w ogóle jadam? Jakim prawem cokolwiek o mnie wiesz?

Zaledwie te pytania wybrzmiały w mojej głowie, nasunęła się odpowiedź. On miał dokładnie takie prawo wiedzieć cokolwiek o mnie, jakie mu dałam, stając się bohaterką szmatławych portali i brukowców. Chciałam tego. Pragnęłam, żeby o mnie pisali, żeby mnie fotografowali. To, co się teraz działo, było tylko prostą konsekwencją tamtego wyboru. Matka ostrzegała, że się skurwię. I właśnie tak się stało.

Podeszłam do okna, odgarnęłam firankę i ciężką zasłonę w brązowe kwiaty. Mogłabym uciec. Mogłabym pobiec w ciemność, do najbliższej drogi, próbować złapać okazję, a zresztą w nocy nikt by mnie nie wziął, więc przycupnęłabym cicho na poboczu i może bym zamarzła; jesień się rozhulała, zrobiła się bezczelna i harda, noce były już zimne. A jeśli nie, to kto wie, może ktoś by się napatoczył, okradłby, zamordował. Tyle się tego słyszy w wiadomościach. Więc patrzyłam na okno, ale zwyczajnie nie miałam siły, to jednak co innego niż podjechać taksówką na most, tu trzeba było iść w ciemność, w noc, w nieznane. Nie dałabym rady. Rozbeczałam się z bezradności, ze złości na samą siebie.

Wreszcie położyłam się na łóżku przykrytym starą, wzorzystą kapą. W butach, w ubraniu. Nie zgasiłam lampki, niech świeci. Pokój pachniał starością, łóżko miało ten sam zapach. To dobrze. Stare jest lepsze niż nowe. Świat był lepszy za czasów naszych babć, kiedy łóżka przykrywano takimi kapami, kiedy mieszkało się w takich ceglanych domach, a ciemność rozpraszały tandetne, plastikowe lampki. Albo w ogóle nic jej nie rozpraszało.

Zwinęłam się jak psiak i zasnęłam. Tym razem nie śniło mi się zupełnie nic.

Ze snu wyrwało mnie gdakanie kur za oknem. Ten dźwięk przywodził na myśl ciepłe wakacyjne poranki, kiedy jako dziecko budziłam się u babci w Solcu Kujawskim. Wychodziłam na dwór, szłam na siusiu do murowanego wychodka, a potem brałam w jedną rękę przylepkę chleba z powidłami, a w drugą kankę, i biegłam przez pola do ciotki Renaty, która miała krowy i nalewała mi do tej kanki świeżego mleka. Szło się ledwie widoczną ścieżką wśród trawy, później trzeba było przeskoczyć przez wąski rów, a ja zawsze się tego bałam – ale też zawsze dawałam radę. Tuż za domem babci, kiedy już wracałam, przystawałam pod brzózkami i szukałam koźlaków, bo niekiedy tam rosły. A trawa przed babcinym płotem była ostra jak szczotka, rzadka, sinoniebieska. Nie tworzyła kobierca czy miękkiego dywanu, po którym chciałoby się pobiegać na bosaka, tylko śmieszne, zbuntowane kępki sterczące w niebo. Lubiłam ją. Kiedy jechaliśmy pociągiem, po tym właśnie rozpoznawałam, że zaczynają się Kujawy. Białawy piasek i ta dziwna, najeżona trawa.

U babci zawsze gdakały kury i teraz ten ich głos przyniósł mi chwilową ulgę, ale zaraz potem wróciło straszne uczucie, że muszę uciekać, dokończyć, co zaczęłam, bo nie było dla mnie powrotu do Warszawy, nie zniosłabym dłużej paparazzi, ciekawości tłumu, bezczelnych komentarzy mediów, złośliwej satysfakcji w oczach moich wrogów, a zresztą – czy miałam kogoś innego niż wrogowie?

Najchętniej skuliłabym się na łóżku, nakryła tą staromodną kapą, i nigdy nie wstawała. Musiałam jednak stąd wyjść – i to z bardzo prozaicznego powodu; potrzebowałam do ubikacji. Bolał mnie pęcherz. Wstałam, delikatnie nacisnęłam klamkę. Niemal natychmiast klucz zazgrzytał w zamku i drzwi się uchyliły. Zobaczyłam twarz blondyna.

– Wstałaś? – zapytał głupio.

– Muszę do łazienki.

Uśmiechnął się, jakbym powiedziała coś zabawnego. Pokazał mi drzwi na podwórko, a kiedy wyszłam, zaprowadził mnie za szopę, do starego drewnianego wychodka, jeszcze bardziej zapuszczonego niż tamten babciny. Teraz rozumiałam, dlaczego się uśmiechnął. Nazwanie tej budki łazienką było rzeczywiście dość zabawne.

47

Weszłam do środka i wyjrzałam przez małą dziurkę od sęka. Stał obok.

– Chciałabym zostać sama – powiedziałam.

Odszedł. Oddając mocz poczułam ulgę, która graniczyła z błogością. A więc jestem jak zwierzątko, któremu nie trzeba nic więcej, tylko spełnienia podstawowych potrzeb fizjologicznych? Wypróżnić się, zjeść coś, spać, znowu się wypróżnić. Przez chwilę myślałam o tym, że może to jest przepis na wyjście z mojego smutku. Cierpieć fizycznie, aby potem odczuć ulgę. Tak. Tylko mnie się już nie chciało wychodzić ze smutku. Nic mi się nie chciało. Walczyć, próbować, starać się. Poddałam się. Pas.

Wyszłam na zaniedbane podwórko. Już po paru krokach wdepnęłam w kurze gówienko. Słońce świeciło w oczy znad dachu. Blondyn czekał na mnie przy betonowej studni, brzydkiej, byle jakiej, jak wszystko tutaj. Zaprowadził do kuchni, gdzie umyłam ręce i twarz przy zlewie. Stary człowiek na mój widok wstał i podał mi mały, wyblakły ręcznik. Wytarłam się, a wtedy on się przedstawił.

– Stefan Wysocki.

– Pola Gajda – odpowiedziałam machinalnie.

Usłyszałam chrząknięcie za plecami.

– Ja jestem Konrad.

To blondyn. Wyciągnął do mnie wielką jak u kowala dłoń. Nie miałam zamiaru jej uścisnąć. I gówno mnie obchodziło, jak się nazywa ta góra mięsa. Chyba chciałam to powiedzieć, zamierzałam odtrącić tę jego rękę, wyjść, ale zanim podjęłam jakąkolwiek decyzję, w ułamku sekundy zrobiłam się mokra od potu, a potem obraz wzorzystej podłogi z linoleum zszarzał, stracił barwy, by wyblaknąć do reszty i wreszcie zniknąć.

Tym razem obudził mnie dotyk. Ktoś gładził mnie po dłoni. Otworzyłam oczy i ujrzałam siateczkę zmarszczek na czole tego starego. Jak się nazywał? Stefan. Pan Stefan.

– Syn mówi, że pani nic nie je. A przecież trzeba. Chociaż troszkę.

Podstawił mi pod nos wyszczerbiony kubek. Poczułam zapach tamtego mleka od ciotki Renaty... i czegoś jeszcze. Także z dzieciństwa.

– Nie chcę jeść – odpowiedziałam i sama się zdziwiłam, że mój głos jest taki słaby.

– Zemdlała pani – tłumaczył łagodnie stary. – Sił zabrakło. Konrad mówi, że pani tak od dawna głoduje. Wysoka a chuda. To przecież nawet nieładnie wygląda. A ja tu zrobiłem, o, taką miksturę. To nieboszczka żona stosowała. Dawała zwierzakom, jak któreś młode osłabło, a nawet i Konrad dostawał, kiedy był chory. Mleko, kapka miodu i łyżeczka masła.

I znów podsunął mi ten kubek, trącił mnie nim lekko. Czułam się jak mała dziewczynka, coś mnie dławiło w gardle. Uniosłam się na łokciu, wzięłam od niego naczynie i przełknęłam kilka razy. Słodkie, pewnie bardzo tłuste. Chciało mi się wymiotować, więc szybko odsunęłam od siebie kubek. Uświadomiłam sobie, że naprawdę nie jadłam od bardzo dawna, byłam osłabiona, pewnie odwodniona. Na pewno zemdlałam z głodu. I wszystko byłoby dobrze, gdyby nie to, że akurat teraz musiałam przecież odzyskać siły, żeby doprowadzić rzecz do końca. W takim stanie ani się stąd nie wydostanę, ani nie dotrę do żadnego mostu, żadnych torów. Odwiozą mnie do szpitala, a tam nikt nie pozwoli mi się zabić, za to natychmiast znajdą mnie dziennikarze.

– Później wypiję resztę – zapewniłam. – Niedobrze mi się zrobiło.

Stary odstawił kubek na podłogę przy łóżku, po czym wyszedł. Kiedy był już po drugiej stronie, przez ponownie zaciśnięte ze wzruszenia gardło wydobyło mi się jeszcze „dziękuję". Ale on chyba nie słyszał.

Popijałam mleko jeszcze kilka razy, małymi łykami, tłumacząc sobie, że robię to wyłącznie po to, aby odzyskać siły na tyle – i tylko na tyle – żeby móc dokończyć, co zaczęłam. Prawda była jednak taka, że wchłaniałam ten słodki smak całą sobą, moje ciało go pragnęło, wołało, żądało. Zupełnie jakby było w niezgodzie z umysłem, jakby buntowało się przeciwko postanowieniom i decyzjom, które we mnie zapadły. To nic, uspokajałam samą siebie, komórki tłuszczowe nie będą mną rządziły, nie mają władzy, którą miały niegdyś, kiedy Kasia Pietra była pulchną, rumianą dziewczyną z małego miasteczka. Teraz rządzi tu Pola Gajda.

W ciszy słyszałam tykanie zegara w sąsiednim pomieszczeniu. Dopóki było jasno, przysypiałam trochę, zwinięta w kłębek. Nikt nie przychodził, zostawili mnie w spokoju. Dziwiło mnie, że nie płaczę. Nie chciało mi się płakać. Nic mi się w ogóle nie chciało. Mleko się skończyło, ale nie chciało mi się także dokładki.

Kiedy zapadł zmrok, trzasnęły gdzieś drzwi i rozległy się kroki. Za ścianą miałam chyba kuchnię – tam myłam ręce po powrocie z wychodka. Teraz wyłapałam szuranie krzeseł, ktoś zapalił zapałkę, po jakimś czasie zagwizdał czajnik. Słyszałam wszystko tak dokładnie, jakbym miała ucho przy drzwiach, ta ściana musiała być cienka, z jakiegoś regipsu albo z płyty pilśniowej.

– No i co ja mam zrobić? – to głos Konrada, blond świni z kucykiem.

– Nie wiem, synu. Ona nie wygląda dobrze.

– Trzeba ją odkarmić.

– Odkarmić! – prychnął stary i wyobraziłam sobie, jak macha na syna ręką, zniecierpliwiony. – To nie o jedzenie chodzi.

– Ale ona nie ma sił.

– Nie ma. Ale innych sił, niż ty myślisz. Ona żyć nie chce.

– No wiem.

– A dlaczego?

– Mówiłem ci. Ukochany odszedł. Zdradził ją z inną.

Zapadła cisza. Dziwiłam się sobie, że tak spokojnie tego słucham. Jakby rozmawiali o kimś obcym, kogo wcale nie znam.

– To nie może być tylko to – rzekł w końcu stary. – To nie głupi podlotek, żeby przez chłoptasia skakać z mostu albo na torach się kłaść. Ile ona ma lat?

– Nie wiem. Trzydzieści parę. Pewnie niewiele młodsza ode mnie.

– Nie wygląda.

– Bo to gwiazda, tato. Łazi na masaże, baseny, treningi, do tych chirurgów wszystkich i diabeł jeden wie, gdzie jeszcze.

W jego głosie brzmiała pogarda. Bardzo dużo pogardy. Nie bolało mnie to, tylko zastanawiało – on gardził mną, a ja nim. Które z nas miało rację? Które coś sobą przedstawiało? Czy moje życie posiadało jakąś wartość? Nie, doskonale wiedziałam, że nie. Ale czy to, co robił on, Konrad, blond gnojek z kitką, fotografowanie ludzi, kiedy nie chcą być widziani, podglądanie, śledzenie – czy to było coś warte? Gówno. Nie było. Powinien był skoczyć z tego mostu razem ze mną.

Listopad

𝒩ie liczyłam dni, straciłam rachubę czasu. Paparazzo zostawił mnie na tej wsi, razem z torbą i jej poetyczną zawartością, przypominającą, kim byłam. Zanim wyjechał, zapytał, czy chcę komórkę. Powiedział, że może mi przywieźć. I laptopa. I w ogóle, co chcę z mojego mieszkania. Weźmie klucze i przywiezie mi, czego tylko potrzebuję. Albo mi coś kupi. Nic nie chciałam. Mimo to przywiózł mi różową szczoteczkę do zębów i tandetny grzebyk z pobliskiego sklepu. A po jakimś czasie wziął jednak te klucze i zjawił się tu z jakimiś ubraniami i bielizną na zmianę. Powiedział, że mój samochód stoi bezpiecznie pod wiatą na podwórku i że będzie do niego zaglądał.

Zrobiło się bardzo cicho. Całymi dniami leżałam, nie rozmawiałam z nikim, nic w ogóle nie robiłam. Analizowałam powtarzające się wzory na ścianach – u babci w Solcu też takie były. Znalazłam w pamięci takie wspomnienie: dziadek malował, a ja patrzyłam z zapartym tchem – brał specjalny wałek, napełniał go farbą i z nonszalancją artysty jechał po ścianie, zostawiając fantazyjne motywy.

Pan Stefan przynosił mi jedzenie, wieczorem wychodził z kuchni, żebym mogła się umyć w emaliowanej miednicy. Nic więcej nie było mi trzeba. Wyciszyłam się, oddychałam powoli, miarowo, nic mnie nie bolało. Jeszcze schudłam. Sztruksy zrobiły się luźne. Nie jadłam, bo nie mogłam, w gardle robiła mi się z jedzenia taka kula, że nijak nie dawałam rady tego przełknąć i wpadałam w panikę, że się uduszę, zadławię. Paradoks, bo przecież chciałam umrzeć.

Na dwór nie wychodziłam, ponieważ zrobiło się strasznie zimno, a ja nie miałam ciepłego okrycia. Zresztą po co miałabym wychodzić. Tyle co do wychodka. Wtedy zarzucałam na siebie starą kurtkę paparazzo Konrada.

Przyjeżdżał co jakiś czas, ale rzadko do mnie zaglądał. Najczęściej znikał gdzieś w szopie – kilka razy słyszałam, jak pan Stefan go stamtąd przywoływał na obiad. Wtedy przychodził, ale miałam wrażenie, że jakoś niechętnie. Zapewne wiedział, że życzę mu jak najgorzej.

Pewnego razu, gdy strasznie lało, a dzień wydawał się trwać mniej niż dwie godziny, podsłuchałam jego rozmowę z ojcem. Zamierzałam właśnie udać się do wygódki, wyszłam do sieni i wsunęłam stopy w gumiaki. Rozmawiali w kuchni, najwyraźniej nie mając pojęcia, że jestem tuż za drzwiami i słyszę każde słowo.

– Ona musi zacząć żyć, tato – powiedział Konrad.

– E tam, synu. Jest na odwrót, ona codziennie po trochu przestaje. Może byś się wokół tego zakręcił, nie wiem, może trzeba kogoś znaleźć, jakiegoś lekarza. To się chyba samo nie naprawi.

– No chyba nie.

– Samo to się co najwyżej psuje.

– A gdzie tam, samo. To ja zepsułem, tato.

Zapadła cisza. Już przedtem stałam jak zamurowana, ale teraz przestałam nawet oddychać.

– Sfotografowałem tego jej kochasia, jak się dobierał do innej, sprzedałem do gazety. Nie patrz tak. Wiesz, że żyję z takich zdjęć. A to był straszny dupek, taki mały sukinkot, tato. Zdradzał ją na lewo i prawo, przed tą modelką były chyba ze trzy inne cizie. Poza tym ja widziałem, że Pola była z nim nieszczęśliwa, nawet bez tych zdrad by była. On jej nie kochał.

Ojciec nie odpowiedział. Zresztą wcale nie chciałam usłyszeć, co miałby do powiedzenia. Najciszej, jak umiałam, wyszłam w deszcz. Gumiaki pana Stefana były za duże, za szerokie, woda kapała mi do cholewek. Skierowałam się do wychodka, ale potem, po wyjściu, wcale nie wróciłam do domu, tylko stałam przez chwilę w strugach lodowatej ulewy. Decyzja podjęła się sama. Chciałam uciec, byle dalej od tego miejsca i tych okrutnych słów. Kiedy się nad tym później zastanawiałam, doszłam do wniosku, że nie było w tym kompletnie nic racjonalnego, ale nie było także autodestrukcji – zachowywałam się jak zwierzątko, które chce biec przed siebie w bezmyślnej potrzebie ucieczki od czegoś, co zadaje ból.

Ruszyłam do furtki, z niemałym trudem otworzyłam skobel, bo z zimna zgrabiały mi dłonie, a potem zaczęłam brnąć w błocie przed siebie, w pole, nieco na lewo od ścieżki.

Zapadał zmrok, deszcz wydawał się gęsty, szary, jak zupa z robactwa. Po kilkunastu, a może kilkudziesięciu metrach wpadłam w coś miękkiego, jakieś bagienko, nogi mi się śmiesznie ugięły, jakbym była zepsutą lalką. Było zimno, tak strasznie zimno. Podparłam się, ale ramiona mi osłabły w tej lodowatej brei. Błoto miałam nawet w ustach. Gdybym znalazła w sobie dość siły, pewnie wstałabym i łkając uciekła z powrotem do ciepłego domu pana Stefana. Rzecz w tym, że nie miałam siły. Jeszcze przez chwilę usiłowałam się wygrzebać, jak ospała pszczoła, którą zaskoczył przymrozek. A potem zgodziłam się na to, że to już nareszcie koniec. Bardzo się trzęsłam, tak długo, długo, aż przestałam czuć cokolwiek.

&

Światło było ostre, więc nie mogłam otworzyć oczu, tylko lekko rozchyliłam powieki. Nie rozumiałam i chyba nie chciało mi się rozumieć, gdzie się znalazłam i dlaczego. Ktoś rozmawiał, dwie osoby, jedna z nich to była kobieta. Nie wyłapałam słów, tylko melodię zdań, mężczyzna pytał, kobieta odpowiadała, tłumaczyła, chyba ze złością. Nie chciałam tego słyszeć. Odpłynęłam ponownie.

Kolejne przebudzenie – ciemność albo raczej łagodny mrok, gdzieś za oknem paliła się latarnia i oświetliła twarz mężczyzny siedzącego przy moim łóżku. To mój paparazzo. Przez dłuższą chwilę szukałam w pamięci jego imienia. Konrad. Spał, wielkie ciało wydawało się jakieś połamane na szpitalnym krześle. Usiłowałam zrozumieć, co ten facet tu robi, dlaczego siedzi przy mnie w nocy – i nagle, jak błysk pod czaszką, wróciły do mnie obrazy: błoto, ciemność, przenikliwe zimno, moje skulone ciało i to wstrętne uczucie, gdy do gumiaków wlewała się lodowato zimna woda, światełka latarek wwiercające się pod powieki, ból pod pachami, kiedy wielkie dłonie chwyciły mnie i ciągnęły w górę, a buty mlasnęły śmiesznie, zanim odessały się od błota.

Potem szaleńczy bieg w stronę domu, jego włosy na mojej mokrej twarzy i ciepło tego wielkiego ciała, którego powinnam przecież nienawidzić, ale które w tamtej chwili otworzyło we mnie jakąś klapkę, a przez nią wylał się straszny płacz. Taką rozszlochaną, dygoczącą i brudną położyli mnie, pamiętałam to jak przez mgłę, na łóżku, prosto w pościel, chociaż miałam to błoto na gumiakach i na ubraniu, i choć woda lała się ze mnie strumieniami. Było strasznie zimno, a zęby szczękały mi tak bardzo, że aż bolało – i to chyba ostatnie, co zapamiętałam, ten ból w ustach.

Nie, naprawdę nie czułam już gniewu. Paparazzo, Konrad, poprawiłam się w myślach, był świnią – ale mnie to nie dotyczyło. Może i zniszczyłby mi życie, gdyby nie to, że ono już było zniszczone. Było do dupy. A teraz znów zrobiło mi się wszystko jedno. Nawet nie chciałam wiedzieć, co z Grzegorzem, czy mnie szukał, czy o mnie pytał; to imię wydało mi się tak dalekie i zimne.

Jeszcze jedno przebudzenie. Rozpoznałam głos kobiety, która przedtem się złościła, ale tym razem widziałam ją wyraźnie w świetle poranka.

– Pan nie rozumie – mówiła, tym razem cierpliwie, bez poprzedniej irytacji. – Tu się nic nie da powiedzieć na pewno. Psychika to taka delikatna materia. Ciało, pal sześć, odkarmi się, załaduje się kroplówki, wie pan, to tak jak z maszyną, dokręcić śrubki, trochę paliwa i chodzi.

Ale z psychiką się tak nie da. Dopóki ona nam nie powie, nie będziemy nic wiedzieć.

– Ale ona nie chce mówić, pani doktor.

– Nie chce albo nie może.

– Nie chce – upierał się Konrad. – Ma żal. Do mnie, do świata.

– Zobaczymy. Za dwie godzinki przyjdzie psychiatra, trzeba poczekać na jego opinię.

Zapadłam się znowu w moją nicość. To taki półsen, w którym wszystko wokół istniało, ale nie było mnie samej. Słyszałam, jak ktoś wchodził i wychodził, jakaś gruba kobieta w bieli chyba usiłowała namówić mnie do jedzenia, w końcu jednak wzruszyła ramionami i po chwili już jej nie było. Jak dobrze. Chciałam tylko zostać sama i spać. Postanowiłam już się nie budzić, nie otwierać oczu.

Z każdą godziną coraz szczelniej zawijałam się w kokon milczenia. Byłam wyłączona, jakby udało mi się nacisnąć jakiś wewnętrzny przycisk. Nie gromadziłam energii, tylko ją pomalutku wykorzystywałam – na oddychanie, bicie serca, pracę nerek i jelit. Bo moje narządy pracowały, tak, przez cały czas pielęgniarki pompowały we mnie jakieś płyny i wciskały mi do ust obrzydliwe papki. Ale doskonale wiedziałam, że to za mało i baterie w końcu się wyczerpią. Wtedy zasnę na dobre. Docierały do mnie strzępki obrazów i rozmów, oderwane, nic nieznaczące słowa: depresja, załamanie nerwowe, anoreksja, leczenie psychiatryczne, rodzina, przyjaciele. Słyszałam głos pana Stefana i on przynosił mi jakiś rodzaj ulgi, chociaż właściwie trudno było mówić o uldze, skoro nie cierpiałam.

Nie czułam zupełnie nic, aż do dnia, kiedy w moją wewnętrzną ciszę wdarł się głos, którego najbardziej na świecie nie chciałam usłyszeć.

Grudzień

Za oknem miałam przecudny obraz. Biel była wszech-
ogarniająca i taka czysta. Spod śniegu wystawało tylko
samotne drzewo, może grusza. Nie znałam się na drze-
wach, ale tak mi dobrze brzmiało: samotna grusza. Jedynym dźwiękiem, jaki do mnie docierał, był brzęk talerzy
w kuchni, za ścianą. Pan Stefan szykował obiad, ponieważ miał przyjechać Konrad.

Normalnie, gdy byliśmy sami, nie jadaliśmy obiadu.
Tylko dwa posiłki – jeden rano, i to była zawsze kromka
chleba z masłem i miodem, a do tego mleko. Drugi wieczorem: zazwyczaj twaróg, chleb, masło, dżem, kiełbasa,
jajko. Pan Stefan jadał także bardzo dużo jabłek, ja nie,
bo przy gryzieniu rosły mi w ustach, za dużo z tym było
kłopotu. Nic mi się nie chciało, ale też nikt niczego ode
mnie nie wymagał. Było dobrze.

Nie zapamiętałam zbyt dokładnie tamtego dnia w szpitalu, kiedy przy łóżku pojawiła się moja matka. Jej głos
sprawił, że głębiej wcisnęłam się w nicość, zawinęłam

w mój kokon. Nie śledziłam rozmowy, którą prowadziła najpierw z lekarzem – tonem władczym i wszechwiedzącym, jak zwykle mama – ani tej szeptanej, z panem Stefanem. Ożywiłam się jedynie na chwilę, po jej wyjściu, kiedy staruszek nachylił się nade mną, a ja czułam to doskonale mimo zamkniętych oczu, i zapytał: „Chcesz jechać do niej, dziecko? Bo mnie się widzi, że taki szpital to nie jest dobre miejsce". Znalazłam w sobie tyle siły, żeby wysunąć dłoń spod kołdry, a kiedy znalazłam jego suchą, twardą rękę, uścisnęłam ją rozpaczliwie. Zupełnie niepojęte, jakim cudem mnie zrozumiał.

– Zabieramy ją, synu – usłyszałam. – Trzeba zrobić tak, żebyśmy ją mogli zabrać na wieś.

– Ale jak? – To był głos Konrada. – Tato, my nie mamy prawa jej wypisać.

– Trzeba to załatwić z jej matką i z doktorką. Dziewczyna jedzie do nas.

Jego głos, kiedy to mówił, był równie twardy jak ta spracowana dłoń. I wtedy poczułam się bezpieczna, tak bezpieczna, że mogłam znowu odpłynąć w nicość. Nie miałam pojęcia, jak paparazzo i jego ojciec „załatwili" to z moją matką, jakim cudem całej tej trójce udało się wyrwać mnie ze szponów lekarzy. Coś tam podpisałam, na coś się zgodziłam, ale nie wiedziałam, na co. Szczerze mówiąc, było mi wszystko jedno. Jedyne, czego bardzo nie chciałam, to żeby matka mnie zabrała. Nie zniosłabym ani jednego dnia pod jej opieką.

Po powrocie na wieś – jej nazwy nie znałam i nie wiedziałam nawet, w jakiej części Polski się znajduje – zrobiło się bardzo cicho. Jedynym dźwiękiem, który regularnie tę ciszę zakłócał, było gdakanie kur.

Straciłam poczucie czasu, ale byłam niemal pewna, że kilka razy robiło się jasno i znowu ciemno, zanim dotarło do mnie, że nie chcę mieć już ciągle zamkniętych oczu. Same mi się otworzyły i mimo moich usiłowań pozostały otwarte. Potem stopniowo robiły się ze mną inne rzeczy – zaczęłam sama siadać, wstawać i wychodzić do toalety, aż wreszcie nadszedł ten dzień, w którym podeszłam do okna i zagapiłam się na pagórkowaty pejzaż. Pokryte bielą pola, drzewo. To tyle. Pięknie, bo nie było w tym nic niepotrzebnego.

Któregoś dnia oprzytomniałam na tyle, że poszukałam w mojej torbie portfela i wydobyłam z niego kilkaset złotych. Tyle akurat miałam przy sobie, kiedy poszłam na tamten most. Zaniosłam pieniądze gospodarzowi. Popatrzył na mnie i początkowo miał w oczach coś takiego, jakbym powiedziała mu coś bardzo obraźliwego. Ale potem ten wzrok złagodniał.

– Możesz tu zostać, ile chcesz i bez tego – powiedział. – Ty przecież jesz tyle, co ptaszek.

Położyłam pieniądze na stole, bo nie miałam siły tak stać z wyciągniętą ręką. Bardzo chciałam, żeby je wziął, inaczej musiałabym odejść, tak to czułam. Jakimś cudem znowu mnie zrozumiał. Pomilczał jeszcze chwilę, a później schował banknoty do starego skórzanego portfela.

Pan Stefan na pewno odetchnął z ulgą, kiedy sama zaczęłam chodzić do wychodka, a ja odczułam coś na kształt wstydu, kiedy sobie uświadomiłam, że musiał pilnować moich wypróżnień i wyprowadzać mnie regularnie jak pieska. To było pierwsze uczucie, jakie mi się przydarzyło od bardzo, bardzo dawna. Smakowałam je powoli, przyglądałam się. Wstyd. To, że miałam potrzeby fizjologiczne, że się wypróżniałam. To, że stary mężczyzna myślał o moim tyłku i kroczu. Że poprosił Ulkę, sąsiadkę, żeby przychodziła mnie myć i przebierać. Czy myślał o tym także Konrad, kiedy przyjeżdżał tu na weekend? Wstyd stał się intensywniejszy, bardziej jaskrawy, czerwony – o ile uczucie może mieć barwę.

Szukałam innych uczuć, ale ich nie znalazłam. Nic z tych dawnych emocji, żadnego smutku, rozpaczy, poczucia winy. Zobojętniałam. Może i lepiej. Tak było bezpiecznie, bo niczego się już nie bałam.

Usłyszałam głos w sieni, wycieranie butów, dźwięki w kuchni stały się bardziej intensywne, potem pan Stefan mnie zawołał. Poszłam do kuchni. Na moim talerzu leżały dwa ziemniaki i odrobina sosu z gulaszu, gospodarz dobrze wiedział, że więcej nie wcisnę. Raz próbowałam, ale skończyło się torsjami. Mężczyźni mieli przed sobą kopiaste porcje, do ziemniaków i mięsa jak zwykle ogórki kiszone. Pan Stefan nie umiał robić surówek, zresztą może potrafił, ale nie chciało mu się trzeć warzyw na tarce. Nie dziwiłam się mu, mnie też się nic nie chciało. Pasowaliśmy do siebie także pod względem milczenia. On nie mówił, bo nie widział potrzeby, ja nie mogłam, choćbym chciała. Coś mi się zablokowało od czasu tamtego pobytu w szpitalu.

– Dzień dobry – przywitał się Konrad. – Wstałaś.

Spostrzegawczy. Zaledwie ta myśl sformułowała się w mojej głowie, pojawiła się następna: czyżby ironia?

Przestawałam być zwierzątkiem, skoro stać mnie było na ironię.

Oczywiście nie odpowiedziałam, nie podniosłam także wzroku, więc nie miałam pojęcia, czy spojrzeli na siebie porozumiewawczo, czy się uśmiechnęli. Pochyliłam głowę nad talerzem i dziobałam widelcem kartofle. Czułam, że nie dam rady zjeść tak dużo. Jeden ziemniak, w porządku, tyle mogłam zrobić dla pana Stefana. Ale nie więcej.

Wróciłam do pokoju, położyłam się na łóżku i przysnęłam. Zbudziło mnie skrzypnięcie drzwi.

– Nie możesz tylko spać – usłyszałam głos paparazzo. – Porozmawiaj ze mną.

Udawałam, że nic nie słyszę. Wyjdzie, da mi spokój. Zawsze tak było.

– Posłuchaj, Pola – jednak nie dał mi spokoju, dupek jeden. – Tak nie można. Kiedyś trzeba pogadać.

Cisza. Długo, długo. Oplotła mnie, sączyła się niby dym i chroniła przed jego wzrokiem.

– Wiem, że ty uważasz... Że to ja. Że przeze mnie wszystko się popierdoliło.

Cisza. Dym stał się duszący.

– Ale to nie tak. Oboje wiemy, że już wcześniej było źle.

Co miałabym ci powiedzieć? Że masz rację, bo nigdy się nie układało? Że nawet z Jakubem, chociaż mogłoby się wydawać, że musiało być dobrze, wcale tak nie było? Bo na dnie duszy zawsze tkwiło tamto poczucie, że nie może się nam udać, skoro ja na to nie zasłużyłam, a potem w dodatku okazało się, że miałam rację, ponieważ nie da się uciec przed karą? I że za dużo jest tych rzeczy, których nie nazywam po imieniu. Jeśli coś nie ma imienia, jeśli czegoś nie nazwiemy, to tak jakby nie istniało, prawda? A ja właśnie bardzo chcę, żeby nie istniało, ale istnieje, wraca i kąsa niczym wesz albo inne robactwo.

Więc cisza.

– Pola. Jesteś piękną kobietą. On cię zdradzał. Ja o tym od dawna wiedziałem, jeździłem przecież za wami i wszystko widziałem, mam na zdjęciach kawał waszego wspólnego życia. I ciebie, jak byłaś taka smutna, jak przeglądałaś książki w księgarni, zawsze szukałaś tych dobrych, optymistycznych, z kolorowymi okładkami, kwiaty tam były i dzieci, ale jedynie czytałaś opisy na obwolutach i odkładałaś. Pamiętasz? I jego też śledziłem, ale on nie wchodził do księgarni, tylko kosmetyczka, stylistka, butiki, solarium, jakaś kochanka, potem ta Samanta. To był taki mały dupek, Pola, rozumiesz? Ja tamtych wcześniejszych zdjęć nie sprzedałem, bo co innego kurestwo, a co innego nieszczęście, i nie chciałem. Ale potem, zrozum mnie, to było zlecenie, taka praca, musiałem. I zresztą chyba uważałem, że mu się należy.

Cisza.

– A wiesz, co dla mnie jest najsmutniejsze? Wcale nie tamto. Tylko to, że jak do ciebie przyjechała matka, do szpitala, to ty nie zareagowałaś. I ona tak to załatwiła, żeby cię wypisać na własną odpowiedzialność, powiedziała nam, jak napisać takie pismo, ale wcale nie nalegała, żeby cię wziąć do siebie, bo stwierdziła, że tylko byście się krzywdziły.

Nie udało mi się dłużej udawać, że śpię. Moje ciało wymknęło się spod kontroli, najpierw zaczęłam lekko drżeć, by potem zatrząść się potężnie w niemym płaczu. Zdemaskował mnie, skurwysyn. Teraz pewnie zrobi mi zdjęcie.

Skąd wiedziałam, że zbliżają się święta? Poznałam po zapachu. Pachniało żywicą. Pan Stefan zasapał się strasznie, gdy udało mu się wciągnąć do pokoju choinkę.

– Mam swoje świerczki – wyjaśnił lakonicznie. – Nie z lasu.

Pomogłam mu postawić drzewko, a potem przytrzymałam, gdy szukał stojaka. Zawiesiłam razem z nim kilkanaście bombek, więcej nie miał. Były tandetne, plastikowe, ale mimo to, a może właśnie dlatego wzruszyłam się, zaczepiając nitki na gałązkach.

Staruszek przygotował zupę grzybową, do makowca trochę się włączyłam – ubiłam pianę. W tym domu nie było miksera, wszystko robiło się ręcznie. Kiedy zapamiętale waliłam trzepaczką w białka, miałam wrażenie, że zabijam jakiegoś niewidzialnego wroga. Piana stopniowo stawała się sztywna i biała, a ja przez chwilę odczuwałam wielką ulgę. Zaraz potem przyszło wyczerpanie, jakbym wykonała jakąś strasznie męczącą pracę.

– Uszek nie umiesz robić? – spytał pan Stefan. – Konradek by się ucieszył. Od śmierci matki nie było w tym domu pierogów. A ta jego kobieta to nigdy palcem nie kiwnie.

Pokręciłam głową przecząco. Umiałam. Ale nie byłam gotowa, żeby zrobić je dla tej góry mięsa. Nie miałam pewności, czy mu wybaczyłam. Pewnie tak. Chyba nawet nie było czego wybaczać. Ale pierogi i uszka to rzecz bardzo szczególna. Nie mogłabym ich zrobić dla byle kogo. A Konrad był takim właśnie byle kim w moim życiu. Gównem, które przylepiło się do buta. Nie można

udawać, że go nie ma, bo przecież śmierdzi. Ale chciałoby się o nim nie myśleć.

Więc miał kobietę? Kto by pomyślał.

❧

Wieczór wigilijny. Nigdy go nie lubiłam. Matka ubierała się w krzykliwe sukienki, coś z jaskrawą czerwienią
albo cytrynowym żółtym. Pucowała dom, jakby każda
bakteria miała się okazać tą śmiercionośną albo jakbyśmy były co najmniej uczulone na kurz. Gówno prawda,
żadna z nas nie była, ja nawet wtedy wolałam swojski
bałagan od tej sterylnej czystości matczynego domu.

Wigilia z moich wspomnień, pomijając te wcześniej-
sze lata, kiedy jeszcze ojciec mieszkał z nami... To głównie płacz. Matka piła do kolacji wino, robione zresztą
dokładnie według ojcowskich wskazówek, bo był winia-
rzem z zamiłowania i umiał robić wino nawet z samego
ryżu. Tak więc mama przez cały rok robiła wino według
jego receptury, a potem piła je i płakała w samotności.
No, niezupełnie w samotności, bo ze mną. Tyle że ja nie
piłam. Patrzyłam na jej łzy i nienawidziłam ich, nienawidziłam świąt i własnej matki. Tego, że wiecznie narzeka-
ła. I tego, co mówiła. A mówiła o ojcu.

– Gdyby nas kochał, toby nie odszedł. Co tam „nas".
Ciebie gdyby kochał. Byłaś taką słodką małą dziewczynką, córunią tatusia. Gdyby cię naprawdę kochał, to żadna
cizia by mu w głowie nie zawróciła.

Potem włączała muzykę. Nie żadne kolędy, nie była
religijna. Włączała stare płyty i tańczyła, bo już była pijana, i mi też kazała tańczyć.

– Zawsze miałaś dryg do tańca – mówiła. – Tatuś lubił patrzeć, jak się kręcisz, jak ci spódniczka faluje. Taki był kochający, psia jego mać. A potem co? Zabrał się i poszedł. Za inną spódniczką.

Takie były moje święta.

Pan Stefan wziął w pomarszczoną dłoń opłatek.

– Jako najstarszy – rzekł cicho – składam wam życzenia. Kiedyś moja żona była najstarsza, ale teraz jej zabrakło. Dzielę się z wami młodymi tym opłatkiem. Żeby wam się darzyło. I żebyście oboje znaleźli, czego szukacie.

Żadne z nas nie odpowiedziało. Konrad ułamał kawałeczek, ja zrobiłam to samo. Potem obaj usiedli do stołu; naśladowałam ich, w ciszy, bez zbędnych gestów, tak po prostu. Położyłam sobie ten opłatek na końcu języka, a on znikał pomalutku, rozpadał się we mnie. Nikt nikogo nie całował w policzki, nie wypowiadał tych wszystkich pustych, wyświechtanych formułek. Było w tym wszystkim jakieś spokojne, niewymuszone dobro, od którego ściskało mnie w gardle.

Zabraliśmy się do jedzenia. Wlałam w siebie trochę zupy grzybowej, długo obracałam językiem śliskie prawdziwki. Smakowały najwcześniejszym dzieciństwem, jesienią i strasznym smutkiem, że tamten świat nie utrzymał się długo. Świat, w którym byli mama i tata, człowiek miał prawo żyć i być szczęśliwym, bo nie zdążył jeszcze niczego zepsuć.

Nie potrafiłam już jeść. Po kilku łykach zupy i paru zjedzonych grzybach zrobiło mi się niedobrze. Chciałam spróbować czegoś jeszcze – nie żebym miała apetyt, skądże, po prostu panu Stefanowi było przykro, bo sam wszystko szykował, stwardniałymi od pracy dłońmi ucierał keks i układał na półmisku śledzie. Ale nie mogłam, jedzenie rosło mi w przełyku i bałam się, że zwymiotuję. Po kilkunastu minutach podziękowałam ruchem głowy i poszłam się położyć.

Nie spałam. Leżałam i wsłuchiwałam się w dobrą ciszę tego domu. Nie myślałam o sobie ani o tym, co zostawiłam w Warszawie. Pod choinką, zanim jeszcze zasiedliśmy do kolacji, znalazłam małe zawiniątko. Był w nim flakonik perfum, jakieś tanie no-name, zapewne od pana Stefana, oraz moja komórka i ładowarka, przywiezione widocznie przez Konrada z Warszawy. Myślał, że się ucieszę, głupi. Nawet nie włączyłam. Nie chciałam wiedzieć, kto do mnie dzwonił. I chyba też trochę się bałam, że nikt.

Kiedy oczy zaczęły mi się kleić, rozległo się cichutkie pukanie do drzwi. Pan Stefan nigdy nie pukał, to musiał być paparazzo. Zdrętwiałam, jak zawsze, kiedy był blisko. Wróg to wróg. Trzeba być czujnym, nawet jeśli nie ma się nic do stracenia. To się nazywało instynkt i sprawiało, że znów stawałam się tylko małym, zalęknionym zwierzątkiem.

– Tak nie może dłużej być – powiedział, podchodząc i siadając na brzeżku mojego łóżka.

Pachniał drewnem. Nie patrzyłam na niego. Nigdy tego nie robiłam.

– Przywiozłem ci telefon, bo... Musisz zacząć coś robić. Gdzieś tam ciągle są filmy, teatry, reżyserzy. Masz przyjaciół, tylko musisz do nich zadzwonić, dać znać. Masz matkę i ojca. Dziewczyno, trzeba wrócić do świata.

Nie mogłam powstrzymać grymasu, kiedy wspomniał o ojcu. Twarz mi się ściągnęła do płaczu i na moment odsłoniła całą tę słabość, której nienawidziłam, której przez tyle lat bezskutecznie usiłowałam się pozbyć. Chciałabym mu odpowiedzieć. Zupełnie nie wiedziałam dlaczego – miałam ochotę porozmawiać z tym wielkim, głupim facetem, z moim wrogiem. Powiedzieć mu o tym, jak bardzo i od jak dawna nie posiadałam ojca. Ale nie mogłam. Język miałam jak z drewna, a może to gardło nie działało. Zwyczajnie nie byłam w stanie wydobyć z siebie głosu.

– Nic nie mówisz – dodał jeszcze Konrad. – Twoja mama też nie chce nic opowiedzieć, ani nauczycielka. Byłem w tych Bukach, pytałem. Chciałem zrozumieć, co się stało. Ja wiem, ta fotografia... Ale tata ma rację, to nie może być tylko to. Załamanie nerwowe z powodu zdrady? Przecież nie jesteś już nastolatką, niejedno przeżyłaś, rozwód... Mam rację? Przepraszam, że tak pytam. I przepraszam za to zdjęcie. Ale widzisz, taki mam zawód. Ty masz swój, ja swój.

Odwróciłam się gwałtownie do ściany i zatkałam uszy. Nie mógł wiedzieć, że to, co mnie najbardziej zabolało, to wcale nie wspomnienie o zdradzie, ale to o Bukach. Że on tam był, pytał. Nie chciałam, żeby ktokolwiek grzebał w mojej przeszłości, sama nie zamierzałam w niej grzebać. Dobranoc, paparazzo. Wyjdź już, błagam.

Wyszedł. Nie wrócił już ani tego dnia, ani następnego. Pan Stefan powiedział, że Konradek wyjechał, wybrał się ze swoją kobietą na narty do Włoch. Przyjedzie do nas dopiero po Nowym Roku. I dobrze.

Pogrążyliśmy się w ciszy. Czas płynął powoli, jakoś pulsująco i rytmicznie, jak krew. Wieczorem zaczął padać śnieg i sypał przez dwa dni bez przerwy. W świąteczny poranek patrzyłam, jak z nieba lecą białe kropki. Położyłam się na podłodze, głową do okna – niebo było białe i śnieg był biały, biała była stara, popękana framuga. Miałam wrażenie, że sypało mi prosto w oczy, powieki mrużyły się bez mojego udziału, wreszcie zapadłam w dziwny półsen – wiedziałam, że leżę tu, na dywanie, ale zarazem znajdowałam się wszędzie, w mieście z mojego dzieciństwa, w pokoju pełnym pluszowych misiów i samochodów z plastiku, w szczecińskim szpitalu, w sali sądowej podczas rozwodu i na warszawskim moście z Konradem. Unosiłam się w powietrzu i wchodziłam w przedmioty, w poduszkę pod moją głową, w tandetne sztuczne kwiaty, w długopis na stoliku sędziego. Byłam wszędzie i nie było mnie nigdzie, nie istniał czas, zastąpił go jakiś wszech-czas i tak właśnie było dobrze, bo nic mnie nie bolało.

Styczeń

W Nowy Rok odwiedziła nas sąsiadka. Tak się to nazywało, chociaż w rzeczywistości nie widziałam tu żadnych sąsiedzkich gospodarstw. Wyszłam już kilkakrotnie na spacer, kawałek w stronę drogi, nazywanej tu wygonem. Szło się między topolami, które przyglądały się w milczeniu, jak śmieszny, mały człowiek kuli się przed lodowatym wiatrem.

Sąsiadka miała na imię Ulka. Znałam ją już, bo w tych pierwszych dniach po szpitalu przychodziła, by mnie przebrać i umyć. Była szczerbata, miała niemal łysą głowę, z poprzylepianymi byle jak kosmykami siwizny. A mimo to dostrzegałam w niej coś pięknego. Ładne miała zwłaszcza oczy, czarne jak węgielki. I jej skóra wydała mi się piękna, pomarszczona, ale w dziwny sposób miła dla oka. Patrząc na nią, myślałam, że chciałabym dotknąć tych zamszowych policzków. Przypominały mi suszone morele.

Ulka rozmawiała z panem Stefanem o mieszkańcach wsi, którzy już odeszli. Przysłuchując się ich pogawędce, doszłam do wniosku, że ci ludzie na nic nie czekali, niczego się nie bali, po prostu istnieli, jak zwierzęta, rośliny, kamienie przy drodze.

Sąsiadka twierdziła, że widuje czasem Zbigniewa, który po pijaku utopił się w stawie. Podobno przechadzał się po sadzie i oglądał drzewka. Miejscowa wariatka, pomyślałam.

– A stara Wodzina dycha jeszcze? – zapytał gospodarz.

– Dycha, dycha. – Głos Ulki był pogodny, jakby wcale nie mówiła o śmiertelnie chorej kobiecie. – Ale już pewno niedługo. Z dziećmi się pożegnała, miejsce na cmentarzu wykupiła. Jest gotowa.

Znad szklanki z herbatą, którą pił nasz gość, unosiła się para. Przez okno wpadł promyk słońca i oświetlił tę bezcielesną tancerkę, wirującą we własnym rytmie. Podobało mi się to, podobała mi się Ulka, ten leniwy dzień, zima na wsi. Przez chwilę myślałam o tym, że moje życie nie tylko się tli, ono uparcie brnie do przodu. To dziwne, bo powinno było się skończyć, skoro już chciałam umrzeć, skoro – jak ta stara Wodzina, prosta wiejska kobieta – i ja byłam gotowa się pożegnać. Jednak nie chciało zgasnąć, jeszcze się we mnie kręciło jak ta para nad gorącym napojem, porwana pędem powietrza do bezsensownego tańca, wbrew swojej woli – i zmuszało do odczuwania, używania zmysłów. Choćbym nie wiem jak chciała, nie umiałam przestać czuć.

Ta myśl była ulotna, ale pojawiła się przecież, nie mogłam jej zignorować, zostawiła we mnie ślad. Pod wpływem tego impulsu poszłam do swojego pokoju z zamiarem napisania kilku słów, jednak nie miałam długopisu ani czystej kartki. Nagle w sieni usłyszałam kroki, rozległ się głos Konrada i już wiedziałam, że nie uda mi się nazwać tego stanu sprzed kilku minut. Wiersz uciekł.

Paparazzo przywitał się z Ulką, potem z ojcem. Słyszałam, jak rozmawiają. Czajnik zagwizdał, później zza ściany dobiegł plusk nalewanej do kubka wody. Głosy przycichły, pewnie rozmawiający przeszli na szept – zapewne o mnie. Niech szepczą. Było mi to obojętne. Chwila, kiedy coś wyraźnie czułam, minęła. Teraz znowu chciałam tylko leżeć i wyobrażać sobie nieistnienie.

Kiedy Ulka wyszła, kiedy już usłyszałam skrzypnięcie drzwi i jej kroki na betonowym chodniczku przed domem, paparazzo zapukał i wszedł do mojego pokoju. Po raz pierwszy uderzyła mnie myśl, że tak właśnie nazywałam to miejsce: „moim pokojem", a przecież nie był mój, za kilkaset złotych kupiłam sobie prawo pobytu, prawo schronienia się tutaj przed życiem – ale to miejsce nie stało się od tego ani trochę moje.

– Cześć. Co tam u ciebie?

Nawet gdybym mogła mówić, nie było nic, co umiałam nazwać.

– U mnie do dupy – dodał jeszcze, a potem usiadł ciężko na podłodze i oparł się o łóżko. – Na urlopie byłem.

Rozluźniłam się. Nie byłam nawet świadoma, jak bardzo napięty mam kark; chyba najeżałam się, ilekroć on tu do mnie wchodził. Ale teraz, kiedy nie mówił o mnie, tylko do mnie, spokój wrócił. Niech się wygada.

– Właściwie o co chodzi w tym wszystkim, powiedz. – Odwrócił się i mogłam teraz podziwiać jego profil. – Czego wy chcecie? Żebyśmy byli macho czy wrażliwe cielaki? Bogate chamy czy intelektualiści w podartych kamaszach? Bo ja się już, kurwa, gubię.

Nie oczekiwał odpowiedzi, chciał tylko coś z siebie wyrzucić. Patrzyłam na jego mocną szczękę, zaciskającą się teraz, kiedy usiłował zatrzymać w sobie jakieś niepotrzebne słowa. Pewnie ukochana puściła go w trąbę.

Wsłuchiwałam się w siebie. Nie czułam ani satysfakcji, ani współczucia. Było idealnie, bez emocji. Tak właśnie chciałam. Paparazzo siedział w milczeniu jeszcze kilkanaście minut. Zrobiłam się senna i sama nie wiem, kiedy zasnęłam, a gdy się obudziłam, odkryłam jego głowę tuż obok mojego ramienia. Zasnął na podłodze, w takiej półsiedzącej pozycji, połamany, jak wtedy przy szpitalnym łóżku. Będzie cały zdrętwiały, kiedy się obudzi. Nie wiedziałam, ile czasu minęło, jak długo spaliśmy. I to też było mi obojętne. Takie życie jest dobre, przyszło mi do głowy, zanim znowu zapadłam w sen. Jak to sobie przedtem pomyślałam o panu Stefanie i Ulce? Jak roślinki.

Nie wiedziałabym nawet, że jest Trzech Króli, bo nie słuchałam radia ani nie oglądałam telewizji, kalendarza wcale nie widywałam; do tej pory nie włączyłam też komórki. O tym, że to święto kościelne, dowiedziałam się tylko dlatego, że pan Stefan założył „odświętne" spodnie i kazał się wieźć na cmentarz. Konrad najpierw psioczył pod nosem, ponieważ rozpętała się straszna zamieć, ale wystarczyło, że ojciec powiedział: „Jadwinia czeka. Przecież zawsze jedziemy w Trzech Króli", aby zamilkł i posłusznie się ubrał. Ciekawe, kim była ta Jadwinia.

Poszłam do swojego pokoju. Zjadłam właśnie kawałeczek ciasta przywiezionego poprzedniego dnia z cukierni – bo pan Stefan poprosił. Było czerstwe i nie pachniało jak domowe. Mogłabym sama upiec, ale nie chciałam. Nie zamierzałam wychylać się ani milimetr poza moje bezpieczne ramki obojętności. A po tym cieście zrobiło mi się niedobrze. Żołądek miałam nadal bardzo skurczony i z trudem powstrzymywałam się od wymiotów.

Śnieg padał bardzo cicho, jak to śnieg. Kiedy zostałam sama, dom zaczął się do mnie odzywać, i w tej zimowej ciszy słyszałam wiele rzeczy. Westchnienia szafy i gderanie zegara. Powarkiwanie lodówki. Krople wody, które uderzały o dno zlewu z idiotycznym brakiem regularności. I nawet szepty żarówki w lampce, tak, ona od czasu do czasu coś szeptała. Nie bałam się. Na całym świecie nie było nic, czego strata mogłaby mnie zranić, na czym by mi zależało. Cudowny, bezpieczny stan. Błogo-stan.

Z zamyślenia wyrwał mnie jakiś odgłos z podwórka. Samochód. To nie mogli być gospodarze, przecież dopiero wyjechali. A jednak to oni. Byli zdenerwowani, coś się działo, mocno tupali butami, żeby nie wnieść do domu śniegu, mówili podniesionymi głosami. Podniosłam się mimo woli, bo choć bardzo nie chciałam dać się wyrwać z mojego błogostanu, to jednak cały spokój znikł i musiałam sprawdzić, co takiego się stało. Byłam teraz częścią tego domu, a jego cisza stała się elementem mnie, dlatego każde jej zakłócenie odczuwałam jako pogwałcenie moich granic.

Kiedy stanęłam w drzwiach pokoju, dech mi zaparło od lodowatego wiatru. Konrad wniósł coś do kuchni. Dopiero po chwili zrozumiałam, że to był zawinięty

76

w kurtkę duży pies. Kiedy paparazzo położył go na podłodze, śnieg na kurtce szybko zamienił się w kałużę. Pan Stefan wziął szmatę i wytarł. Stałam i tylko patrzyłam. Zwierzak był niesamowicie wychudzony. Nie znałam się na tym, ale chyba żebra i miednica nie powinny tak jakoś bezwstydnie sterczeć przez skórę. Tylko brzuch był wielki, nienaturalnie wzdęty i niestosowny w tym mizernym ciałku. Zrobiło mi się niedobrze, i pierwszy raz od bardzo dawna nie miało to nic wspólnego z próbą wciśnięcia w siebie posiłku.

– Nie bój się – powiedział pan Stefan, gdy pies usiłował wstać. – Odkarmimy cię, ogrzejemy.

– A potem znajdziemy skurwysyna, który cię tak urządził – dodał Konrad przez zęby.

Wyszłam. Nie chciałam wpuścić do mojej ciszy żadnych uczuć – ani obrzydzenia, ani gniewu. Ani nawet współczucia. Było tak dobrze, bezpiecznie. Po co przywieźli tu tę chudzinę?

Następnego dnia przy śniadaniu Suka – bo takie imię otrzymała, tak po prostu – dostała koszmarnej biegunki. Sraczka dosłownie się z niej lała. Zwierzę chrząkało dziwnie, oddając płynny kał wprost na podłogę. Pan Stefan, a potem Konrad bez słowa skargi sprzątali śmierdzącą ciecz, zmywali posadzkę. Paparazzo usiłował wynieść psa na dwór, żeby uniknąć ponownej wpadki, ale nie zdało się to na nic, bo zwierzak nie był w stanie stać, zataczał się i w końcu upadł na śnieg.

– Niech już lepiej sra w domu! – zawołał pan Stefan. – Zamarznie bidna na śmierć.

Konrad wniósł więc Sukę z powrotem. Potem rozłożył na stole laptopa i wyszukał numer telefonu do najbliższego weterynarza. Schowałam się w swoim pokoju, ale i tak słyszałam przez ścianę rozmowę. Sraczka była prawdopodobnie z powodu jedzenia. Okazało się, że nie wolno zwierzakowi na skraju śmierci głodowej dać nagle tyle żarcia, a już zwłaszcza tłustego. To ją mogło zabić.

Weterynarz nie przyjechał, bo drogę zupełnie zasypało, zresztą śnieg padał nadal. Nagle drzwi otworzyły się z impetem i do mojego pokoju wszedł paparazzo.

– Umiesz gotować marchwiankę? – zapytał ostro. – Weterynarz mówi, że najlepiej marchwiankę.

Pokręciłam przecząco głową.

– Kurwa, te kobiety teraz... – rzucił i trzasnął drzwiami.

A potem w kuchni zaczęły trzaskać garnki i rozpoczęło się gotowanie zupy z marchwi. Miałam to gdzieś. Niech mi tylko dadzą święty spokój.

Obudził mnie głos Ulki. Wyszłam do kuchni, bo chciałam być bliżej. Ta kobieta, jej suche dłonie, dziąsła niemal pozbawione zębów i łysa główka – wszystko to wydzielało jakiś rodzaj ciepła, do którego lgnęłam jak kot do plamy słońca na podłodze. Nigdy nie miałam kota, nie miałam żadnego zwierzaka w ogóle, ale byłam pewna, że koty tak robią. Widziałam kiedyś u cioci Reni, ona miała czarnego dachowca imieniem Korek.

Ulka stała przy kuchni i gotowała marchwiankę.

– Marchewkę najlepiej zetrzeć na tarce – wyjaśniła. – Szybciej się ugotuje. Dla dzieci też dobre, jak trzeba zatrzymać rozwolnienie. I ryżu można dodać. Garstkę, niedużo. Szczypta soli, na koniec szczypta cukru.

Odwróciłam wzrok. Trafiłam na oczy Konrada, duże, ciemne. Pierwszy raz napotkałam jego spojrzenie –

pierwszy raz w tym życiu. W tamtym pewnie spotykałam je wielokrotnie, kiedy wykrzykiwałam mu w twarz, żeby spieprzał, a on celował we mnie obiektywem. Teraz to nieistotne. Nie było już Poli Gajdy. Teraz była Kasia Pietra. A w nią nikt nie będzie celował, bo i po co.

❧

Oczywiście, że wiedziałam, jak gotować marchwiankę. Pamiętałam, jak i co zrobić, kiedy dziecko ma gorączkę, zatwardzenie i biegunkę, jak sprawdzić, czy jest odwodnione, umiałam poradzić sobie z oparzonym paluszkiem i zdartym kolanem. I co z tego? Na co mi ta teoria, wydobyta z cholernie mądrych książek, które nie mieściły jednak w sobie jednej mądrości – że są takie kobiety, które nie zasługują na dziecko.

❧

Wyszłam do sieni, założyłam kurtkę Konrada i gumiaki pana Stefana, po czym ruszyłam w lodowatym wietrze za bramę, za stodołę, w stronę wygonu. Mogłabym odejść tak jak wtedy, brnąć w zadymce przez pola, a oni potem znaleźliby mnie – za późno albo nie za późno. Jeśli za późno, to wreszcie byłby spokój, totalna nicość, wielki sen bez snów. A jeśli jednak na czas, wtedy po raz kolejny szpital, tym razem pewnie na dłużej, wariatkowo, otępiające lekarstwa, jakbym jeszcze nie była wystarczająco otępiała. Dziękuję.

Wróciłam, kiedy palce u nóg zamieniły mi się w kawałeczki lodu. Paparazzo znowu patrzył, a ja ponownie złapałam to spojrzenie. Było ciemne. Nad oczami ładne, mocno zarysowane brwi. Tylko tyle zauważyłam, zanim w panice odwróciłam wzrok.

∾

Mijały kolejne dni, Suka przestała robić pod siebie, ale wciąż była bardzo słaba. Wychodziła na dwór na cienkich, patykowatych nogach. Weterynarz do tej pory nie przyjechał. Konrad stwierdził, że taki wielki brzuch to mogą być robaki, więc najpierw poszperał w internecie, a potem wybrał się do „ludzkiej" apteki po lekarstwo na owsiki. Podobno pomaga też u psów, powiedział. Kiedy wrócił z tabletkami, pan Stefan włożył je Suce do gardła, jego twarda dłoń dosłownie znikła cała w jej pysku, a ja zwymiotowałam. Nic nie mogłam poradzić, że jestem taka miękka.

Nadeszła niedziela. Nie miałabym o tym pojęcia, gdyby nie to, że Suce znowu się pogorszyło, a pan Stefan dreptał po kuchni zdenerwowany i powtarzał:

– Ale może jest jakieś pogotowie. Tak jak ludzie mają. Jakiś weteryniarz może ma gdzieś dyżur w niedzielę.

Tak właśnie mówił: „weteryniarz". Dopiero po długiej chwili uświadomiłam sobie, że się uśmiecham. Natychmiast wygładziłam twarz. Nie chciałam się uśmiechać. Czy to znaczyło, że moja obojętność to poza? Może nie potrafiłam już być prawdziwa?

Usiadłam przy stole i usiłowałam wcisnąć w siebie maleńki kawałek chleba z masłem i dżemem. Nie mogłam. Z mlekiem poszło łatwiej, w ogóle płyny jakoś lżej mi się przełykało.

– Strasznie dyszy – zauważył Konrad, patrząc na Sukę. – Tak zieje, jakby była bardzo zmęczona.

– Pewno ma gorączkę. A ja stłukłem termometr na jesieni.

– Ale zwierzak może ma inną temperaturę, tato.

– Może i inną.

– No widzisz. To skąd byśmy wiedzieli, czy za wysoka, czy normalna?

Umilkli. Obaj wpatrywali się w psa, który rzeczywiście dyszał z językiem na wierzchu. Ten język wyglądał trochę jak plasterek szynki. Oczy Suki były wielkie, źrenice powiększone. Psina przenosiła wzrok z jednej ludzkiej twarzy na drugą, jakby szukała pomocy. Wydało mi się, że rozumiem jej cierpienie, dostrzegłam w tych oczach jakiś znajomy ból, ale oczywiście nic nie powiedziałam. Nawet gdybym chciała, nie mogłam, słowa nadal nie przechodziły przez moje gardło. A zresztą nie chciałam, w sumie nie miałam nic do powiedzenia. Tak tylko sobie pomyślałam, że ją jakoś znajomo boli.

Zamierzałam właśnie pójść do swojego pokoju, kiedy Konrad powiedział:

– Zesikała się.

Oboje z panem Stefanem spojrzeliśmy na podłogę, a wtedy dostrzegłam coś, czego wcześniej nie widziałam. Brzuch i srom suczki spinały skurcze, a to, co właśnie z niej wypłynęło, nie było wcale moczem. To nie pachniało jak mocz, nie miało tego koloru, było lekko zielonkawe. Coś pstryknęło w mojej głowie jak włącznik komputera i już wiedziałam. Suka rodziła. Ten wielki brzuch to nie były robaki. To psia ciąża.

Popatrzyłam na Konrada i zauważyłam, że on także zrozumiał. Pomachałam rękami, pokazując drzwi, chyba wyszło mi z tego coś w rodzaju: „Chcę z nią zostać sama", albo może po prostu paparazzo też o tym pomyślał, bo zerwał się w panice i zaprowadził Sukę do mojego pokoju. Potem obaj z panem Stefanem przynieśli mi stare ręczniki i prześcieradła, i wreszcie zostałyśmy same: ja i ona.

Położyła się na przyniesionych szmatach, potem jednak wstała i zaczęła je drapać. Porozrywała na kawałki, ponownie się położyła i wstała, poprawiła, znów drapała. Rozwaliła legowisko w drobny mak. Nie wiedziałam, po co jej to potrzebne, pewnie wyobrażała sobie, że buduje gniazdo. Przypomniałam sobie, że też mi się kiedyś roiły takie rzeczy. Budowałam. Gniazdo, dom – budowałam na słowach, na ufności i czułości, która miała przetrwać każdy kataklizm. Jak to napisał ksiądz Twardowski o miłości? Że świnia, bo miała być na zawsze, a przyszła na chwilę. Zresztą moje gniazdo rozpieprzyło się dokumentnie, zanim jeszcze umarła miłość.

Suka leżała przez jakiś czas, wsłuchując się w siebie. Patrzyła mi w oczy, potem znowu przez chwilę drapała. Była bardzo niespokojna. Postanowiłam poleżeć razem z nią. Ułożyłam się na tych podartych szmatach, pod głową zwinęłam sobie stary nadpruty ręcznik. Suka popiskiwała trochę, a potem z westchnieniem opadła na podłogę tuż obok mnie, wciskając grzbiet w mój brzuch. Przytulone ciasno, zasnęłyśmy. Zanim porwał mnie sen, pomyślałam jeszcze o tym, że nawet nie wiem, jak ze mną jest, czy lubię psy.

Obudził mnie ruch. Suka nie zapiszczała, po prostu poruszyła się niespokojnie i mimo tych kilku starych szmat między nami poczułam, że cała się spina. Podniosłam się i zapaliłam lampkę, bo tymczasem zrobiło się niemal zupełnie ciemno, przespałyśmy prawie cały dzień. Suka dźwignęła się na przednich łapach, tułów miała nieco skręcony. Jej srom powiększył się i ukazało się w nim coś w rodzaju bańki.

Chciało mi się krzyczeć, ale oczywiście nie wydobył się ze mnie żaden dźwięk, zamiast tego załkałam bezgłośnie. Suka obejrzała się i patrzyła na mnie w pełnej cierpienia ciszy, potem ponownie spięła całe ciało, od szyi po ogon, i zaczęła przeć – a ja razem z nią, aż do bólu krocza i ud. Bańka powiększyła się, wreszcie pękła, a wtedy wylało się z niej mnóstwo płynu. Teraz pojęłam, że to był pęcherz płodowy. Wraz z płynem i z kolejnym skurczem wysunęło się z Suki coś, co początkowo wyglądało jak mokra szmatka, ale szybko stało się maleńkim pieskiem, skończonym, gotowym, idealnym aż do najmniejszego pazurka. Suka wylizywała go zawzięcie, aż bałam się, że zrobi mu krzywdę. Potem spięła się krótko jeszcze raz i urodziła ciemnozielone łożysko. Wraz z nim wypłynęło z niej sporo krwi. Nie wiedziałam, czy to normalne. Potem przypomniałam sobie mój poród i to, że krew dosłownie zalała moją piękną koszulę, kupioną specjalnie do szpitala. A więc pewnie tak powinno być. Natura jest mądrzejsza niż ja, niż my obie, uspokoiłam sama siebie. Będzie dobrze. Po raz pierwszy od bardzo, bardzo dawna wypowiedziałam w myślach właśnie te słowa: będzie dobrze. I po raz pierwszy od dawna chciałam, żeby tak było.

Suka przegryzła pępowinę i zjadła łożysko. Pewnie powinno było mi się zrobić niedobrze, ale tak się nie stało. Byłam gotowa. Rodzimy dalej. Nie miałam pojęcia, czy trzeba czymś przewiązać odgryzioną pępowinę. Po namyśle uznałam jednak, że kiedy szczeni się bezpański pies albo na przykład wilk, nikt niczego młodym nie podwiązuje. Natura, tłumaczyłam sobie, żeby trochę ochłonąć. Jest mądra. Poradzi sobie.

Nad ranem ja byłam cała we krwi i płynie owodniowym, suka miała obwisły, zwiotczały brzuch, a w szmatach kwilił szczeniak. Maluchów było sześć, każdy inny. Pięć urodziło się martwych. Tylko ten pierwszy przeżył. Nie miałam pojęcia, czy pozostałe umarły w brzuchu mamy, czy dopiero w czasie porodu. Pewnie to pierwsze, w końcu Suka była tak wychudzona, że właściwie cała ta ciąża nie miała prawa się udać.

Matka nie interesowała się martwymi szczeniakami, zapewne instynktownie czuła, że nic się nie da zrobić. Żywemu lizała cierpliwie brzuszek, a wtedy on się wypróżniał, pomrukując przy tym – chyba z zadowoleniem. Jestem świadkiem cudu, pomyślałam. Ta dziewczyna nie chodziła do szkoły rodzenia, a jednak doskonale wie, co robić. Była sprawną, pewną matką, nie wahała się, nie bała. Nie dała się nawet wyprowadzić na siku, nie chciała opuścić małego ani na chwilę.

Poszłam umyć ręce, bo kleiły się i były czerwono-zielone aż po łokcie. W kuchni czuwali Konrad z panem Stefanem. W milczeniu – nawet gdybym mogła mówić, nie znalazłabym żadnych słów na taką okoliczność – podałam paparazzo szmaty z martwymi pieskami. Przyniosłam Suce miskę z wodą i jedzeniem; Konrad kupił jej w miasteczku jakąś tanią karmę w granulkach. Piła łapczywie, ale nie chciała jeść. Odłożyłam na bok mokre szmaty, zostawiłam kilka suchych. Położyłam się bardzo blisko, żeby usłyszeć pisk, gdyby przycisnęła malucha. Zasnęłam w mgnieniu oka.

Nie pospałyśmy długo, Suka musiała na siku i to drugie. Ledwie udało się jej wypróżnić, biegiem wróciła do domu. Obserwowałam ją, stojąc w drzwiach. Potem obie położyłyśmy się przy maluchu, ona wylizywała swojego synka, a ja się przyglądałam. W pokoju unosił się słodkawy zapach krwi, ale bałam się wietrzyć, bo nie chciałam, żeby szczeniak zmarzł. Byłam wyczerpana, ale czułam się dziwnie lekko.

Rano przyszła Ulka i zajrzała do nas. Stwierdziła, że to nawet lepiej. Gdyby przeżyły wszystkie, Suka nie byłaby w stanie ich wykarmić. Potem posprzątała śmierdzące szmaty, przetarła na mokro podłogę. Kiedy wyszła, pan Stefan wyjaśnił mi, że w rzeczywistości nazywa się Urszula Piekara i jest lekarzem. Przyjechała tu z Torunia, rzuciła wielkie miasto i zamieszkała w domu po babce. Przez całe lata leczyła miejscowych w przychodni w pobliskim miasteczku, pracowała też w szpitalu.

Coś podobnego. Lekarka? Myślałam, że to wiejska szeptucha, taka Baba-Jaga od siedmiu boleści. Zresztą liczyło się tylko to, że w razie sraczki potrafi ugotować marchwiankę. I że zwyczajnie, bezinteresownie zechciała pomóc.

Minęły trzy kolejne dni, wszystkie w tym samym rytmie – budziłyśmy się, kiedy było jeszcze ciemno, bo Suka potrzebowała wyjść. Wciąż miała biegunkę, ale teraz zupełnie zieloną. Zapewne po prostu wydalała zjedzone łożyska. Jadła teraz jak smok, dużo piła i tyle samo sikała. Poza tym tylko karmiła i wylizywała brzuszek Małego – takie imię nadał mu pan Stefan.

Ja też dużo spałam, ale ten sen był porwany na strzępy, musiałam czuwać niemal nieustannie – maluch odpełzał za daleko od matki i marzł. Zaczynał wtedy przeraźliwie piszczeć. Suka kręciła się niespokojnie, ale nie wiedziała, co robić, wstawała i kładła się ponownie, więc musiałam przykładać zziębniętego malca do cycka i pilnować, żeby się ogrzał. Obrazki zapamiętane z jakiegoś filmu – że matka przenosi szczenięta w zębach, chwytając za skórę na karku, okazały się bujdą. Albo po prostu Suka nie oglądała tych filmów.

Do południa nic, tylko karmiłyśmy i spałyśmy na przemian. W porze obiadowej opuszczałam Sukę na chwilę, bo pan Stefan wołał mnie na posiłek. Konrad wyjechał, pewnie miał jakieś obowiązki w Warszawie, zapewne polowanie na zdjęcia kolejnej nieszczęśliwej celebrytki. Myślałam o tym bez bólu, bez jakiejkolwiek w ogóle emocji – byłam zbyt zmęczona, żeby rozmyślać o tamtym życiu. Gospodarz powiedział, że syn wróci jutro. Najdalej pojutrze. Przyjęłam do wiadomości, tak po prostu. Jeszcze niedawno spinałam się, gdy się pojawiał. Był moim wrogiem. Niepostrzeżenie zobojętniał, zamienił się w element krajobrazu. Należał do tego domu, do pejzażu wsi, której nazwy nawet nie znałam. Odkryłam, że ja też chciałabym należeć do tego miejsca.

Czwartego dnia nad ranem obudziła mnie cisza i jakiś nieuchwytny rodzaj ciemności. Jakkolwiek dziwnie by to brzmiało, poczułam w powietrzu coś niedobrego. Zerwałam się i zapaliłam lampkę. Suka spała jak zabita, ona też musiała być wycieńczona. Nie widziałam

Małego. Przetrząsałam szmatę za szmatą, nigdzie go nie było. Zapaliłam górne światło, rozejrzałam się, zdjęta nagłym przerażeniem. Wreszcie dopadłam do Suki i odsunęłam na bok jej chude ciało. Podniosła się natychmiast, równie spanikowana jak ja. Był tam. Leżał pod nią, zgnieciony jak papierek, jakiś wymięty. Suka trąciła go nosem, była zdezorientowana. Dlaczego go nie wylizuje?! Potarłam dłońmi jego grzbiet, potem brzuszek, tak jak ona robiła to językiem – teraz nie chciała, postawiła na nim krzyżyk. Może ten sam instynkt, który kazał jej przedtem zostawić w spokoju tamte martwe szczeniaki, teraz podpowiadał, że i z tego nic nie będzie? Nie godziłam się na to. Nie pozwolę.

Przystawiłam go do jej sutka, rozchyliłam lekko palcem maleńki pyszczek. Mały żył, czułam to pod palcami, jego ciałko nie było tak martwe jak tamte, tylko bardzo słabe. Przyłożyłam sobie jego mordkę do nosa, poczułam jakąś dziką, pierwotną nutę słabego oddechu; jako dziecko byłam w lisiarni i teraz przypomniał mi się tamten zapach. Suka musiała go przydusić, pewnie też długo nie jadł i osłabł, ale przecież żyje. Żyje! Musi żyć!

Widocznie zaczęłam krzyczeć, bo w sieni trzasnęły drzwi i do mojego pokoju wpadł przestraszony pan Stefan.

– Co się stało? – spytał zaspanym głosem.

– On żyje! – powiedziałam hardo; dopiero słysząc własny głos, uświadomiłam sobie, że coś mi się odblokowało i popłynęły ze mnie słowa po tylu tygodniach milczenia.

– Pokaż. – Szorstka dłoń wyciągnęła się po wiotkiego szczeniaka. – Może i żyje, ale chyba resztką sił, dziecino.

87

– Suka go przydusiła. Przycisnęła, leżała na nim. Długo nie jadł – tłumaczyłam gorączkowo.

Słowa wyślizgiwały się z moich ust niczym obłe pigułki, niemal czułam na języku ich dziwny kształt.

– No, tak się czasem zdarza. Słaba, wyczerpana, to i przysnęła mocno. Pewno i tak pokarmu ma za mało, toż cycki ledwo powiększone.

– Powinny być większe?

– A no pewnie, że powinny. Jak my mieli starą sukę, owczarka, to aż do ziemi miała, takie wyciągnięte.

– Może dlatego, że tylko jeden szczeniak – odparłam, choć przecież absolutnie nic nie wiedziałam o psich cyckach.

– Może. Ale ty go, dziecko, zostaw; Suka lepiej wie, co z nim zrobić.

– Kiedy ona nic nie chce robić. – Zaczęłam płakać. – Ona mu pozwoli umrzeć.

– I może tak właśnie trzeba.

– Nie! Nic nie trzeba! Musimy ratować, on nie może...

Nie dokończyłam, tuliłam do siebie malca tak mocno, że chyba tylko cudem nie zrobiłam mu krzywdy, zanim się zreflektowałam, że to tylko maleńkie psie ciałko.

Przede wszystkim musi być cieplejszy. Masowałam go, tarłam kciukami kark, grzbiet, łapki z drobnymi pazurkami i najdelikatniejszymi opuszkami, jakie sobie można wyobrazić. Potem owinęłam go w jedną ze szmat, przystawiłam blisko Suki. Delikatnie pocierałam jego noskiem o sutek, ale nadal nie chciał ssać. Wyglądał, jakby słodko spał, ale ja dobrze wiedziałam, że powinien przyssać się z zapałem, tak jak to robił co godzinę w ciągu ostatnich nocy. Ogonek sterczał mu wtedy w górę, widać było, że to ssanie jest najważniejsze na świecie, że od niego się zaczyna i na nim kończy się życie. Rozpacz odbierała mi oddech. Musiałam coś zrobić. Wiedziałam jedno: nigdy więcej nie pozwolę nikomu umrzeć.

Nagle, nie wiadomo skąd, wróciły do mnie echem słowa, które tu usłyszałam, kiedy Konrad przywiózł mnie, bez woli życia, równie wiotką i słabą jak ten piesek. Pan Stefan poił mnie wtedy miksturą z mleka i miodu. „To nieboszczka żona stosowała" – powiedział i dodał coś o zwierzętach. Przypomniałam mu to teraz i zapytałam o składniki.

– Oj, to się chyba nie nada – odpowiedział niepewnie. – Suka ma inne mleko niż krowa, dziecko. To nie dla szczeniaka. Tam było mleko, miód i kapka masła.

Ale ja wiedziałam swoje. Pobiegłam do kuchni, podgrzałam mleko w emaliowanym kubeczku. Wymieszałam z przegotowaną wodą, bo przypomniała mi się informacja wyczytana kiedyś w książce o żywieniu niemowląt – że krowie mleko ma za dużo sodu. Zresztą może to nie był sód, tylko cokolwiek innego. Dodałam odrobinę miodu i masła. Tyle, co na czubku łyżeczki. Spróbowałam, czy nie za gorące. Nie miałam pojęcia, jakie powinno być, pewnie takie, jak ciało Suki. Jak moje ciało.

Wróciłam do pokoju i umoczyłam palec w miksturze. Nie wiedziałam, czy pomogę temu malcowi, ale coś mi mówiło, że nie mamy nic do stracenia, ja i on. On walczył o życie – ja o coś zupełnie innego, czego nie umiałam zdefiniować, ale czułam, że to jest gra o wszystko.

Wpuściłam mu palcem do pyszczka kroplę płynu. Rozlała się po malutkim bladoróżowym języku. Po chwili spróbowałam jeszcze raz. Pan Stefan wyszedł, kręcąc z powątpiewaniem głową. To nic. Ja musiałam, nieważne, czy to miało sens.

⁓

Konrad przyjechał po dwóch dniach. Leżąc na podłodze i gapiąc się na białe muchy śniegowe, słuchałam, jak pan Stefan opowiada mu, co się stało.

– Ona mu to wlewała do mordki, to mleko z miodem i masłem. I ten Mały, no naprawdę, to było jak czary, on się zaczął poruszać, a potem tak się przyssał do Suki, jakby drugie życie dostał. Już teraz nie trza, już Mały odżył. Ale całą noc przy nim siedziała.

– Suka?

– Nie, Pola. Sprawdzała, czy aby znów go matka nie przyciśnie. Wlewała tej mikstury po kropelce, świeżej robiła na nowo, i na nowo. Sukę wyprowadzała, i wszystko od początku.

– Chciała go uratować, za wszelką cenę.

– I uratowała.

Umilkli, a po chwili zaczęli rozmawiać znowu, tyle że szeptem. Nie rozumiałam ani słowa. I nie chciałam rozumieć, nie potrzebowałam tego. Uratowałam, to jedno słowo dźwięczało mi w uszach. Mały będzie żył, bo nie pozwoliłam mu umrzeć.

Październik

Obudziłem się na kanapie, z obolałym karkiem, w tym samym co zawsze niewygodnym skręcie. Chciałbym wreszcie nauczyć się spać jak inni ludzie, rozciągnięty wygodnie, wyprostowany. Na przykład ojciec – nawet podczas snu miał w sobie tę swoją niezniszczalną godność, nie stawał się zwiniętym w kłębek robakiem. Mnie zawsze coś skręcało, zwijało niczym ślimaka, jakiś rodzaj niewyczuwalnego bólu czy raczej lęku.

Przespałem pół dnia, niech to wszyscy diabli. Wszystko przez wczorajszą nocną eskapadę. Aneta uparła się, żebyśmy poszli do Staszka, mówiła, że ma na oku bardzo pikantną sprawę. Nie lubiłem jej takiej. Oddałbym wszystkie pieniądze, nawet moją hondę oddałbym za moją dawną dziewczynę w sukience koloru niezapominajek. Miała biały kołnierzyk, a przy rękawach falbanki, kojarzyły się z maleńkimi motylami. Pewnie śmieszne, że zapamiętałem takie szczegóły. Aneta mawiała czasem, że powinienem być gejem, bo mam kobiece widzenie świata.

Tak czy owak, nie zauważyłem, żeby na tej imprezie zdobyła jakikolwiek pikantny temat. Patrzyłem natomiast, jak się upija. Oczy błyszczały jej coraz bardziej, rozpięła kolejne dwa guziki od bluzki, na twarzy wykwitły rumieńce. Makijaż miała za mocny, więc po alkoholu stał się wręcz wulgarny. Włosy w nieładzie, zbyt swobodne ruchy. Nie mogłem odpędzić myśli, że za takie właśnie zdjęcia płacą mi najlepiej. Więc może powinienem był jej cyknąć kilka rozchełstanych fotek, razem z tym jej Staszkiem, dziennikarzyną, który – jak sądziłem – opisałby nawet poczynania własnej matki w sypialni, gdyby ktoś zechciał mu za to zapłacić.

Chciałem przestać kochać Anetę.

Po dwóch kawach wróciła mi energia, wziąłem jeszcze chłodny prysznic, szybki przegląd prasy, głównie brukowej – i mogłem ruszać. Tego dnia czekało mnie kilka drobiazgów: zdjąć ryja od popularnego talk-show, będzie odbierał kochankę z lotniska; poza tym dwie lalunie dały znać, że mają umówione wizyty u fryzjera. Aneta bardzo chciała, żebym je strzelił przed i po, chodziło o metamorfozę. Zawsze najlepiej szły fotki nieumalowanych, rozmemłanych gwiazdek – no, nie mówiąc już o tym, żeby były pijane albo naćpane. Ale takie zdarzały się rzadko, teraz wszyscy się pilnowali. Czasy, kiedy prawie co dzień dostawałem cynk od taksówkarza Ryśka, przeszły do historii. Rysiek na emeryturze, a niełatwo znaleźć drugiego takiego informatora.

Kiedy dojechałem na lotnisko, zadzwoniła moja ukochana.

– Słuchaj, ta dziunia z *Wakacji za barem*, Pola Gajda, kojarzysz?

– Kojarzę.

– Ona mieszka z aktorem od *Gliniarza*.

– No, mieszka. Robiłem ich niedawno, film kręciłem w centrum handlowym.

– No to teraz masz dwie rzeczy: po pierwsze, zdejmij go, jak obściskuje modelkę, tą wiesz, Samantę. Po drugie, chcę mieć Polę Gajdę w ciężkiej depresji. To się sprzeda jak świeże bułeczki.

– Ale gdzie ja ci złapię tego gogusia, jak się z nią miętosi?

– Pośledzisz go trochę i złapiesz. To jest lepsze od powitania na lotnisku i wszystkich rozczochranych celebrytek. Seks jest zawsze najlepszy. A oni się podobno pukają jak króliki. Gdzie popadnie.

Westchnąłem z rezygnacją. Dyskusja nic by nie dała, Aneta wiedziała dokładnie, czego chce. Wolałem zresztą nie ciągnąć tej rozmowy, ponieważ bałem się, że prawda wyjdzie na jaw. A prawda była dla mnie niewygodna: ja od dawna wiedziałem o romansie Grzegorza Krakusa z Samantą. Przecież jeździłem za tymi cholernymi celebrytami przez wiele miesięcy. Poznałem ich życie na wylot. Zresztą nic ciekawego. Zawsze mi się wydawało, że są nieszczęśliwi. W każdym razie ona, ta Pola Gajda. Coraz chudsza, coraz bledsza, jakaś taka spopielała. Nawet sobie czasem myślałem, że powinna go kopnąć w dupę i znaleźć sobie kogoś, kto by ją pokochał. Bo że ten gnojek nic do niej nie czuł, to było widać z daleka, i romans z modelką nie miał tu nic do rzeczy. Zresztą przed nią była inna, sporo starsza dziennikarka, a jeszcze przedtem właścicielka klubu fitness. On zdaje się lubił starsze. Pola też była od niego starsza, ale nie pamiętałem, o ile.

Wydawała się taka krucha, drobna, mimo że była wysoka. Ktoś powinien się nią zaopiekować. A ten dupek, jak mi się zdawało, żył z nią tylko dlatego, że tak mu było wygodnie. W sumie nic dziwnego, to nie byle co, mieć mieszkanie w Warszawie. Sam bym chętnie wskoczył do ciepłego gniazdka jakiejś ładnej cizi. Gdybym nie kochał Anety, oczywiście. Nie płacić takich ciężkich pieniędzy za wynajem mojej klitki, to by było coś.

A zatem czas spędzę, śledząc kochasia Poli Gajdy, świetnie. Znałem doskonale jego rozkład dnia, rano jeździł na zdjęcia, więc przez kilka godzin nie miałem nic do roboty. W międzyczasie udało mi się zdjąć jedną średnio popularną dziunię na balkonie. Bez makijażu i w wałkach na głowie wyglądała jak zapuszczona gosposia; uznałem, że tysiące kobiet ucieszą się na ten widok. Potem wróciłem i warowałem na parkingu, dopóki chłoptaś od Gajdy nie wyszedł. Śledziłem go do „Arkadii", z daleka strzeliłem fotkę, jak kupował stringi. Sam sznurek, to będzie piekielnie uwierać, pomyślałem. Ale z pewnością nie chudziutką Polę.

Szalona jazda po ulicach Warszawy, potem parkowanie gdzieś dalej, żeby nie skojarzył, bo wtedy by się pilnował i nie zrobiłby tego, co miałem sfotografować. Zaczęło się ściemniać i strasznie burczało mi w brzuchu, kiedy wreszcie udało mi się wspiąć na drzewo rosnące naprzeciwko balkonu tej cizi. Miałem dziś szczęście, nie spuścili rolet. Musieli być bardzo napaleni, skoro zapomnieli o tak elementarnej sprawie. Światło zapalone, tego się spodziewałem – nie od dziś wiedziałem, że on jest z tych, co lubią patrzeć. Modelka przymierzyła stringi i przez chwilę paradowała w nich przed swoim gachem. Potem usiadła na łóżku i rozchyliła nogi. Teraz. Zrobiłem zdjęcie dokładnie w momencie, kiedy

Grzegorz, ukochany Poli Gajdy, ukląkł między udami swojej najnowszej zdobyczy. Strzeliłem kilkanaście fotek, na kilku z nich było widać jego profil, na innych jej rozmodloną twarz. Rozmawiali, on chwycił ją namiętnie za ramiona, może coś jej obiecywał, potem znowu zabrali się do miłości. Naciskałem spust raz za razem. W domu przejrzę i wybiorę takie, gdzie widać, że to oni, że ona jest tylko w skąpej bieliźnie, ale jego plecy zasłaniają jej cycki. I utnę mu gołą dupę, Aneta nie lubiła, gdy ją ciągali po sądach.

Zwierzęcy seks trwał w najlepsze, kiedy ześlizgnąłem się po pniu i wsiadłem na motor. Sprawdziłem godzinę. Co teraz? Pola Gajda, przyszło mi do głowy. O tej porze z pewnością pływała zawzięcie, jakby miała jeszcze z czego chudnąć.

Pojechałem na parking pod pływalnią, dostrzegłem jej auto, ustawiłem się w pobliżu. Przez jakiś czas siedziałem w ciszy i ciemności. Wreszcie moja cierpliwość została nagrodzona – gwiazdeczka wyszła, rozczochrana jak nigdy. Wyglądała, jakby miała podbite oczy, ale nie, to tylko rozmazany makijaż. Strzeliłem parę fotek.

– Spieprzaj! – krzyknęła. – Daj mi święty spokój!

Dałem, wedle życzenia. Pojechałem za nią pod jej kamienicę, ale nie robiłem już zdjęć. Z jakiegoś powodu chciałem się tylko upewnić, że dotarła bezpiecznie do domu.

Aneta była zachwycona. Nalała sobie wina i jeszcze raz przejrzała zdjęcia w komputerze.

– No proszę – powiedziała. – Chuda sucz jest w siódmym niebie. Ciekawe, co powie, kiedy zobaczy to jutro w „Gorącej Plotce". Czujesz to? Zasiadają sobie z mężusiem do kawy, każde otwiera swojego laptopa... I nagle bomba!

Przyglądałem się jej. Leżałem w łóżku i czekałem, kiedy do mnie przyjdzie. Była piękną kobietą i kochałem każdy centymetr jej ciała, ale w tej chwili, kiedy z taką... sam nie wiem – pogardą? nienawiścią?... cedziła te słowa, jej uroda stała się ordynarna.

– Dlaczego nie lubisz ludzi? – zapytałem, choć wcale o tym nie myślałem.

Zerknęła na mnie spłoszona i przez chwilę miała taki wyraz twarzy, jakby zorientowała się, że odsłoniła za dużo.

– Daj spokój – roześmiała się. – Ja nie lubię ludzi? Lubię. Tylko mierzi mnie ten ich zepsuty świat. Wielcy celebryci. Kim oni właściwie są? Co sobą reprezentują? W czym mieliby być lepsi od ciebie albo ode mnie?

– Nie są lepsi – zgodziłem się. – Ja też ich nie lubię, tej całej popkulturowej papki, tej pustoty. Ale ty o tym mówisz z jakąś agresją.

– Bzdury – prychnęła i wreszcie przyszła do łóżka.

Jednym ruchem zdjęła bluzkę, a pełne piersi niemal wyskoczyły z miseczek stanika. Nachyliła się nade mną, jej włosy opadły mi na twarz, kiedy całowała moją dolną wargę, następnie brodę i szyję, a potem zjechała jeszcze niżej. Muskając moją skórę wargami, szeptała w rytm urywanych oddechów:

– Jeszcze tylko jutro... zdejmiesz Polę Gajdę. Chcę mieć jej zaryczaną twarz...

Nic nie powiedziałem, wplotłem palce w jej włosy i odpłynąłem.

᷼

Wiedziałem, że zdjęcia już są w necie, bo przy porannej kawie odebrałem telefon od Zygi, kumpla po fachu, z którym czasem podrzucaliśmy sobie informacje. Taka pomoc koleżeńska.

– Gdzieś ty wlazł? – spytał Zyga ze śmiechem. – Na balkon? Czy od kogoś z naprzeciwka robiłeś?

– Na drzewo – wyjaśniłem.

– No to gratuluję pewnej ręki.

– Dzięki. A co u ciebie? Kogo teraz robisz?

– Mam na oku jednego ryja – wymienił nazwisko aktora, którego córka zginęła w wypadku. – Trochę świruje, popija, będzie się działo.

– No tak.

Zyga się rozłączył, a ja walczyłem przez chwilę z uczuciem niesmaku. Gdyby moja córka zginęła w wypadku, też bym pewnie świrował. I kurwa, jedno było pewne: że gdybym wtedy spotkał na swej drodze Zygę z jego aparatem, wpierdoliłbym mu tak, że zbierałby zęby z chodnika.

No ale nie miałem córki. I pomyślałem, że pewnie nigdy nie będę miał. Aneta nie chciała rozmawiać o dzieciach, w ogóle o rodzinie, o wspólnym domu. Kiedy ją pokochałem, kiedy jeszcze była tą słodką dziewczyną w niebieskiej sukience z kołnierzykiem – wydawało się, że będzie inaczej. Kolekcjonowała wtedy przepisy kulinarne, w każdą sobotę piekła inne ciasto. Była seksownie pulchna, lubiła się opalać na białym piasku nad Wisłą i tańczyć na wiejskich zabawach. Dopiero wyjazd na studia ją odmienił.

Ja na studia nie poszedłem, bo nie wiedziałem na co. Jaki kierunek byłby dobry dla chłopaka, który lubi czytać książki o miłości, dłubać w drewnie i fotografować ptaki? Ojciec mówił, że jak się ma pasję do drewna, to nie ma co szukać innego fachu, powinienem robić to, co kocham. Stolarz to dobry zawód. Czekałem więc na Anetę, rozbudowując tymczasem swój warsztat w szopie. Marzyły mi się własne projekty, sklep z odnowionymi starociami i zupełnie nowymi meblami, wykonanymi na zamówienie. Ja bym dłubał, Aneta by sprzedawała. A po jakimś czasie, kiedy pojawiłyby się dzieci, zatrudniłoby się sprzedawcę. Miejsce na sklep też już miałem, w starej chałupie wuja Mańka, tej, co to nikt jej nie chciał, bo stała tuż przy szosie warszawskiej. Na mieszkanie takie położenie było rzeczywiście do dupy, ale na sklep – nic lepszego nie trzeba. I nawet było sporo placu na parking, i podjazd od tyłu, żeby wyładować i załadować, co trzeba. Miałem już na oku warsztat tapicerski, bo nie tylko twarde meble mi się marzyły, także stylowe fotele i krzesła, z giętego drewna można cuda wyczarować.

Dopóki żyła mama, jeździła ze mną po wsiach i pomagała skupować stare graty. „Ty jesteś za duży" – mówiła. – „Ciebie się ludzie boją". I chyba naprawdę tak było. Dopiero jak zmieniłem fryzurę, zamiast gęstego jeża zapuściłem sobie blond pióra, to ojciec się śmiał, że teraz wyglądam jak przerośnięty anioł. I tak się jakoś stało, że przestali się bać, a może też ja nauczyłem się z nimi rozmawiać.

Mama umarła, zanim zdążyłem skończyć piękny kredens, który zdobyła dla mnie w Szczytnicy. Byłaby dumna, gdyby go zobaczyła, zrobiłem z niego prawdziwe cacko, aż żal mi było sprzedawać. Ale dobrze zapłacili, a ojciec po tym, jak się wykosztował na nagrobek, cienko prządł. Więc jednak sprzedałem.

Do Anety jeździłem na weekendy, ona nie chciała przyjeżdżać na wieś, po jakimś czasie zauważyłem, że nie była też specjalnie szczęśliwa, widząc mnie u siebie.

– Dlaczego? – zapytałem. – Co się zmieniło?

– Wszystko – brzmiała odpowiedź. – Ja już nie chcę tamtego życia. Nie będę twoją żoną, nie mam zamiaru sprzedawać twoich mebli, zrozum to. Nie po to studiuję. Chcę zostać tu, w Warszawie, bo tu jest prawdziwe życie, pulsujące, tętniące jak krew, rozumiesz?

Nie rozumiałem. Dla mnie równie prawdziwe było tamto. Wstajesz, wychodzisz na łąkę, aż po łydki w rosie, masz przed sobą cały świat. Słyszysz ptaki, żaby i świerszcze, nie warkot samochodów i skrzypienie tramwajów. Otaczają cię ludzie, którzy nie mają nic do ukrycia. Pracujesz, masz na plecach pot, ale to nie jest pot od stresu ani strachu, tylko ten dobry, ze zmęczenia. Robisz sobie przerwę, zanurzasz usta w zsiadłym mleku. Zrywasz jabłko, gruszkę, skubiesz porzeczki. Robisz nalewki, nastawiasz wino w grubym balonie i słuchasz, jak pyka. Jesienią tuż za bramą zbierasz czerwone koźlaki. W zimie słuchasz wycia wiatru, grzejesz plecy przy piecu. Czytasz dobrą książkę (tu w marzeniach zawsze widziałem okładkę *Pogody dla bogaczy* – jednej z moich ulubionych powieści), drzemiesz, rozmawiasz z kimś, dla kogo jesteś ważny. Wchodzisz z żonką pod pierzynę, kochacie się bez pośpiechu. Co nieprawdziwego byłoby w takim życiu?

Ale Aneta nie chciała rozmawiać o powrocie na wieś. Szybko zrozumiałem, że nie chciała też wiązać się ani ze mną, ani z nikim w ogóle. Podobało jej się życie wielkiej pani dziennikarki – bo zahaczyła się w jakimś radiu, a potem w gazecie. Plotkarskiej. Minęły jeszcze trzy lata, zanim założyła własną. Wtedy zaproponowała, żebym zamiast robić te głupie meble, przyjechał do Warszawy, wynajął kawalerkę i zajął się fotografowaniem. Wiedziała, że mam dobrą rękę do zdjęć. Tyle że dotychczas fotografowałem owady, ptaki i zachody słońca. Bez trudu przekonała mnie, że z ludźmi jest tak samo. Tym bardziej że nikt ode mnie nie wymagał, żeby zdjęcia były artystyczne. Miały być tylko w miarę ostre. I zrobione w odpowiednim momencie. A to akurat – po latach chwytania w obiektyw płochliwych ptaków – miałem obcykane.

Płaciła bardzo dobrze, wystarczyło nie tylko na wynajem kawalerki na obrzeżach Warszawy, ale nawet – po pewnym czasie – na wymarzony motocykl. Miałem tu lepsze układy niż w agencji; wprawdzie kasa mniejsza, ale nie musiałem się martwić o szukanie tematów, Aneta posiadała swoich informatorów.

Jeśli gnębiły mnie jakiekolwiek wątpliwości natury etycznej, to stłumiła je bardzo szybko.

– Zobaczysz – dyszała, kochając się ze mną – razem rozwalimy w perzynę cały ten ich celebrycki świat. Całe to zakłamanie, obłudę, ten syf.

Cokolwiek by wtedy powiedziała, zgodziłbym się. Pragnąłem jej, podziwiałem ją, ubóstwiałem. A jeśli nawet czasem myślałem, że tarzam się w bagnie, to ona, dzięki swoim umiejętnym dłoniom i miękkim wargom, czyniła to bagno rajem.

∽

Dopiłem kawę, nalałem sobie jeszcze. Kiedyś nie piłem tak dużo tego świństwa. Tak, ale kiedyś wystarczyło przejść się rano w pole, ku słońcu, wziąć kilka wdechów – i już świat zaczynał się kręcić we właściwym tempie. Teraz było inaczej, nic nie miało odpowiedniego rytmu, wszystko działo się za szybko albo za wolno, za głośno, zbyt jaskrawo. Nie pasowałem tu i moja dziewczyna też nie pasowała; wystarczyło tylko poczekać, aż ona także to zauważy. Umiałem być cierpliwy.

Włączyłem komputer i przejrzałem materiał, który zamieściła na swoim portalu Aneta. Nieźle to wyszło, musiałem przyznać. Choć zdjęcie rozczochranej Poli zrobiłem, zanim dowiedziała się o zdradzie kochanka, to wyglądała na nim tak, jakby naprawdę była w ciężkiej depresji. Może zresztą była, dotarło do mnie. Ona już od kilku miesięcy tak wyglądała. Nie w sensie rozczochrania, tylko miała taką pustkę na twarzy. Pewnie domyślała się, że już nie jest kochana.

Zanim zdążyłem zjeść śniadanie, zadzwoniła moja dziewczyna i zleciła mi wyjazd. Niech to diabli, miałem zamiar skoczyć na wieś, do ojca. Ale mus to mus, okazja była jedyna w swoim rodzaju, Aneta uzyskała informacje, że zza oceanu przylatuje na kilka dni poznański gwiazdorek Marek Sarnecki, znany z... – tu padły tytuły filmów i seriali, które kompletnie nic mi nie mówiły. Nie przyznałem się do tego, postanowiłem, że wyszukam sobie gościa w Googlach; moja kobieta nie musiała wiedzieć, jak bardzo w gruncie rzeczy miałem w dupie tę robotę.

– A Pola Gajda? – przypomniało mi się. – I ten jej goguś? Kto to weźmie?

– Znajdę kogoś, jeśli będzie trzeba. Teraz, jak znam życie, oboje się gdzieś zaszyją na jakiś czas. On będzie kombinował, jak ją przebłagać, no chyba żeby ta Samanta śmierdziała groszem albo miała jakieś drugie mieszkanie. Ale nic mi o tym nie wiadomo. Więc pewnie będzie tak: lowelas wróci skruszony do Poli, ona go przyjmie, bo przecież na pierwszy rzut oka widać, że to idiotka. Ciekawa będzie teraz sprawa Samanty, czy mąż jej nie pogoni w diabły, ale to już naprawdę może robić ktoś inny. Ty jedź do tego Poznania.

Kiedy się rozłączyłem, poczułem, że gdzieś na dnie duszy coś mnie uwiera, zupełnie jakby podczas tej rozmowy wpadł tam paskudny mały kamyczek. Niby nic, ale zrobiło się niewygodnie. Zastanawiałem się nad tym przez chwilę. Czyżby cynizm? Cuchnące gówienko, które przykleiło się do buta mojej dziewczynie. To musiało się stać niedawno. Dałbym głowę, że kiedyś tego nie było.

W Poznaniu lało. Ciągałem się od lotniska do hotelu, i znów lotnisko. Wreszcie przyleciał aktor, na którego czekałem – ubrany jak kretyn, z różową apaszką pod brodą. Wielki gwiazdor. Zagrał w trzech serialach i już laski piszczą, gdy go zobaczą. Zrobiło mi się niedobrze na widok tej zadowolonej z siebie gęby. Pstryknąłem kilka zdjęć, jak tlenione blondies machały do niego histerycznie rękami, rzęsami i biustami. Następnie podążyłem za tym celebrytą z bożej łaski do hotelu. Czekałem chwilę, bo intuicja podpowiadała mi, że to nie koniec.

Rzeczywiście. Zanim się ściemniło, Marek S. wyszedł z hotelu i wziął taksówkę. Pojechałem za nim. Jest. Dziewczyna. Kobieta właściwie. Miała smutną twarz i trzymała za rękę smutne dziecko, chłopczyka. Poszli na pizzę. Pewnie z jakiegoś powodu syn nie pasował mu do ścieżki kariery. Zakląłem w duchu, kiedy robiłem zdjęcia. Starałem się nie łapać w kadr buzi małego, i tak trzeba by zamazać.

Kiedy wróciłem do Warszawy, byłem tak zmęczony, że padłem na wyro bez prysznica. Rano obrobiłem i wysłałem zdjęcia, po czym zadzwoniłem do Anety.

– Cześć, mała. Masz fotki w mailu, widziałaś?

– Tak, dzięki.

Tylko tyle? Staję na uszach, żeby cię zadowolić, kobieto.

– Tęskniłem.

Miałem erekcję na samą myśl o niej, o tym, że tu przyjedzie i zostanie na kilka godzin.

– Ja też tęskniłam, kochanie. A wiesz, sprawdziłam, ten dzieciak to rzeczywiście jego syn. Próbował się wyprzeć, ale laska zrobiła badania genetyczne. Kto by pomyślał. Mamy fantastyczny materiał. No dobra, zadzwonię wieczorem.

– Nie wpadniesz na kawę?

– Nie mogę – nagle przeszła na namiętny szept. – Kochanie, bardzo bym chciała, ale nie mogę. Trzeba dopiąć nowy numer, masa roboty. Chyba wcale nie wyjdę dzisiaj z redakcji. Pa, byczku.

Nie znosiłem, kiedy tak do mnie mówiła. Rozłączyła się, a mnie nagle przyszło coś do głowy, więc zadzwoniłem ponownie.

– Konrad, naprawdę nie mogę – tym razem w jej głosie nie usłyszałem namiętności, tylko zniecierpliwienie.

– Tak, wiem. Chciałem tylko zapytać... Kto w końcu wziął sprawę tej Gajdy?

– Nikt.

– Nikt?

– Czekałam na ciebie, nikomu nic nie przydzielałam. O ile wiem, Pola była wczoraj w pracy, pewnie tam dopiero usłyszała newsa. Jej goguś też normalnie pracował. Bardzo możliwe, że teraz dopiero trwa tam u nich ostra jazda.

Rozłączyłem się. Wypiłem mocną kawę, żeby się jakoś utrzymać na motorze, i pojechałem. Na szczęście domofon był zepsuty, wszedłem bez problemów. Aparat przygotowany, zapukałem do drzwi i odsunąłem się w głąb klatki schodowej. Cyknę tylko parę razy, chcę mieć jej twarz, może i ten jej facet mignie w tle. Aneta się ucieszy, będzie mi wdzięczna za ten materiał, a kiedy jest wdzięczna, robi się między nami bardzo dobrze.

Pola Gajda nie otworzyła jednak drzwi. Zajrzałem przez judasza, ale oczywiście nie było nic widać. Wydało mi się, że słyszę dźwięki jakiejś ostrej rockowej muzyki, ale równie dobrze mogły docierać z innego mieszkania. Schowałem aparat pod kurtkę. Zapukałem do sąsiadki z dołu, starszej pani w śmiesznym turbanie na głowie. Przedstawiłem się jako przyjaciel, podpytałem – jednak nic nie wiedziała.

– Kawaler się wyprowadził – oświadczyła skrzekliwie. – A tej aktoreczki nie widziałam. Chyba jej nie ma, ale samochód stoi pod wiatą.

„Aktoreczki". Jakoś nie pasowało to do wyniosłej, poważnej Poli Gajdy. Czyżby wyjechała? Przecież mogła pojechać autobusem. Może ma rodzinę gdzieś poza Warszawą. Postanowiłem to sprawdzić.

◈

Za małe śledztwo w sprawie Poli zabrałem się dopiero po jajecznicy z boczkiem i godzinnej drzemce. Obudziłem się skręcony jak zawsze, z obolałym karkiem. Prysznic, kawa, a potem usiadłem do komputera. Do dzieła.

Po południu wyskoczyłem na dwie godziny, bo miałem cynk od Zygi, że abso-kurwa-lutnie najpopular-kurwa-niejszy polski piłkarz siedzi z jakąś cizią w knajpie na Saskiej Kępie. Wszedłem i zamówiłem colę. Rozejrzałem się i od razu uznałem, że warto było. Piłkarz był lekko zawiany, dostawiał się do dziewczyny w niewybredny sposób. Za takie zdjęcia dostanę niezłą kasę. Lokal był dobrze oświetlony, foty powinny wyjść nieźle. Wyciągnąłem telefon, udając, że przeglądam kontakty. Dyskretnie strzeliłem jedno ujęcie za drugim, po czym się zwinąłem. Po drodze wpadłem na chińszczyznę. Między jednym kęsem a drugim zadzwoniłem do mojej kobiety.

– No co tam?

– Cześć, maleńka. Mam coś, co ci się spodoba.

– Co takiego? – ożywiła się.

Opowiedziałem o futboliście i jego zakrapianej randce. Ucieszyła się. Wiedziałem, że tak będzie.

– Dobra, wysyłaj.

– Spokojnie, jestem jeszcze na mieście. W domu obrobię i wtedy wyślę. Ale wiesz, jedna rzecz mi nie daje spokoju. Gdzie się podziała ta Gajda?

– A co nas to obchodzi? Materiał poszedł, skandal był, gazeta się sprzedaje, oglądalność portalu rośnie, mamy dwóch nowych reklamodawców. Żyć nie umierać, kochanie. A co do Gajdy, teraz trzeba spokojnie czekać na rozwój wypadków.

– Ale słuchaj, ona prawie nic nie jadła – podsunąłem chytrze, bo wiedziałem, że chwyci przynętę. – Teraz pewnie popadnie w totalną anoreksję. Może jest w jakimś szpitalu, co?

– Mówisz?

Głos jej się zmienił, zapulsował podnieceniem. Pojechałbym teraz do tej redakcji i wziął ją na biurku. Wiedziałem, że kiedy zwietrzy sensację, robi się bardzo drapieżna. Uwielbiałem się z nią wtedy kochać.

– Dobra, sprawdzimy to. Biorę na siebie szpitale i policję. Ty powaruj jeszcze trochę pod jej domem.

– Zaczekaj. Masz tych swoich researcherów, niech pogrzebią trochę w jej przeszłości. Może uciekła do jakiejś rodziny, czy ja wiem. Mógłbym się przejechać, jakby co.

– Dobra, zobaczymy, co się da zrobić.

„Warowanie" pod domem Gajdy nie wniosło nic nowego. Wszedłem w bramę i przyjrzałem się budynkowi od podwórka. Stara wysoka kamienica, trudno było się zorientować w układzie mieszkań – nie wiedziałem nawet, czy okna Poli wychodzą na obie strony, czy tylko od ulicy. Samochód rzeczywiście stał pod wiatą w podwórzu. Ponownie zapukałem do drzwi, a potem kręciłem się jeszcze przed budynkiem. Jakiś facet gapił się na mnie natarczywie, miał dziwną fryzurę, jakby celowo zasłaniał sobie połowę twarzy. Odpowiedziałem równie nachalnym spojrzeniem. Odwrócił się i odszedł. Obserwowałem go jeszcze jakiś czas. Może to konkurencja. Wreszcie wsiadł do granatowego auta dostawczego zaparkowanego kawałek dalej i odjechał. Dziwny gość. Stałem jeszcze jakiś czas bez celu, potem wróciłem do domu.

Sam niewiele znalazłem na temat naszej gwiazdki – tylko tyle, że była mężatką, mijało już sześć lat od rozwodu. Pola Gajda to jej pseudonim artystyczny, naprawdę nazywała się Katarzyna Pietra. No tak, pomyślałem złośliwie, gdybym nazywał się Pietra, też wolałbym pseudonim. A więc dobrze, Pola Gajda to w rzeczywistości Kaśka, dziewczyna z małego miasteczka, konkretnie z... Sprawdziłem raz jeszcze... Z Buków. Mapa Google... Buków było kilka. Pipidówka na Pomorzu, druga pod Kielcami. I tak dalej, mogłem szukać do usranej śmierci.

Kiedy otworzyłem pocztę, okazało się, że Aneta znalazła niewiele więcej. Były mąż Poli, tfu, Kasi, to znany tłumacz z angielskiego, Jakub Cykan. Przekładał literaturę piękną. Ślub zaraz po studiach, cztery lata sielanki i rozwód. Studiowali anglistykę, ona podjęła pracę w szkole średniej, ale na krótko. Wyszukałem Jakuba Cykana w necie, znalazłem bez trudu, taki sobie, szpakowaty, rocznik 1977, pochodził z Buków woj. zachodniopomorskie, studia w Poznaniu, obecnie mieszkał w Krakowie. I tyle. Nadal nie wiedziałem nic o rodzinie Poli, o przyczynie rozwodu, skąd miała kasę na mieszkanie w Warszawie. I przede wszystkim: gdzie mogła teraz być. Postanowiłem, jeśli nie zjawi się w ciągu tygodnia, pojechać do tych Buków – teraz przynajmniej wiedziałem, o które Buki chodzi – i popytać.

Czwartego dnia podjechałem (samochodem, bo było piekielnie zimno) pod dom Poli, ot tak, powęszyć trochę. Może już wróciła. Zaparkowałem obok starych garaży w podwórzu naprzeciwko, miałem stamtąd świetny widok na kamienicę. Siedziałem, gapiąc się bezmyślnie. Nagle w jednym z mieszkań zapaliło się światło. Przez chwilę kombinowałem i wyszło mi, że to powinno być jej lokum. Ale przecież sterczałem tu od godziny i wiedziałem na pewno, że nikt nie wchodził do kamienicy. Czyżby była tam cały czas? Spała? Piła z rozpaczy? Na wszelki wypadek wysiadłem, zaczaiłem się za rogiem garażu, trzymając aparat w gotowości. Postanowiłem, że jeśli nie pojawi się w ciągu pół godziny, pójdę do niej i zapukam do drzwi.

Po jakimś czasie wyszła jednak, ubrana w sweter, bez płaszcza. Wieczór był naprawdę zimny, musiała strasznie marznąć. Schowałem aparat, naciągnąłem na głowę kaptur kurtki, żeby mnie nie rozpoznała, i poszedłem za nią. Jeśli weźmie taksówkę, przybiegnę tu błyskawicznie, wsiądę w auto i pojadę za nią. Ale nie, minęła postój i weszła do małego marketu. Przez szybę widziałem, że kupiła wódkę. Następnie udała się do parku, kilka przecznic dalej.

Stojąc za krzakami obserwowałem przez chwilę, jak piła z gwinta. Nie robiłem zdjęć, błysk lampy spłoszyłby ją. Postanowiłem zaczekać na to, co będzie się działo – pewnie pojedzie do kochasia zrobić mu awanturę. Tymczasem puściłem się biegiem do garaży, po samochód. Zanim wypije – i zanim poturla się po takiej porcji wódki do taksówki, ja będę już czekał, zwarty i gotowy, w którejś z bocznych uliczek.

Kiedy podjechałem do parku, dziewczyny nigdzie nie było. Zgubiłem ją. Wpadłem w panikę. Zaparkowałem pod pobliskim warzywniakiem, o tej porze zamkniętym. Biegiem na postój taksówek, choć wiedziałem, że to bez sensu; gdyby tędy szła, musiałbym ją minąć samochodem. Na wszelki wypadek zapytałem taksówkarza, ale odpowiedział, że nikt nie brał taryfy od co najmniej pół godziny.

Wróciłem do parku. Rozejrzałem się, ostatecznie postanowiłem pójść ścieżką w głąb zarośli. Nie miałem pojęcia, dokąd dojdę, nie znałem tej okolicy. Przyspieszyłem. Jest! To był mój szczęśliwy dzień. Z daleka widziałem, jak idzie, zataczając się straszliwie, zbacza ze ścieżki, wreszcie wdrapuje się na pagórek. Kiedy podszedłem bliżej, najciszej jak umiałem, przekonałem się, że to nie żaden pagórek, tylko nasyp kolejowy. Po co tam wlazła? Wysikać się? Ludzie na ogół robią takie rzeczy w zagłębieniach terenu, ale ona była zalana, może nie wiedziała, co robi. Obserwowałem sytuację z daleka, nie chciałem podchodzić, dopóki akcja się nie rozkręci. Długo to trwało. Nic nie rozumiałem. Pola nadal tam była, widziałem ją, ale nie mogłem rozpoznać, co robi, było za ciemno. Chyba leżała. Może upadła i nie miała siły wstać.

Nie umiałbym ocenić, ile czasu minęło, zanim dotarła do mnie prawda. Kurwa, ona chciała się zabić. Dlatego leżała na tych torach. Pobiegłem tam, stanąłem nad nią. Chyba spała albo straciła przytomność po wódce. Rozejrzałem się, pociągu nie było jeszcze widać ani słychać, zdążę. Wyciągnąłem aparat i szybko strzeliłem kilka zdjęć. Błysk flesza obudził ją, zaczęła się poruszać, a więc była przytomna. Klnąc, przełożyłem aparat na plecy i chwyciłem ją za ręce.

Były miękkie i bezwładne. Ciągnąłem ją, ale mi się wymykała. Okazała się zaskakująco ciężka. Przecież nic nie je, do diabła, powinna być lekka jak piórko. Za nogi będzie łatwiej, pomyślałem, więc złapałem ją za kostki i znów ciągnąłem, nie zważając na to, że uderzyła głową o tor. Wreszcie udało mi się odciągnąć ją na trawę pod nasypem. Nagle żelastwo nad naszymi głowami zaczęło grać, dziewczyna podniosła głowę i już widziałem, że zrozumiała i że mnie nienawidziła z całego serca. Próbowała wgramolić się z powrotem na nasyp, ale chwyciłem te jej chude łydki i trzymałem mocno, chociaż wierzgała i kopała mnie w twarz. Dopiero kiedy pociąg z łoskotem przetoczył się obok nas, wziąłem aparat i znowu zrobiłem jej kilka zdjęć. Zasłaniała twarz, kuliła się. Zacząłem na nią krzyczeć, bo byłem wściekły. Jak mogła okazać się aż taką idiotką?

No i co ja mam teraz z nią zrobić? Najpierw wyciągnąłem komórkę, żeby zadzwonić do Anety, ale zrezygnowałem. Pola leżała na trawie, zwinięta w ciasną kulkę, łkała rytmicznie, jakby śpiewała swoją pieśń rozpaczy. Jakoś nie mogłem sobie wyobrazić, że Aneta mogłaby tu pomóc. Usiadłem obok. Miałem ochotę dotknąć jej głowy, ale bałem się, że mnie ugryzie albo podrapie.

– Już dobrze – powiedziałem szeptem. – Już będzie dobrze.

Powtórzyłem to kilkanaście razy, bo mnie samego te słowa uspokajały. Ona chyba i tak nie słyszała, bo jej wycie było głośniejsze, ale w końcu uciszyła się i zasnęła.

Listopad

Kiedy tak jechałem przed siebie drogą jak szara tasiemka, czułem się zupełnie spokojny. Przestrzeń, jej potężny oddech, dystans, którego się nabiera, kiedy sobie człowiek uświadomi własną małość w takim bezkresie – to właśnie zawsze stawiało mnie na nogi. Świat mi znormalniał i wszystko powędrowało na swoje miejsce.

Wracałem myślami do chudej, słabej Poli, którą zostawiłem w szpitalu pod opieką ojca. Jeśli on jej nie pomoże, to nikomu się to nie uda, pomyślałem. Wzięlibyśmy ją na wieś. Albo uzdrowi ją proste życie, powietrze, mój rodzinny dom, albo już nie ma dla niej ratunku.

Chciałem zapomnieć o tamtym. O jej wymiocinach w łazience i na moich spodniach. O szlochu, wyciu, łkaniu, które jeszcze teraz słyszałem przed zaśnięciem. I o tym, jak w ostatniej chwili zdołałem ściągnąć ją z barierki na moście. Obserwowałem ją z daleka, myślałem, że umówiła się tam z tym swoim Grzegorzem; nawet mi przez myśl nie przeszło, że zechce skoczyć.

Kiedy zrozumiałem, że jej samobójstwo na torach było cholernie na serio i że postanowiła to dokończyć

– kiedy do mnie dotarło, jak bardzo ona nie chce zostać uratowana – wpadłem w panikę. A zawsze kiedy się bałem, kiedy panikowałem, jedynym miejscem, w którym chciałem się znaleźć, był dom. Chyba dlatego ją tam zawiozłem, to nie było przemyślane działanie. Impuls kazał mi się schować, z nią razem, w najbezpieczniejszym miejscu, jakie znałem.

Ojciec nie zadawał wielu pytań; nigdy tego nie robił. Zawsze chciałem być taki jak on, brać życie jakie jest, bez słowa skargi. Potraktował Polę jak małe, bezradne zwierzątko, w tym dobrym sensie – nie oceniał, chyba na początku nie próbował nawet zrozumieć, tylko zwyczajnie się nią zaopiekował, bo była słaba i głodna. Głodna musiała być zresztą nadal, bo chudła coraz bardziej. Ale nie jadła. Nie mogła, sam przecież widziałem, że jej rosło w gardle, ilekroć próbowała coś przełknąć.

Kiedy wyszła z domu i przepadła, uświadomiłem sobie, że jestem za nią odpowiedzialny. To ja spieprzyłem jej życie, nawet jeśli wcześniej już ledwie ciągnęło się na jednej żyłce. Ale coś w nim jeszcze tętniło, jeszcze płynęła krew. Ja to odciąłem. I ona teraz stała się martwa, to nic, że ściągnąłem ją z tego nasypu, a potem z mostu, ona nie żyła, emocjonalnie była właśnie martwa. Widziałem tylko jedną różnicę między nią a prawdziwym trupem: że ona jeszcze mogła zmartwychwstać.

Tamtego popołudnia, kiedy zorientowaliśmy się z ojcem, że jej nie ma, że drzwi trzasnęły już dawno, a gdyby poszła do wychodka, to już musiałaby wrócić, bo lało i było diabelnie zimno – więc kiedy biegliśmy jej szukać i znaleźliśmy zmarzniętą na kość w błocie za stodołą, już na skraju życia, poczułem, że jeśli ona umrze, to będzie koniec świata na tym świecie, już na zawsze wszystko pogrąży się w ciemności.

Lekarka w szpitalu nie obiecała, że będzie dobrze. Mówiła za to, że trzeba czekać, więc czekaliśmy. Nic jej nie powiedzieliśmy o próbach samobójczych, tylko że Pola jest w depresji i nic nie je, że wpadła w to błoto i prawie się wychłodziła na śmierć. Przyszedł psychiatra i powiedział dokładnie to samo, co pani doktor. Że czas najlepiej leczy takie paskudne rany. Lepiej, tak mówił, jeśli rana jest duża, ale płytka. A ta jest mała, a głęboka, nie wiemy, gdzie sięga, jak daleko w głąb. Bo zgodził się z ojcem, że tu nie mogło chodzić tylko o kochasia. Z takimi głębokimi skaleczeniami jest najgorzej i najdłużej się czeka. Nic innego, tylko czas i dobrzy ludzie.

Ojciec jest dobry, pomyślałem wtedy. Dobry jak chleb, jak mleko z miodem, jak chłodna trawa pod spoconymi plecami i zapach siana w ciepły, wietrzny dzień. Więc kto, jeśli nie ojciec, mógłby ją uleczyć.

Ale tata powiedział, że Pola ma rodzinę, może trzeba ją zawiadomić. Wziąłem wtedy z torby klucze od jej mieszkania, pojechałem do Warszawy, wszedłem i poszukałem komórki. Była rozładowana, jednak bez trudu znalazłem ładowarkę, ta chudzina miała tam wielki porządek. Potem zawiozłem jej telefon do szpitala i prosiłem, żeby wpisała PIN, ale nie chciała, odwracała się twarzą do ściany, zamykała oczy. Dobrze, powiedziałem sobie, nikt nie obiecywał, że będzie łatwo, trzeba się bardziej postarać.

Wróciłem do tego pustego mieszkania i zacząłem myszkować, szukałem jakiegoś notesu z adresami, listów może, jakiegokolwiek punktu zaczepienia. Na stole leżała ta sama kraciasta teczka, którą wcześniej miała na torach; otworzyłem ją i przejrzałem, ale to nie były listy, tylko wiersze. Nigdy nie byłem mocny w rozumieniu poezji i chyba jej nie lubiłem, więc po prostu odłożyłem te kartki z powrotem, ale potem, sam nie wiem dlaczego, zabrałem teczkę ze sobą.

Wieczorem zadzwoniłem do Anety, powiedziałem, że nie będzie mnie jeszcze parę dni. Nie przyznałem się, że wybieram się do tych Buków na Pomorzu, tak jak przedtem nie pokazałem jej zdjęć Poli Gajdy na nasypie kolejowym. Nie miałem pojęcia dlaczego. Nie mogłem i już.

– Nie jedź – powiedziała Aneta. – Potrzebuję cię tutaj.

Postanowiłem jednak pojechać. Obraziła się na mnie, powiedziała, że idzie na bankiet dziennikarzy, dużo ją kosztowało zdobycie zaproszeń i jeśli nie chcę jej towarzyszyć, pójdzie z kimś innym, chętnych nie brakuje, i nie tylko na bankiet, a ona mi wierności nie ślubowała. Wkurwiłem się strasznie i zgniotłem w ręce szklankę z piwem, potem wyciągali mi kawałki szkła z wnętrza dłoni; nie mogłem zatamować krwawienia, więc pojechałem na pogotowie.

Spojrzałem na zabandażowaną rękę na kierownicy i poczułem głupią radość, że i mnie coś bolało, nie tylko Polę. Tak jakby to mogło zmazać chociaż część mojej odpowiedzialności za to, co się z nią porobiło.

Rzut oka na GPS. Jeszcze sześćdziesiąt kilometrów i będę w Bukach. Zarezerwowałem sobie przez internet mały hotelik, miałem zamiar się wyspać, nie myśleć o niczym, po prostu leżeć jak betka.

Po kolejnej godzinie wjechałem do miasteczka. Niewielkie, ale ładne, zadbane. Jak wszędzie tutaj, przywitały mnie kamienne i ceglane mury obronne, świetnie zachowane ślady przeszłości. Z jakiegoś powodu zawsze na ten widok ściskało mnie w dołku. Miałem kiedyś – między Anetą w niebieskiej sukience a Anetą dzisiejszą – krótką przygodę z dziewczyną, która wierzyła w reinkarnację. Była hippiską, w ogóle wierzyła w wiele dziwnych rzeczy. Tak czy owak, twierdziła, że takie niewytłumaczalne wzruszenia to ślady naszych dawnych tożsamości, niezliczonych jestestw, które mamy za sobą. Gdyby to była prawda, musiałbym w poprzednim wcieleniu być jakimś słowiańskim wojem. Inna sprawa, że musiałbym być również lodówką, bo czasem ściskało mnie w dołku na widok pięknego kawałka boczku albo golonki.

Dziewczyna też miała na imię Kasia, przypomniałem sobie. Fajnie całowała, miała takie pełne, miękkie usta. Ciekawe, w co wierzy Kasia Pietra. Ciekawe, jak całuje, bo ma równie pełne wargi, sformułowała mi się następna myśl, zanim zdążyłem ją odepchnąć.

Hotelik był sympatyczny i czysty, ale za diabła nie mogłem zasnąć. W końcu ubrałem się i wyruszyłem na wieczorny obchód miasteczka. Znalazłem dwie knajpki: „Jaskółkę" i „Wyrzutnię". Wybrałem tę drugą, doceniając poczucie humoru kogoś, kto nadał jej nazwę. Wewnątrz było nadspodziewanie spokojnie. Tylko przy trzech stolikach siedzieli goście. Usadowiłem się przy barze, uśmiechnąłem do ślicznej blondynki. Nigdy nie lubiłem blondynek, Aneta była ognistą brunetką, Pola miała włosy jakieś szare czy jasnobrązowe. Ze zdziwieniem zauważyłem, że wymieniłem Polę w jednym szeregu z Anetą. A przecież nie była moją kobietą, nigdy nie będzie. Zapisałem ją do rodziny czy jak? Absurd. Zamówiłem drinka z karty – żubrówka, martini i tonik; nie chciałem się upić, jedynie rozluźnić przed snem.

Barmanka zerknęła na mnie raz i drugi. Nie wyglądała na zalotną, chyba zwyczajnie była ciekawa. Uśmiechnąłem się ponownie, bo przecież potrzebowałem z kimś pogadać.

– Pani tutejsza? – zagaiłem.

Kiwnięcie głową.

– To się bardzo dobrze składa. Może mogłaby mi pani pomóc.

Tym razem odchyliła głowę nieco na bok, zaciekawiona. Zbyt rozmowna chyba nie była. Albo nierozgarnięta.

– Jestem przyjacielem Poli Gajdy. Zna pani Polę? Tę aktorkę? Ona stąd pochodzi.

– To pan z telewizji?

Oczy jej się rozszerzyły, uśmiechnęła się przychylnie. Bardzo przychylnie. Gdybym nie był takim cholernym monogamistą, gdybym chciał ją bzyknąć, wystarczyłoby pewnie zaczekać, aż skończy pracę. No proszę, gdzie człowiek nie pojedzie, ten sam syf.

– Tak, z telewizji. Może pani słyszała, że Pola miała drobny wypadek.

– Tak, słyszałam. Mówili, że wycofała się z serialu i...

– Wycofała – przerwałem. – Właśnie z powodu tego wypadku. Wie pani, gdzie mieszka jej matka?

– Wiem, wiem – przytaknęła. – Każdy wie.

– Pokaże mi pani?

– Co tu pokazywać. Żółty dom koło kościoła. Jeden tylko taki stoi.

– Dobrze, dziękuję pani bardzo. Jutro tam pójdę.

Kiwnęła głową i odeszła, powycierała jakieś szklanki, ale po chwili wróciła.

– Mam na imię Patrycja. Patrycja Rogacka.

– Miło mi, Patrycjo. – Automatycznie przeszedłem na „ty", a ona się rozpromieniła. – Bardzo mi pomogłaś. A Polę dobrze znałaś?

– Nie, ona jest dużo starsza. Tylko ją pamiętam.

– No i?

Brwi podjechały do góry. Nie zrozumiała pytania.

– Co pamiętasz?

– Ja byłam bardzo mała. – Patrycja się zarumieniła, jakby to był jakiś wstyd mieć niewiele lat. – Ale mama mi opowiadała. Że ona dziwna była, ta Kasia. Znaczy Pola.

– Dlaczego dziwna? – zapytałem z całą cierpliwością, na jaką mnie było stać.

Nie chodziło o to, że dziewczyna miała mizerny rozumek – tylko o tę jej gotowość do plotkowania. O ileż bardziej bym ją polubił, gdyby wcale nie chciała mówić. Tymczasem była ochocza, podniecona; uświadomiłem sobie, że przypominała mi pod tym względem Anetę.

– Ubierała się na czarno i była taka ponura. Podobno w liceum paliła trawkę i chcieli ją wyrzucić, chociaż dobrze się uczyła. A zaraz potem odszedł ten ojciec i wtedy to już się prawie stoczyła. Mama mówiła, że gdyby nie teatr szkolny, to by z niej nic nie było.

– Teatr szkolny? – nadstawiłem uszu.

– Tak, ona wtedy wyszła z dołka, chłopaka zapoznała, podobno potem to już była nie ta sama dziewczyna. I nawet na studia za nim poszła.

– Chodziła tu do liceum? – upewniłem się. – W Bukach?

Kiwnęła głową.

– A ojciec kiedy odszedł? I dlaczego? Wiadomo?

Ale Patrycja nic więcej nie wiedziała. Chętnie mi za to opowiedziała, że Kasia się podobno upijała tanim winem i macała z chłopakami. „Podobno". Podziękowałem jej, mówiąc, że bardzo mi pomogła i że jej nazwisko będzie w telewizji. Uśmiechnęła się od ucha do ucha, powtórzyła jeszcze, jak się nazywa.

W hoteliku panowała sterylna cisza. Nie przywykłem do tego, w mojej warszawskiej kawalerce zawsze szumiała lodówka, stukały obcasy na chodniku pod oknem, warczały nocne autobusy, ktoś przechodząc, rozmawiał przez telefon. Na wsi też nigdy nie słyszało się takiej ciszy, tam coś wiecznie bzyczało, ćwierkało, pohukiwało.

Sen nie nadchodził. Zapaliłem lampkę na nocnym stoliku i sięgnąłem po teczkę, którą zabrałem z mieszkania Poli. Wiersze. Po diabła w ogóle ktoś je pisze? Najpierw przeglądałem tylko tytuły, bo tekstów i tak bym pewnie nie zrozumiał. Zakładałem, że muszą być pokręcone, jak ona sama. Co my tu mamy? *Rodzina*, *To lubię*, *Erotyk* i *Erotyk II*, i jeszcze kilka innych. Niektóre w ogóle nie miały tytułu, tylko trzy gwiazdki. Pewnie nie mogła nic wymyślić.

Choć miałbym ochotę na erotyki, sięgnąłem po *To lubię*; chyba naiwnie sądziłem, że to będzie o jedzeniu.

To lubię

pieczołowicie
jak dziecko z językiem na brodzie
zbierać słowa
by nanizać na nitkę wiersza

są niczym kamyki
które wyjęte z morskiej wody tracą barwę
przykurzone zwyczajnością

lubię rozgrzewać je w dłoniach
nadawać im nowe ciepło
albo ugniatać i maczać
w odrobinie zamyślenia
kapnąć jeszcze cierpkiej prostoty
i mieszać długo cierpliwie
palcami
nie oblizywać za prędko żeby nie przegapić
tłustych oczek banału
pozwolić ostygnąć

potem
smakować zamknąwszy oczy
i mruczeć
to ciągle nie to

Długo o tym myślałem, potem przeczytałem raz jeszcze. Czułem się strasznie głupi. Jaka szkoda, że w szkole nie uczyli nas, jak rozumieć poezję – należało natomiast wkuwać jedynie słuszne interpretacje utworów i dokładnie je odtworzyć na maturze.

Wiersz napisany był dużymi starannymi literami. Odniosłem wrażenie, że jeszcze tylko dwa – *Erotyk* i *Rodzina* zapisano tym samym krągłym pismem, pozostałe napisane były bardziej niedbale. Żaden ze mnie grafolog, ale wydało mi się oczywiste, że te trzy pochodzą z wcześniejszego okresu. Pewnie napisała je jako nastolatka, może jeszcze wcześniej, bo pismo było uczniackie, takie jakieś ugrzecznione. Nie, wcześniej nie mogła, poprawiłem się w myślach, żadne dziecko nie napisałoby czegoś takiego. Więc nastolatka. Odłożyłem pozostałe kartki na bok, wróciłem do *To lubię*. Czytałem i czytałem, i za każdym razem wychodziło mi, że to wiersz o słowach. O pisaniu wierszy.

Dobrze więc. Mamy tu wrażliwą dziewczynę, która lubi dobierać wyrazy, bawi się nimi, układa poezję. Nagle to jej wyznanie wydało mi się szalenie intymne, jakbym zobaczył fragment nagiej skóry na wewnętrznej stronie ud, podsłuchał czyjś szept albo przeczytał ukradkiem list. Zrobiło mi się z tym uczuciem bardzo niewygodnie, prędko schowałem arkusik do teczki w kratkę i zamknąłem na gumkę. Nie chciałem już czytać, nie bez jej wiedzy. To było zbyt osobiste.

Zgasiłem lampkę i opadłem na poduszkę. Wyobraziłem sobie Polę, jak siedzi przy biurku w swoim dziewczęcym pokoju, włosy ma związane w koński ogon, ale jeden kosmyk wymyka się i opada na ucho. Pisze kilka słów, potem bierze do ust końcówkę ołówka, gryzie ją i mrużąc oczy, szepcze: „To ciągle nie to". Z tym obrazem pod powiekami wreszcie zasnąłem.

🙠

Cholerny deszcz, zmył ze mnie całą rześkość, z jaką się obudziłem. Miałem dobre sny, choć i tak wstałem z bólem karku. Zjadłem rewelacyjne śniadanie – wliczone w cenę noclegu, a tak obfite, że według warszawskich cen wyszłoby na to, że nocowałem za darmo.

Zrobiłem sobie spacer po miasteczku, nie żebym miał na to ochotę przy takiej pogodzie, ale nie chciałem za wcześnie zapukać do domu tej kobiety, matki Poli Gajdy. Znalazłem żółty budynek przy kościele, obszedłem go dookoła, przyjrzałem się uważnie. Niby czysty, ale sprawiał wrażenie zaniedbanego. Wokół trochę trawy, ze trzy byle jakie iglaki. Widać było, że nikt tu nie ma serca do ogrodu. Strzeliłem kilka zdjęć, wiedząc, że przy takim świetle i tak wyjdą kiepskie. Przypomniało mi się otoczenie mojego domu, kiedy mama żyła. To była dżungla kolorów i zapachów, istny raj.

Trafiłem za dzieciakami pod szkołę podstawową, potem znalazłem gimnazjum, a na koniec malutki ceglany budynek liceum. Zrobiłem zdjęcie, ot tak, z przyzwyczajenia. Wszedłem. Nie zaszkodzi, zanim wezmę na warsztat matkę Poli, dowiedzieć się czegoś o karierze szkolnej naszej celebrytki.

Skierowałem się do sekretariatu.

– Dzień dobry. Jestem dziennikarzem, nazywam się Konrad Wysocki. Robimy reportaż o waszej absolwentce, Poli Gajdzie. Czy mógłbym zobaczyć się z dyrektorem placówki?

Wyraz twarzy sekretarki mówił wszystko, co zawarłoby się w pełnym ekscytacji pisku, gdyby wypadało piszczeć.

– Już, chwileczkę – powiedziała wreszcie drżącym głosem.

Dyrektor okazał się podstarzałą dyrektorką. To chyba pierwszy raz, kiedy ucieszyły mnie zmarszczki i przebarwienia na twarzy kobiety. Była wystarczająco stara dla moich potrzeb, powinna pamiętać Kasię.

Sekretarka zaparzyła nam kawę, ja usiadłem na wskazanym miejscu. Trzeba przyznać, że nie straciła głowy, poprosiła mnie o legitymację.

– „Gorąca Plotka"? – odczytała. – Nie znam tego czasopisma.

– Jesteśmy nowi na rynku – odpowiedziałem i od razu zapewniłem, że już odnosimy sukcesy.

– Czyli to taki trochę brukowiec?

Nie była głupia. Nie wpadła w zachwyt na wieść o tym, że ktoś chce z nią przeprowadzić wywiad.

– Wie pani – powiedziałem poważnie. – Gdyby nie te, jak to pani określiła, „trochę brukowce", Pola Gajda i inne aktorki nie zdobyłyby takiej popularności. Rola w serialu to w końcu żaden sukces życiowy. Ale ludzie chcą plotek, a celebryci pragną rozgłosu, więc my służymy jednym i drugim. Zgodzi się pani za mną?

Kiwnęła głową, ale wciąż była nieufna.

– Pola miała wypadek, leży w szpitalu. Przyjaźnimy się trochę. Odwiedziłem ją parę dni temu i...

Chrząknąłem, szybko zbierając myśli. Niedobrze, nie przygotowałem się do tej rozmowy i teraz musiałem improwizować.

– Chcę jej pomóc, żeby nie wypadła z gry, wie pani, przez jakiś czas nie będzie mogła pokazywać się w telewizji. Jakiś interesujący materiał o niej, o jej młodych latach, mógłby tu pomóc. Rozumie pani, jakaś sensacja, coś pikantnego albo ckliwego z czasów młodości. Jestem umówiony z jej matką, ale sama pani rozumie, nie ma to jak obiektywna opowieść kogoś, kto pamięta wszystko, nawet takie bardziej barwne szczegóły... Na przykład pierwsza miłość, przygody z alkoholem, z marihuaną...

– Sensacji nie będzie. – Słowa dyrektorki zabrzmiały stanowczo. – Nie było nic sensacyjnego, więc „bardziej barwnych" szczegółów pan nie zwęszy. Katarzyna była zdolną, spokojną uczennicą. Nieco depresyjną, ale to musiały być sprawy rodzinne, tam było rozstanie rodziców, alkoholizm matki.

Alkoholizm matki? Niespodzianka.

– Ale Kasia okazała się silniejsza, niż myśleliśmy – kontynuowała kobieta. – Ja uczyłam ją polskiego, to była naprawdę uzdolniona dziewczyna, miała talent literacki. Zaangażowała się w teatr szkolny, tak poznała swojego przyszłego męża, Jakuba. Ubolewałam, że poszła za nim na anglistykę, powinna była zająć się literaturą, studiować filologię polską, pisać.

– Za nim? Poszła na studia za nim? – upewniłem się.

To samo mówiła Patrycja w barze.

– Była bardzo zakochana.

– A jak to się stało, że się rozwiedli? Niezgodność charakterów czy zdrada jakaś...?

– Wie pan co? – przerwała mi zdecydowanie, a jej głos stał się bardzo zimny. – Niech pan się wynosi. Dlaczego ludzie się rozwodzą, to już naprawdę nie pańska sprawa. I niech mi pan nie wmawia, że pan to robi dla niej. Gdyby był pan jej przyjacielem, zwierzyłaby się panu z takich rzeczy.

– Przykro mi, że mi pani nie wierzy.

– A mnie przykro, że w ogóle wdałam się w tę rozmowę.

Wstała i otworzyła drzwi, wyprosiła mnie. Nie pierwszy raz czułem się, jakby mi kto dał w gębę, i nie pierwszy raz pomyślałem, że nienawidzę siebie w tej roli. A w dodatku nie zdążyłem napić się kawy.

W podstawówce, gdzie spodziewałem się dowiedzieć czegoś więcej o dzieciństwie Poli, spotkał mnie zawód – nic nie wiedzieli, Katarzyna Pietra nie chodziła tu do szkoły. Jej rodzina sprowadziła się do Buków, gdy dziewczyna była w pierwszej klasie liceum; wtedy jeszcze nie istniały gimnazja.

Skąd przyjechali? Kto mógłby mi udzielić takiej informacji? Pewnie dyrektorka liceum, ale tam byłem spalony. Pozostawało mieć nadzieję, że dowiem się wszystkiego od matki.

Nareszcie godzina nie była już tak wczesna, abym mógł ją obudzić, zatem poszedłem. Wcisnąłem przycisk dzwonka przy furtce, jednak nie usłyszałem żadnego brzęczyka, pewnie nie działał. Otworzyłem więc skrzypiącą bramkę i wszedłem na ganek. Zapukałem raz i drugi, wreszcie za drzwiami rozległy się kroki. Otworzyła mi elegancka kobieta – o ile osobę w szlafroku można nazwać elegancką. Ale tak, była elegancka nawet w tym stroju, nawet mimo śladów snu na twarzy. Musiała niedawno wstać, w dłoni trzymała kubek z kawą, ale siwiejące włosy miała starannie uczesane i pachniała, chyba kremem, a może mydłem.

– O co chodzi? – zapytała, a w jej głosie brzmiała nieskrywana, dumna niechęć.

– Dzień dobry. Nazywam się...

Drzwi zamknęły się z impetem tuż przed moją twarzą. Dopiero po chwili uświadomiłem sobie, że odruchowo przygotowałem do strzału aparat.

Trzy godziny później czułem się wykończony, jakbym od rana zasuwał przy żniwach. Różnica była taka, że tam człowiek wysiadał fizycznie, ale psychika pozostawała świeża jak u niemowlęcia – tu kark tak samo lepił się od potu, dłonie trzęsły się jak po wielkim wysiłku, ale w dodatku we łbie miałem totalny zamęt.

Rozpierducha i syf. Kim była ta kobieta, że w takim tempie potrafiła zrobić mi wodę z mózgu? Zerknąłem na nią, gdy spała z odchyloną na bok głową. Miała ładny profil i smukłą szyję, mimo wieku podbródek opierał się jeszcze sile grawitacji. Musiała być w młodości piękną kobietą. Pola, chociaż oczywiście też atrakcyjna, zupełnie jej nie przypominała.

Pukałem wtedy do skutku, nie dałem się spławić. Wreszcie otworzyła, już bez kubka w dłoni, spojrzała mi w oczy i warknęła:

– Spierdalaj, cholerny sępie, bo wezwę policję.

– Nie jestem sępem. Proszę mi pozwolić wyjaśnić.

– Gówno ci pozwolę.

Tym razem nie czułem od niej zapachu mydła ani kremu, natomiast zawiało mi wódką przedniego gatunku.

Widocznie kiedy waliłem do drzwi, strzeliła sobie kielicha dla kurażu.

– Jestem przyjacielem. Kasia jest w szpitalu – powiedziałem szybko, rezygnując z tekstu o dziennikarzu, bo przecież ta kobieta do czego innego była mi potrzebna.

Starsza pani zastygła w bezruchu.

– W telewizji mówili, że zrezygnowała z roli w *Wakacjach* – powiedziała niepewnie.

– No, w sumie można tak powiedzieć – kiwnąłem głową, jednocześnie wysuwając stopę, żeby móc zablokować drzwi, gdyby zechciała je zamknąć. – Mógłbym wejść? Pada deszcz... Przyjechałem wczoraj, ale nie chciałem pani niepokoić.

Patrzyła na mnie nieufnie, wrogo nawet, ale wpuściła, poprowadziła do kuchni. Ładne mieszkanie, pomyślałem. Żadnych luksusów, ale wszystko w dobrym guście. I sterylny porządek, tak jak w mieszkaniu jej córki.

Na stole stała butelka ginu lubuskiego i kieliszek.

– Ma pan ochotę? – zapytała i pokazała wzrokiem alkohol.

– Ochotę owszem – uśmiechnąłem się z przymusem. – Ale prowadzę. Chcę wracać jak najprędzej. Mój ojciec jest z nią w szpitalu.

– Pan jest tym jej kochasiem?

– Ja? Skądże. Nie, ja...

Zastanawiałem się, ile mogę jej powiedzieć. Ile powinienem. Chyba wszystko, całą prawdę. W końcu to jej matka.

Nie zaproponowała mi kawy ani herbaty, natomiast sobie nalała ginu i wypiła jednym łykiem. Twarda zawodniczka, bez zagrychy, bez popitki. Chyba trzeba się spieszyć, zmieścić całą historię w tych kilkunastu minutach, zanim się upije, pomyślałem. Bo coś mi mówiło, że zaraz wypije następnego.

Nie dałem rady, nie zdążyłem. Zanim dojechałem do końca opowieści, zanim przebrnąłem przez ściąganie Poli z torów, jej rzyganie w mojej łazience, zanim opowiedziałem o moście, pobycie na wsi u ojca i wreszcie o tym, jak biegłem z nią, prawie na śmierć wychłodzoną, do domu, jak czyściliśmy z błota i rozcieraliśmy te jej kruche dłonie... Nie doszedłem nawet do szpitala, kiedy stara była już napruta w trzy dupy.

– I co? – spytała bełkotliwie. – Co ja mam do tego?

Zamilkłem, bo taka sytuacja nie mieściła mi się w głowie.

– Teraz brakuje jej mamusi? A kto się kurwa interesował, czy ja nie miałam depresji? Czy ktoś się, pytam, interesował? Czy też nie próbowałam popełnić samobójstwa?

Wstałem gwałtownie i chyba miałem zamiar wyjść, ale wtedy ona zaczęła łkać, a ja zawsze w takich sytuacjach traciłem głowę. Poczułem się kompletnie bezradny. Żeby zająć się czymkolwiek, podszedłem do kuchenki i zapaliłem gaz pod czajnikiem, poszperałem trochę w szafkach i zrobiłem nam herbaty. Kiedy postawiłem przed nią kubek, zaczęła mówić.

– Ona matki nie potrzebuje. Nigdy nie potrzebowała. Tatuś to, tatuś tamto. A jak tatuś odszedł, to prawie całkiem przestała się odzywać. A skąd pewność, że przeze mnie odszedł? Czy ja go, kurwa, wykurzyłam?

Mówiła bardzo powoli, sączyła te słowa niczym jad, zatruwała mnie nimi, ale nie mogłem już wstać i wyjść, dmuchałem w kubek z herbatą, potem zrobiłem sobie jeszcze jedną, a w końcu wypiłem i tę jej, całkiem już wystygłą, bo nie piła wcale. To znaczy piła, ale nie herbatę.

– Uciekliśmy tu, bo chcieliśmy zacząć od nowa...

– Przed czym uciekliście? – wtrąciłem szybko, ale potrząsnęła głową, jakby koło ucha zabrzęczał jej natrętny owad.

– To się mogło udać. Mogło, naprawdę, tylko była umowa, był układ: nie wspominamy tamtych rzeczy, nikt nigdy nie wypowie pewnych słów, i wszyscy się tego trzymaliśmy, ale to trzeba było jeszcze chcieć, tak? Trzeba chcieć, żeby było dobrze, zwyczajnie chcieć, próbować, pracować nad tym, bo nic samo nie przyjdzie. Pieniądze były, dom był, mogłoby się udać, tak?

Kiwałem głową, chociaż kompletnie nic nie rozumiałem. Zaczynało mi się kręcić we łbie. Nalała sobie i mówiła dalej:

– Ale trzeba być silnym, nie taką luźną dupą, nie mazgaić się, tylko trzymać fason. Ja tak zostałam wychowana, jak ojciec siedział tuż po wojnie za działania przeciwko socjalistycznej ojczyźnie i jak wyszedł z pierdla i zaczął chlać, to co myślisz, uciekało się czasem w nocy, bo latał z siekierą i diabli wiedzą, kogo chciał ubić, nas czy komunistyczne kurwy, jemu było wszystko jedno. Ale nie płakałam, ani moja matka też nie. Ale i Kaśka, i ten jej tatuś to były zawsze takie obesrane dupy. Co się tak gapisz, że przeklinam? I chuj, przeklinam i piję, i chuj ci do tego.

Patrzyłem na nią z przerażeniem. Była taka wiotka, elegancka w tej podomce w kwiaty, paznokcie miała umalowane i idealnie opiłowane, kształtne jak migdały, i brwi delikatne jak u przedwojennych aktorek, a do tego ten język. Ja owszem, zawsze rzucałem mięsem, Aneta też lubiła zakląć, ale to nigdy nie była agresja, to takie nasze przytupy na postrach, wyrzucaliśmy z siebie stres, a nie nienawiść. A mój ojciec nie klął nigdy.

– On zawsze tylko patrzył tymi swoimi smutnymi oczami, jak pies. Znasz takie psy, bassety się nazywają. Znasz? On miał właśnie takie oczy, takie głupie i smutne, jakby przepraszał, że żyje. Nie potrafiłam tego znieść, ja chciałam mieć chłopa jak skała, oprzeć się na nim, to ja mogłam mieć smutne oczy, a on powinien mnie pocieszyć, zrobić tak, żebyśmy już nigdy nie były smutne, ja i Kasia. Ale nie, oni oboje trzymali tym smutkiem sztamę przeciwko mnie, tak jakbym ja była zła, jakbym nic nie czuła. Jakby mojego smutku nie było wcale, bo był inny, ja byłam inna, rozumiesz?

Kiwałem głową, ale nadal nic kompletnie nie pojmowałem. Nie udało mi się z niej nic wyciągnąć, ignorowała moje pytania – skąd przyjechaliście, dlaczego, jaki smutek, przez co, co się stało wcześniej. I gdzie jest ojciec. Nie powiedziała nic, co bym zdołał naprawdę zrozumieć, wyrzucała z siebie tylko te strzępki żalu i złości.

W końcu była już na tyle pijana, że dała się uprosić i wsiadła ze mną do samochodu. Powiedziałem jej jedynie, że jedziemy do Kasi, do szpitala, bo może to jej pomoże jakoś się odetkać, żeby choć przemówiła do nas, żeby się wybudziła z tej nieobecności. Wrzuciła do torby parę rzeczy i wsiadła, zasnęła niemal od razu, a ja teraz, zerkając na jej profil, zaczynałem mieć poważne wątpliwości, czy to miało sens. W czym ta kobieta, tak pełna żalu do Kasi i jej ojca, mogłaby tu pomóc?

Grudzień

Uciekłem z domu. Od zapachu wełnianej kapy na łóżku, od śmiesznego kaktusa bez kolców, który zawsze zakwitał o tej porze roku, a który pamiętał jeszcze troskliwe dłonie mojej matki. Od ojca, którego spokój uciszał wszystkie idiotyczne hałasy we łbie – i od Poli.

Śniegu napadało tyle, że świata spod niego niemal nie było widać. Zapadałem się w tę biel z całymi warszawskimi nerwami, z tym moim brudem, a brud się chował pod śniegiem, więc łatwo było o nim zapomnieć, człowiek naiwnie wierzył, że się całkiem zmył. Przypomniała mi się piosenka *Zawieja w Michigan* – to z dawnych, młodzieńczych czasów, kiedy śpiewało się teksty Stachury i chciało żyć jak on, wędrować z gitarą, rzucić szkołę i być drwalem. Dopiero później, kiedy doczytałem, jaki był nieszczęśliwy, połamany, jak się bronił przed obłędem, zrozumiałem, że takie życie jest możliwe tylko w literaturze. W realu, jak to się teraz mówi, trzeba kogoś mieć. Albo coś. Coś albo kogoś do kochania, do wiary, do nadania sensu.

Czy ja miałem takiego kogoś? Albo takie coś? Do niedawna byłem pewien, że tak. Czekałem na Anetę, na moją dziewczynę w niebieskiej sukience. Że wróci, że się na powrót odmieni. Ale już chyba zaczynałem wątpić. I chyba przez to zwątpienie, przez utratę wiary – zrobiło mi się tak paskudnie. Jak to jednak było dobrze mieć na co czekać.

∽

Zawiozłem ojcu pieniądze, kolejny przekaz od Marii Pietry. Ciekaw byłem, jak długo będzie dotrzymywać słowa i przysyłać pieniądze dla córki. Zastanawiałem się nad tym nieustannie od miesiąca – i wciąż nie mogłem pojąć, jak można tak oddalić się od siebie. Jak mogło między matką i córką być tak źle, żeby nawet na krawędzi życia i śmierci nie chciało się wyciągnąć ręki, dotknąć, powiedzieć choćby jednego dobrego słowa? Obie miały do siebie straszny żal, a ja nie rozumiałem o co.

Kiedy przywiozłem tę matkę do szpitala, wtedy w listopadzie, najpierw stała tylko i patrzyła w milczeniu na szczuplutkie ciało Poli. Była już trzeźwa, wciąż elegancka mimo tylu godzin snu w samochodzie, mimo nieświeżego zapachu i kaca. Później przyszedł lekarz, zadawała mu pytania i była konkretna, zasadnicza, rzeczowa. Pytała o jakieś elektrolity, widać było, że zna się na medycynie.

Pomyślałem wtedy, że wcale nie taka powinna być matka przy łóżku swojego chorego dziecka, nawet dorosłego. Powinna okazać jakiekolwiek emocje, do diabła. Wreszcie wyszła na korytarz, a lekarz za nią. Wtedy ojciec podszedł do Poli i zapytał, czy chce do mamy. Żeby ją zabrała. Nic nie odpowiedziała, ale złapała go za rękę i tak ścisnęła, że aż jej zbielały kosteczki na tych chudych palcach.

– Zabieramy ją, synu – powiedział ojciec.

Wyszliśmy na korytarz. Lekarza już nie było, matka Poli stała sama, oparta o ścianę, jakby było jej słabo.

– Ją trzeba do psychiatryka, a nie tutaj – powiedziała.

– Lekarze nie wiedzą – odparłem. – Nie powiedzieliśmy o próbie samobójczej. Tylko że miała zawód miłosny, potem nie jadła i wreszcie pewnego dnia zasłabła. W błoto upadła, wychłodziła się bardzo.

Zaczynała już kręcić głową, otwierała usta i dobrze wiedziałem, co ma zamiar powiedzieć, ale ojciec był pierwszy.

– Nie trza nic mówić – rzekł cicho. – Jej opieka dobrze zrobi, ale nie taka szpitalna. Konrad po panią pojechał, bo myśleliśmy, że może pani by chciała ją wziąć do siebie.

– Ja?

Cisza, która wtedy zapadła, była najdziwniejszą, jaką w życiu słyszałem. Głośna i bolesna, aż się chciało zatkać uszy i odejść. Na twarzy tej kobiety było wszystko, czego nie wypowiedziała, i my czytaliśmy w jej oczach, w tych wargach, nagle drżących i gotowych do płaczu, całą plątaninę uczuć, których nie chciała – a może nie była w stanie – z siebie wyrzucić.

– Ja nie umiem.

Była bezradna. Nie wydawała mi się już zła ani zimna. Tylko właśnie bezradna.

– Nie umiem jej pomóc – powtórzyła. – My byśmy się tylko do końca poraniły.

Ojciec usiadł z nią wtedy na krzesłach w korytarzu, a ja stałem przy oknie i gapiłem się na czarne ptaszyska w gołych koronach drzew. Nic nie myślałem, było mi strasznie pusto i czułem niewyobrażalne zmęczenie po tej nocnej jeździe. Kiedy wreszcie podszedłem, usłyszałem końcówkę rozmowy.

– Będę przysyłać pieniądze. Może ją tam odkarmicie, czy ja wiem. Ale jeżeli ona nie chce jeść, to nie będzie, zagłodzi się na śmierć.

– No, jak rzeczywiście nie zacznie, to trzeba będzie jednak do szpitala – zgodził się ojciec. – Ale chociaż spróbujemy.

– Tylko nie mówcie Kasi, że ja coś płacę. Ona by tego nie chciała. Jest strasznie honorowa. Jak jej cholerny tatuś.

Odwiozłem tę dziwną matkę na dworzec, do domu wróciła autobusem. My zabraliśmy Polę, która z wysiłkiem podpisała oświadczenie, że wypisuje się na własną odpowiedzialność. Nie sądziłem, żeby zdawała sobie sprawę, pod czym składa ten podpis.

Początkowo była jak roślinka. Poprosiliśmy Ulkę, żeby zajrzała raz na jakiś czas, pomogła Polę przebrać, umyć, bo ojciec nie chciał się tym zajmować. Mówił, że potem, kiedy dziewczyna dojdzie do siebie, byłoby jej przykro, że stary chłop ją rozbierał i obmywał. Miał rację, jak zawsze. Co do mnie, nie pomyślałbym o tym, dla mnie Pola była jak chudziutkie dziecko pozbawione płci, jej ciało wydawało mi się całkowicie aseksualne. Zrozumiałem to wtedy, kiedy rozbieraliśmy ją i wycieraliśmy z błota, tak drżącą, że zęby trzaskały jej niczym kostki lodu w ustach.

Gdy Pola była już u nas, a jej matka w swoich Bukach, przypomniałem sobie o teczce z poezją. Był tam taki wiersz o rodzinie, zapamiętałem ten tytuł. Wyciągnąłem go więc któregoś wieczoru, Pola i tak nie zwracała uwagi, co się wokół niej dzieje, a ojciec o nic nie pytał.

Wiersz był dziwny i jeśli spodziewałem się, że coś mi wyjaśni, srodze się zawiodłem.

Rodzina

o czym tak milczą przez cały poranek
nic się przecież wielkiego nie stało
kilka słów niepożądanych
upadło na szorstki dywan oddalenia
między jej fotelem a jego gazetą
nikt nie podniósł nikt się nawet nie schylił
by obejrzeć uważniej
marne okruszki zwykłego gniewu
o nic
o wszystko
lata całe już brną pod ten sam niemrawy prąd
i nie dziwi ich byle zachwianie równowagi
coś się przecież musi chwiać by było co prostować
ja to wszystko rozumiem i o tym też milczę
milczę o duszy rannej w codziennych utarczkach
u mnie wolniej się goi lecz przecież się w końcu
zabliźni i śladu nie będzie
na następnej rodzinnej fotografii

Czyli co? Rodzice mieli ciche dni? Jakie niepożądane słowa padały między nimi, o co się kłócili? Dlaczego „nikt się nie schylił"?... Czy już im nie zależało? Kiedy powstał ten wiersz i dlaczego u Poli „goiło się wolniej"? Chciałem ją o to wszystko zapytać, a tymczasem czytałem te wiersze po kryjomu i znowu było mi z tym bardzo źle, jakbym zaglądał przez dziurkę od klucza, gdy ona robi coś intymnego. Po raz kolejny obiecałem sobie więcej nie czytać, choć oczywiście zdawałem sobie sprawę, że nie dotrzymam słowa.

❦

Kiedy teraz jechałem, mrużąc oczy od wściekłej bieli, przypomniałem sobie swoją porażkę, kiedy postanowiłem z Polą porozmawiać. Nie odezwała się do mnie od tamtego dnia na moście, w ogóle nie powiedziała ani słowa. Nic nie szkodzi, pomyślałem, ja będę mówił. Było mi to potrzebne. Chciałem, żeby zrozumiała, że to nie było nic osobistego, taka praca, zdjęcie to tylko zdjęcie, a problem leżał głębiej, przecież to oczywiste. Niechby mi wykrzyczała, że mnie nienawidzi, niechby się na mnie rzuciła z pięściami, jak wtedy na moście, wszystko, byle nie ta cisza.

Próbowałem dwa razy. Za pierwszym razem skończyło się płaczem, bo wspomniałem o matce. Dopóki mówiłem o Grzegorzu, że przecież zdradzał ją już od dawna, że na nią nie zasługiwał, była spokojna, po prostu leżała z zamkniętymi oczami, ale wiedziałem, że słucha. A potem, diabli wiedzą po co, powiedziałem o matce. Że nie chciała jej wziąć do siebie. Wtedy Pola zaczęła się trząść, jakby zrobiło jej się strasznie zimno, a ja uciekłem.

Drugi raz był jeszcze gorszy. Wczoraj, w Wigilię, zaraz po kolacji. Ona nie mogła nic przełknąć, widziałem, że omal nie zwymiotowała po trzech łyżkach zupy grzybowej. Spojrzeliśmy z ojcem na siebie, obaj pewnie pomyśleliśmy o tym samym – że jeśli nie zacznie wreszcie jeść, trzeba będzie ją jednak zawieźć do szpitala. Po chwili poszedłem za nią do pokoju, bo to w końcu święta i bardzo chciałem, żeby mi wybaczyła. Położyłem jej pod choinką komórkę, żeby jej pokazać, że świat wciąż istnieje, na wyciągnięcie ręki, a ona nawet jej nie wzięła, nie spojrzała.

Usiadłem na jej łóżku, zacząłem mówić, co mi ślina na język przyniosła, dopóki nie odwróciła się i nie zatkała uszu dłońmi, jakby potrzebowała ratunku przed moimi słowami. Po raz kolejny zwiałem jak niepyszny i już nie wiedziałem, czy kiedykolwiek odważę się z nią porozmawiać. Najwyraźniej nie potrafiłem. Dureń ze mnie.

Wyszedłem potem na białe podwórko z przecinkami ptasich śladów i zadzwoniłem do Anety, że zmieniłem zdanie. Pojadę z nią na narty – wcześniej mówiłem, że nie chcę zostawiać ojca samego. Ale po tej nieudanej rozmowie z Polą uznałem, że będzie lepiej, jeśli się wyniosę.

Kiedy dojeżdżałem do Warszawy, śnieg stopniowo szarzał i zdawał się coraz brudniejszy. Jak ja, moje myśli i słowa, z których składały mi się zdania. Jak wszystko. Nienawidziłem tego miejsca i tego, kim się tu stawałem. Zaparkowałem pod domem Anety z nadzieją, że się zgodzi, abyśmy spędzili razem noc. Tego mi trzeba, pomyślałem. Kochającej kobiecej dłoni we włosach. I w spodniach – dopowiedział ktoś cyniczny, kogo do tej pory w sobie nie spotykałem.

Moja ukochana była lekko podchmielona. Na stole stała napoczęta butelka wódki, martini i butelka toniku. A więc raczymy się drinkami. Okej, niech będzie. Lubię.

Nalałem sobie do wysokiej szklanki i wypiłem duszkiem, jakby to był świeży sok z pomarańczy.

– Jednak znudziły cię święta z tatusiem? – spytała Aneta.

Miała na sobie skąpą jedwabną koszulkę w kolorze jagód. Moja gorąca brunetka. Zjadłbym ją całą.

– Co tam w świecie plotek? – odpowiedziałem pytaniem, całując ją za uchem.

Wiedziałem, że to lubi i że zaraz przeciągnie się rozkosznie, jak kotka. Przeciągnęła się. Zamruczała. Będziemy się kochać.

– Gówniane newsy – odparła lekko. – Nie mam nic pikantnego do noworocznego numeru. Żadnych zdrad, rozwodów, nieślubnych dzieci. Zero dramatów.

Miałbym coś dla niej, ale milczałem. Chciałem zatonąć w jej czarnych włosach, w jej piersiach, w niej całej. Zapomnieć, czym się zajmuje, w czym się oboje babrzemy na co dzień. I zapomnieć, jak okrutna była dla mnie, kiedy poszła na ten pieprzony bankiet z jakimś dupkiem i mówiła mi potem przez telefon, że nic z tego nie wyszło, bo miał cuchnący oddech.

Chwyciłem ją i podniosłem, posadziłem na stole. Potem zdjąłem z niej jagodową koszulkę, uniosłem jej nogi i zacząłem całować. Na początek stopy, oplatałem językiem każdy palec, ssałem paznokcie pokryte purpurowym lakierem. Potem skubałem wargami kostki i łydki, coraz wyżej. Ona dobrze wiedziała, na czym skończę, i już zaczynała drżeć pod moimi dłońmi.

Rano oboje mieliśmy lekkiego kaca. Cała pościel była ubrudzona bitą śmietaną i plamami po drinkach. Przypomniałem sobie naszą zabawę ze zlizywaniem

137

śmietany z wnętrza ud, picie z pępka i innych zagłębień ciała – i zrobiło mi się gorąco. Czego jak czego, ale pomysłowości nie można jej było odmówić. Wstałem z potężną erekcją, poszedłem do kuchni. Naga Aneta robiła kawę.

– Potrzebuję pomocy – szepnąłem i wcisnąłem nabrzmiałego penisa w jej dłoń.

– Nie wiem, o czym mówisz – zaśmiała się, ale po chwili lekko wypięła pupę, wychodząc mi naprzeciw. Wziąłem ją od tyłu, opartą o blat kuchenny. Jej piersi kołysały się nad kubkami z parującą kawą. Pragnąłem tej kobiety. Bywało między nami bardzo źle, ale potem znowu robiło się namiętnie.

Zanim odpłynąłem na dobre, przypomniał mi się – diabli wiedzą dlaczego – fragment wiersza Poli: „i śladu nie będzie na następnej rodzinnej fotografii". Poczułem, jak uchodzi ze mnie powietrze. Moja męskość zrobiła się wiotka, jakby ktoś nakłuł balonik.

– No co ty? – szepnęła Aneta.

– Nie wiem. To chyba kac.

A potem uciekłem do łazienki i długo wpatrywałem się w lustro. Co jest grane? Coś takiego zdarzyło mi się pierwszy raz w życiu.

Styczeń

Gówno wyszło z naszych nart. Jechałem do domu i kląłem pod nosem. Po co w ogóle wyjeżdżałem ze wsi? Przecież można było przewidzieć, że nic się nam nie może udać.

Mieliśmy jechać do Włoch, ale coś tam nie poszło z rezerwacją, Aneta była wściekła, rzucała mięsem do słuchawki, po niemiecku z braku innych możliwości, bo włoskiego nie znała, tyle że to nic nie dało, pensjonat był zajęty, a ten, w którym wciąż mieli wolne miejsca, okazał się tak drogi, że o kant tyłka można go było sobie rozbić. Tak czy owak, nie pojechaliśmy.

Była jeszcze taka opcja, żeby w Tatry. Ja nie miałem nic przeciwko, w szczenięcych czasach podkochiwałem się w Tatrach, marzyłem o nich, śniły mi się po nocach słowackie doliny, ponieważ nie miałem paszportu i znałem je tylko ze zdjęć... Ale na Podhalu lało i Aneta podjęła decyzję, że w takim razie jedziemy do spa.

– Czyli gdzie? – zapytałem.

– Gdzieś, gdzie cię wymasują, wymoczą, ugniotą, żebyś się odprężył i żeby już nigdy więcej nie zdarzyło ci się to, co ostatnio. Bo ja, jak jestem bzykana, to lubię być wybzykana do końca.

No tak, cała Aneta. Było oczywiste, że mi to wypomni. Co gorsza, byłem pewien, że zrobi to jeszcze niejeden raz.

Wybrała w końcu hotel na Dolnym Śląsku, w jakiejś niewielkiej miejscowości pod Wrocławiem. Nie było źle, zabiegi okazały się całkiem przyjemne, odprężyłem się, moja sprawność seksualna wróciła do normy i pewnie wszystko byłoby w porządku, gdybym się nie wygadał. A wygadałem się, bo za dużo wypiłem. Aneta też piła, ale była przytomniejsza, niż mógłbym przypuszczać.

– Nic się nie dzieje – oznajmiła, kładąc się na wznak po saunie.

Rozwiązała szlafrok i pozwoliła mu opaść na podłogę, była teraz nagusieńka, czysta i chłodna. Jej sutki sterczały ku sufitowi, jakby pokazywały mi drogę do raju.

– Na tym polega urlop – mruknąłem, całując ją. – Nic się nie powinno dziać, człowiek odpoczywa, nie musi o niczym myśleć, nic robić.

– Ale wiesz – powiedziała, strącając mnie z siebie niczym muchę – gdybym miała jakiś temat, jakiś pomysł chociaż... Byłabym znacznie bardziej odprężona. A tak to ciągle myślę o kolejnym numerze. Co ja im dam?

– Komu?

– Motłochowi.

Znów zabrałem się do całowania, niezrażony.

– Może miałbym coś dla ciebie – szepnąłem.

– Tak? A co takiego?

Natychmiast stała się czujna. Chętna, gorąca, podniecona. Chciałem się z nią podroczyć, podrażnić. Chciałem, żeby mnie pragnęła.

– Gdybyśmy spędzili wieczór w jakiś szczególny sposób, i gdyby było mi tak bardzo, bardzo dobrze, może wy-

140

gadałbym to i owo... Może zdradziłbym tajemnicę pewnej celebrytki, która trafiła do szpitala po próbie samobójczej, a teraz przebywa na wsi, otoczona opieką starego człowieka, bo nie chciała się nią zająć rodzona matka...

Wspomnienie tego, co stało się później, nawet teraz wywołało u mnie erekcję wszechczasów. Aneta dała z siebie wszystko, żebym opowiedział jej o Poli. I opowiedziałem. Rzecz w tym, że ledwie to zrobiłem, poczułem się jak szmata.

– Nie publikuj tego, błagam – szeptałem rozgorączkowany, jeszcze na granicy ekstazy. – Anetka, ja ci to powiedziałem jak człowiekowi, nie jak dziennikarzowi.

– Pierdolić człowieczeństwo! – parsknęła. – Co ty myślisz, że ja wypuszczę z rąk taki temat?

Patrząc na jej wilgotne usta i zarumienioną twarz, poczułem obrzydzenie.

– Kim ty właściwie jesteś? – zapytałem.

– A ty? – odpowiedziała pytaniem. – Kim jesteś, Konrad? Pieścisz się z jakąś pieprzoną aktoreczką, która dla sławy była gotowa na wszystko, a teraz maże się, bo kochaś ją puścił w trąbę. Ale przedtem bez mrugnięcia okiem sprzedałeś mi tamte zdjęcia, tak? To jak z tą twoją szlachetnością?

– Nie pieszczę się. Pomagam. Nie widzisz różnicy?

– Widzę. Ile zdjęć zrobiłeś jej w trakcie tej „pomocy"?

– Nie robiłem zdjęć.

– To jesteś dupa wołowa. Pojedziesz teraz do ojca i cykniesz ją kilka razy. Żeby było widać, jaka jest chuda, ale niech coś robi, nie tylko leży. Jak chcesz, to możemy zrobić artykuł o tym, że już dochodzi do siebie, tego ludzie też potrzebują, w końcu mamy czas świąteczny, musimy dać im coś pozytywnego.

– Nie zrobię jej zdjęć, Aneta.

– Zrobisz, kochanie. A jeśli nie, to ja mam gdzieś współpracę z tobą, szukaj sobie innego pracodawcy. Ja chcę faceta, na którym można polegać, niezawodnego, twardziela, rozumiesz?

– Rozumiem. A gdybyś to ty była w dołku? Też byś potrzebowała twardziela? Czy może dupy wołowej?

Podniosła się i narzuciła na siebie szlafrok.

– Nie chce mi się kłócić. Możesz tu zostać, pieprzyć się ze mną i współpracować. Albo możesz wrócić tam, bawić się w samarytanina. Twój wybór. Tylko ostrzegam, jeśli zdecydujesz się zostać, to nigdy więcej nie zatajaj przede mną takich rzeczy. Że też wtedy na torach nie zrobiłeś jej fotek... Ja pierdolę, jaki ty jesteś słaby.

W tym momencie i ja się podniosłem. Mógłbym cię zgnieść w jednej garści, pomyślałem. Zobaczylibyśmy, jaki jestem słaby.

Ubrałem się i zgarnąłem swoje rzeczy. Niewiele tego było, jakieś drobiazgi do golenia, bielizna, sweter. Wrzuciłem wszystko do torby i podszedłem do drzwi.

– Jezu, nie tak teatralnie – dobiegł mnie głos Anety. – Przede mną nie musisz się popisywać. Oboje wiemy, że wrócisz.

Odwróciłem się.

– A jeśli nie? – zapytałem. – Będzie ci mnie brakowało? Mnie, nie moich zdjęć i nie seksu. Mnie. Znamy się tyle lat. Powiedz, Aneta. Kochasz mnie chociaż trochę?

– Oczywiście, że cię kocham – powiedziała lekko.

Wyszedłem. Złapałem okazję do Oleśnicy, potem do Piotrkowa. Spod Piotrkowa zabrała mnie półciężarówka do samej Warszawy. Pod dom Anety dotarłem na piechotę, wsiadłem do samochodu i zasnąłem z czołem opartym o kierownicę.

A teraz jechałem na wieś. Komórkę wyłączyłem, bo dzwoniła trzy razy. Było mi źle, ale chyba czułem także jakiś rodzaj ulgi.

&

Dojechałem do domu półżywy ze zmęczenia. Na podwórku stał polonez sąsiadki, pewnie wpadła z noworoczną wizytą. Wszedłem, przywitałem się z nią i poczułem, jak w cudowny sposób wszystko we mnie wraca na właściwe miejsce – jakbym od wielu dni myślał nad jakąś łamigłówką, a teraz znalazł wreszcie rozwiązanie.

Pola nie wyszła, żeby się przywitać. Nic dziwnego, nigdy tego nie robiła, a jednak było mi z tym niewygodnie, jakbym podskórnie oczekiwał, że tym razem stanie się inaczej. Piłem herbatę i rozmawiałem z naszym gościem, ale gdzieś na dnie duszy uwierała mnie potrzeba, by zajrzeć do jej pokoju i zobaczyć, jak się miewa.

– Gdzie byłeś na tych nartach? – zapytał tata.

– Nigdzie. Pensjonat był zajęty, inne za drogie, zrezygnowaliśmy.

Nie mogłem mu przecież powiedzieć o masażach i zabiegach upiększających. Przelotnie pomyślałem o tym, jak powrót na wieś ustawia mi zawsze właściwą optykę – dopiero stąd, zza tego prostego drewnianego stołu widać było wyraźnie, co jest śmieszne i gówno warte, gdzie zaczyna się skurwysyństwo, gdzie dziecinada, czego nie należy robić. Ta refleksja natychmiast skierowała mnie na temat Poli.

– Lepiej? – zapytałem, ściszając głos i pokazując głową drzwi jej pokoju.

– Guzik lepiej – odparł ojciec. – Je tyle co pisklak. Tak nie może być.

– No ale przecież postęp jest – szepnęła Ulka. – Jeszcze nie tak dawno musiałam ją myć i przebierać. Nie mów mi Stefan, że nie widzisz zmiany. Niebo a ziemia.

Ojciec pokiwał głową, ale widziałem, że jest zmartwiony. Wszyscy troje patrzyliśmy w okno. Pod światło widać było drobinki kurzu spokojnie unoszące się nad nami. Mikrokosmos.

Kiedy tylko Ulka pożegnała się i wyszła, zajrzałem do Poli.

– Cześć. Co tam u ciebie?

Oczywiście nie odpowiedziała. Cisza w jej pokoju wydawała się aż gęsta.

– U mnie do dupy.

Nieoczekiwanie dla samego siebie usiadłem na podłodze przy jej łóżku. Złapałem się na tym, że nie chciałem stamtąd wyjść, dobrze mi było w jej obecności. Może dlatego, że ona niczego ode mnie nie chciała, na nic nie czekała. W każdym razie na nic z mojej strony. To mnie jakoś zwolniło ze starań, dało mi możliwość wyboru, co zrobię albo czego zaniecham.

– Właściwie o co chodzi w tym wszystkim, powiedz. Czego wy chcecie? Żebyśmy byli macho czy wrażliwe cielaki? Bogate chamy czy intelektualiści w podartych kamaszach? Bo ja się już, kurwa, gubię.

Nagle zachciało mi się zwyczajnie, po gówniarsku płakać. Co dziwniejsze, miałem pewność, że ona by to zrozumiała, że gdzie jak gdzie, ale tu mój płacz zostałby wysłuchany. Zacisnąłem jednak szczęki i powstrzymałem to wszystko, co chciało się ze mnie wylać. Żal, że nic nie szło tak, jak sobie wymarzyłem. W szopie czekały na mnie maszyny, pachniało drewno, stał niedokończony stół. Chałupa wuja Mańka niszczała, a podjazd, gdzie miałem ładować piękne meble na samochody dostawcze, zarastał lebiodą. Kobieta, która miała być moją żoną i matką moich dzieci, wolała wielkie miasto i ploteczki, dające jej kasę.

Zbierałem słowa, żeby to wszystko nazwać. Poli to nie obchodziło, zdawałem sobie z tego sprawę, ale ja sam potrzebowałem się wygadać – i jeszcze może trochę chciałem, aby wiedziała, że nie jestem żadnym zimnym sukinkotem. Nabrałem powietrza i odwróciłem się do niej, zajrzałem jej w oczy.

Gówno. Nie będzie wielkiej spowiedzi. Zasnęła. Mógłbym teraz powiedzieć wszystko, ale to by nic nie zmieniło. Nie chciałem jedynie wywalić z siebie brudu; pragnąłem, żeby ktoś słuchał i kiwał głową, może nawet nie, niechby ona tą głową kręciła z niesmakiem, niechby patrzyła z powątpiewaniem, z przekąsem się uśmiechała, w porządku, byle to była jakaś reakcja.

Miała szczuplutką twarz, coraz szczuplejszą. Martwiłem się, że wciąż chudnie. Dałbym głowę, że kiedyś nie wystawały jej tak bardzo kości policzkowe. Leżała na boku, między szyją i ramieniem utworzyło się intymne, głębokie zagłębienie. Ogarnęła mnie nagła potrzeba, by dotknąć tego malutkiego dołka, ale nie zrobiłem tego, przyglądałem się tylko. A im dłużej patrzyłem, tym bardziej robiłem się senny. Oparłem głowę o tapczan, tuż obok jej ramienia. Przysnę tylko parę minut, pomyślałem; zanim ona się obudzi, już mnie tu nie będzie.

Obudziłem się jednak znacznie później, niżbym sobie życzył. Pola leżała na drugim boku, wciśnięta w ścianę, jak najdalej ode mnie. Podniosłem się bezszelestnie i wyszedłem do kuchni. Dopiero tam zacząłem rozprostowywać obolałe ramiona. Znowu spałem skręcony i spięty.

W Trzech Króli była rocznica śmierci mamy. Jak zawsze w ten dzień, wybieraliśmy się z ojcem na cmentarz, tyle że strasznie sypało i drogi zrobiły się niemal nieprzejezdne.

– Może jednak pojedziemy jutro – zaproponowałem.

Ale tacie nie mieściło się w głowie, żeby nie odwiedzić w tym dniu mamy. Co do mnie, nie miało wielkiego znaczenia, jaki to dzień. Zaglądałem do niej, kiedy tylko odczuwałem taką potrzebę – ostatnio rzadko, trzeba przyznać, ale przecież to mnie te wizyty były potrzebne, nie jej. Nie potrafiłem wierzyć, jak ojciec, że mama patrzy na nas z góry i kibicuje nam w naszych ziemskich sprawach. Co więcej, wcale nie chciałem, żeby tak było. Znacznie lepiej, że ona nie widziała, kim się stałem, czym się zajmowałem w tej Warszawie.

Wyjechaliśmy wreszcie. Wycieraczki pracowały jak szalone, rozpychały na boki sypki śnieg. Nasza wieś to właściwie nie wieś, jedna chałupka rzucona w pole, daleko za grupą drzew jeszcze dwa domy. Na coś takiego mówiło się tu „huba", że niby przyrosło do właściwej wioski, tej leżącej przy szosie. Teraz się cieszyłem, że mieszkamy na hubie, ale kiedy byłem mały i musiałem pieszo drałować trzy kilometry do autobusu, nie było mi tak wesoło. Zwłaszcza w grudniu, po kolana w zmrożonym śniegu, kiedy nogi plątały mi się niczym pijanemu.

Tego dnia, podobnie jak w tamte ciemne poranki, droga była nieprzetarta, samochód brnął w białym puchu, a ja patrzyłem na drobne srebrne kropki, przed którymi odruchowo mrużyłem oczy. Świat stał się oślepiająco jasny, czysty i po raz kolejny odniosłem wrażenie, że zniknęły z jego powierzchni wszystkie grzechy. W taki dzień mógłbym wszystko zacząć od nowa.

– A to co? – zapytał nagle ojciec, wyrywając mnie z zamyślenia.

Spojrzałem na niego i zrozumiałem, że ma na myśli widok we wstecznym lusterku. Rzeczywiście, za nami jechało czerwone auto Ulki, najwyraźniej nas goniła. W taką pogodę nie wybrałaby się na przejażdżkę, sklepy zamknięte... Coś się musiało stać. Zatrzymałem się.

– Gdzie by się wybrała w taką zadymkę? – zastanawiał się ojciec.

Obaj wysiedliśmy z auta. Ulka zrobiła to samo.

– Jechałam właśnie do was! – zawołała, przekrzykując warkot silnika. – Aleście mi uciekli.

– Na cmentarz jedziemy.

– A, no to może jedźcie, a w drodze powrotnej byście do mnie zajechali.

– Coś się stało?

Chciałem już wsiadać do samochodu i jechać dalej, bo za kołnierzem kurtki miałem mnóstwo mokrego pyłu.

– Psa znalazłam.

– Co takiego?

147

– No psa. Wychudzonego na szkielet. Poszłam do lasu, żeby wygrzebać trochę mchu spod śniegu, potrzebny mi do tych moich dekoracji. Pies był przywiązany do drzewa.

– Ale gdzie? Tu u nas? – zapytał bez sensu ojciec.

Przecież wiadomo, że Ulka nie chodziłaby gdzieś dalej po ten mech.

– Za kanałem, blisko – przytaknęła sąsiadka. – I wzięłam chudzinę do siebie, ale moje koty całkiem zwariowały, po ścianach się z nerwów rzucają, jeszcze krzywdę zrobią. Może wy byście wzięli?

Spojrzeliśmy na siebie z ojcem. On jak zwykle od razu wiedział, co należy zrobić, bez słowa wsiadł do samochodu.

– Zawracaj, synu – powiedział, kiedy otrzepałem się ze śniegu i usiadłem za kierownicą.

– A może najpierw szybko na cmentarz? Parę minut nie zrobi różnicy.

– Na cmentarz? A na co ja tam Jadwini potrzebny? Tu żywe stworzenie potrzebuje pomocy. Zawróć i jedź do Ulki.

Zrobiłem, co mi kazał. Przepuściłem przodem czerwone auto.

Ojciec był wstrząśnięty.

– Toż to zabidzone prawie na śmierć.

– Musiała być głodzona już od dawna. Jest w złym stanie, brzuch strasznie wzdęty, ale poza tym sama skóra i kości, ma zagrzybione uszy, strupy na łokciach. Pewnie trzymał ją w jakimś pomieszczeniu z cementową podłogą.

– To czemu teraz przywiązał w lesie?

– Diabli wiedzą. – Ulka zamyśliła się. – Może mu wyła po nocach z głodu, może chora na coś... Nie dojdziesz, dlaczego ludzie popełniają podłości.

148

Ojciec wstał bez słowa. Wziąłem psa na ręce i zaniosłem do samochodu. Tata otworzył mi drzwi, położyłem ten psi szkielet na tylnym siedzeniu, zdjąłem kurtkę i okryłem, bo biedaczyna trzęsła się jak galareta.

❧

Musiałem się zatrzymać, bo zaczynałem przysypiać. Ostatnie noce nie były łatwe. Najpierw wstawałem w środku nocy, żeby wynosić Sukę na śnieg, bo fajdała w domu i smród był nie do opisania. A potem, odkąd domyśliliśmy się, że jest szczenna i że właśnie zaczyna się poród, nie przespałem nawet kilku godzin z rzędu. Nikt z nas nie przespał.

Pola mnie zaskoczyła. Nie spodziewałem się, że w tym chudziutkim ciele drzemie jeszcze tyle siły. Wstąpiła w nią odwaga, energia – i było tam coś jeszcze, coś na kształt babskiej solidarności, zupełnie jakby ona wiedziała, co czuje Suka, jakby odczuwała to razem z nią. Ja już nawet wyszukałem w internecie wszystkie możliwe informacje o porodzie u psów, filmik znalazłem na YouTube, ale gdzie tam, Pola zamknęła się z Suką i nie było mowy, żeby przeszkadzać. Niby nic nie mówiła, ale dobrze wiedziałem, że krzyczy do mnie, żebym się wynosił i nie wtykał nosa w kobiece sprawy.

Nad ranem, kiedy przyniosła mi mokre, cuchnące szmaty z pięcioma martwymi ciałami, zrobiło mi się słabo. W pierwszej chwili pomyślałem, że to ona je zabiła, nie wiem, dlaczego tak mi się wydawało, była taka chłodna i obojętna, umyła tylko ręce i wróciła do Suki.

Ale tata zajrzał i powiedział, że jest jeszcze jeden, żywy, i żebym zakopał te martwe.

Łatwo powiedzieć, zakopał, jak ziemia pewnie zamarznięta pod śniegiem. Wziąłem szpadel, poszedłem do lasu, rozgrzebałem badyle oraz mech, i tam, pod cienką zmarzniętą skorupą ziemi zrobiłem niewielki grób, włożyłem do niego wilgotne ciałka szczeniąt i zasypałem. Potem przytachałem jeszcze spory kamień, który znalazłem nieopodal. Pewnie nie na wiele się to zda i za parę dni jakiś padlinożerca wygrzebie małe trupki. Ale na to już nic nie mogłem poradzić.

W następne noce czuwaliśmy z ojcem obaj, Pola też za dużo nie spała. Wstawała w nocy, wychodziła z Suką na próg, ta robiła swoje i wracała do Małego, a Pola kładła się obok na podłodze i drzemała jak zając. Zaglądałem do niej przez okno, wcale nie gasiła lampki, pilnowała szczeniaka, żeby nie odpełzł za daleko. Trzeciego wieczoru przyszła na chwilę do kuchni i zjadła kromkę chleba z masłem i twarogiem. Obaj z ojcem znieruchomieliśmy, ale żaden z nas nie odezwał się słowem. Mnie się wydawało, że ona nawet nie zauważyła, że je. Była tak zmęczona, że zrobiła to chyba bezwiednie. W każdym razie nigdy jeszcze nie widziałem, żeby przełknęła taki kawałek jedzenia bez odruchu wymiotnego.

Tego wieczoru poszedłem spać radosny, bo jakoś uwierzyłem, że wszystko będzie dobrze. Ojciec trochę jeszcze posiedział w kuchni, ale w końcu i on się położył. Wkrótce usłyszałem, jak pochrapuje. A ja nie mogłem zasnąć mimo zmęczenia. Co zamknąłem oczy, to widziałem na przemian drobne ciało Poli, kiedy czyściłem je z błota, wychudzoną Sukę i mokre jak szmatki martwe szczeniaki. Wreszcie wstałem i znowu poszedłem na dwór, żeby podglądać przez okno. Pola leżała z głową na starym ręczniku, Suka oparła nos na Małym i tak sobie we trójkę spali. Pokręciłem się bez celu po podwórku. Myślałem o tym, że wiosną będzie tu mieszkał pies. Od dawna nie mieliśmy psów, jeszcze za życia mamy zdechła Broszka, a potem jakoś nikt nie miał głowy do zwierzaków. Budę się porąbało i spaliło, trzeba będzie zbudować nową.

Naprawdę szczerze sobie przedtem postanowiłem, że nie będę więcej czytał jej wierszy, ale nie wytrzymałem. Obserwowałem przemianę z wiotkiej mimozy w silną dziewczynę, która całą noc odbiera poród, bez jednej łzy oddaje mi te martwe szczeniaki, obmywa ręce z krwi i biegnie zająć się tym żyjącym i jego matką... – i bardzo chciałem dowiedzieć się więcej. Dlatego tamtej bezsennej nocy otworzyłem teczkę z poezją i przejrzałem teksty w poszukiwaniu prawdy o Poli.

Wybierz mnie – dziwny tytuł. Czytałem chyba trzy razy, zanim dotarł do mnie sens tego wiersza.

niech cię nie zwiedzie
elegancka czerń tych pończoch
moje wytworne uda
tylko udają

nie przypisuj smukłym noskom pantofli
cech arystokratycznych chartów
nie wierz sukience
co stwarza pozory obycia

albo te połyskujące rękawiczki
do łokci
które poprawiam uwodzicielskim ruchem
zanim ujmę w dłoń kieliszek flirtu
one także kłamią

zedrzyj ze mnie pończochy
sukienkę buty rękawiczki
zdejmij mi wyuczony uśmiech
odklej zalotność z rzęs

i wybierz mnie
mnie
z obolałymi stopami zwyczajności

z sinymi pręgami na palcach
od dźwigania
niepewności siebie

Czy to było o pozorach? O udawaniu kogoś, kim się nie jest? Udaje ona sama, udają jej pończochy, sukienka, rękawiczki – ale jeśli je z niej zedrzeć (w tym miejscu zrobiło mi się ciepło), zostanie zwyczajna dziewczyna – „z obolałymi stopami zwyczajności". I jeszcze ta niepewność siebie.

Zacząłem odczuwać coś w rodzaju euforii – że rozumiałem, że znalazłem w Poli coś bliskiego i znajomego. Schowałem wiersz do teczki i przeglądałem dalej.

Sama

cisza stąpa tak miękko ma kocie łapy
z ostrymi pazurkami osamotnienia

owinięta we własną intymność
marznę bez płaszcza twojego oddechu
ciepłego deszczu z palców

wróć i rzęsami omieć mnie ze smutku
potem go wdepczemy w dywan
niecierpliwie uwalniając ramiona
z ramek zawstydzenia

Była sama, czekała – tyle do mnie dotarło. I była smutna. Chciała się kochać. Nie, nie tylko to; chciała, żeby ktoś z niej ten smutek zdjął, żeby był czuły, ciepły, namiętny i niecierpliwy. Zrobiło mi się jakoś tkliwie, w pierwszym odruchu chciałem tam pójść i ją przytulić, choć przecież wiedziałem, że nie dla mnie pisała ten wiersz, nie dla kogokolwiek, lecz dla konkretnego mężczyzny. Czy mogła to napisać niedawno, po odejściu swojego celebryty Grzegorza? Nie, kartka nie była nowa, miała ślady po wielokrotnym wyjmowaniu i wkładaniu do teczki – jakieś zgięcia, charakterystyczne nierówności. Więc może kiedy odszedł mąż? A właściwie skąd ta pewność, że to nie ona porzuciła męża? Nadal nic o niej nie wiedziałem.

Ten wiersz rozgrzał mnie jakoś, rozpalił we mnie uczucia, o które się nie podejrzewałem, bo kobiecość tej kruchej dziewczyny pozostawała dotąd tematem tabu, chyba

153

zawsze tak jest, kiedy ktoś jest chory – w każdym razie sięgnąłem wtedy do tej teczki jeszcze raz, bo pamiętałem, że był tam *Erotyk*, a nawet dwa wiersze o takim tytule. Znalazłem jeden z nich i czując się jak dzieciak podglądający sąsiadkę w kąpieli, pochyliłem się nad kartką.

przeorana zmarszczką suchej trawy
polana
przyglądała się z troską
tak bardzo chciała pomóc
stłumić nasze ciasne niezgrabne ruchy
prężyła grzbiet jak ruda kotka
do głaskania
byśmy mogli zająć czymś
zawstydzone dłonie

nie zdołała

na przekór wiatrowi
co próbował pozbawić nas tchu
oddychałeś niebu prosto w twarz
oddychałam i ja z tym samym pośpiechem
by zdjąć już z ciebie
tużurek przyzwoitości o wyraźnej czerwonej lamówce

pamiętasz

a potem
zaplątani w dotyk
umarliśmy niemal z braku własnych granic
z pomieszania się cieni

na koniec w siebie wzięły nas góry

Przeczytałem tylko raz, a potem szybko schowałem tekst na sam spód. To rzeczywiście było podglądanie i naprawdę poczułem to, co czułbym jako wyrostek gapiący się na nagą kobietę. Pożądanie zmieszane ze wstydem. Oni się kochali na górskiej polanie. Oni – nie wiem kto, pewnie Pola i ten jej Grzegorz. A ja myślałem o tym i bezskutecznie usiłowałem nie wyobrażać sobie Poli, jak kocha się ze mną.

Wcale nie wytrzymałem długo. Po godzinie wpatrywania się w sufit otworzyłem teczkę jeszcze raz i czytałem dalej. Wszystkie wiersze. Nie mogłem przestać.

Wreszcie znalazłem parking, zjechałem i rozłożyłem siedzenie. Postanowiłem, że zdrzemnę się pół godziny, potem skoczę na kawę i do kibla. Kobieta nie zając, nie ucieknie. Odchyliłem głowę i zamknąłem oczy, ale sen nie przychodził. Przed chwilą ledwie utrzymywałem otwarte powieki, a teraz proszę, jak na ironię, nie mogłem zasnąć.

Aneta zadzwoniła wcześnie rano, kiedy byłem kompletnie rozbity po nieprzespanej nocy i kiwałem się nad kubkiem gęstej, czarnej jak smoła kawy.

– Nie odzywasz się – wyszeptała w słuchawkę.

Nie odpowiedziałem, bo mnie nagle zatkało ze wzruszenia. To przecież moja dawna Anetka, moja dziewczyna w sukience jak niebo.

– Konrad, kochany – mówiła, a ja rozpływałem się coraz bardziej. – Przyjedź, porozmawiamy. Tęsknię.

– Ja też – wydukałem wreszcie.

Ojciec patrzył w okno, udawał, że nie słyszy.

– Przyjadę – powiedziałem, bo zamilkła, i nagle wystraszyłem się, że się rozłączy. – Tylko się chwilkę prześpię.

– Czekam. – I rozłączyła się naprawdę, ale to ostatnie słowo powiedziała tak, że zrobiło mi się gorąco.

No i pojechałem. Nie przespałem się ani wtedy, ani teraz, na tym parkingu, bo sen odszedł całkiem ode mnie, zostało tylko niewiarygodne zmęczenie. Kiedy tak popijałem napój energetyczny, bo na kawę już nie mogłem nawet patrzeć, uświadomiłem sobie, że jadę do niej po raz ostatni. Jeśli tym razem nam nie wyjdzie, to ja pasuję, poddaję się. Chciałem dawnej Anety, tej ze wsi, tej mojej. Może i śniły mi się wtedy po nocach ostre numerki z cycatymi dziewczynami, ale emocjonalnie byłem w domu, ilekroć ona była blisko. Tylko ona, tylko Aneta, jej ciemne oczy, mocne brwi, silne, choć miękkie dłonie – tylko to mogło uczynić mnie szczęśliwym. Opalałem z łuszczącej się farby olejnej stary kredens, ona wchodziła do szopy, pachniała wanilią i jeszcze czymś z kuchni, może cynamonem, a ja znajdowałem w sobie siłę, mogłem przenosić góry, karczować drzewa, budować domy. Ręce rwały mi się do niej, obejmowałem ją i tuliłem do siebie, i od tego tulenia czułem się lepszy, a później próbowałem jej skraść całusa, ale to były krótkie pocałunki, wstydliwe.

Kiedy wyjeżdżała do miasta po maturze, martwiłem się, czy mi jej ktoś nie skradnie, była taka niewinna, naiwna. Załapałem się wtedy w warsztacie u Józka Góry, sporo się nauczyłem, a wszystkie pieniądze, których nie przejadłem i nie wydałem na bilety do Warszawy, odkładałem na maszyny, na obrabiarkę wieloczynnościową, ale nową, nie jakąś używaną. Urządziłem sobie ten mój warsztat w szopie, wstawiłem okna, bo musi być dobre światło, miałem już na koncie sporo mebli samodzielnie odnowionych, ogłaszałem się w gazecie lokalnej. Szykowałem też chałupę wuja Mańka na sklep, i już rozglądałem się za miejscem, gdzie zbudujemy nasz dom, bo choć na razie mogliśmy mieszkać u nas, z ojcem, to przecież potem z dzieciakami zrobiłoby się nam ciasno. Zresztą Aneta chciała mieć łazienkę, ubikację, a ja ją rozumiałem, pewnie, że to wygoda.

Otrząsnąłem się z tych wspomnień, bo przecież od tamtego czasu wszystko się zmieniło i teraz doszliśmy do takiego punktu, że nie było już powrotu. Aneta nie chciała tu wrócić, nadeszła pora, by dorosnąć do decyzji, że jeśli razem, to musieliśmy żyć w mieście. Gdybym tylko mógł się gdzieś zahaczyć, w jakiejś robocie, nie robić już tych cholernych zdjęć. I mieszkać z nią razem, ożenić się, może wreszcie te dzieci byśmy mieli. No ostatecznie, jeśli nie chciała ślubu i dzieciaków, to chociaż mieszkać. Mieć gdzie i do kogo wrócić po pracy. Wiedziałem, że nic nie kupimy, bo za drogo, ale skoro mogliśmy wynajmować osobno, to razem też byśmy mogli, byłoby łatwiej finansowo, ja nigdy nie potrzebowałem dużo miejsca, chociaż ze mnie kawał chłopa.

Tak naprawdę jedyne, czego pragnąłem, to jej głowa na poduszce i jej palce w moich włosach, jej talia i biodra pod moimi dłońmi, ona przy stole, naprzeciwko mnie, tak jak dawniej; jadłem upieczone przez nią ciasto, a ona patrzyła, czy mi smakuje. Już nawet niechby to ciasto było kupione, jeśli nie chciała piec i gotować, zresztą i ja mogłem gotować dla niej. Tylko niechby ze mną była.

Wyrzuciłem z siebie to wszystko, kiedy wszedłem do jej mieszkania. Nie poszła do pracy, to dobrze. Mówiłem jednym tchem, a ona słuchała, nie przerywając. Patrzyła tylko. Dopiero kiedy skończyłem mój monolog, dotarło do mnie, że musi być chora, miała ziemistą cerę i włosy w nieładzie.

– Co ci jest? – zapytałem i ukląkłem przy jej łóżku.

– Nic, to tylko grypa. – Uśmiechnęła się słabo. – Zaprawiłam się, bo w tę śnieżycę próbowałam zrobić kilka zdjęć. Ciebie nie było, wszyscy się porozjeżdżali albo jeszcze nie wrócili po Nowym Roku, a ja miałam cynk, że ten Grzegorz od Gajdy wrócił do jej mieszkania. Próbowałam go tam złapać, ale za żadne skarby nie mogłam trafić z godziną. Nie wiem, jak ty to robisz, że zawsze jesteś w odpowiednim miejscu we właściwym czasie.

– I przemarzłaś? Stałaś tam pod domem w tym śniegu? Dlaczego wcześniej nie zadzwoniłaś?

– Wmawiałam sobie, że skoro nie telefonujesz, to już mnie nie chcesz – powiedziała cicho.

Poczucie winy niemal wgniotło mnie w podłogę. Wsunąłem się do niej pod kołdrę, pocałowałem we włosy. Była gorąca, miała wilgotne czoło.

– Byłaś u lekarza?

– Nie, w aptece dali mi coś na przeziębienie. I tak antybiotyki nie pomogą.

Przytuliłem ją, wpasowałem jej ciało w moje, jak łyżeczka w łyżeczkę. Leżeliśmy tak w milczeniu kilkanaście minut. Wreszcie zebrałem się na odwagę i spytałem:

– Słuchałaś, co mówiłem?

– Kiedy?

158

– Jak tu wszedłem. Mówiłem, że chcę z tobą być. Ale tak naprawdę, Aneta. Chcę z tobą mieszkać, znaleźć jakąś porządną robotę, mieć normalne życie. Wracać do domu i witać się z tobą. Może byśmy gdzieś działkę kupili, domek letniskowy bym zbudował. Wyjdź za mnie. Już tak długo na ciebie czekam.

– Porządną robotę? – powtórzyła. – Nie chcesz już dla mnie pracować?

– Nie, nie chcę. Wiesz, że nie lubię tego całego brudu.

– Zostawisz mnie? – szepnęła, a jednocześnie poczułem, jak wypina lekko pośladki.

Nic nie mogłem poradzić na to, że członek mi stwardniał, a po lędźwiach rozlał się ogień.

– Anetko, nie zostawię, tylko poszukam innej roboty. Nie słuchałaś?

Zaczęła się poruszać, leciutko wyszła mi naprzeciw i znów się cofnęła. Miała krótką koszulę nocną, nie potrafiłem zapanować nad dłońmi, które już tam powędrowały, już podnosiły skraj tej koszulki, gładziły cudownie delikatne pośladki, po czym odnalazły to wilgotne, gorące miejsce, a wtedy nikt i nic nie byłoby w stanie mnie powstrzymać. Zanurzyłem się pod kołdrę i umarłem z rozkoszy.

Ostrożnie

Luty

Ostrożnie oparłam rower o płot i otworzyłam furtkę. To musiał być ten dom, pan Stefan powiedział, że nie sposób zabłądzić – ale nie miałam pewności, czy nie wyskoczy na mnie jakiś agresywny pies.

Konrad nie przyjeżdżał od paru tygodni. Ostatnio widziałam go tuż po tym, jak uratowałam Małego. Zajrzał do mnie, posiedział i popatrzył, jak Mały ssie.

– Zuch – szepnął w końcu i słyszałam w jego głosie, że był wzruszony.

Nasze oczy spotkały się i przez chwilę miałam wrażenie, że powiedział to o mnie. Zarumieniłam się, a wtedy on nagle odwrócił twarz. Od tamtej pory go nie widziałam.

Jego laptop był mi potrzebny, nie on sam. Musiałam sprawdzić w internecie, co jedzą takie małe szczeniaki. Suka miała jeszcze pokarm, ale wciąż była bardzo chuda i słaba, zresztą wydawało mi się, że po tych wszystkich przejściach lepiej byłoby dla niej, gdyby przestała już karmić.

Sprawdziłam w kalendarzu, że niedługo miną trzy tygodnie od porodu. Musiałam szybko coś zrobić, jakoś zdobyć potrzebne mi informacje. Mały rósł jak na drożdżach, obcięłam mu pazurki zwykłymi „ludzkimi" nożyczkami, bo poranił Suce sutki. Któregoś dnia, kiedy go głaskałam, zaczął ssać mój palec i wtedy poczułam, że pod dziąsłami ma już ząbki – jeszcze się nie wykluły, ale widać je było przez cieniutką warstwę różowej śluzówki. To chyba znak od natury, że młode jest gotowe do gryzienia – tak podpowiadała mi logika. A więc pora na pokarm stały.

Zasypiałam teraz i budziłam się z obrazem Małego pod powiekami. Cztery dni temu otworzył oczka – okazały się zupełnie niebieskie! Jak tęczówki Grzegorza, pomyślałam i z zadowoleniem skonstatowałam, że ta myśl nie była bolesna. Grzegorz odszedł. Ja też chciałam odejść, ale zostałam. Wciąż istniałam. I tak sobie nieśmiało myślałam, choć jeszcze trudno mi się było do tego przyznać, że wcale nie tak źle było istnieć.

Mały był bardzo mądry. Jeszcze nie opanował dobrze sztuki chodzenia, ale już wiedział, że siusiu i kupę robi się w innym miejscu, niż się śpi. Na swoich słabych nóżkach, krokiem małego pijaczyny odchodził na bok, by wypiąć tyłeczek i stękając, załatwić się poza legowiskiem. Rozłożyłam mu tam gazety. Sprzątałam po nim natychmiast, a jeśli nie zdążyłam, robiła to Suka. Polubiłyśmy się. Byłam pewna, że mi ufa. Otwierała jedno oko, ale zaraz je zamykała, uspokojona, kiedy brałam Małego na ręce i tuliłam go do twarzy. Nie znałam nic lepszego. Dotyk tej małej mordki był najlepszą rzeczą, jaka mi się w życiu przytrafiła.

Najlepszą od... Pewnych słów nie należało wymawiać. Od bardzo dawna. Od wtedy.

～

Dziś rano zobaczyłam w kalendarzu, że to sobota. Skoro o tej porze Konrada nadal nie ma, to już pewnie nie przyjedzie, pomyślałam. Postanowiłam przeprosić się z moją komórką. Dziwnie się czułam, włączając ją. Jakbym zaglądała do własnego grobu i spodziewała się znaleźć zasuszone truchło. Na ekranie mignęła mi ikonka nieodebranych połączeń – czterdzieści siedem. Do tego trzydzieści trzy wiadomości. Kiedyś przeczytam, na pewno. Teraz potrzebowałam jedynie internetu. Niestety, nie mogłam się połączyć, nie mogłam też wykonać żadnego połączenia, ponieważ od trzech miesięcy nie opłacałam abonamentu. Jasna cholera. Ten jeden raz, kiedy naprawdę potrzebuję tej pieprzonej zabawki, ona mnie zawodzi.

Wiedziałam, że pan Stefan nie miał telefonu. Pozostawało mi czekać, aż przyjedzie paparazzo, albo spróbować z Ulką. Zapytałam pana Stefana, wyjaśnił mi, jak trafić. Przyjechałam na rowerze, bo śnieg stopniał i przymroziło trochę, błota nie było, drogi zrobiły się twarde.

I właśnie dlatego teraz wchodziłam na podwórko, rozglądając się niepewnie. Dopiero po chwili dostrzegłam sąsiadkę – wyszła z szopy, ubrana w starą kraciastą kurtkę, czapkę i gumiaki. Pochyliła się nad ziemią tuż przy domu.

– Narcyzy już wyłażą – oznajmiła na mój widok. – Za prędko. Boję się, czy nie przemarzną.

Pokiwałam głową i zerknęłam we wskazane miejsce. Nagle ogarnął mnie niepokój, że może u nas też rosną i nie dadzą sobie rady. Takie wąskie, drobne szczypiorki. Pomyślałam, że muszę zapytać pana Stefana.

– To co można zrobić?

– Okryć stroiszem – wyjaśniła Ulka.

A widząc, że nie rozumiem, dodała:

– Gałęziami świerka.

Świerk rośnie niedaleko wychodka, przypomniałam sobie. Wielka, monumentalna choina. Nada się.

– Ja z prośbą – przeszłam do rzeczy. – Czy mogłaby pani zadzwonić do jakiegoś weterynarza? Bo mój telefon nie działa.

– Wejdź, dziecko. Najpierw się napijemy herbaty, potem mi wyjaśnisz, co i jak.

Dom Ulki był równie byle jaki jak nasz, to znaczy jak pana Stefana, poprawiłam się w duchu. Ceglany, mały, w środku staroświecki i tandetnie urządzony. Rozejrzałam się i wciągnęłam nosem ten sam co u nas zapach wełnianych kap na łóżko. Po raz pierwszy przyszło mi do głowy, że to bez znaczenia. Czy ma się meble z dębu, czy z płyty. Lampkę mosiężną czy plastikową. Świat przedmiotów interesował mnie teraz tylko o tyle, o ile były one użyteczne. Nie szukałam w nich piękna.

– Widzę, że już ci lepiej – zauważyła gospodyni i poprowadziła mnie do kuchni.

Tu też było podobnie jak u nas, tylko kredens nie biały, a błękitny, pomalowany chyba farbą olejną. Usiadłam na krześle, starą kurtkę Konrada powiesiłam na oparciu.

– Lepiej – potwierdziłam. – Doszłam do siebie.

– Nawet nie wiesz, jak dobrze cię rozumiem.

Czyżby? Wątpiłam w to. Ale nie chciałam rozmawiać o mnie, a Ulka chyba to wyczuła, bo natychmiast zmieniła temat.

– Nie ma tu wygód, tak samo jak u was. Ale za to życie jest dobre. To jeszcze raz powiedz, jaka to prośba.

– Potrzebuję informacji. Najlepiej, żeby jakiś weterynarz doradził... Bo muszę wiedzieć, co dawać jeść Małemu, i czy już pora. On ma prawie trzy tygodnie, a Suka taka chuda.

– Ja się nie znam, u mnie tylko koty.

Rozejrzałam się, ale żadnego kota nie zauważyłam, pewnie to takie dachowce, łażą gdzieś na zewnątrz.

– A Konrad by nie pomógł? – zapytała Ulka.

– Może by i pomógł. – Z kompletnie niezrozumiałego powodu zarumieniłam się trochę. – Ale o niczym nie wie. Nie przyjeżdża od paru tygodni, ja nie mogę zadzwonić, ta komórka...

– Rozumiem. Pewnie wreszcie pogodził się na dobre z Anetką.

Zapadła cisza. Anetka. Więc jego kobieta miała na imię Anetka i Ulka ją znała.

– W takim razie ja do niego zadzwonię – podsumowała sąsiadka.

Wybrała numer i czekała przez chwilę, ale Konrad najwyraźniej nie odbierał.

– Zaraz spróbuję jeszcze raz. Tymczasem zrobię tej herbaty. Mam też ciasto drożdżowe.

Wsypała herbaciane liście z puszki do wyparzonego czajniczka, potem nalała trochę wody, jednak wcale nie wrzątku, tylko odczekała chwilę, aż przestanie bulgotać. Następnie przykryła naczynie, a gdy herbata się parzyła, nałożyła ciasta. Tak naprawdę to wcale nie było ciasto, lecz chałka, pamiętałam takie wypieki z domu babci. Pokroiła ją na cieniutkie plastry, obok postawiła masło w miseczce.

– Z jedzeniem już lepiej?

Dotychczas to był temat tabu, nikt nie pytał, dlaczego nie jem i kiedy zacznę, nikt też nie skomentował, gdy pewnego dnia po prostu zjadłam kanapkę z twarogiem. Pewnie się bali, że się udławię, kiedy tylko uświadomię sobie, że mam coś w ustach.

– Nie myślę o tym – odpowiedziałam. – Nie mam czasu na głupoty.

Kiwnęła głową. Zdjęła kapturek z czajniczka, dodała jeszcze gorącej wody, potem nalała złocisty płyn do szklanek. Pachniał obłędnie.

– Dodaję do liści odrobinę cynamonu – wyjaśniła, widząc, jak wącham zawartość kubka. – I suszone skórki jabłek. Lubię też ze skórką pomarańczową i cytrynową, ale już mi się skończyła. Zawsze dużo jej piję w grudniu, przypomina mi czasy, kiedy Boże Narodzenie było najpiękniejszym darem od życia.

– Teraz nie jest? – spytałam bez zastanowienia.

To oczywiste, że nie jest. Kobieta mieszka sama na odludziu. Jak może się cieszyć ze świąt, z czegokolwiek? Z nią musi być podobnie jak ze mną. Zrobiło mi się głupio.

– Teraz jest nim każdy dzień – odpowiedziała poważnie.

Przez chwilę nie wiedziałam, o czym mówi. Pogubiłam się. Dopiero po chwili dotarło do mnie, że Ulka należy do tajnej kliki pocieszycieli. Pewnie umówili się z Konradem i panem Stefanem, że trzeba mi pokazać urodę życia. Tyle że ja tego nie potrzebowałam. Nie interesowała mnie uroda czegokolwiek. Chciałam tylko wiedzieć, co dawać jeść Małemu.

– Zadzwoni pani jeszcze raz? – Dmuchnęłam w kubek, żeby pokryć zmieszanie.

– Oczywiście.

Wybrała numer i nasłuchiwała, wreszcie jej twarz rozjaśnił szczerbaty uśmiech.

– Dzień dobry. Nie, nic się nie stało. Tylko przyszła tu do mnie Pola i potrzebuje pomocy.

Umilkła. Nagle ogarnął mnie strach, że odda mi słuchawkę, a przecież ja jeszcze nigdy nie rozmawiałam z Konradem. Owszem, słuchałam, co mówił, ale nie rozmawialiśmy ze sobą nigdy.

– Nic się nie stało, nie denerwuj się – powiedziała tymczasem Ulka. – Ona mówi, że nie może skorzystać z telefonu, a potrzebuje informacji. Jak tego Małego karmić, i czy już pora. Żeby coś oprócz mleka mu dawać.

Znów chwila ciszy.

– Nie, sama. Nie, na rowerze. No tak, sama. Dobrze, poczekamy.

Rozłączyła się, odłożyła telefon i zerknęła na mnie. Musiała zauważyć mój rumieniec, zakłopotanie i w ogóle wszystko, co się we mnie pojawiło w czasie tej rozmowy, ale tego nie skomentowała.

– Zaraz oddzwoni – wyjaśniła. – Musi się dowiedzieć, co i jak. Nie wiem, jak ty, ale ja tymczasem coś wtrząchnę.

Posmarowała sobie chałkę masłem. Poszłam za jej przykładem. Kromeczka była bardzo cienka, a w maśle dostrzegłam krople mleka.

– Skąd to masło? Prosto od krowy?

– No, nie tak prosto. Nie znam krowy, która dawałaby masło.

Roześmiałyśmy się obie. No tak, wyszłam na idiotkę. Masło od krowy.

– Kurpiele robią masło – dodała po chwili, kiedy już nasz śmiech przebrzmiał. – Rodzice Anety. Kupuję od nich raz w tygodniu, teraz akurat mam świeżutkie.

Przez chwilę jadłyśmy w milczeniu. Chciałam zapytać o tę Konradową dziewczynę, jaka jest, dlaczego jeszcze się nie pobrali. Nie byłam pewna, ale facet nie wydawał się taki znów młodziutki, był w moim wieku albo starszy.

– Aneta jest dziennikarką. Robi karierę.

Ulka zachowywała się tak, jakby słyszała moje niezadane pytania.

– Pisze o znanych ludziach, takich jak ty.

– To w takim razie pasują do siebie – zauważyłam gorzko.

– Nie wiem. Może pasują, a może nie pasują. Nie mnie to oceniać.

Miała uśmiechnięte oczy, ale twarz bardzo poważną, jakby chciała mnie łagodnie skarcić za takie uwagi. Nie było jednak czasu zareagować, obronić się czy może podjąć dyskusję, bo odezwał się jej telefon.

– Tak? Konradek, to może ty jej sam wszystko powiedz.

I zanim zdążyłam się zorientować, co się właściwie wydarzyło, trzymałam przy uchu słuchawkę.

– Cześć – zaczął Konrad jakoś ostrożnie.

– Cześć.

– Jak tam?

Milczałam, bo nie miałam pojęcia, co odpowiedzieć. Na szczęście trwało to zaledwie kilka sekund, on chyba zrozumiał, że zadał głupie pytanie, bo chrząknął i zaczął mówić.

– Co do szczeniaka, to najpierw musisz go odrobaczyć. Pamiętasz, takie tabletki jak Suka dostała.

– No wiem.

– Najlepiej poprosić Ulkę, żeby pojechała samochodem, bo rowerem za zimno, to jednak kawał drogi, jeszcze byś się rozchorowała. Lekarstwo sprzeda wam weterynarz, ale najpierw musicie Małego zważyć. Ja dopiero za dwa tygodnie będę mógł przyjechać.

– Dobrze.

Skąd ja wezmę wagę? Może pan Stefan ma? Albo Ulka?

– I posłuchaj dalej. Zapytajcie też weterynarza o szczepienia, bo niedługo będzie znowu odrobaczanie, a potem szczepienie. Ale to już on wam wszystko powie, niech tata zapisze w kalendarzu.

– Dobrze.

– Teraz o jedzeniu. Wyczytałem, że są dwie szkoły. Albo dajesz mu karmę, taką jak Suka dostaje, tylko musisz namoczyć i rozgnieść na papkę...

– Albo?

– Albo sama mu szykujesz. Ale to już się trzeba znać, wiedzieć, ile mięsa, ile twarogu, jajeczko, ryż, takie tam. Mam wszystko przed sobą na monitorze, ale to jest skomplikowane.

– Będę rozgniatać karmę. I to wystarczy?

– No tu piszą, że wystarczy.

– Dobrze.

– Dasz sobie radę?

171

– Dam – głos mnie zawiódł i niezamierzenie przeszłam na szept.

Powinnam mu była teraz podziękować, ale przez telefon i w obecności Ulki nie dałam rady, bo za dużo by
się w tym podziękowaniu musiało zmieścić. Konrad mówił coś jeszcze, jednak ja już wyciągnęłam rękę i odda-
liłam od siebie jego głos, przekazując słuchawkę Ulce.
Potem wstałam i odłożyłam kubek i talerzyk do zlewu.

– Dziękuję – powiedziałam, kiedy skończyła rozmowę. – Pojadę już.

Odprowadziła mnie na podwórko, pomogła otworzyć
furtkę.

– A ma pani może wagę? – przypomniałam sobie.

– Wagę?

– No, taką kuchenną albo łazienkową. Chociaż łazienkową to chyba nie. Bo szczeniaka muszę zważyć.

– Nie, nie mam wagi. To by musiała być kuchenna,
a ja zawsze wszystko odmierzam na łyżki i szklanki.

– No tak. To dziękuję jeszcze raz. Do widzenia.

I uciekłam.

Niepotrzebnie, niepotrzebnie – powtarzałam sobie
w myślach. Niepotrzebnie przyjechałam, niepotrzebnie
wdałam się w rozmowę o Konradzie i ten telefon był
niepotrzebny. Należało poprosić pana Stefana i pozostać w bezpiecznym kokonie, nie wyłazić, nie wychylać
się. Sama nie wiedziałam, co tak bardzo wytrąciło mnie
z równowagi, pewnie głos paparazzo dochodzący stamtąd, spoza mojego bezpiecznego schronienia, i to pytanie „jak tam?", w którym tyle się mieściło, a ja przecież

nie wiedziałam, jak tam, nic nie wiedziałam, niczego nie potrafiłam jeszcze określić. Za wcześnie.

Rozumiałam jedynie, że jestem i zostanę, już nie szukałam sposobu, żeby odejść, ale jeszcze nie wiedziałam nic ponadto – kim byłam, kim chciałam i mogłam być, jaka się stałam, jak będę sobie radzić, nawet tak dosłownie. Dopiero teraz, przez to głupie Konradowe pytanie, spadło na mnie tysiąc wątpliwości: z czego będę żyć, bo przecież nie z aktorstwa, tam na pewno wszystkie drzwi się za mną zatrzasnęły. Czy w ogóle potrafiłam wrócić do Warszawy? Jak długo mogłam tu jeszcze zostać? Co się stanie z Małym, kiedy wyjadę? Zabiorę go ze sobą, mogę to zrobić? Dam sobie radę? Uświadomiłam sobie, jak bardzo bałam się życia gdziekolwiek poza tą wsią, o której nie wiedziałam nawet tego, jak się nazywa.

Pedałowałam zawzięcie, chcąc jak najprędzej schować się w jedynym bezpiecznym miejscu, jakie znałam – przy Suce, przy Małym. Kiedy wreszcie dojechałam, wpadłam do pokoju w butach i kurtce, i zupełnie nieoczekiwanie dla samej siebie wybuchnęłam płaczem.

Gdy się wreszcie uspokoiłam, zapadła cisza; pan Stefan pewnie wstrzymał oddech ze strachu. Wyłapywałam tykanie zegara w kuchni i miarowe posapywanie Suki. Rzuciłam poduszkę na podłogę i położyłam się obok. Nie zasnę o tej porze, więc chociaż się wtulę w aksamitne ucho, wcisnę twarz w jej mocny kark. Małego przystawiłam do pełnego mleka sutka, tak na wszelki wypadek, chociaż był teraz tłuściutki, brzuszek miał okrągły jak baryłka.

∽

Ostatecznie pan Stefan załatwił wszystko. Kiedy już wypłakałam zapas łez, gromadzonych od tak dawna, wyciągnął ze mnie, co trzeba zrobić. Poszedł do Ulki, poprosił o pomoc. Potem wzięli Małego w pudełko wymoszczone ręcznikiem i pojechali do weterynarza. Cały czas popłakiwałam, ale tym razem ze strachu o Małego. Pan Stefan martwił się, że znów ze mną gorzej, widziałam to, jednak nie mogłam się uspokoić.

– Jedź z nami – powiedziała Ulka.

Ale nie chciałam już opuszczać mojej kryjówki. Tu czułam się bezpiecznie, a tam znowu mogła mnie dopaść panika.

Pojechali więc i nie było ich koszmarnie długo. Żeby zabić czas, poszłam ściąć dwie gałęzie świerka i przykryłam nimi jakieś roślinki pod płotem, które wydawały mi się podobne do tych u Ulki. Ale to zajęło mi zaledwie parę minut i potem nie wiedziałam, co ze sobą zrobić. Zajrzałam do pokoju, w którym sypiał pan Stefan, i odkryłam wielki regał wypełniony książkami. Pomyślałam, że musiały należeć do matki Konrada, bo nie było tam żadnych piratów, Indian, kryminałów czy thrillerów – głównie literatura obyczajowa. Ostatecznie wzięłam sobie *W naszym domu* Picoult, ponieważ spodobał mi się tytuł. Potem ze zdumieniem odkryłam, że to stosunkowo nowa książka, zatem nie ma mowy, żeby należała do żony pana Stefana. Czyżby Konrad czytał taką literaturę? A może to książki jego narzeczonej?

Suka była niespokojna, więc położyłam się obok i głaskałam jej ciężki łeb. Po chwili dałam się porwać historii. Mój Boże, kiedyż to ostatnio tak leżałam, zwyczajnie czytając książkę? Postanowiłam sobie, że muszę przeczytać wszystko, co zawiera domowa biblioteczka.

Przywieźli lekarstwo na robaki dla Suki. Małego weterynarz zważył i odrobaczył na miejscu, powiedział też, że za dwa tygodnie odrobaczamy znowu, a tydzień później – szczepienie. Potwierdził wszystko, czego wcześniej dowiedziałam się od Konrada – żeby moczyć karmę i robić papkę, już czas na pierwsze próby. Pan Stefan od razu kupił worek takiej lepszej karmy, bo ta z marketu, tak mówił weterynarz, nie będzie dla Małego dobra.

Chciałam oddać pieniądze za tę karmę, ale nie miałam już nic w portfelu. Gdyby przyjechał Konrad, dałabym mu kartę, wypłaciłby. Ale to dopiero za dwa tygodnie, tak powiedział. Czekałam więc cierpliwie.

Mały rozwijał się wspaniale. Już nie tylko chodził, zaczął biegać i podskakiwać. Przy okazji mogłam się przekonać, że pierwsza umiejętność, jaką ćwiczy taki maluch, to zabawa w walkę. Rzucał się na szmaty i chwytał je w swoje całkiem nowe ząbki, ostre jak szpilki. Potrząsał łebkiem, usiłował rozerwać na strzępy. Warczał przy tym i poszczekiwał pociesznie.

Karmy początkowo wcale nie umiał jeść. Zlizywał gęstą papkę z mojego palca, ale natychmiast zaczynał ssać. Nałożyłam mu więc odrobinę na spodeczek i po trochu nauczył się nabierać nieco tej berbeluchy na język. Doszliśmy do tego, że był w stanie zjeść pół szklanki. Suka karmiła go niechętnie, ale raz dziennie ją zmuszałam, żeby nie miała kłopotów z nadmiarem pokarmu. Minęło tyle czasu, a ja wciąż pamiętałam tamten ból.

Luty

Spłukałem z siebie pianę i wytarłem się szybko. Zimno w tej łazience. Kawalerka, w której przedtem mieszkałem, była może brzydsza, gorzej urządzona, ale cieplejsza. U Anety aż się człowiekowi odechciewało wchodzić pod prysznic.

Moja kobieta jeszcze nie wróciła, więc założyłem gruby kosmaty szlafrok i zabrałem się za kolację. Podgrzałem bigos – to danie pokazowe, nigdy w życiu nie jadłem lepszego bigosu niż ten, który sam robię. Oczywiście tajemnica tkwiła w mięsie, wędzonym boczku i porządnej kiełbasie.

Zaparzyłem herbatę ze szczyptą imbiru, na taki mroźny dzień będzie w sam raz. Ulka nauczyła mnie dodawać różności do herbaty. A imbir jest też dobry na seks, tak mówiła. Zostawiłem napar w czajniczku, niech porządnie naciągnie, przykryłem chleb ścierką, żeby nie obsychał – mama zawsze tak robiła. Do pełni smaku brakowało tylko masła od teściów. Uśmiechnąłem się. Już myślałem o nich „teściowie", a przecież Aneta wciąż nie powiedziała „tak". Stwierdziła, że chce najpierw ze mną pomieszkać, sprawdzić samą siebie. Nie mnie, tylko właśnie siebie, czy nadaje się do życia we dwójkę.

Położyłem się tylko na chwilę. Powinna już wrócić. Postanowiłem obejrzeć wiadomości, a nawet gdybym się zdrzemnął, obudzę się, gdy tylko naciśnie klamkę. Odkąd wyjechałem ze wsi, spałem płytko niczym zając. Całkiem jak Pola.

Było już dawno po wiadomościach, kiedy rzeczywiście obudziło mnie jej wejście. Jednak to nie klamka wydała dźwięk, wyrywający mnie ze snu – to jakiś facet, który, rechocząc, wtoczył się do przedpokoju.

– Cicho – śmiała się Aneta. – Kondzio pewnie śpi.

Upiła się. Nienawidziłem, kiedy nazywała mnie Kondziem, i nienawidziłem też, gdy była pijana. Lubiłem się z nią napić, a potem kochać, mogłem śmiać się i wydurniać w drodze do domu, śpiewać na ulicy, tańczyć na rondzie, okej, nie byłem jakimś sztywniakiem i parę razy zaliczyliśmy takie wesołe powroty z imprez – ale ta sytuacja mi się bardzo nie podobała.

Facet, który z nią przyszedł, zataczał się ze śmiechu. Był drobny, wymuskany, w różowej koszuli i rozpiętym kożuszku. Pewnie jakiś homo. Jeszcze pod kołdrą zdjąłem szlafrok i nago poszedłem do nich do przedpokoju. Facecik otworzył szeroko oczy.

– Czekam na ciebie – rzuciłem do Anety.

– Zabieramy cię na imprezę – odpowiedziała, chichocząc.

Spojrzała na tamtego i mrugnęła porozumiewawczo. Ja wam, kurwa, pomrugam. To moja kobieta.

– Nie, to ja cię zabieram. Do łóżka.

Zagarnąłem ją ramieniem.

– Przestań, Konrad – odepchnęła mnie. – Ubieraj się i idziemy. Na dole czeka Edek, wracamy na imprezę.

– W dupie mam imprezę. A panu już podziękujemy.

Wystawiłem faceta za drzwi. Aneta się wściekła, ale miałem to gdzieś.

– Chodź tu – powiedziałem. – Czekałem na ciebie cały pieprzony wieczór. Zrobiłem bigos, zaparzyłem herbatę.

– A ja w dupie mam herbatę. Chcę jechać na imprezę. Jest fajnie. No chodź, nie bądź taki bez jaj.

– Bez jaj? Ja ci zaraz pokażę, czy mam jaja.

Sięgnąłem ręką po jej dłoń, chcąc położyć ją tam, gdzie znajdowały się moje zakwestionowane atrybuty, ale uciekła mi do pokoju. Dogoniłem ją. W porządku, znałem tę zabawę, lubiłem ją. Zawsze po niej mieliśmy fajny seks. Tym razem Aneta była naprawdę pijana, bo rzuciła we mnie budzikiem, tak że rozpieprzył się w drobny mak. Nie zareagowałem, chwyciłem ją za rękaw, ale wyrwała się, materiał trzasnął mi pod palcami.

– Ty jebako! – krzyknęła. – Porwałeś mi bluzkę!

Źrenice miała rozszerzone z podniecenia. Będziemy się kochać całą noc, maleńka. Tylko cię złapię.

Pobiegła do kuchni, chwyciła garnek z bigosem.

– Nie, kochanie – starałem się mówić spokojnie, cały czas się zbliżałem. – Bigosu nie tykaj. Wszystko ci wybaczę, ale bigosu nie.

Wybuchnęła pijanym śmiechem, po czym szybko odwróciła garnek do góry dnem. Cały pachnący wędzonką, gorący bigos wylądował w zlewie. O ja pierdolę, o kurwa mać, byłem naprawdę zły.

–. Teraz mnie zerżnij – wydyszała. – Za karę.

Rozerwałem na niej te szmatki, już i tak miała nadpruty rękaw. Odwróciłem ją tyłem do siebie, popchnąłem na stół. Byłem wściekły, ale mój sprzęt tym razem stanął na wysokości zadania, więc dałem jej to, czego chciała.

Kiedy już spała, leżałem i gapiłem się w sufit, nie mogąc zmrużyć oka. Dlaczego miałem dziwne poczucie, że jestem nie tam, gdzie powinienem być? Przecież zawsze tego pragnąłem: kochać się z moją gorącą Anetą, zasypiać przy niej i budzić się na tej samej poduszce. Skąd ta pustka? Co było ze mną nie tak?

Następnego dnia spaliśmy prawie do południa. Moje kochanie miało strasznego kaca. Ledwo pamiętała, co się wydarzyło, i dziwiła się, kiedy wyrzuciłem do śmieci całą reklamówkę bigosu. Może coś by się dało uratować, gdybym wieczorem nie namoczył w zlewie przypalonej patelni. W dodatku obficie polałem ją płynem do mycia naczyń.

Przyniosłem jej herbaty, do tego sucharek. Była blada, poprosiła o miskę, a potem zwymiotowała samą żółcią. Moje biedactwo. Rozdzwonił się telefon, ale go zignorowałem, musiałem zająć się Anetką. Poczucie pustki minęło, w łóżku leżała moja dziewczyna z dawnych lat. Tyle że bez niebieskiej sukienki.

– Ale przecież musisz jechać na zdjęcia – szepnęła. – Wiesz, ten aktor wraca z odwyku.

Wymieniła nazwisko bardzo popularnego gwiazdora. Skąd ona wiedziała takie rzeczy? Podała mi adres i podpowiedziała, gdzie powinienem się ustawić, żeby mieć dobre ujęcie.

– I postój trochę na Woronicza, na pewno kogoś złapiesz, potrzebne mi jakieś nowe stylizacje, fryzury, cokolwiek. Natomiast wieczorem jest przyjęcie u Ksawerego. I wręczenie nagród „Szyk sezonu”. Trochę mógłbyś postrzelać na ściankach.

179

Nienawidziłem zdjęć na ściankach, były sztuczne aż do bólu. Dlatego zwykle ktoś inny obstawiał pokazy, afterparty i inne takie bzdety. Ja z dwojga złego wolałem te niepozowane fotki, z ukrycia. Tyle że czasem ktoś się po nich rzucał z mostu.

– I wiesz, chciałabym, żebyś spróbował jeszcze raz u tej Gajdy. Mówię ci, że ten Grzegorz wrócił, widocznie popłacił rachunki, bo paliło się światło i migał telewizor. Pukałam, ale nie otwierał, a chciałam odegrać scenę, że jestem przyjaciółką z tych Buków, o których mówiłeś, myślałam, że trochę podpytam. On nie siedzi tam stale, tylko wpada na chwilę.

Miałem w torbie klucze do mieszkania Poli, ale za nic w świecie bym się do tego nie przyznał. Już sobie wyobrażałem, jaki użytek kazałaby mi z nich zrobić.

– Zaraz pojadę – uspokoiłem ją. – Tylko wypiję kawę. Chcesz też?

– W życiu. Żadnej kawy.

– To może herbaty?

– Nie, jeszcze mam. Zresztą i tak będę rzygać.

Cóż, nie jest może zbyt subtelna, pomyślałem. Ale taką ją przecież kocham, właśnie silną, zdecydowaną. Kobietę, która doskonale wie, czego chce.

Kiedy usiadłem przy stole z filiżanką kawy i ciastkiem owsianym, znowu zadzwonił telefon. O tej porze to mógł być tylko Zyga. Niechętnie sięgnąłem i sprawdziłem, ale ku mojemu zdziwieniu na wyświetlaczu widniało słowo ULKA.

– Co się stało?! Coś się stało tacie?!

Strach o ojca niemal odebrał mi oddech.

– Nie, nic złego, nie martw się. Tylko przyszła tu do mnie Pola i potrzebuje pomocy.

Nie mogłem znaleźć słów. Dlaczego Pola przyszła? Coś się musiało stać w domu.

– Coś z ojcem?

– Nic się nie stało, nie denerwuj się – powtórzyła Ulka. – Ona mówi, że nie może skorzystać z telefonu, a potrzebuje informacji. Jak tego Małego karmić, i czy już pora.

A więc chodziło o psa. Chciało mi się śmiać. Ale Pola przyszłaby sama? Przecież ona nosa prawie nie wyściubia poza podwórko.

– Tata też przyszedł?

– Nie, sama.

– Pieszo?

– Na rowerze.

– I sama przyjechała?

Nie mieściło mi się to w głowie. Co się tam dzieje, kiedy mnie nie ma?

– No tak, sama.

Zebrałem myśli. Ostatni raz byłem na wsi zaraz po tym, jak przemówiła, odblokowała się. Cieszyłem się, ale nie wystarczyło mi odwagi, żeby spróbować porozmawiać. Ojciec opowiedział, jak za wszelką cenę chciała uratować Małego. I teraz się martwiła o tego szczeniaka, wyrwała go śmierci, ale nie wiedziała, co robić dalej. Tyle że ja też nic nie wiedziałem o psach, mieliśmy zawsze jakiegoś kundelka na podwórku, ale to się brało już odkarmione.

– Poszukam w internecie i oddzwonię, bo ja się na tym kompletnie nie znam.

181

– Dobrze, poczekamy.

Rozłączyłem się i opadłem w fotel. Coś podobnego. Dopiłem kawę i od razu rozłożyłem laptopa. Żywienie szczeniąt. Wyszukały się tysiące stron, wybrałem jakąś hodowlę spanieli. Przystępnie, jasno wyjaśnione, co i jak trzeba robić. Poczytałem i już chciałem oddzwonić, żeby przekazać Ulce informacje, kiedy odezwała się Aneta.

– Kto przyjechał sam i gdzie? – zapytała, patrząc na mnie wnikliwie.

– Nieważne.

– Powiedz mi. Konrad, umawialiśmy się. Nie zatajaj przede mną takich rzeczy. Ta Gajda, tak? Ona już doszła do siebie?

– Porozmawiamy za chwilę, dobrze? Ulka czeka na telefon.

Aneta umilkła, nawet ona czuła respekt przed Ulką. Zadzwoniłem. Zanim zacząłem mówić, słuchawka wylądowała w rękach Poli. Nagle straciłem rezon.

– Cześć.

Uświadomiłem sobie, że nigdy dotąd nie rozmawialiśmy. To znaczy ja mówiłem, a ona milczała, udawała, że nie słyszy. A jeszcze wcześniej ona krzyczała. Ale nie do mnie, tylko na mnie. To nasza pierwsza rozmowa.

– Cześć – szepnęła.

– Jak tam?

Niech mnie ktoś pieprznie w pysk! Jak mogłem zadać tak głupie pytanie? Nie czekając na odpowiedź, zacząłem mówić o odrobaczaniu i szczepieniach, zerkając przy tym na stronę o spanielach. Potem wytłumaczyłem jeszcze, jak z tym jedzeniem. „Dobrze" – odpowiadała za każdym razem, a ja wyobrażałem sobie, jak kiwa głową.

Przypomniały mi się jej wystające kości policzkowe, szczupła twarz, jasne usta. Była taka krucha.

– Dasz sobie radę? – zapytałem jeszcze.

Wolałbym tam być i brać w tym wszystkim udział.

– Dam – szepnęła Pola.

Chciałem powiedzieć coś jeszcze, że przepraszam za wszystko, że postaram się przyjechać jak najprędzej, ale w słuchawce już dał się słyszeć głos Ulki. Przekazałem pozdrowienia i rozłączyłem się.

Na moje szczęście Aneta zaczęła wymiotować zaraz po tym, jak skończyłem rozmowę. Dzięki temu mogłem szybko zabrać torbę ze sprzętem, chwyciłem kluczyki i już mnie nie było. Nie chciałem jej opowiadać o tym, co się działo u ojca, nie w tamtej chwili. Podejrzewałem, że wieczorem i tak wszystko ze mnie wydusi.

Udałem się prosto do mieszkania Poli. Jeszcze nie ułożyłem sobie tego w głowie, jeszcze mi się nie wyklarowało, ale podskórnie czułem, że powinienem tam zajrzeć.

Kiedy parkowałem przed jej domem, mignęło mi gdzieś w tle coś niepokojącego. Co to było? Cofnąłem się z klatki schodowej, jeszcze raz rzuciłem okiem na ulicę. Co mogłem zobaczyć, co zatrzymało moje myśli na ten ułamek sekundy? Facet z konkurencji? Jakiś inny celebryta, ktoś, kogo powinienem sfotografować? Po paru latach w zawodzie to tak działało, głowa odwracała się sama. Ale nie. Na parkingu pod sklepem stały trzy auta, dwie czarne osobówki, których nie kojarzyłem, więc na pewno nie należały do żadnej ze sław; i jeden ciemno-niebieski dostawczy. Ludzi, jak to w Warszawie, sporo, ale nikogo szczególnego nie wyłapałem. Musiało mi się wydawać.

Zapukałem raz i drugi, a ponieważ nikt nie otwierał, wyciągnąłem z torby klucze i wszedłem. Przyszło mi do głowy, że przy okazji mogę zabrać jakąś kurtkę albo płaszcz, Pola zakładała mój stary skafander, ilekroć chciała wyjść do wychodka albo przejść się na wygon. Sprawdziłem w szafie w przedpokoju i znalazłem zgrabny płaszczyk, czerwony. Lekki, ale chyba ciepły. Do tego wygrzebałem z górnej półki kremowy beret z antenką; nosiła go wiosną, miałem to na paru zdjęciach. Rękawice i szalik leżały obok, zwinięte w puszystą kulę. Porządnicka ta Pola. U Anety zawsze rano odbywała się akcja pod hasłem „szukamy drugiej rękawiczki".

Już chciałem wyjść, kiedy mój wzrok padł na ławę w salonie. Stała tam filiżanka z resztką kawy. Podszedłem. Sprawdziłem w kuchni. Ktoś tu był, ktoś robił sobie śniadanie. Zajrzałem do chlebaka i znalazłem świeże pieczywo. Skurwysyn, naprawdę tu bywał. Najwyraźniej zamierzał przyjść znowu. Usiadłem na dizajnerskim hokerze, myśląc o tym, co teraz zrobić. Co będzie lepsze dla Poli, to przede wszystkim. Żeby goguś przeprosił, pokajał się i wrócił? Czy żebym obił mu mordę i kazał spierdalać? Właściwie z tą myślą tu przyszedłem, ale teraz, kiedy trzymałem w dłoniach te jej miękkie rękawiczki, cała agresja ze mnie uleciała.

Jakie miałem prawo, żeby się wtrącać? Żadnego. Jaki miałem powód, żeby czuć się tak, jak się czułem? Nie miałem pojęcia.

Ostatecznie zdecydowałem się spotkać z gnojkiem, ale nie obijać mu mordy, tylko pogadać. Delikatnie wybadać, co i jak, jakie ma plany. Przez chwilę szukałem czegoś do pisania, znalazłem pod ławą blok listowy i długopis. Może tu pisała te swoje wiersze. Skreśliłem kilka słów: „Jestem znajomym Poli, poprosiła mnie o przywiezienie kilku ubrań. Jeśli chcesz się dowiedzieć, co u niej, przyjdź do Fajki Wujka we wtorek o 18". Dopisałem jeszcze adres i przycisnąłem kartkę filiżanką.

Fajka Wujka to moja ulubiona knajpka. Najpierw polubiłem ją za jajcarską nazwę, potem za lokalizację – w jednej z najcichszych uliczek; wreszcie za to, że nigdy nie musiałem tam robić zdjęć. Wpadali wyłącznie stali bywalcy, zwyczajne chłopaki i ich zwyczajne dziewczyny.

Zabrałem płaszcz i resztę rzeczy, rzut oka przez okno na podwórze – samochód stał pod wiatą, wszystko w porządku. Zajrzałem jeszcze do łazienki, diabli wiedzą po co, chyba tylko po to, żeby przekonać się, że na lustrze przykleił karteczkę: „Pola, błagam, odbierz wreszcie. Po prostu wysłuchaj, co chcę powiedzieć, tylko tyle. Umieram bez Ciebie, Grześ".

Grześ. Tak do niego mówiła? Pieszczotliwie, jak do małego chłopca. A przecież taka kobieta jak ona potrzebowała opieki, silnego faceta, który by ją chronił. Zresztą nie moja sprawa. Gość się skurwił i tyle, ale jeśli ona mu zechce wybaczyć, to przecież naprawdę nic do tego nie miałem. Wyszedłem, trochę za mocno trzaskając drzwiami. Pewnie zrobił się przeciąg.

To był porąbany dzień. Pojechałem na Woronicza, sfotografowałem dwie aktorki, jedną po drugiej – jedna w luźnych dżinsach, z pępkiem na wierzchu, krótka kurteczka, chorobliwie chuda, blada. Będzie kiedyś płakała z powodu chorych nerek, pomyślałem. Przecież to środek zimy. Druga wręcz przeciwnie, to znaczy to i owo też maksymalnie na wierzchu, ale zdecydowanie nie chuda, cyce jej się wylewały dekoltem, kiedy rozpinała płaszcz. Najlepsze było to, że kiedy podniosła rękę, żeby zdjąć okulary przeciwsłoneczne, bo dzień był bardzo pogodny, nad tłuściutkim kolanem dostrzegłem oczko i plamkę czerwonego lakieru. Wiedziałem, że to lakier, bo Aneta mi wytłumaczyła: jak w ostatniej chwili kobiecie pójdzie oczko i nie ma już czasu zmienić pończoch, to kropelka lakieru do paznokci załatwi sprawę. I to było właśnie takie zdjęcie, na które się czasem czeka kilka miesięcy – coś kompromitującego, ale tylko troszkę, żeby pokazać, że celebryta też człowiek, że w niczym nie jest lepszy od zwykłego śmiertelnika. Tego właśnie chcieli czytelnicy – i ja im to dawałem.

Prosto z Woronicza pognałem w miejsce wskazane przez Anetę, z nadzieją, że tam zdejmę tego aktora, który wracał dziś z odwyku. Informator podał, że to będzie w porze obiadowej. Stałem bardzo długo, właściwie kucałem w krzakach, nie było nikogo poza mną i trochę się bałem, że albo cynk był dupny, albo się spóźniłem. Ale nie, aktor w końcu przyjechał, to znaczy na podjeździe zjawiła się taksówka, a z niej wytoczył się kompletnie zalany gwiazdor. To znacznie lepiej, niż gdyby był trzeźwy. Zdjąłem go kilka razy zza krzaków, ale potem wyszedłem i waliłem fleszem prosto w oczodoły; był tak napruty, że nawet nie skojarzył, co się dzieje.

Chciałem już jechać do domu, kiedy odezwała się moja komórka. To Aneta. Podobno zadzwoniła dziewczyna pewnego aktora i dała cynk, że będą się dziś ostro bawić na Saskiej Kępie. Dziewczyna stawiała pierwsze kroki jako piosenkarka. Słyszałem o niej i o ich związku, ten aktor był sporo starszy. Ale nie lubiłem takich, co się lansują, wisząc na czyjejś dupie, więc odmówiłem Anecie, mówiąc, że nie dam rady. Na pociechę opowiedziałem jej o oczku w pończosze.

Ścianki, pokaz i afterparty olałem ze szczerego serca. Nie miałem już siły, postanowiłem wrócić do domu. Po drodze zajrzałem do księgarni, kupiłem sobie nowego Sparksa. Następnie zadzwoniłem do Zygi i przekazałem mu cynk o imprezującej parze na Saskiej Kępie.

Wtorek nadszedł za szybko, nie wyrabiałem się z robotą. Codziennie byli jacyś piosenkarze, aktorzy, politycy do zdjęcia – a najgorsze, że czasem czekałem kilka godzin na zrealizowanie jednej zachcianki mojej kobiety, a w tym czasie przepadało mi coś innego. Aneta wróciła do formy, całe dnie spędzała w redakcji, a kiedy przyjeżdżała do domu, wisiała na telefonie albo przeglądała portale konkurencji. Chrzanić takie życie razem, nie o to mi przecież chodziło. Może gdybym zmajstrował jej dziecko, coś by się zmieniło. Tylko jak miałem to zrobić, skoro łykała pigułki.

Cały dzień chodziłem jak struty, nie wychodziły mi zdjęcia, nie udało mi się zrobić nic porządnego. Wreszcie zrezygnowałem, postanowiłem usiąść gdzieś, gdzie spokojnie uda mi się przemyśleć sprawę. Po co właściwie zaproponowałem spotkanie? On mnie pewnie rozpozna, ten Grzegorz. Swego czasu nieźle im zalazłem za skórę, jeździłem za nimi całe lato. Na ogół starałem się nie być widziany przez ryjów, ale wtedy on i Pola byli na topie,

Aneta kazała mi się wpieprzać z obiektywem wszędzie, do talerzy, do poczekalni u dentysty, wszędzie. To był pierwszy raz – i miałem nadzieję ostatni – kiedy poznałem czyjeś życie jak własne. Pewnie dlatego nie mogłem się teraz odciąć od spraw Poli. Tak, na pewno dlatego. Podświadomie traktowałem ją jak dobrą znajomą. Jego nie, bo to szuja, zeszmacił się. Jaki jestem, taki jestem, żaden świętoszek, seks mnie kręci jak każdego zdrowego faceta, ale szmat nie lubię. Jak się ma taką kobietę jak Pola, w ogóle jak się ma swoją kobietę, to jej się robi dobrze, a nie obcej.

Siedziałem w parku, szarym i burym o tej porze roku, i jadłem napoleonkę. Taki substytut tego, czego pragnę. Zamiast bezkresu pól i łąk za stodołą, zamiast lasu nad Wisłą, gdzie czołgałem się, żeby zrobić zdjęcia ptakom – smutny warszawski park, który nawet nie zna pojęcia ciszy. Zamiast domowych wypieków żony, o której marzyłem – napoleonka z cukierni. A najgorsze, że za pół godziny musiałem się spotkać z tym fagasem od Poli. We łbie miałem pustkę, pięści zaciskały mi się same, chociaż nie wiedziałem, komu bardziej chcę przyłożyć – jemu czy samemu sobie.

Pojechałem do knajpy nieco wcześniej, wolałem być przed nim – ale i tak mi się nie udało. Kiedy wszedłem, on już siedział przy stoliku i sączył piwo. Kiwnąłem głową barmanowi, znał mnie doskonale i wiedział, że wezmę tyskie.

Grzegorz podniósł się na mój widok – tak jak się spodziewałem, rozpoznał mnie od razu.

– Ty chuju – wycedził przez zaciśnięte zęby. – Skąd wiedziałeś, że tu będę?

Rzucił się do mnie z łapami, chwycił za kurtkę. Przecież mógłbym go sprać na kwaśne jabłko, był drobny, chuchro takie.

– Spokój – powiedziałem ostro, a on zmiękł jak pacynka. – To ja zostawiłem ci wiadomość.

Nie zrozumiał, patrzył na mnie w osłupieniu.

– Siadaj, napijemy się – rzuciłem. – A jak się napijemy, to pogadamy.

Dwie godziny później obaj byliśmy lekko napruci. On bardziej, bo to zupełnie inna kategoria wagowa, a piliśmy równo. Piwo jest dla mięczaków, powiedziałem, dawaj, łoimy czystą.

Nie opowiedziałem mu o torach ani o moście. Nie wiedziałem, czy Pola by tego chciała. Nie dowiedział się również o miejscu jej pobytu. Jedyne, co ze mnie wycisnął, to to, że całkiem przestała jeść. I że, wbrew pozorom, naprawdę jestem jej przyjacielem. Ja za to wydobyłem z niego sporo informacji.

– Ona jest z innej bajki, chłopie. Wiersze pisze, wiedziałeś? Ale nie pokaże. A jak ją zapytasz o przeszłość, to tak jakby jej się coś w środku zasznurowało. Beczy, ale nie powie.

– Ale dlaczego beczy? – Nachyliłem się do niego. – Co tam się wydarzyło, czemu się rozwiodła?

– Nie wiem, nic nie wiem. Lubiła sobie powspominać liceum, teatr, ciotkę Staśkę, wiesz, po niej ma to mieszkanie. Nawet o mężu pogadała, o tym Kubie cholernym, domyślasz się, jak mnie to interesowało, ja pierdolę, ostatnia rzecz, o której chcę słuchać od laski, to jaki był ten poprzedni. Ale nic więcej ci nie powie, jakby miała jakiś zakaz i strasznie się bała.

– A skąd ona właściwie jest?

– Z Buków. Koło Szczecina.

– To wiem, że z Buków. Ale wcześniej. Gdzie mieszkała? Bo do Buków przyjechała dopiero w liceum.

– A ty co tak się interesujesz? – Zrobił się nagle czujny. – Książkę piszesz o niej?

– Gówno, nie książkę. A ty czemu poleciałeś na Samantę? Na taką kurwę?

Odbiłem cios, bo się bałem, że mnie rozgryzie i nic nie będzie z dalszej rozmowy.

– Żadna tam kurwa. W show-biznesie wszystkie są takie, myślisz, że Polka wcześniej nie dawała dupy?

– Myślę, że nie.

Spokojnie, tylko spokojnie. Jakbym mu teraz przypierdolił, to nic więcej bym z niego nie wyciągnął. A musiałem się jeszcze dowiedzieć, czy ją kochał. Tylko tyle. Albo aż tyle.

Światło

Marzec

Światło poranka sączyło się przez zielone zasłony, które pamiętały jeszcze zamierzchłe czasy mojego dzieciństwa. W ogóle nic tu się nie zmieniło od dziesiątków lat, nie tylko zasłonki. Ojcu zmiany niepotrzebne, mnie tym bardziej. W każdym razie nie tutaj.

Wstałem i poszedłem do kuchni, żeby zaparzyć kawę.

– Śpi? – zapytałem szeptem ojca.

Wiedziałem, że ta dobudowana ściana między kuchnią a jej pokojem przepuszcza każdy dźwięk.

– A gdzie tam – odparł. – Już zdążyła wrócić ze spaceru z psami.

– Zjadła coś?

– Mleko wypiła, skubnęła tego ciasta, co przywiozłeś.

Przywiozłem, owszem. Drożdżowe z jagodami z mrożonki, pyszne. Od rodziców Anety. Chciałem przyjechać sam, ale się uparła, że dawno nie była na wsi, pora odwiedzić staruszków. Nagle ją wzięło. Doskonale wiedziałem, że to z powodu Poli. Namawiała mnie od dawna, żebym zebrał materiały do artykułu na jej temat, ale wykręcałem się, jak mogłem. No to w końcu wymyśliła, że sama z nią porozmawia i nakłoni do zwierzeń. Szkoda gadać.

Bardzo się bałem, że Aneta zepsuje wszystko, co ojcu udało się osiągnąć przez te kilka miesięcy. Ojcu i psom. Kiedyś przeczytałem takie zdanie: „Na świecie nie ma lepszego psychiatry od szczeniaka liżącego cię po twarzy". Wczoraj przyjechałem i zobaczyłem Polę, jak bawi się z Małym w zagryzanie – dosłownie! Ona chwytała go zębami za gardło, on udawał, że się poddaje – śmiali się przy tym oboje! Nigdy bym nie uwierzył, że pies potrafi się śmiać, ale wczoraj widziałem to na własne oczy. No i Pola też się śmiała, i to było jak cud. Zrozumiałem, że to zdanie o psychiatrze jest prawdziwe. Ktokolwiek był jego autorem.

Obawiałem się, że wizyta mojej dziewczyny zburzy tę kruchą równowagę, ten spokój, który odnalazła wreszcie Pola.

Najpierw pojechaliśmy z Anetą do jej rodziców, bo taniej było jechać jednym autem. Dawno nie byłem u Kurpielów, bo i ona dawno nie odwiedzała domu.

– Kiedy ślub? – zapytał mnie jej ojciec, gdy już usiedliśmy w pokoju gościnnym.

– A, to trzeba by Anetkę zapytać – odparłem.

Spojrzała na mnie i dyskretnie popukała się w czoło.

– Wie pan, teraz takie czasy, że najpierw trzeba się dorobić – dodałem szybko. – Bo gdzie byśmy mieszkali? Gdzie dzieci by się miały bawić?

Ojciec, znaczy mój przyszły teść, pokiwał głową ze zrozumieniem. On dobrze wiedział, jaka jest jego córka, że nie zamieszka byle gdzie, że nie z rodzicami, nie na wsi. A do fundowania jej mieszkanka w mieście wcale się nie palił, i ja się też wcale nie dziwiłem, bo niby skąd miał mieć tyle pieniędzy. Oni na wsi żyli skromnie, może lepiej niż mój ojciec, ale jednak skromnie.

Pożegnałem się i pojechałem do siebie.

– Urabiaj ją – szepnęła jeszcze Aneta na pożegnanie i wcisnęła mi udo między nogi. – Konrad, proszę, popracuj nad nią.

Przecież cały czas pracuję, pomyślałem, oddając jej namiętny pocałunek. Nad tym, żeby się nie chowała do skorupki jak ślimak, żeby przestała się mnie bać.

Nie było okazji porozmawiać wieczorem, bo Pola bawiła się z tym psem, a ja patrzyłem i jakoś ściskało mi się serce. Zresztą ojciec cały czas był przy nas, jakby chciał mi ją pokazać, pochwalić się – ale ja wiedziałem, że nie było w tym dumy z samego siebie, tylko z niej, że się tak pięknie pozbierała. Może nawet już nie była taka chuda – albo to tylko moje pobożne życzenia, w każdym razie wydawało mi się, że przynajmniej policzki miała pełniejsze i cerę bardziej zaróżowioną. W pasie nadal cieniutka, pewnie bym ją zamknął w dłoniach. Kiedy o tym pomyślałem, zrobiło mi się gorąco, więc odgoniłem tę myśl. To nie moja kobieta, ja swoją Anetkę mogę obejmować w pasie.

W nocy jeszcze wyszła z psami na podwórko i liczyłem na to, że uda mi się wyjrzeć na moment i zamienić z nią parę słów, aby choć uprzedzić o wizycie Anety, że będzie pytać, zechce z niej coś wyciągnąć – bo z jakiegoś powodu wydawało mi się, że muszę Polę na to przygotować. Ale ojciec siedział przed telewizorem, a kiedy wreszcie zasnął i wyszedłem na skąpane w ciemności podwórko, u niej było zgaszone. Nie zostawiała już lampki na noc, nawet nie mogłem zerknąć na nią, jak śpi.

Kiedy robiłem poranną kawę, przyszło mi na myśl, że pójdę do niej pogadać. Zaparzyłem i drugą, chociaż nie wiedziałem, czy lubi taką po turecku, z fusami – w knajpach zawsze zamawiała espresso, pamiętałem to jeszcze, ale rzadko wypijała, na ogół patrzyła tylko, jak pije ten jej Grześ.

Ostrożnie zaniosłem dwa kubki na plastikowej tacy – taca była w tandetne fioletowe kwiaty, pewnie miała tyle lat, ile ja, albo była niewiele młodsza, i za to ją lubiłem. Zapukałem i od razu wszedłem, bo gdybym odczekał choćby chwilę, pewnie bym stchórzył. Pola siedziała na podłodze i gapiła się w ścianę. Na mój widok uśmiechnęła się sztucznie. Wyglądała na spłoszoną.

– Dzień dobry – przywitała się.

– Cześć. Przyniosłem kawy. Napijesz się?

Nie czekając na odpowiedź, podszedłem i podałem jej kubek, po czym usiadłem obok. Żeby nie widzieć jej twarzy. Bo nie wiedziałem, co na niej znajdę, ironię, wstręt, niechęć. Nie miałem pojęcia.

– Trzeba by opłacić abonament – zacząłem, choć miałem zamiar poruszyć zupełnie inny temat. – Chcesz, żebym się tym zajął?

Milczenie.

– Bo Ulka mówiła, że potrzebowałaś komórki... – próbowałem pociągnąć to dalej.

Pola nie odpowiedziała, zapadła bardzo krępująca cisza. Jasna cholera, po co tu przyszedłem? Jak miałbym jej powiedzieć, że zaraz zjawi się Aneta, autorka tego wszystkiego, co spieprzyło jej życie? Chociaż nie, to ja zrobiłem tamto zdjęcie, więc to tylko moja wina, że...

– Dziękuję – szepnęła Pola.

Zatkało mnie kompletnie.

– Za wszystko.

Więcej nie była chyba w stanie powiedzieć. Dmuchałem w moją kawę, ona robiła to samo. Psy spały, Mały wtulony pyskiem w brzuch Suki. Jakoś tak odruchowo poszukałem na podłodze dłoni Poli i ścisnąłem jej palce. Trwało to kilka sekund, ale czułem, że ona rozumie. I to, że przepraszam, i wszystko inne. A może nie rozumiała? Może ja sam nie do końca wiedziałem, co było w tym uścisku? Nieważne.

Piliśmy małymi łyczkami, kawa była za gorąca, ale to tak trudno siedzieć w ciszy i nic nie robić. Wreszcie mi się odblokowało.

– Mały już nie jest taki mały.

– Tak, pięknie rośnie.

– Dajesz mu tę karmę, tak?

– Tak. Namaczam jeszcze, ale już nie rozgniatam.

– Nie rozgniatasz?

– Nie, je takie mokre, miękkie kulki. One pęcznieją jak gąbka. Na początku nie umiał.

Starannie omijaliśmy to, o czym powinniśmy porozmawiać. Jasna cholera, w końcu trzeba się odważyć.

– Słuchaj, Pola, musimy wreszcie pogadać. Chcę cię jeszcze raz przepro...

– Przestań.

Jak na kruchą kobietę o dziewczęcym głosie powiedziała to zaskakująco mocno. Ostro.

– Nie chcę rozmawiać o tamtym.

– Rozumiem.

Tak naprawdę nie rozumiałem. Przecież w końcu trzeba będzie.

– Posłuchaj – dodała jeszcze. – Ja już jestem normalna, zdrowa. Nie byłam, wiem. Nie jadłam i nie miałam siły się niczym zająć. To była depresja, tak myślę. Ale teraz jest dobrze. Zaczęłam jeść, nie wymiotuję. Już wszystko w porządku. Pozwólcie mi jeszcze tu pomieszkać, błagam. Dam ci kartę, wypłacisz trochę pieniędzy, bo ja muszę oddać twojemu tacie. Wiesz, będę się lepiej czuła. I jeszcze chciałabym cię prosić, żebyś popłacił rachunki, tam w Warszawie, bo... Jak już będę musiała wrócić...

Powinienem był jej teraz powiedzieć, że tamte rachunki popłacił Grzegorz, pewnie też należało wyznać prawdę o matce, że cały czas przysyła pieniądze, ale nie mogłem, gardło zacisnęło mi się w jakąś cienką szczelinę, przez którą z trudem wydobyłem głos.

– Dobrze.

– Na pewno?

– Nie ma problemu.

– Dziękuję.

Ona też była wzruszona. Siedzieliśmy tak, ramię w ramię, i gapiliśmy się na śpiące psy. Wcale nie miałem ochoty tego przerywać, bo nagle przestało mi być z tą ciszą niewygodnie.

– W gazetach już pewnie o mnie nie piszą? – zapytała Pola.

– Nie, już ucichło.

Powiedz jej teraz, baranie, że przyjedzie Aneta, że może lepiej będzie, gdy ukaże się jeden czy drugi artykuł, taki pozytywny oczywiście. Powiedz jej.

– Jak dobrze – westchnęła. – Tu jest tak bardzo... inaczej.

– Tu?

– No, na wsi. Mogłabym tak spędzić całe życie. Tylko chciałabym mieć zajęcie. Twój tata nie bardzo chce mnie wpuszczać do kuchni. Ugotowałam mu rosół, chciałam zrobić pierogi, ale mówił, że się cała spociłam, że jeszcze jestem za słaba. Dzisiaj ciasto upiekę, bo zapowiedział, że będą goście, tak?

– Będą. Będzie jeden gość.

Spojrzałem na nią ukradkiem. Uśmiechała się, mówiąc o ojcu. Chyba się polubili.

– A u was są narcyzy? – nieoczekiwanie zmieniła temat.

– Narcyzy? Żebym to ja wiedział... Skąd ci się wzięły narcyzy?

– Ulka mówiła, żeby okryć stroiszem. Tak to się nazywa?

– No, stroisz, gałęzie świerkowe.

– Żeby nie zmarzły. Bo za szybko wyszły z ziemi.

– Nie wiem, czy są u nas. Mama miała kiedyś cały ogród w kwiatach, ale po jej śmierci wszystko zdziczało.

– Szukałam, to są takie szczypiorki. Ale nie byłam pewna, jakieś zielone wystawało z ziemi, więc okryłam.

Coś mi się wydaje, że mamy tu problem. Ta dziewczyna strasznie chce się kimś opiekować. Wychudzoną Suką, jej szczeniakiem, roślinami w ogrodzie. To pozwala jej nie myśleć o samej sobie – bo najwyraźniej nie chce o sobie myśleć. Jak to będzie, kiedy wróci do Warszawy i znowu rzuci się w wir ostrej rywalizacji – o wszystko: o role, o lepsze miejsca na pokazie, o kiecki od projektantów? I kto się nią wtedy zaopiekuje? Było dla mnie jasne, że ktoś powinien, a na Grześka bym w tym wypadku nie liczył.

Ojciec zawołał mnie do kuchni. Podniosłem się i wziąłem puste kubki.

– Dopóki jesteś – powiedział, gdy się zjawiłem – narąbałbyś nam drewna. Wiosna to jeszcze nieprędko przyjdzie.

– Ja bym się może nauczyła – usłyszałem za sobą głos.

To Pola, przyszła za mną i słuchała. Uśmiechnąłem się na samą myśl o tej chudzinie z siekierą w dłoni. Nie wiedziałem jednak, jak z jej poczuciem humoru, więc nie skomentowałem tej wizji.

Ładnie wyglądała w czerwonym płaszczu, który przywiozłem. Założyła też beret, ale rękawiczki jej odebrałem, zamiast tego wręczyłem stare, robocze.

– Nawłazi ci pełno drzazg i będą do wywalenia – powiedziałem. – Tego się potem nie da powyciągać.

Poszliśmy za kurnik, gdzie od niepamiętnych czasów stał pieniek. Rąbało się na nim drewno, a jak było trzeba, to i łeb kurczakowi się ucięło. Na szczęście Pola nie pytała, od czego te brunatne plamy – pewnie by zemdlała. Miastowa zawsze pozostanie miastową.

Pokazałem jej, jak ustawić klocek, żeby łatwiej go było rozpołowić. Spróbowała raz i drugi, ale nic z tego – tak jak myślałem, ta siekiera ważyła pewnie więcej niż jej ramiona, ona zupełnie nie miała siły.

– To może rzucaj na stertę to, co ja porąbię – zaproponowałem, bo widziałem, że zrobiło jej się przykro;
naprawdę chciała się na coś przydać.

Przez dłuższy czas pracowaliśmy w milczeniu. Mogłem jej wszystko powiedzieć – o Grzegorzu, o Anecie,
przy robocie łatwo się gada, ale było mi żal tej przyja-
znej ciszy. Z ust leciały nam dymki pary, Pola miała rumieńce, spod beretu wymykały jej się kosmyki włosów.
Od dawna nie chodziła do fryzjera, znikły te barwne
refleksy, które kiedyś łapałem w obiektyw. To się chyba
nazywa balejaż. Brwi też naturalne, grubsze niż dawniej. Tylko usta nadal pełne, jasnoróżowe – nigdy nie
malowała, na żadnym zdjęciu nie miała ciemnej szmin-
ki, co najwyżej błyszczyk. I oczy te same, prawie czarne. Pasujemy do siebie, pomyślałem, tylko że ja jasny
blondyn, a ona trochę ciemniejsza. Ledwie ta myśl mi
się przyplątała, a już zawstydziłem się sam przed sobą.
Moja kobieta jest brunetką, i to z nią musimy do siebie
pasować.

Wreszcie skończyliśmy, wbiłem siekierę w pieniek,
po czym wróciliśmy do domu. Pola tylko umyła ręce i zabrała się za robienie ciasta. Ja nagrzałem wody w czaj-
niku, musiałem się umyć. Żeby nie przeszkadzać – bo
nie było u nas łazienki, więc zwykle myłem się w kuchni – zabrałem miednicę z gorącą wodą do pokoju. Pewnie nachlapię na podłogę, ale co tam, przecież nie będę
siedział spocony jak mysz przy obiedzie. Spłukiwałem
właśnie mydło z karku, kiedy ktoś otworzył drzwi.

– Podaj mi ręcznik, tato – poprosiłem.

Dopiero kiedy dostałem ten ręcznik, zobaczyłem, że
to nie ojciec, tylko Pola. Zarumieniła się, jakby pierwszy

raz widziała faceta w samych portkach, bez koszuli. Ja też się zaczerwieniłem, zupełnie bez sensu.

&

Aneta przyjechała dopiero wieczorem; przywiózł ją młodszy brat, Krzysiek, ale nie mógł zostać. Powiedział, że wróci po nią później. Może to lepiej, bo z dwóch moich przyszłych szwagrów tego lubiłem mniej, taki drobny cwaniaczek. Ale skoro Aneta nie chciała przyjechać sama, to już wiedziałem, na czym stoimy – będziemy pić.

Moja dziewczyna wylewnie przywitała się z ojcem, potem wyciągnęła z torby prezenty: bimber, wino własnej roboty, słodką wódkę miodową i masło w wielkim słoiku. Tata od razu wstawił masło do lodówki; wiedziałem, że później podzieli je na porcje. Potem sięgnął do szafki po kieliszki, wyciągnął cztery i poszedł po czystą ścierkę. Zajrzał do drugiego pokoju.

– Zapraszamy na miodówkę – powiedział.

W drzwiach kuchni stanęła Pola. Była śmiertelnie blada, jakby bała się spotkania z kimś, kto nie należał do naszego świata. Albo może tata coś jej o Anecie opowiadał. Ale pewnie nie, do niego to niepodobne.

– Dzień dobry – przywitała się i wyjęła ojcu z rąk ścierkę.

– Witam.

To Aneta. Wyciągnęła rękę i ścisnęła dłoń Poli mocno, po męsku. Zawsze mi się podobało, że moja dziewczyna ma taki mocny uścisk, nie jakby się trzymało w dłoni zdechłą rybę, tylko zdecydowany, konkretny. Ale w tej chwili chyba wolałbym, żeby była delikatniejsza.

202

– Chodźta do pokoju – powiedział ojciec.

Kiedy mieliśmy gości z naszych stron, przeważnie bezwiednie przechodził na gwarę; mnie też się to zdarzało. Anecie – nigdy.

Pola przetarła kieliszki i ustawiła je na stole, równiutko. Później przyniosła z kuchni sernik, który upiekła przed południem, porozkładała talerzyki. Podniosłem się, żeby zaparzyć herbatę, ale Aneta mnie ubiegła, doskonale wiedziała, gdzie mamy kubki, gdzie łyżeczki i cukier. Pewnie miała w tym jakiś cel, może chciała się zaprzyjaźnić. Obserwowałem, jak się krząta. Ubrała się w dżinsy i turkusowy golf. Ładnie jej było w tym kolorze. Pola usiadła i patrzyła na swoje dłonie, splecione na stole.

– Co tam u rodziców? – zapytał ojciec, gdy Aneta zajęła już swoje miejsce.

– Wszystko w porządku – brzmiała odpowiedź. – Jakoś leci. Tata chce dokupić w tym roku zielononóżek.

– Dobrze się niosą?

– Dosyć.

Zapadła cisza, jedliśmy sernik, popijaliśmy herbatą. Potem ojciec nalał do czterech kieliszków wódki i wzniósł swój zwykły, prosty toast:

– Na zdrowie wszystkim.

Wypiliśmy posłusznie, choć widziałem, że Pola tylko zamoczyła usta. Może i lepiej, taka wychudzona, jeszcze mi tu padnie.

– A w Warszawie jak się mieszka?

Ojciec dolał wódki. Najwyraźniej usiłował podtrzymać rozmowę; chyba czuł, że towarzystwo mamy dzisiaj wyjątkowo niedobrane. Co do mnie, najchętniej prysnąłbym do mojej szopy i podłubał w drewnie.

– Bardzo dobrze – ożywiła się Aneta. – Postanowiliśmy z Konradem pomieszkać trochę razem. Taki trening przed ślubem. Więc Konrad już odmówił swoją kawalerkę, wynajmujemy wspólnie moją, większą.

Zaczerwieniłem się jak chłopiec i strasznie mnie to wnerwiło. Pola zerknęła na mnie spłoszona. U nas w domu nigdy się o takich rzeczach nie rozmawiało, ojciec to nie był partner do pogawędki o seksie przedmałżeńskim. Jasna cholera, wiedziałem, że mam mało subtelną kobietę, ale chyba nigdy nie było to aż tak wyraźne, jak dziś. Na szczęście Aneta wyczuła moje niezadowolenie, bo dodała:

– Ale dobrze jest czasem wrócić na stare śmieci. Nie ma to jak rodzinny dom – westchnęła. – Tyle się zmieniło, drzewa porosły. Na Janikowskim rowie były takie malutkie krzaczki, a teraz zagajnik wyrósł.

– Ano rośnie wszystko, rośnie – potwierdził ojciec i nalał trzeci kieliszek.

Pola ciągle sączyła pierwszy.

– A ty skąd jesteś? – Aneta nachyliła się nad stołem i patrzyła na nią natarczywie.

Miała już wypieki po wódce, byłby dobry seks, gdyby nie to, że dziś w ogóle nie będzie seksu, bo przyjedzie po nią brat, to raz, a nawet gdyby nie przyjechał, nie miałbym ochoty robić tego tutaj, to dwa. A trzy, że byłem na nią zły. Nie podobała mi się ta rozmowa, jakiś taki wyzywający ton.

– Z Buków.

– Gdzie te Buki? Pod Warszawą?

Udawała, że nie wie. Do czego zmierzała?

– Nie, na Pomorzu. Niedaleko Szczecina.

Kiedy na nie patrzyłem, przypomniała mi się ekranizacja *Krzyżaków*. Blada, mimozowata Danuśka i rumiana Jagna z krągłym tyłeczkiem i pełnym dekoltem. Całe życie wolałem Jagienki, takie Danuśki były dla mnie zawsze pozbawione seksapilu. Więc dlaczego teraz, kiedy rozmawiały, obie z kieliszkami wódki w dłoniach, obie lekko zaróżowione na policzkach, ta moja seksowna Jagienka wydała mi się ordynarna?

– A przedtem? Przed Bukami?

Jeszcze nie skończyła, a ja już wiedziałem, że to był błąd. Dostrzegłem to na szczupłej twarzy Poli, bo nagle straciła kolor i zamieniła się w nieruchomą maskę.

– Zawsze mieszkałam w Bukach – odpowiedziała sztywno Pola.

A potem dodała:

– Niedobrze mi. Przepraszam – i szybko wyszła z pokoju.

Nie chciało mi się gadać. Niechby Aneta już pojechała. Chciałem wyjść na podwórko i zajrzeć przez szparę między zasłonkami, czy z Polą wszystko w porządku.

Ale moja dziewczyna siedziała jeszcze długo. Przysiadła się do mnie i ignorując fakt, że obaj z ojcem mieliśmy zwarzone humory, mówiła bez ustanku. O tym, że matka przeszła operację na woreczek żółciowy i teraz jej się odbijało. I że starszy brat załapał się do pracy w banku w Legionowie. A z młodszym to nie wiadomo, co będzie, bo szkoły nie skończył, a do roboty w gospodarstwie się nie garnie. I jeszcze o przepiórkach, że rodzice mają już dwadzieścia kurek i niezły interes jest na przepiórczych jajach. Wreszcie pożegnała się z ojcem i pociągnęła mnie na podwórko.

– Chodź – szepnęła. – Zadzwonię po Krzyśka, a tymczasem pogadamy.

Poszedłem za nią w ciemność. Znowu przymroziło, dobrze, że Pola przykryła te roślinki, nawet jeśli to nie były narcyzy, pomyślałem. Aneta odeszła na bok, zatelefonowała do brata, a ja wykorzystałem okazję, żeby zajrzeć do pokoju Poli. Siedziała na podłodze, na kolanach miała Małego. Bardzo chciałem tam wejść i przeprosić.

Aneta skończyła rozmowę. Odwróciłem się do niej, żeby nie zauważyła szczeliny między zasłonami. Wiedziałem, że chętnie by zajrzała. Na szczęście jednak patrzyła w niebo.

– Widzisz? – powiedziała. – Gwiazdy są tu takie same jak w Warszawie.

Była podchmielona.

– I o co tyle hałasu? Wszędzie jest tak samo. Tyle że tam jest praca, a pieniądze tylko czekają, żeby je zarabiać. Życie ma inny kolor, rytm. Konrad, rozumiesz?

– Rozumiem – odparłem zrezygnowany i otoczyłem ją ramieniem. – Ale nabierz powietrza, tak całą piersią. Nie czujesz, że ono tutaj inaczej pachnie? Chodź ze mną do szopy, powąchaj świeżego drewna.

Zawsze kochała zapach żywicy. Teraz poszła ze mną do mojej stolarni, ale nie wciągnęła z lubością aromatu, tylko przycisnęła się do mnie.

– Weźmiesz mnie tutaj? Szybki numerek.

Pocałowałem ją i rozpiąłem kurtkę. Była taka gorąca i chętna. Rzecz w tym, że mój sprzęt znów nie stanął na wysokości zadania.

– Nie lubię tak w pośpiechu – mruknąłem jej we włosy.

– Od kiedy nie lubisz? Zawsze lubiłeś. Wszędzie, w windzie, w stodole, w trzcinach nad stawem. Pamiętasz? Konrad?

Pocałowałem ją znowu, żeby zamknąć jej usta. Miała jakiś nowy stanik, pewnie z tymi wszystkimi gąbkami usztywniającymi, bo jej piersi nigdy nie wydawały mi się tak twarde. Zanim zdążyłem ją powstrzymać, chwyciła mnie za rozporek.

– Znowu? – odsunęła się ode mnie i spojrzała badawczo. – Co się dzieje?

– Nic się nie dzieje. Nie mam ochoty. Albo może alkohol tak na mnie działa.

– Alkohol?! Przecież setki razy kochaliśmy się po wódce.

– Jestem coraz starszy, kochanie. – Bardzo się starałem, żeby to zabrzmiało lekko. – Mówiłem ci, najwyższa pora na dzieci, bo niedługo może być po zawodach.

– Dzieci. Ja się chcę kochać, a ty o dzieciach.

– Jedno z drugim ma sporo wspólnego, nie zauważyłaś?

W szopie było zupełnie ciemno, nie widziałem jej twarzy. Pragnąłem się ożenić i zostać ojcem, do cholery. Niech już będzie ta Warszawa, niech będą te pieprzone zdjęcia. Ale chciałem mieć rodzinę. Całe życie o tym marzyłem. W dzieciństwie chciałem mieć brata, zresztą nawet siostrę, jednak pozostałem jedynakiem. Nie miałem nawet kuzynów, bo wujek Maniek nie miał dzieciaków. Roiłem sobie, że moja rodzina, ta, którą założę, będzie wesoła, roześmiana, gwarna. Taki ze mnie prosty facet.

Przez okienko zobaczyliśmy snop światła – przyjechał Krzysiek. Aneta wyszła bez słowa, a ja nie poszedłem za nią, zostałem w ciemności. Wodziłem dłonią po oparciu krzesła, które zacząłem odświeżać na początku zimy. Pola jeszcze wtedy nie mówiła, przypomniałem sobie. Milczała jak zaklęta i nie miałem nawet cienia nadziei, że zacznie się znowu śmiać. A teraz proszę, mówi, uśmiecha się, zrobiła dzisiaj sernik. Czyli jednak cuda się zdarzają. Może i mnie się zdarzy jakiś.

Marzec

Przyglądałam mu się, kiedy rąbał drewno. Chciałam się nauczyć, ale dla mnie okazało się to zupełnie niewykonalne – nie miałam pojęcia, skąd ludzie biorą tyle siły, żeby rozpołowić taki twardy kloc. Że Konrad potrafił, to jeszcze mogłam zrozumieć, bo był potężny, ja cała pewnie ważyłam tyle, ile same jego ramiona. I miał wielkie dłonie, moje drobne piersi zupełnie zniknęłyby pod nimi. Zaledwie o tym pomyślałam, na policzki wypełzł mi zdradliwy rumieniec. Konrad spojrzał na mnie i chyba leciutko się uśmiechnął, więc szybko się odwróciłam i dalej zawzięcie rzucałam szczapki na stertę.

Dobrze mi się z nim rozmawiało i równie dobrze się milczało. Już dawno nie używałam języka do zwykłej pogawędki i teraz sobie przypomniałam, że taka niespieszna wymiana słów jest przyjemna. Ale miło też było posiedzieć i pogapić się na psy, parę unoszącą się nad kubkiem z kawą, plamy słońca na dywanie. Drobne, dawno zapomniane przyjemności. Kiedyś spędzałam tak czas z Grześkiem. Po raz kolejny z prawdziwą satysfakcją odkryłam, że mogę o tym myśleć bez bólu, bez złych emocji. Jakim cudem zdołałam się szybko oczyścić z tamtej miłości – nie wiedziałam. Ciekawiło mnie nawet, co u niego. Gdzie się podział, czy mieszkał z tą swoją Samantą? Jak sobie radził?

Pan Stefan wspomniał coś o gościach, więc po rąbaniu drewna zabrałam się za pieczenie sernika. Oddzieliłam białka od żółtek, przez chwilę szukałam trzepaczki. Konrad wyszedł do pokoju z miednicą pełną wody. To lepiej, nie lubiłam, kiedy ktoś siedział i patrzył mi na ręce. Jeszcze tylko musiałam wziąć świeżą ścierkę z szafki. Poszłam po nią i stanęłam jak wryta – paparazzo w samych dżinsach mył się nad miską, spłukiwał sobie pianę z potężnych ramion. Widok jego odsłoniętych pleców, to, że podałam mu ręcznik – była w tym jakaś zażyłość, na którą nie czułam się gotowa. On także wyglądał na zakłopotanego.

Ucierając żółtka z cukrem, przypomniałam sobie ten obraz; nie chciałam, ale pojawił się pod powiekami. Miał jasną skórę. Grześ był zawsze opalony, dbał o regularne wizyty w solarium. Jego muskulatura też była inna, wypracowana, wyrzeźbiona – u Konrada całe ciało wydawało się jednolicie silne i wielkie, nie poszczególne partie mięśni, tylko właśnie całe ciało. Co mnie to obchodzi, skarciłam się w myślach.

Masa serowa przygotowana, prodiż nagrzany (nawet nie pamiętałam, że istnieje takie urządzenie; tutaj czas się zatrzymał w epoce mojego dzieciństwa, wciąż odkrywałam rzeczy i zjawiska znane mi z wizyt u babci), pora ubić pianę. Zapamiętale uderzałam w białka, aż z żółtawych stały się białe i sztywne, potem delikatnie wymieszałam z serem. Konrad chlusnął wodą na podwórze, później wypłukał miskę przy studni, wreszcie wszedł do kuchni, w milczeniu umył miednicę nad zlewem, narzucił kurtkę i uciekł do szopy. Zawsze kiedy stamtąd wracał, pachniał żywicą. Nie wiedziałam, co właściwie robi. Może coś strugał czy rzeźbił. Często miał na swetrze drobinki drewna.

Pan Stefan wrócił z zakupów. Skorzystał z tego, że przyjechał Konrad, i wziął jego samochód. Zwykle musiał jeździć rowerem, a wtedy wiadomo, za dużo się nie kupi. Ja jeszcze się nie odważyłam, chociaż kilka razy zamierzałam zaproponować, że pojadę. Może z nadejściem wiosny. Gdyby były dwa rowery, wybrałabym się z gospodarzem, ale sama jakoś nie miałam odwagi.

– Kupiłem ci kakao na polewę – powiedział pan Stefan. – I cukierków różnych, czekoladek. Anetka lubi.

– Anetka?

– Narzeczona syna.

Więc to ona będzie dziś naszym gościem. Zrobiło mi się słabo. Dziennikarka, która pisze o takich jak ja. Pewnie Konrad powiedział jej, że jest lepiej, że już da się ze mnie coś wyciągnąć.

Wieczorem miałam ochotę wziąć psy i uciec w pola, jednak pan Stefan zapraszał, więc nie mogłam odmówić. Żeby pokryć zdenerwowanie, usiłowałam się czymś zająć, przetarłam kieliszki, pokroiłam sernik. Chciałam zrobić herbatę, ale ta kobieta była szybsza. Poruszała się po domu z pewnością siebie, mówiła głośno, miała napastliwy ton. Bez trudu odczytałam ukryty komunikat: to moje terytorium, mój mężczyzna, ty jesteś tu tylko na chwilę. Usiadłam więc, w milczeniu obserwując tę demonstrację siły. Aż do chwili, kiedy padło tamto pytanie.

– A ty skąd jesteś?

To do mnie.

– Z Buków.

– Gdzie te Buki? Pod Warszawą?

Nachyliła się do mnie. Była już na rauszu. Piękna, seksowna kobieta, ale dostrzegałam w niej coś odpychającego.

– Nie, na Pomorzu. Niedaleko Szczecina.

– A przedtem? Przed Bukami?

I już wiedziałam, o co chodzi. Miałam rację. Nie przyjechała tu, żeby zjeść sernik i napić się słodkiej wódki. Ona potrzebowała mnie, moich flaków, mojego życia. A Konrad podał jej to na tacy. Chciało mi się wymiotować. Nie miałam pojęcia, co zrobić z oczami. Uciekłam.

Chciałam wyjechać, tylko nie miałam pomysłu dokąd. Nie, to nieprawda, natychmiast przeraziła mnie ta myśl, więc sprostowałam – nie chciałam wyjechać, tylko ukryć się, żeby mnie nikt nie znalazł, i jeszcze poszukać sobie czegoś, czym mogłabym żyć. Pracę? Kim umiałabym być, czym się zająć? Kiedyś uczyłam w szkole, miałam przecież dyplom ukończenia filologii angielskiej. Mogłabym też tłumaczyć, jak Jakub. Tysiące razy namawiał mnie do tego. Ale chyba nie potrafiłam. Pisać wiersze to jedno, a przekładać literaturę, z zachowaniem stylu, melodii zdania – nie, tego nie umiałam.

Więc jednak szkoła? Ale czy nie straciłam uprawnień, czy po kilku latach nieobecności w zawodzie nie musiałabym odnawiać tych wszystkich kursów pedagogicznych? Byłam kompletnie nieprzygotowana do życia,

ono właściwie toczyło się jakoś z rozpędu. Po rozwodzie czułam się tak pusta, tak bezmyślnie otępiała, że
wszystko robiło się ze mną samo, może też trochę po
omacku podążałam za Grzegorzem. Po raz pierwszy pomyślałam, że sporo mu zawdzięczam, dotychczas analizowałam raczej, co on jest winien mnie.

Czy nie było ze mną trochę tak, że opierałam się na
kimś, nie będąc w stanie sama utrzymać się w pionie?
Najpierw Jakub, potem Grześ, teraz Konrad i jego ojciec... Ta myśl nie dodała mi sił, raczej odebrała tę odrobinę wiary, że mogłabym sama sobie dać radę. Usiadłam
na podłodze. Nawet jeśli zbiorę się na odwagę i wrócę
do Warszawy – co to zmieni? Przecież nie chodziło tylko
o to, żeby przeżyć. Chodziło o to, żeby naprawdę żyć.

Mały podniósł głowę. Wstał, przeciągnął się śmiesznie. Wyszłabym z nim na dwór, ale dopóki była tu ta
agresywna kobieta, nie miałam odwagi. Psiak wgramolił się na moje nogi, ułożył się na nich, choć tyłeczek
ciągle spadał mu na podłogę. Rozczulał mnie. Jakimś
cudem ten szczeniak potrafił jednym spojrzeniem dodać mi sił.

Rano wybrałam się na długi spacer z psami. Dotarło do
mnie, że przyszła wiosna. Powietrze pachniało inaczej,
na gałązkach wierzb wzdłuż rowu pojawiła się mło-
dziutka zieleń. Wszystko będzie dobrze, powiedziałam
sobie w duchu. Jeszcze nie wiedziałam jak, ale miałam
pewność, że dobrze. W końcu wszystko się układa, zawsze, prawda?

Jeszcze nie doszłam do końca naszej drogi, kiedy usłyszałam za sobą kroki. Odwróciłam się. To Konrad.

– Mogę się z tobą przejść?

– Nie sądzę.

– Pola, chcę pogadać.

– Nie ma o czym, naprawdę.

– Pola...

– Zamknij się! – krzyknęłam. – Jaki był plan? Podtuczysz mnie, poczekasz, aż się uspokoję, tak? A potem parę zdjęć z ukrycia? I ta twoja Aneta, która miała nadzieję wyciągnąć ze mnie jakieś pieprzne kawałki? Nie ma pieprzu, Konrad, nic ciekawego.

Zatrzymał się, wyglądał jak jakiś ranny bokser. Tylko krwi nie było.

– To nie tak – powiedział bezradnie. – Nie chciałem, żeby tu przyjeżdżała. I nie robię ci już zdjęć. Nie jesteś dla mnie... Nie jesteś tematem na artykuł.

– A kim jestem?

Pewnie nie wiedział, co powiedzieć, bo przez chwilę tylko kręcił głową. Odwróciłam się i zamierzałam odejść, kiedy usłyszałam:

– Myślałem o sobie, że jestem twoim przyjacielem.

– Przyjacielem! – prychnęłam. – Przyjaciel, który fotografuje mnie na torach, tak? Na moście też zrobiłeś fotki?!

– Nie. I tych z torów nikomu nie sprzedałem.

– Nie wierzę ci.

– Gdybym chciał sensacji, Pola, miałbym ją już dawno. Nie powiedziałem nawet Anecie, że...

Urwał. Wkurzał mnie. Mógł milczeć, mógł wcale jej nie mówić, że tu jestem. Wprawdzie to jego narzeczona, ale gdyby naprawdę był przyjacielem...

– Że co? – zapytałam.

– Że spotkałem się z Grzegorzem, żeby porozmawiać. Nic jej o tym nie powiedziałem.

Odwrócił się i odszedł. Ja zrobiłam to samo. Psy nie odstępowały mnie na krok. Kiedy znalazłam się na polu, porzucałam trochę Małemu kawałek kija. Cieszył się jak dzieciak. Suka biegała wokół nas, pilnując swojego stada. Tylko ja stałam sztywno i próbowałam uspokoić oddech.

Wróciłam po godzinie, poranny wiatr wywiał ze mnie trochę czegoś, co było na poły strachem, a na poły smutkiem. Zaparzyłam sobie kawę i zjadłam kawałek wczorajszego sernika. Potem wróciłam na podwórko, bo żal mi było tego pierwszego wiosennego powiewu. Drzwi od szopy były uchylone, dobiegał stamtąd odgłos skrobania czy szlifowania. Zebrałam się na odwagę i zajrzałam.

Konrad, w granatowym swetrze i dżinsach, szlifował stół. Papier ścierny owinął wokół jakiegoś klocka i tarł zapamiętale.

– Cześć – zaczęłam.

Odwrócił się. Był zgrzany od pracy. Pierwszy raz widziałam go z rozpuszczonymi włosami. Już kiedyś myślałam, że gdyby nie sylwetka, wyglądałby jak kobieta.

Miał ładną twarz, te brązowe oczy u blondyna musiały się podobać płci pięknej. No i ciało niczym u boksera.

– Robię stół – powiedział, jakby się usprawiedliwiał.

– Robisz? Całkiem sam? Jesteś stolarzem?

– Chciałem być.

Chciał. Ale został paparazzo, bo to lepiej płatne. Albo dlatego, że ta Aneta jest w Warszawie, pomyślałam.

– A właściwie odnawiam – dodał jeszcze. – Lubię dawać drugie życie przedmiotom.

– I ludziom – rzuciłam, zanim zdążyłam to przemyśleć.

Był zaskoczony, chyba nie wiedział, jak zareagować.

– Pola...

– Mam na imię Kaśka.

Znowu nieprzemyślane. Zachowywałam się impulsywnie. Postawiłam kawę na świeżo wyszlifowanej powierzchni stołu, przysiadłam na starym stołku.

– Opowiesz mi o tamtej rozmowie z Grzesiem?

– A chcesz o tym mówić?

– Chcę.

Był zawiedziony, czy mi się wydawało?

– Pojechałem do twojego mieszkania po płaszcz. I znalazłem na lustrze karteczkę, że on wydzwania i żebyś odebrała. Że on nie może się pozbierać.

Zapadła cisza.

– Bez ciebie – dorzucił jeszcze Konrad.

Nie wiedziałam, co powiedzieć. Ja też się nie mogłam pozbierać bez Grześka. Pomyślałam o tym bez śladu mściwości.

– Więc napisałem mu, żeby się ze mną spotkał w jednej knajpce.

– Przyszedł?

– Przyszedł.

Konrad nabrał powietrza, jakby miał do powiedzenia coś strasznego. Usiadł na śmiesznym szkieleciku krzesła – bez oparcia, bez tapicerki, tylko drewniana rama i sprężyny nakryte strzępkiem starego koca. Musiały go gnieść w tyłek.

– Najpierw chciał mnie bić.

Zaczęłam się śmiać.

– On? Ciebie?

Westchnął, jakby z ulgą.

– Szybko się zorientował, że to by nie było rozsądne. – W jego głosie zabrzmiało tyle samczej pewności siebie, że znów parsknęłam cichym śmiechem. – A potem się napiliśmy i całkiem fajnie nam się rozmawiało.

– O czym?

– Wiesz, jak to faceci. Że poleciał za spódniczką. Że ona była chętna i radosna, a ty ciągle byłaś smutna. I że żałuje jak jasna cholera.

Nie sądziłam, że to będzie tak. Że nie będę mogła oddychać, że zacznie boleć gdzieś w środku. Ja byłam smutna? Ona była chętna? A ja nie byłam?!

Wybiegłam na podwórko, uciekłam do domu. Niech mnie piekło pochłonie. Byłam smutna? Byłam przemęczona, to wszystko.

Paparazzo nie zajrzał do mnie aż do zmroku, z kolei ja nie poszłam na obiad. Wypuściłam psy na dwór, potem zamknęłam się z nimi z powrotem. Dopiero wieczorem rozległo się pukanie do drzwi.

– Kasia... Mogę wejść?

Nigdy nie pytał.

– Jasne. To twój dom.

Byłam niesprawiedliwa, zachowywałam się jak obrażona małolata.

– Przestań. Jesteś tu u siebie. Chcę pogadać, ale jeżeli nie masz ochoty...

– Mam – przerwałam. – Mam ochotę. Chociaż właściwie nie ma o czym gadać.

– Jest o czym.

Usiadł obok mnie na podłodze. To nasze ulubione miejsce, pomyślałam. Siedzimy tak, żeby nie musieć na siebie patrzeć. Bezpiecznie chowamy wzrok w przedmiotach albo błądzimy spojrzeniami we wzorkach na ścianie. Przychodzi do nas Mały, głaskamy go, tarmosimy, nasze dłonie mają zajęcie.

– On popłacił wszystko – wyjaśnił Konrad. – Czynsz i w ogóle rachunki. Nie zapłacił tylko twojego abonamentu za telefon, bo był wyłączony, i myślał, że może masz nowy numer.

– Rozumiem.

– Ale nie mieszka tam. Przychodzi od czasu do czasu, pije kawę, raz czy dwa się przespał.

– Sam?

– No coś ty, oczywiście, że sam.

– Jesteś pewien?

Umilkł.

– Wydał mi się nieszczęśliwy – rzekł po chwili. – Pogubił się.

Teraz ja nie mogłam znaleźć słów.

– Wiem, Pola. Ty w tej chwili oceniasz, że sukinsyn, że bez serca. Ale to jest gówniarz jeszcze. I chyba szczerze żałuje.

– Jasne. Nie ma gdzie mieszkać, ze mną było mu wygodnie...

– Nie, to nie tak. Radzi sobie. Wynajmuje mieszkanie pod Warszawą, mówi, że jest w porządku. Tylko pusto.

Pusto. Dobre określenie. Bardzo dobrze je znałam.

– Powiedział mi, że pal diabli miłość, ale żal mu przyjaźni. Że byłaś najlepszym przyjacielem, jakiego miał.

Wszystkie słowa się gdzieś zagubiły, nie mogłam znaleźć żadnego na to, co chciałabym powiedzieć. Schowałam twarz w dłoniach.

– To prawda – udało mi się w końcu wykrztusić. – Byliśmy przyjaciółmi. Wiesz, dla mnie to też ważniejsze niż miłość. Mogliśmy liczyć na siebie. Bo bywało różnie.

I niespodziewanie otworzyłam się zupełnie, wypłynęła ze mnie opowieść o tym, jak zobaczyłam go na przystanku, jak ten niebieski kolor był dla mnie skrawkiem jasnego nieba wśród szarości obcego miasta i jak potem poczułam, że nie jestem tak zupełnie sama, kiedy jego błękitne rękawy mignęły mi w tłumie na castingu. I twarz, która nagle wydała mi się dobra i znajoma, choć przecież widziałam go raptem drugi raz.

– To o nim był ten wiersz? – zapytał nagle Konrad.

– Jaki wiersz?

Zawstydził się.

– Przepraszam, nie powinienem był czytać.

– Czytałeś moje wiersze?!

– Tylko kilka. Kiedy szukałem twojej rodziny, kogokolwiek... Pola, nie gniewaj się...

– Kasia.

– Nie złość się, Kasia. Ja się nie znam na poezji. Szukałem adresu twojej matki, czegokolwiek, żeby znaleźć twoich bliskich.

– Ale to chyba nie wyglądało jak adresy.

– Nie. To wyglądało jak wiersze.

– I było nimi. Jest nimi. Gdzie masz teczkę?

– Schowałem przed Anetą.

Odetchnęłam z ulgą.

– Tak dokładnie, wnikliwie to przeczytałem tylko ten o rodzicach i drugi o nawlekaniu słów.

– O pisaniu wierszy? *To lubię?*

– Tak.

Podniósł się i poszedł do drugiego pokoju. Po chwili wrócił z moją teczką w dłoni. Był bardzo zmieszany.

– Pozostałe właściwie tylko przejrzałem, sprawdzałem pismo. Które powstały wcześniej, które później. Taki ze mnie detektyw jak z koziej dupy trąba, bo i tak nic mi to nie dało. Ale teraz, kiedy wspomniałaś o niebieskim kolorze, przypomniał mi się ten fragment...

Zdjął gumkę z teczki, wydobył spośród kartek tę, na której był wiersz o Grześku. Przecież znałam moje wiersze na pamięć. Dolny róg był ucięty. Kiedy pisałam, kapnęła mi tam herbata; nie znosiłam poplamionego papieru.

żółto było w parku i słotnie
sunęły szybko żaglówki parasolek
nie bacząc na ławice drobnych rybek
liści
więc żółto było i cicho i słotnie
płowy chart podnosił wysoko mokre łapy
z niesmakiem
autobus jak wielka łajba cumował właśnie
na koślawym przystanku
nasze rękawy otarły się o siebie z przyjaznym szelestem
pamiętasz
wcale nie było jak w filmie
żadnych inteligentnych dialogów lekkich iskierek
dowcipu

a zamiast
chropowate półsłowa wysupłane z trudem
zakłopotane dłonie w popłochu uciekały do kieszeni
i tylko skrawek błękitu włamał mi się pod rzęsy
                    w ten żółty dzień

miałeś niebieski sweter

a potem w jakiś wieczór
ten sam chłodny błękit
oswoił moje policzki

Konrad czytał, a ja rumieniłam się z każdym słowem, ponieważ to był pierwszy raz, kiedy słyszałam własny wiersz i kiedy pozwoliłam zajrzeć komuś do tej teczki z poezją. Dziwne uczucie, zupełnie jakby ktoś babrał się w moich wnętrznościach – tyle że to nie bolało, było może niewygodne, zawstydzało, ale nie zadawało mi bólu. Po chwili zapomniałam o tym, że to, co czytał Konrad, a robił to ładnie, było tak bardzo intymne i moje, i że skrywałam to przed światem przez tyle lat.

– Ten błękit to jego sweter? Czy oczy? – zapytał.

Uśmiechnęłam się.

– Nie śmiej się. Ja jestem prosty facet. Nie umiem czytać poezji, nie rozumiem jej, nigdy nie rozumiałem. Próbuję się czegoś o tobie dowiedzieć.

– Po co? Jednak do artykułu?

Nie nadawałby się na dyplomatę – w jego twarzy można było czytać jak w otwartej książce. Widziałam wyraźnie, jak go zabolało.

– Już mówiłem, nie jesteś dla mnie tematem newsa. I nie pokazałem Anecie wierszy, pamiętasz?

– Dziękuję.

– Przestań, nie o to chodzi. To twoje... jakby listy do samej siebie. I wiem, że nie miałem prawa w ogóle do nich zaglądać.

Przez chwilę milczeliśmy oboje – ja, bo walczyłam z nagłym wzruszeniem, a on chyba zbierał słowa, widziałam, że zamierza coś dodać. Wreszcie wyciągnął rękę i przesunął palcem po mojej brwi, jakby ją przygładzał.

– Chcę poskładać sobie to wszystko, poznać cię trochę – szepnął. – I nie pytaj mnie dlaczego, bo tego nie rozumiem.

Kiwnęłam głową, chociaż przecież także nie rozumiałam. Nie miałam pojęcia, po co ten wielki facet w ogóle zajmuje się mną, moimi głupimi wierszami i tym, co już zupełnie nie ma znaczenia.

– Sweter i oczy – odpowiedziałam wreszcie na tamto pytanie.

I jednak wróciłam do opowieści o Grześku. Mówiłam o tym, jak poszliśmy wieczorem na piwo, jak kochaliśmy się zawzięcie, jakby to był pierwszy raz w życiu. I jak się do mnie wprowadził. O tym, że skończyły się moje pieniądze, a pracy nie było i bywaliśmy głodni, a wtedy rysowaliśmy sobie na skrawkach papieru, co zjemy, gdy już zarobimy parę groszy – bo kupowaliśmy tylko chleb i najtańszą pasztetową. Ja zawsze usiłowałam narysować rosół z makaronem, on się śmiał, że to wygląda jak robale w kałuży. Kiedy on rysował zwykłe kotlety, ja żartowałam, że to końskie pączki i że mogę mu takie zebrać na Starówce.

Paliliśmy jednego papierosa na spółkę, piliśmy wspólną kawę, bo nie było nas stać na dwie. Ćwiczyliśmy razem role, kiedy już była praca, natrząsaliśmy się z siebie, przedrzeźnialiśmy, ale poszlibyśmy za sobą do piekła, gdyby było trzeba. Jego niepowodzenia były moimi, jego sukces uskrzydlał mnie jak własny – i wiedziałam, że tak samo było z nim. Po prostu byłam tego pewna, czułam jego wsparcie i ono dawało mi siłę.

Konrad słuchał mojej opowieści, odchyliwszy głowę i opierając ją na tapczanie. Jego włosy rozsypały się na tapicerce.

– Był tam chart? – zapytał znienacka.

– Jaki znów chart?

– Na tym przystanku. Próbuję sobie wyobrazić, jak to było, jak pisałaś ten wiersz. Nie znam nikogo, kto pisze. Więc co: stoisz na przystanku, przypadkiem spotykasz faceta, zapamiętujesz ten niebieski kolor, bo wszystko dookoła jest żółtawe? Potem widzisz go na castingu, idziecie na piwo, do łóżka...

– Na podłogę – przerwałam ze śmiechem. – Kochaliśmy się na podłodze.

Patrzył na mnie dziwnie. Chciałam wiedzieć, o czym myśli.

– I co potem? Siadasz nad kartką papieru i tak zwyczajnie o tym piszesz?

– Nie, to nie tak. Ja nie siadam, żeby napisać... To znaczy siadam, ale to jest impuls, nie planuję tego. Nie zawsze natychmiast, czasem po kilku miesiącach. Wraca jakiś obraz, jakieś wrażenie, zapach, cokolwiek – i wtedy biorę kartkę i zapisuję. Ale nie od razu cały wiersz. Niekiedy jeden wers, potem kreślę, dobieram inne słowa, żeby nazwać to, co myślałam, co czułam. Rozumiesz? To jest taka zabawa słowami, jakbyś układał obrazek z kolorowych szkiełek.

– Ze szkiełek?

– No tak, z czegoś, co samo w sobie nie ma jeszcze znaczenia, ale kiedy ułożysz elementy w odpowiedni sposób, wyjdzie ci wiosna albo górski pejzaż, albo tęcza. Rozumiesz?

– Chyba tak.

I po chwili milczenia:

– Ale był tam ten chart czy nie było?

Roześmiałam się.

– Chyba był. Skoro tak napisałam, to pewnie był. Albo może inny pies w tym kolorze. Ale mogło być też tak, że go sobie wymyśliłam, bo mi pasował do tamtego dnia. Rozumiesz?

– Nie jestem pewien. Mam piwo w lodówce. Napijesz się?

– Chętnie.

To się nazywa nieoczekiwany zwrot akcji. Rano chciałam stąd uciec i nigdy więcej nie oglądać tego zdrajcy, potem opowiedziałam mu o Grzegorzu i pozwoliłam czytać moje wiersze, a teraz... Teraz będziemy razem pić piwo.

Było dobre, gorzkie. Dawno nie piłam alkoholu, bo to, co wczoraj, to nie było picie, tylko markowanie picia. Konrad patrzył na mnie badawczo, pewnie się bał, że przy mojej wadze taka dawka może mnie zabić. Uśmiechnęłam się do niego.

– Spokojnie. Nie urżnę się i nie ucieknę, żeby zamarznąć za stodołą.

Wypuścił powietrze, jakby ktoś przekłuł w jego płucach balonik.

– Nie przypominaj mi tego.

Na moje kolana wgramolił się Mały i zaczął się bawić zamkiem błyskawicznym bluzy; ciągle mi go rozpinał, a ja ze śmiechem zasuwałam znowu. Konrad usiadł obok Suki, zaczął głaskać jej szeroki łeb. Myślałam o tym, jak szybko wszystko się zmienia.

– Ten drugi też jest o Grzegorzu?

– Jaki drugi? – wyrwał mnie z zamyślenia i zupełnie nie wiedziałam, o czym mówi.

– Wiersz. Ten o jeziorze.

Musiałam mieć dziwny wyraz twarzy, bo parsknął cichym śmiechem, a potem sięgnął po teczkę leżącą nieopodal na podłodze i przez chwilę szukał. Kiedy znalazł, przez moment bałam się, że trzyma w dłoni kartkę, której nie powinien dotykać. Ale nie, tam przecież nie było nic o jeziorze. Odetchnęłam z ulgą, słysząc pierwsze słowa. To *Erotyk*.

jezioro zmarszczyło się gniewnie
gdy zaplątaliśmy się w sobie
bezwstydnie spragnieni
nasze karki były czyste i harde
nie nosiły jeszcze śladów
pokornych pokłonów przed losem
chłodne ramiona pachniały jedynie tęsknotą
stary pan Platon uśmiechnąłby się pewnie
widząc jak bardzo byliśmy
dwiema połówkami nieśmiałej jedności
tak bliskimi już sobie

że aż oczy trzeba zmrużyć
by widzieć

wtem drzewa mruknęły
zbudzone twoim szeptem moim westchnieniem
więc umilkliśmy posłusznie

i wszystko
powiedziały za nas
opuszki palców

Natychmiast przypomniałam sobie tamten wieczór, pierwszy pocałunek i niecierpliwe dłonie Pawła pod moją bluzką.

– To jest o Grześku? – powtórzył paparazzo.

Najpierw długo milczałam, doprowadzałam do porządku emocje.

– Nie – odparłam wreszcie. – O Pawle.

– Kim był Paweł?

– A właściwie jakie masz prawo, żeby pytać?

Patrzył na mnie w milczeniu. Odpowiedziałam mu hardym spojrzeniem. Wyglądał jak człowiek, którego coś boli.

– Nie mam. Wiem.

Znowu pogubiłam wszystkie możliwe słowa. Jakoś tak się porobiło, że staliśmy się sobie bliscy. W sumie może to nic dziwnego, otarliśmy się oboje o moją śmierć, ten człowiek przywrócił mnie do życia. Był jak brat, jak ktoś z rodziny.

– Paweł był moim pierwszym chłopakiem – powiedziałam, choć przecież nie zamierzałam wracać do tego pytania. – Pierwszy pocałunek, wiesz, ten magiczny, najpierw zdziwienie, a potem całkowite zatracenie się w bliskości. Siedzieliśmy wtedy nad jeziorem, on rozbił tam namiot, zawsze spędzaliśmy lato w tym miejscu, jego i moi rodzice, ale spaliśmy w domkach kempingowych, a on się upierał, że chce sam w namiocie. Przyszłam do niego, wymknęłam się w nocy z domku. Pływaliśmy po ciemku, woda była ciepła jak zupa, potem siedzieliśmy na pomoście i szeptaliśmy, żeby nikt nas nie usłyszał.

– Ile mieliście lat?

– Ja piętnaście. On był starszy.

– Kochałaś go?

– A można inaczej? Wyobrażasz sobie pierwszy pocałunek z kimś, kogo nie kochasz? Tak dziecinnie jeszcze, ale kochasz.

– Nie wiem. Mój pierwszy pocałunek był z Anetą. Ja od razu... kochałem jak dorosły. I byłem już dorosły. Chciałem się żenić.

– To dlaczego wciąż nie jesteście małżeństwem?

– Też chciałbym to wiedzieć.

Dopiliśmy piwo, Konrad podniósł się i poszedł po kolejne.

– Chciałem się żenić od razu po maturze – wyjaśnił. – Jestem dziwny, wiem. Aneta zawsze mówi, że myślę jak baba, że powinienem być kobietą. Nawet książki lubię babskie.

– Naprawdę tak mówi?

– Nie jest delikatna, o tym już wiesz. Co jej przyjdzie do głowy, to wygarnie, nawet jeśli to przykre.

– Ale to nie powinno być dla ciebie przykre. To, że myślisz jak kobieta... to raczej komplement.

– Tak uważasz? – odwrócił się w moją stronę, zasko-czony.

Byłam już trochę pijana, dawno nie piłam, zresztą zawsze miałam słabą głowę. Drugie piwo to dla mnie hulanka.

– Gdybyś wyglądał jak baba... to by nie był komple-ment, zdecydowanie. Ale że myślisz? Że jesteś wrażliwy, emocjonalny? O takim facecie marzą kobiety. Niestety, na ogół tacy są tylko geje. Nie jesteś gejem?

– Nie jestem – zaśmiał się. – Bardzo nie jestem. Na-wet nie wiesz, jak bardzo.

Przysunął się do mnie. Zrobiło mi się ciepło. Od piwa i od tego, co mówił.

– Powiedz mi jeszcze jedną rzecz – szepnął, a mnie zakręciło się w głowie. – Powiesz?

– Powiem.

– Kto to jest „stary pan Platon"? Nie rozumiem tego kawałka. Tylko się nie śmiej.

Roześmiałam się jednak, żeby zatuszować zdenerwo-wanie i ukryć to, jak bardzo przyspieszył mi oddech.

– Platon był filozofem. W jego *Uczcie* jest taka opo-wieść, taki mit... jakoby Zeus porozdzielał ludzi na połówki. Wcześniej byli jednością, ale za karę zostali porozdzielani i teraz każdy z nich błądzi, niepełny i nie-szczęśliwy, w poszukiwaniu swojej drugiej połowy. Do-piero kiedy się dopełnią, kiedy spotkają tę drugą połów-kę jabłka, znajdą spokój.

– I ta pasująca połówka jest jedna? Tylko jedna? – dopytywał się Konrad.

Pomyślałam, że nie ma takiej jednej połówki. Ale nie chodziło mi o to, że jest ich więcej, nie – w rzeczywistości ona wcale nie istnieje. To tylko złudzenie. Ktoś pasuje jak ulał, ktoś wydaje się idealnym dopełnieniem mnie, aż naraz po prostu przestaje, zaczyna uwierać, odstawać, coś nie gra, coś boli i drażni.

– To tylko mit – szepnęłam.

A potem siedzieliśmy w milczeniu, dopiliśmy piwo, każde z nas pogrążone we własnych niewesołych myślach. Wreszcie Konrad podniósł się i poszedł spać. Ja umyłam się w kuchni nad miednicą, później jeszcze wyprowadziłam psy. Kiedy w końcu się położyłam, zasnęłam niemal natychmiast – dzięki piwu. Błogosławiony niech będzie trunek, który odpędza złe myśli i bezsenność, wymyśliłam własną modlitwę dziękczynną, a później już naprawdę spałam i nic mi się nie śniło. Aż do czwartej nad ranem. Wtedy obudziła mnie myśl o tym, że dzwonił do mnie Grzegorz, że gdybym tylko chciała, wróciłby do mnie i moglibyśmy spróbować żyć jak dawniej. I strasznie mi było smutno, że tamto złudzenie jedności już prysło. On nie jest moją drugą połówką.

Kwiecień

Nie widziałem innego wyjścia. Musiałem pogadać z tym facetem i wyciągnąć z niego prawdę o Poli. O Kasi, poprawiłem się w myślach. Chrzanić Anetę, jej pretensje, jej żądania. Teraz nagle sobie przypomniała, że chce ze mną być, założyć rodzinę. Akurat. Zobaczyła Polę i poczuła się zagrożona.

Kasię, pacanie. Kasię. Jedziesz szukać prawdy o Kasi.

Nie mogłem wtedy spać. To już nawet nie chodziło o to, że było między nami tak dobrze, tak blisko, że pozwoliła mi na te wiersze, opowiedziała o Grzegorzu i o Pawle. Nie byłem w stanie zasnąć, bo kiedy mnie poprawiła, kiedy powiedziała, że nie poszli do łóżka, tylko kochali się na podłodze, wyobraziłem sobie, że biorę ją w ramiona, kładę na tym dywanie zapamiętanym jeszcze z dzieciństwa i zdejmuję z niej powoli ubranie, jakbym otwierał delikatny pąk kwiatu. A jeszcze ten szczeniak co chwila rozpinał jej bluzę; pod spodem miała cieniutką koszulkę, przez którą prześwitywał biustonosz.

Próbowałem zmienić temat, skierować rozmowę na inne tory – zadawałem jakieś idiotyczne pytania o wiersze, o charty, o Platona, byle tylko nie widzieć jej nagiej, drobnych piersi i szczupłych ud pod moimi dłońmi, ale to na nic. Wreszcie uciekłem i leżąc w ciemności, wsłuchiwałem się w odgłosy w kuchni, kiedy się myła – tyle że to mi wcale nie pomogło, bo przecież wiedziałem, jak to robi. Najpierw zasłoniła okno, potem nalała do miednicy gorącej wody. Zdjęła bluzkę, może cała się od razu rozebrała, żeby namydlić skórę, a potem opłukać ją spokojnymi ruchami. Na pewno myła szyję, ramiona i piersi, potem brzuch. Później przykucnęła nad miednicą, jak to robią kobiety, i umyła intymne miejsca, słyszałem, jak woda uderza o blachę miednicy i umierałem. Usiłowałem myśleć o Anecie, o naszym seksie na stole, pod prysznicem, o jakimkolwiek w ogóle seksie z Anetą, ale nic z tego; byłem pijany, lecz nie alkoholem, tylko nagim ciałem za ścianą.

Zasnąłem dopiero nad ranem, jednak nie pospałem długo. Skoro świt zbudziły mnie własne przerażone myśli. Przedtem tak nie czułem, nie myślałem o niej w ten sposób. Była jak roślinka, którą trzeba się zająć, ponieważ usycha; albo jak pisklę, które wypadło z gniazda, i człowiek nawet boi się wziąć toto w dłonie, bo wie, że w ten sposób może tylko zaszkodzić. Wszystko się zmieniło, odkąd przeczytałem jej wiersze, a później jeszcze rozmawiałem z nią o miłości fizycznej; przez to zgodziłem się na jej kobiecość.

I było coś jeszcze – czułem się źle z tym, że ją okłamałem. Bo przecież czytałem jej wiersze już wcześniej, po kilka razy, jakbym wysysał z każdego słowa i z każdej linijki tyle soku, ile potrafiłem. Skłamałem, mówiąc, że tylko je przejrzałem, że przeczytałem przedtem jedynie dwa; bałem się jej reakcji. Że się przede mną zamknie i znów będzie taka daleka, zupełnie obca.

Zjadłem śniadanie i zrobiłem kawy nam obojgu, tak samo jak poprzedniego dnia. Widziałem przez okno, że przyszła ze spaceru z psami. Poszedłem więc do jej pokoju z kubkami na tacy, na mocy jakiegoś niemego porozumienia wziąłem pod pachę także teczkę z wierszami.

– Cześć – powiedziałem i podałem jej kawę.

Nie odpowiedziała, tylko skinęła głową. Miała spuchnięte oczy i smutną twarz, i chyba już wtedy przeczuwałem, że cokolwiek zdarzyło się poprzedniego wieczoru, nie wróci, że nie da się tego zrobić jeszcze raz.

Usiadłem na dywanie, tak jak lubiłem, tak jak ona lubiła.

– Mogę jeszcze o coś zapytać?

Dureń ze mnie, może gdybym zaczekał, nie był taki nachalny...

– O co?

– Tu jest taki jeden wiersz, o który chciałbym zapytać... – plątałem się. – Bo przedtem mówiłaś, że czasem coś wymyślałaś, na przykład tego charta nie byłaś pewna, czy on tam w ogóle był. Ale całego wiersza byś chyba nie wymyśliła...

Spojrzała na mnie ostro i nie musiała się odzywać, samym wzrokiem powiedziała wyraźnie, żebym się zamknął. Potem wyszarpnęła mi teczkę z rąk.

– Nigdy więcej, rozumiesz? – wycedziła. – Nigdy więcej nie grzeb w cudzym życiu. W moim. Nie próbuj babrać się w czymś, co nie należy do ciebie, co ciebie nie dotyczy. I czego kompletnie nie rozumiesz.

Skinąłem tylko głową. Wczoraj rozmawialiśmy jak przyjaciele, pomyślałem. Głupio sądziłem, że się nimi staliśmy.

A potem zabrałem swoją kawę i wyszedłem. Kasia nie pokazała się przez cały dzień, a ja też nie miałem odwagi do niej zajrzeć. Po południu wziąłem swoje rzeczy i pojechałem po Anetę. Do Warszawy wracaliśmy w milczeniu. Ja, ponieważ nie wiedziałem, co powinienem zrobić, jak naprawić to, co zepsułem. Aneta – bo pokłóciła się z matką. Zawsze się z nią kłóciła, ilekroć pojechała do domu. Takie już miały charaktery.

W domu wypiliśmy razem butelkę szampana, Aneta kupiła go kiedyś we Francji i zapomniała o nim na prawie rok. Teraz oboje potrzebowaliśmy gazu, bo uszła z nas para. Kochaliśmy się potem na wszystkie wymyślne sposoby, jakie przyszły nam do głowy, ale i tak nie poczułem ulgi.

Przez kilkanaście dni byłem zbyt zajęty, żeby móc wrócić do sprawy Poli. Wiosną pojawiały się zawsze takie bzdury do zrobienia: każda celebrytka strzelała sobie nową fryzurę, kupowała nowe ciuchy, a Aneta chciała to wszystko mieć: która stylizacja udana, która nie. Szlag mnie trafiał, bo niewiele sobie potrafiłem wyobrazić rzeczy mniej znaczących niż to, co kto sobie kupił na wiosnę i czy torebka pasowała do butów. A już szczytem było śledzenie pewnej wokalistki, żeby zdjąć jej pieska w nowym ubranku, które w dodatku zmieniła mu na wieczór, bo przecież piesek musi się czuć wystrzałowo.

To z wieczorowym łaszkiem to już była ustawka, gwiazda się zorientowała, że nie ona, tylko zwierzaczek będzie tematem newsa, i zaprosiła mnie na określoną godzinę pod bramę swojej willi, żebym zrobił sesję. Krew się we mnie gotowała, kiedy zajmowałem się takim gównem.

Najgorsze, że Aneta razem ze mną śmiała się z tej pustoty, z ludzkiej próżności, z miałkiej popkulturowej papki, ale zarazem nie ukrywała, że kręci ją pisanie o tym. Ona się naprawdę cieszyła, że na świecie istnieje głupota, która dostarcza jej tematów, a przez to – kasy.

Wciąż zadawałem sobie pytanie, czy na dłuższą metę potrafię się zgodzić na to, że żyjemy z czegoś, czym gardzimy. I coraz częściej odpowiedź brzmiała: nie.

Teraz, po tej ostatniej kłótni, bo uparłem się, że wyjeżdżam, i nie chciałem powiedzieć dokąd, wściekła się na mnie i wyrzuciła z siebie wiele niepotrzebnych słów. Zbyt wiele. Że ma w dupie mięczaków, którzy nawet nie umieją zrobić użytku z materiału, który trzymają w garści. I że jeśli pojadę teraz do niej, to z nami koniec.

– Do niej? – zapytałem spokojnie.

– Tak, do tej na wpół zdechłej ryby, która nie potrafi wziąć życia w swoje ręce. Siedzi u was na garnuszku i udaje ciężko chorą.

– Nie siedzi na garnuszku. Płaci za nią matka.

– Tak? Regularnie? – raptem zrobiła się czujna.

– Aneta, nie chcę o tym rozmawiać. Sam nie wiem, jak to się wszystko porobiło. Wplątałem się w historię Poli i spokojnie poczekam, aż wszystko się poukłada.

– A jeśli się nie poukłada, to co? Zostanie z wami? Może zamieszka z nami po ślubie? Jak to sobie wyobrażasz? Słodki trójkącik? A jeśli ona mnie nie kręci? Jeżeli jest dla mnie za chuda?

– Anetko – złapałem ją w pasie. – Ty jesteś zazdrosna? Powiedz, że jesteś.

Chciałem ją pocałować, ale odepchnęła mnie.

– Nie obracaj tego w żart, bo mnie to nie bawi – syknęła. – To jest toksyczne, nie widzisz? Ona wysysa z ciebie energię. Odkąd się kręci wokół ciebie, nawet ci nie staje.

Wyszedłem z redakcji, niechcący trzasnąwszy drzwiami, aż poleciał pył z futryny. Najpierw skoczyłem do mieszkania Poli. Grześka nie było, więc zostawiłem mu na stole kartkę: „Zapłać jej abonament, wciąż ma ten sam numer". Później pojechałem do domu i wziąłem trochę rzeczy. Nie wiedziałem, jak długo mnie nie będzie. Miałem ochotę na dłuższą nieobecność, musiałem ochłonąć; potem może od razu wybiorę się na wieś. Przecież niedługo Wielkanoc.

Pamiętałem, że ten jej były mąż, Jakub Cykan, jest tłumaczem i mieszka w Krakowie. Znalezienie go nie było trudne. Dowiedziałem się, że prócz literatury tłumaczy też dokumenty i tak dalej, ma biuro w Nowej Hucie. Wyguglowałem adres, numer telefonu, nawet zdjęcie. Nie będzie problemu. To znaczy – problem może być, ale tylko wtedy, jeśli gość nie zechce ze mną gadać.

Zawsze lubiłem jechać przed siebie bez pośpiechu, nie rozglądać się, niczego nie szukać. Zwyczajnie przemierzać świat, pokonywać przestrzeń. Właśnie przestrzeń to coś, czego mi najbardziej brakowało w Warszawie, zresztą wszędzie by mi brakowało, wszędzie poza wsią. Nie musiałaby to być moja wieś, choć tam horyzont był już oswojony, swojski. Ale niechby też były jakieś większe pagórki, niechby trochę wokół mnie falowało. I las w oddali.

Tyle by mi wystarczyło. Gdziekolwiek by chciała. Zbudowalibyśmy dom albo można by kupić stary i wyremontować, ja naprawdę lubiłem dawać nowe życie starym rzeczom. A dom nie musiałby być duży. Wychowałem się w jednym pokoju z rodzicami; to pomieszczenie, w którym teraz spała Pola, zostało dobudowane, gdy byłem już nastolatkiem. Jak się ma podwórko, sad, kawałek pola albo ogrodu, jakąś szopę czy stodołę, to nie potrzeba wielu pokojów w domu. Zawsze znajdzie się miejsce, żeby pobyć sam na sam ze sobą.

Ta myśl przeniosła mnie do mojej szopy, gdzie czekał wyszlifowany stół. Teraz trzeba go było tylko odpylić, a potem zadecydować: albo wosk, albo bejca, a może po prostu lakier, żeby zostać przy naturalnym kolorze drewna. Ubytków miał niewiele, to był dobry stół i musiał mieć dobrego właściciela, zaszpachlowałem tylko drobne dziurki na nodze, ale to naprawdę nie będzie widoczne. Więc może tylko wosk. Lubiłem woskowane meble.

Miałem na niego kupca, ale nie dotrzymałem terminu, pewnie się facet rozmyślił. Szczerze mówiąc, zrobiłem to trochę celowo, zwlekałem i w międzyczasie robiłem dwa krzesła – bo chyba chciałbym mieć taki stół dla siebie. Jadłbym przy nim rodzinne obiady w moim domu. Tylko nie miałem ani tego domu, ani kogoś, z kim bym te obiady mógł jeść, zwyczajnie, powoli, z taką podskórną radością, że jestem i że jest dobrze. W tym nieistniejącym domu, nie w hałasie i pośpiechu jakiejś warszawskiej knajpy.

Kraków przywitał mnie deszczem. Nie wjechałem do centrum, zatrzymałem się na parkingu pod pierwszym lepszym supermarketem, wyciągnąłem telefon i poszukałem noclegu. Nie do wiary, że kiedyś sobie radziliśmy bez internetu. Teraz człowiek by się chyba całkiem pogubił. Wreszcie znalazłem hotel „Felix" w Nowej Hucie – niedrogo, a co najważniejsze mieli wolne miejsca. Wstąpiłem do sklepu, kupiłem sobie piwo, bułkę i kiełbasę. Potem pojechałem do Nowej Huty, żeby zainstalować się w hotelu. Wziąłem nocleg na trzy doby. Pogadam z gościem, a później powłóczę się bez celu po Plantach. Taki miałem plan.

Po śniadaniu trochę leżałem do góry brzuchem i czytałem najnowszą Bridget Jones – nie podobała mi się; uznałem, że nic nie przebije pierwszej części. Wybrałem numer Anety, ale zrezygnowałem. Co miałbym jej powiedzieć – że przepraszam? Skoro nie przepraszam, bo nie wiem za co... Miałem swoje życie, swoje sprawy – to mi się chyba należało, wciąż byłem kawalerem. Czułem, że psuję to, co udało mi się uzyskać, całe to wspólne mieszkanie, to, że zaczęła w końcu mówić o ślubie... Sam tego nie rozumiałem. Czyżbym przestawał się bać, że ją stracę?

Dopiero koło dziesiątej zadzwoniłem pod numer, który wcześniej wyszukałem w Google. Odezwał się nieco chropowaty głos, facet musiał sporo palić.

– Dzień dobry – powiedziałem. – Dzwonię do pana w bardzo delikatnej sprawie. Chciałbym się spotkać i porozmawiać. Chodzi o Polę Gajdę.

W słuchawce zapadło milczenie.

– O Katarzynę Pietrę – dodałem szybko, bo przecież on znał ją pod nazwiskiem.

– Kim pan jest? – spytał po długiej chwili.

– Przyjacielem.

– Czyli kim?

Teraz ja zamilkłem, bo w pierwszej chwili nie wiedziałem, co powiedzieć. Przecież jeżeli wyznam, czym się zajmuję, on trzaśnie telefonem i nigdy się ze mną nie spotka. A kłamać nie chciałem. Nie w tej sprawie.

– Panie Jakubie, Kasia miała kłopoty. Usiłowała popełnić samobójstwo, miała depresję, wyciągnąłem ją z tego... razem z ojcem ją wyciągnęliśmy i już jest lepiej. Ale żebym mógł jej naprawdę pomóc, muszę wiedzieć... Muszę wszystko o niej wiedzieć. A ona nie chce opowiadać albo raczej nie może.

Znowu milczał, zastanawiał się pewnie, co ze mną zrobić.

– Skoro nie chce, to niech pan nie pyta – rzekł sucho. – Do widzenia.

– Nie! – zawołałem z rozpaczą. – Proszę posłuchać. Ona długo nie mogła wydobyć słowa, była jak niema, a teraz się otworzyła i nawet pozwoliła mi czytać swoje wiersze. Ale popełniłem błąd, zapytałem o jeden z nich, i wtedy się w sobie zamknęła. Nie chcę, żeby znowu wpadła w tę swoją ciszę. Proszę, niech pan mi pomoże.

– Ona nikomu nie pokazuje wierszy.

– Wiem. Ale mnie pokazała, a ja posunąłem się o krok za daleko i teraz...

– Jaki to był wiersz? Ten, o którym nie chciała mówić?

– *Syn*. Taki tytuł: *Syn*.

Znowu cisza, tym razem bardzo długa.

– Gdzie pan jest?

– W Nowej Hucie, w hotelu.

– Dobrze. Niech pan przyjdzie. Adres pan zna?

– Znam.

– Niech pan przyjdzie teraz, żony akurat nie ma w biurze, nie chciałbym, żeby była przy tej rozmowie. Czekam.

A potem się rozłączył.

Biuro tłumaczeń Jakuba Cykana znalazłem w paskudnym, postkomunistycznym budynku. Wewnątrz – niespodzianka – wszystko nowoczesne, w najlepszym guście. Chociaż osobiście wolałem stare przedmioty z duszą, z własną opowieścią, której nie zdradzają byle komu.

Przedstawiłem się. Cykan przywitał mnie szorstko, szybkim uściskiem dłoni i skinięciem. Był wysoki, szczupły, chyba przystojny. Typ intelektualisty. Nosił okulary w drucianych oprawkach. Usiadłem w fotelu, który mi wskazał. Czekałem, żeby i on usiadł, ale nie, kręcił się po biurze, przekładał jakieś papiery. Potem zaproponował kawę i wyszedł na chwilę do sąsiedniego pomieszczenia. Dopiero kiedy wrócił z dwiema filiżankami, zdecydował się zająć miejsce naprzeciwko mnie.

– Co pan chce wiedzieć?

– Powiem panu, co już wiem – odparłem. – Byłem u matki Kasi w Bukach. Nie chciała mówić. Dużo pije. Dawniej też piła?

– Zawsze.

– Powiedziała mi tylko, że ojciec od nich odszedł, że to był słaby facet i nie potrafił zacząć od nowa. Ale kiedy pytałem, po czym, dlaczego mieliby zaczynać od nowa, zamilkła. Nie chciała powiedzieć, skąd przyjechali do Buków, dlaczego ta przeprowadzka... Zabrałem ją do szpitala, gdzie leżała Pola... Kasia, i muszę przyznać, że bardzo umiejętnie rozmawiała z lekarzami. Pomogła nam wypisać Kasię, zapłaciła za opiekę nad nią, ale nie chciała jej wziąć do siebie.

– Ona jest lekarzem.

– Słucham?

– Jest lekarzem. Położnikiem.

– Aha. To by wyjaśniało, jakim cudem tak się na tym wszystkim zna. Ale jak mogą być tak daleko od siebie, matka i córka? Rozumie pan, Kasia z anoreksją czy może depresją, w dodatku po próbie samobójczej, a ta matka woli płacić mojemu ojcu za opiekę...

– One się nienawidzą.

Nie mieściło się to w moim pojęciu normalności. Można się kłócić, jak Aneta i jej mama, można mieć do siebie zadawnione żale, ale kiedy córka prawie umiera... Widocznie byłem zbyt prosty na takie rzeczy.

– No i teraz ten wiersz. *Syn*. Kasia ma syna?

– Przeczytał pan?

– Tak pobieżnie, jakiś czas temu. Ja się na poezji nie znam, tylko przeglądałem te teksty... wtedy jak ona jeszcze nie mówiła. Myślałem, że to mi jakoś pomoże ją zrozumieć.

– I co było w tym wierszu?

– No nie wiem. Coś o dziecku.

– Że umarło?

– A umarło?

Obaj sięgnęliśmy po filiżanki, przez chwilę zagłuszaliśmy ciszę brzękiem porcelitu, odgłosami dmuchania w gorący płyn, nabierania go w usta, przełykania. Jak to: umarło?

– A o mnie... mówiła coś?

Gorączkowo szukałem w pamięci. Nie, no przecież nie mówiła. Pokręciłem głową.

– Nic dziwnego, pewnie nie chce o tym pamiętać. Mów człowieku, mów!

– Poznałem ją na próbach szkolnego teatru. To była taka mroczna dziewczyna, wie pan, czarny makijaż, czarne ciuchy. Nie lubiłem takich, byłem zwyczajnym, szczęśliwym nastolatkiem, grałem w siatkówkę, interesowałem się teatrem, próbowałem pisać teksty kabaretowe. Bliżej mi było do światła niż do mroku. Aż tu taka dziewczyna. Próbowałem ją rozgryźć, jak pan, ale nigdy się nie dowiedziałem... Skąd przyjechali ani dlaczego, przed czym uciekli. Tam panowała taka zasada: nie mówić. Ani słowa. Miałem wrażenie, że ta matka trzyma ich w garści, że ona dyktuje zasady, a oni się podporządkowują. W każdym razie ojciec był jeszcze bardziej zmarnowany niż Kaśka, taki stłamszony flak zamiast faceta. Był pilotem, dojeżdżał do Goleniowa, tam było lotnisko... A pewnego dnia po prostu zniknął. Ja wtedy jeszcze nie chodziłem z Kasią, ale już coś tam się zaczynało między nami dziać. I jak ona tak zaczęła wariować, że ojciec ją zostawił samą, że ona z matką nie wytrzyma, to się nią zaopiekowałem. Przylgnęła do mnie, pokochaliśmy się jak wariaci, ale zawsze jakoś czułem, że ona się bardziej angażuje... Że byłem jej potrzebny do życia.

– Pisała już wtedy wiersze?

– Pisała. Ale nie pokazywała mi, a ja też nie nalegałem, bo wydawało mi się, że ona w ten sposób nadrabia to milczenie narzucone przez matkę. Że w tych wierszach są bardzo ciemne tajemnice, których chyba wolałem nie znać. Zresztą większość tych kartek lądowała w ubikacji.

– W ubikacji?

– Tak – uśmiechnął się. – Ona pisała tego mnóstwo, ale większość potem darła na strzępy i do kibla. Na któreś imieniny kupiłem jej teczkę, żeby mogła zachować chociaż kilka, bo miała w tym wieczny bałagan. We wszystkim innym sterylny porządek, ale wiersze chowała, gdzie popadło. Potem nie mogła znaleźć.

– Teczka była w szkocką kratkę?

– Tak, na gumkę.

Pokiwałem głową. Facet potarł podbródek; widziałem, że z trudem przełyka ślinę.

– Potem były studia, poszła za mną na anglistykę. Ona jest o rok młodsza ode mnie. Wcale nie chciała uczyć ani tłumaczyć, chciała tylko być ze mną. Jej pasją był teatr, namawiałem ją na łódzką filmówkę, ale bała się rozłąki, ja studiowałem w Poznaniu.

– Jaka wtedy była? Nadal taka… mroczna?

– Nie, skąd! To był cudowny czas. Przedtem, jeszcze w liceum, zdarzały jej się takie doły, to ta matka tak na nią działała. Wie pan, ja miałem nawet wrażenie, że matka się nad nią psychicznie znęcała, że to jakaś psychopatka była. No bo kto normalny mówi swojej córce, że ojciec ją przestał kochać i dlatego odszedł?

– Że kogo przestał kochać?

– Kasię. Że ją zostawił, bo go zawiodła.

– Ja pierdolę – wyrwało mi się. – Przepraszam, ale to…

– Kurestwo, co? Kurestwo do kwadratu. Ale potem, na studiach, to była sielanka. Jakby mi ktoś podmienił dziewczynę. Wziąłem urlop dziekański na rok, żebyśmy szli równo, znalazłem jakąś robotę, mieszkaliśmy w akademiku i cudownie nam było. A po studiach wróciliśmy do Buków i ślub.

– Dlaczego do Buków? Skoro tam ta matka…

– Tak, to pewnie był błąd – przytaknął Jakub. – Ale wie pan, oni mieli dom po dziadkach. Ojciec Kasi pochodził z Buków. W ogóle dlatego się przeprowadzili właśnie tam, że ten dom stał, wprawdzie zbudowali nowy, bo matka była wybredna, nie chciała rudery. Ale rudera była Kasina i wie pan… Tak od razu po studiach mieć własny dom, to nie jest byle co. Nawet jeśli teściowa za rogiem. Wyremontowaliśmy, ja gipsowałem ściany, Kasia malowała, wszystko sami. To były dobre dni.

– No tak.

Jakub Cykan wstał, odniósł swoją filiżankę, potem wrócił po moją.

– Może jeszcze kawy?

– Bardzo chętnie.

Wydawało mi się, że ten facet odwleka moment, kiedy pociągnie swoją opowieść dalej. A może wcale nie chciał jej ciągnąć. Podniosłem się i poszedłem za nim do kantorka, gdzie stała wielka kserokopiarka, a obok na stoliku – czajnik.

– Przepraszam, że tak pytam – zebrałem się na odwagę. – To dlaczego ten rozwód? Mówił pan, że była sielanka.

– Tak, na studiach, i nawet jeszcze zaraz po. Początek małżeństwa, ciąża Kaśki. Najpiękniejszy czas w życiu.

– A potem? – pomogłem mu, bo znów zamilkł.

– Potem urodziła. Za wszelką cenę chciała rodzić w Szczecinie, byle nie w Bukach, nie u matki na oddziale. Tam wtedy był szpital, ale pewnie już go zlikwidowali, co?

– Nie mam pojęcia. Ale dlaczego nie u matki?

– Nie wiem. – Widziałem w jego spojrzeniu, że tak samo jak Pola, kawałkiem serca wciąż tkwił w tamtych wydarzeniach. – Urodziła chłopca. Strasznie się cieszyła, wiedziała, że marzę o synu. Był trochę za mały, lekarze nie wiedzieli, dlaczego miał taką niską wagę urodzeniową. Kasia nie paliła ani nic, odżywiała się dobrze. I dostał tylko sześć punktów w skali APGAR.

Pokiwałem głową, żeby mu pomóc, chociaż nie miałem pojęcia, o co chodzi z tą skalą.

– Tak czy owak, Krzyś był wspaniały. Kaśka całkiem zwariowała. Czytałem o depresji poporodowej... Ona miała coś odwrotnego, euforię poporodową. Śpiewała, śmiała się. Nawet jak wstawała do niego w nocy, to z uśmiechem. Przez całe osiem dni.

– A po ośmiu dniach...?

– Ja byłem w pracy, uczyłem wtedy w liceum w Dąbiu. A ona się położyła, chciała się zdrzemnąć; moja matka wciąż jej powtarzała: „Jak dziecko śpi, to ty się też od razu kładź, wykorzystuj okazję". Więc Kasia się przespała, była wykończona tym nocnym karmieniem, a potem ja wróciłem ze szkoły i mówię: „Co wy tak sobie śpicie w dzień, leniuchy?", Kasia się zerwała, z mokrą od mleka koszulką, bo przecież karmiła małego piersią, i woła: „Cud! Cztery godziny przespał", i poszła do niego...

Oczy miał otwarte szeroko, przyłożył końce palców do szpakowatych skroni. Chyba już wiedziałem, jaki będzie finał tej historii.

– Nigdy w życiu nie zapomnę tego jej krzyku. Nie, nie krzyku, wycia raczej. Człowieku, nie chciałbyś usłyszeć, jak wyje matka, która trzyma w ramionach martwe dziecko.

– Ale dlaczego? Co się stało? – udało mi się wyszeptać.

– Nie wiem. Nikt nie wie. Nikt nie wiedział. Miał bezdech. To się podobno zdarza. Nagła śmierć łóżeczkowa, taka nazwa.

Odwróciłem się i wróciłem na fotel, opadłem ciężko i schowałem skołowany łeb w dłoniach.

– Przecież musi być przyczyna. Dzieci nie umierają tak po prostu.

– Właśnie że umierają. Ja też nie wiedziałem. Żadne z nas nie wiedziało. Kaśka potem szalała z rozpaczy, że to jej wina, że gdyby się nie położyła, nie zasnęła w drugim pokoju...

– Absurd.

– No absurd. Kiedyś przecież musiała spać.

Zapadła cisza i w tej ciszy wypiliśmy kolejną kawę, a potem jeszcze jedną. Wiedziałem, że powinienem iść, nic tu po mnie. Jeszcze tylko jedna sprawa.

– A rozwód?

– Kasia już nie chciała być ze mną. Nie wiem, czy masz takie same spostrzeżenia... – Niezauważenie przeszliśmy na „ty". – Ona bywa jakby trochę... niezrównoważona. Namawiałem ją na leczenie. Byliśmy nawet na trzech czy czterech sesjach, ale zacinała się, ilekroć terapeuta pytał ją, dlaczego się obwinia. Bo twardo przy tym obstawała. Mówiła, że nie zasługuje na dziecko.

– Zacinała się? – powtórzyłem.

Zacinanie kojarzyło mi się z jąkaniem, ale przecież nie o to mu chodziło.

– Milkła. Już chyba wiesz, jak to u niej wygląda. Przestaje mówić, nie reaguje. Cisza. To nawet nie było tak, że zaczęliśmy się kłócić, zwyczajnie przestaliśmy ze sobą rozmawiać. Najpierw na ten temat, a potem w ogóle, na wszystkie inne. Jeden wielki cichy dzień, cichy miesiąc, potem rok. Nie wytrzymałem.

Pokiwałem głową. Musiałem szybko wyjść. Iść do jakiejś knajpy, napić się i przetrawić to wszystko.

෨

Wieczorem, kompletnie zalany, siedziałem na krawężniku na Starym Rynku, dygocząc z zimna. Mogę wszystko, myślałem. Mogę teraz pojechać do Anety i kochać się z nią, aż opadniemy z sił. I mogę też nie wrócić do niej już nigdy. Mogę uciec do Albanii, sprzedać samochód, aparaty i laptopa, i spróbować żyć jak panisko. Albo rozdać wszystko i być krakowskim kloszardem. Kto wie, może to by było najlepsze. Ale mogę też pojechać do Poli, żeby jej powiedzieć: nie potrafię przestać o tobie myśleć. I mogę pojechać w Tatry, bo tam zawsze znajdowałem coś, czego nie ma nigdzie indziej na całym świecie, nawet jeśli nie umiałem ukuć dla tego nazwy.

Nagle, zupełnie bez związku, przyszło mi coś do głowy. Wybrałem numer Jakuba Cykana.

– Dobry wieczór – mówiłem powoli, bo byłem świadom, że bełkoczę. – To znowu ja, Konrad.

– Jeszcze pan tu jest?

Znowu przeszliśmy na „pan". Okej, nic nie szkodzi.

– Tylko jedno pytanie. Miejsce urodzenia Kasi.

– Nie wiem. Nie pamiętam.

– Niech pan pogrzebie w dokumentach, bardzo proszę. I jeśli pan znajdzie, to proszę tylko o wiadomość na ten numer.

– Spróbuję.

Rozłączył się. Pewnie przerwałem im wieczorne zabawy, jemu i nowej żonie. Trudno. Wziąłem taksówkę i pojechałem do hotelu.

Trzeźwiałem już i zaczynał mnie boleć łeb, kiedy przyszedł esemes. „Bydgoszcz, rodzice Adam i Maria z domu Jaśnicka" – napisał. A więc Kasia urodziła się w Bydgoszczy. To by znaczyło, że albo stamtąd pochodzi, albo mieszkała w którejś z podbydgoskich pipidówek. Być może będę szukał sto lat i nie znajdę, ale i tak zamierzałem spróbować.

Kwiecień

Wyjechał bez słowa. Nie zaskoczyło mnie to specjalnie, bo w pewnym sensie go pogoniłam – tylko ze zdziwieniem odnotowałam, że wiosna stała się jakby mniej wiosenna. Wyszłam na spacer, porzucałam kijek Małemu, nawet Suka się włączyła do zabawy. Ale nie było już tego ciepłego wiatru.

Przeglądałam moje wiersze. Doskonale wiedziałam, o który mu chodziło. Ten jeden, jedyny ślad po dawnym szczęściu. Nie pozwoliłam sobie go zniszczyć, chociaż nigdy również nie pozwoliłam sobie odczytać go na nowo. Wystarczała mi świadomość, że jest, leży bezpiecznie w teczce i nic mu się nie może stać.

Teraz wyciągnęłam tę kartkę i przeczytałam wiersz na głos. Nosił tytuł *Syn*.

twój świat
kłębek barw i dźwięków
które pieczołowicie
oddzielasz od siebie
smakujesz
przyprawione bezbrzeżnym zdumieniem

twoje nowe ja
dane bez przymiarki
obce jeszcze samemu sobie
i te ręce
nieznajome nieposłuszne

trzepocze się w tobie
miękka ćma
w klatce z kruchych żeber
a ja
wpatrzona w cud drobnych paznokci
drżę
by nie ucichła

Tak było. Drżałam o niego. Bałam się od początku, bo przecież urodził się taki maleńki, zbyt drobny, zbyt kruchy. Zachwycał mnie każdy szczegół jego maleńkiego ciałka, zabawnie wygięte brwi, jakby się nieustannie dziwił, nosek jak kulka z plasteliny i te sprytne stópki, gotowe chwytać mnie za palce. Był idealny.

Czy do niego mówiłam? Uśmiechałam się, cmokałam, używałam tych wszystkich zabawnych dźwięków, jak to robią matki w filmach? Nie byłam pewna, nie udało mi się tego zachować w pamięci. Zapamiętałam tylko własny skowyt, kiedy podniosłam go z łóżeczka i poczułam, poznałam pewnie po wiotkości ciałka albo może po chłodzie jego twarzy, że nie trzymam już mojego synka, tylko puste opakowanie. Nie zapamiętałam szczęścia, tylko ból. I właśnie dlatego ten wiersz był taki ważny, taki cenny. Stanowił jedyne świadectwo, że kiedyś było też szczęście.

Przeczytałam go jeszcze raz, i jeszcze; najpierw zaczęłam wyć jak wtedy, a potem płakać – i to był najpotężniejszy płacz, jaki był mi dotąd dany, a przez to najbardziej oczyszczający. Wywlekał ze mnie, nitka po nitce, tamtą rozpacz, która wcale nie zbladła przez te lata, a ja nie miałam o tym pojęcia – myślałam, że tego już we mnie nie ma; i wywlekał żal, że odtrąciłam Jakuba i że nie umiałam być z ludźmi, nie okazywałam uczuć, nawet Grześ myślał, że byłam przy nim smutna, a to przecież znaczyło, że mi nie zależało, że nie czerpałam radości z naszego bycia razem. W tym płaczu była także tęsknota za ojcem, którego przecież powinnam nienawidzić, a którego w tej chwili brakowało mi tak, że aż zapierało dech. I jeszcze że Konrad wyjechał. Byłam kaleką emocjonalną, nie radziłam sobie z bliskością. Zostałam sama i już zawsze będę sama, nie umiałam ani dawać, ani przyjmować miłości.

Wiedziałam, że pan Stefan zajrzał do mnie, ale nie mogłam przestać, choć przecież nie chciałam, żeby się martwił. Nie miałam pojęcia, ile minęło czasu, zanim drzwi otworzyły się znowu i do pokoju wpadła Ulka. Najpierw stała bezradnie i tylko patrzyła, a potem uklękła i wzięła w pomarszczoną, pokrytą piegami dłoń kartkę z wierszem. Patrzyłam na to z absurdalnym strachem, żeby czasem nie wyrzuciła, nie zmięła.

Ale ona tylko przeczytała, przez chwilę patrzyła w milczeniu, a potem zagarnęła mnie w ramiona. Płakałam jeszcze długo, jednak to już nie był płacz, który mi coś odbierał, lecz taki, który przywracał – nawet jeśli nie miałam pojęcia, co właściwie dzięki niemu zyskiwałam.

Była już noc, kiedy skończyłam mówić. O wszystkim, co dało się ująć w tę opowieść, co się w niej mieściło – o mamie i ojcu, teatrze, Jakubie, studiach i śmierci mojego synka. Ulka potrafiła słuchać; nie patrzyła gdzieś przed siebie, tylko na mnie. Co jakiś czas odgarniała mi włosy z czoła albo dotykała mojej dłoni i wtedy wiedziałam, że bardzo chce mi pomóc. Ale najbardziej pomogło to, że wypłakałam wszystko i ubrałam w słowa. Nie miałam pojęcia, że tak bardzo mi to było potrzebne.

– Ile lat temu umarł Krzyś? – zapytała Ulka.

– Siedem.

– Siedem lat.

Zamyśliła się. Potem wstała i skierowała się w stronę drzwi.

– Napijesz się herbaty? Cała się trzęsiesz.

Rzeczywiście, drżałam jak liść osiki. Nie z zimna; z tego napięcia, które próbowałam wycisnąć z siebie w słowach, łzach, przez pory skóry, przez oddech. Kiwnęłam głową, bardzo chciałam czegoś ciepłego.

Po chwili wróciła, niosąc dwa kubki na tej samej tacy, na której przynosił nam kawę Konrad.

– Tutaj nie ma nic, co mogłabym dodać do herbaty, nawet cynamon im się skończył. Więc dodamy sobie trochę prądu.

Patrzyłam na nią, nie rozumiejąc. Podniosła w górę butelkę wódki, tej miodowej od Anety.

– Herbata z wódką to bardzo dobra rzecz – powiedziała tonem nauczycielki. – Każdy żeglarz o tym wie.

– Jest pani żeglarzem?

– Teraz nie. Ale byłam. Wszyscy byliśmy.

– Wszyscy? Czyli kto? Konrad i pan Stefan?

– Nie, ja i moi chłopcy.

Patrzyłam na nią wyczekująco, spodziewałam się wyjaśnienia, ale ona potrząsnęła tylko rzadkimi kosmykami.

– Dzisiaj jest twoja noc, moja będzie kiedy indziej. Opowiem, na pewno. Ja też czuję czasem potrzebę wyprucia sobie wszystkich flaków. Takie historie wymagają przewietrzenia.

Nalała mi wódki do kubka z herbatą. Podmuchałam i aż zaszczypało mnie w oczy. Ostrożnie wzięłam łyk, potem drugi. Gorąco rozlało mi się po wnętrznościach. Jeszcze kilka razy i dygot ustał.

– Gospodarz już śpi – odezwała się Ulka. – Myślałam, że się z nami napije.

– Biedny pan Stefan. Musiał się bardzo wystraszyć.

– Żebyś wiedziała. Przyjechał po mnie na rowerze i mówi: Chodź, Ula, bo ona tak jakoś skowyczy.

– O rany.

– Nie przejmuj się, on wie, że lepszy skowyt niż milczenie. Płacz łatwiej zrozumieć, nawet jeśli trudniej się go słucha. A ileż razy oni we dwójkę z Jadwigą słuchali mojego... Stefan wie, że to się musi wydostać.

– Dlaczego? Dlaczego pani płakała?

– Już mówiłam, na moją historię przyjdzie czas. Dzisiaj płynie twoja opowieść. Bo jeszcze jednej rzeczy nie rozumiem.

Dopiłam herbatę, na dnie kubka miałam tylko plasterek cytryny. Ulka dolała mi tam samej wódki, a ja łyknęłam jednym haustem.

– Lepiej?

Pokiwałam głową i nalałam sobie jeszcze, ale tylko odrobinę. Zrobiło mi się ciepło i jakoś optymistycznie.

– Mówiłaś o mamie – ciągnęła moja rozmówczyni.

Milczałam. Nie, proszę, nie psuj wszystkiego, nie zawalaj tego tunelu, który sobie wykopałam, który pomogłaś mi wykopać, tak że na moment zobaczyłam nawet coś na kształt promienia światła. Nie zamykaj mnie znowu w ciemnościach.

– Że była lekarzem na oddziale położniczym.

– Tak.

– Nie chciałaś, żeby prowadziła twoją ciążę?

Pokręciłam głową. Stop, Ulka. Dalej nie ma wstępu. Wypiłam resztę wódki. Nie wiedziałam, jak ją powstrzymać.

– Dlatego, że piła? Wiedziałaś, że jest alkoholiczką, i nie ufałaś jej?

– Nie wolno.

– Słucham?

Ulka nachyliła się do mnie, a ja chwyciłam jej dłoń i przycisnęłam sobie do policzka.

– Mogłaby się zemścić – szepnęłam najciszej, jak umiałam. – Nie wolno tego mówić. Takie są zasady. Nie wolno.

I ona jakimś cudem zrozumiała, że jeśli zada mi jeszcze jedno pytanie, to ja się znowu znajdę w tym miejscu, do którego nie chciałam już wracać, więc nie pytała już o nic, tylko usiadła obok na łóżku, zaczęła mnie głaskać po włosach, a ja zamknęłam oczy i wreszcie poczułam się zupełnie spokojna, po raz pierwszy od wielu miesięcy. Zasnęłam z jej dłonią na skroni.

Wiosna na wsi nie przypominała tej, którą znałam z Warszawy, nie była też podobna do poznańskiej z czasów studiów ani nawet do tej z Buków. Najpierw pojawiło się coś nieuchwytnego w powietrzu, może zapach ziemi albo wody, która zaczęła znowu żyć. Mimo chłodu w zakątkach podwórka tańczyły chmary muszek. Mokra gleba lśniła w słońcu, zaorane pola prężyły się do ciepła, zdawały się oddychać. Potem na gałązkach krzewów i drzew pojawił się żółtawy nalot. Między rozczochranymi kępami suchej zeszłorocznej trawy pokazało się coś świeżego, bezczelnie zielonego, odważnego jak każda młodość.

A teraz, wraz z ciepłymi nocami – tak tłumaczył mi pan Stefan, że prawdziwa wiosna jest wtedy, gdy noce robią się ciepłe – wszystko wybuchło kolorami. Razem z Ulką przechadzałam się po ogródku. U niej, bo u nas był właściwie dziki gąszcz zamiast ogrodu. Ale odwiedzałam ją teraz codziennie i wpatrywałam się w przedziwne formy życia, ucząc się ich. Oto purpurowe kły – to piwonie. Z tych maleństw wyrośnie krzaczek o kwiatach wielkości Konradowej pięści. A tu śmieszne zielonoróżowawe łebki albo raczej grube paluchy, każdego dnia większe, aż w końcu rozwijają się w misternie powycinane liście.

– To orliki – powiedziała Ulka. – Tu obok jest taki zeschły wiecheć, widzisz? Weź sekator i zetnij.

– Nie umiem – broniłam się.

– Czego nie umiesz, ściąć zeschłej trawy? Piętnaście centymetrów nad ziemią i już. To jest piórkówka, powinnam była ściąć już wcześniej, ale w tym roku całkiem zapomniałam o trawach. Na szczęście jeszcze nie ruszyły, nie uszkodzisz młodych źdźbeł.

Ścięłam. Na rabatach dostrzegłam jeszcze cztery takie wiechcie, spytałam, czy te również ściąć. Ulka pokazała mi – nie tylko te, wszystkie trawy. Wyjaśniła, że niektóre z nich to miskanty, wielkie trawy pochodzące z Chin. Urosną do dwóch metrów. Będą wielkie jak paparazzo, pomyślałam, tnąc sekatorem twarde łodygi. Wcale nie szło mi tak łatwo; kiedy usunęłam ostatnie ostre źdźbła, byłam cała mokra.

Wkrótce pod czarnym bzem zakwitły kolorowe poduchy. Dowiedziałam się, że to floksy. Wyglądały jak gwiazdki, były ich setki. Ale najbardziej zachwyciła mnie roślina, której kwiaty miały kształt serc. Starannie wycięte, perfekcyjnie regularne, różowe serduszka.

– Zgadniesz, jak się nazywa? – zapytała Ulka z uśmiechem.

Rozłożyłam bezradnie ręce, nie miałam pojęcia.

– Serduszka. Tak po prostu.

Ze zdumieniem odkrywałam, że wiele rzeczy na świecie jest „tak po prostu". Chyba nie ma co komplikować spraw. Tak sobie pomyślałam.

Nie rozmawiałyśmy dużo. Spędzałam z nią czas i obserwowałam. Pomagałam w ogrodzie, piłam herbatę i gapiłam się w okno. Cierpliwie czekałam na jej opowieść. I pewnego dnia Ulka zaczęła mówić.

Siedziałyśmy w pokoju, w kocim królestwie. Nie miałam pojęcia, że ona ma aż cztery koty. Dwa były pręgowane, znajdy ze śmietnika w pobliskim miasteczku. Jeden, czarny jak smoła, dogorywał u weterynarza. Właściciel nie zgłosił się po niego, więc Ulka się nim zajęła. Ostatni był rasowy, wzięła go ze schroniska, dokąd trafił z jednym okiem uszkodzonym, a drugim całym w ropie. To uszkodzone trzeba było amputować, zaropiałe udało się wyleczyć. Kot był stalowoszary, przepiękny.

– Uśmiechnięty kot Francji – rzekła gospodyni.

– Co takiego?

– Tak się nazywa ta rasa. Ma też oficjalną nazwę, ale ja wolę tak.

– A imię jakieś ma?

– Ma, a jakże. Oczko.

Zaśmiałam się.

– Ja lubię prosto i na temat – wyjaśniła Ulka. – Nie żadne tam Diana, Gloria czy inna Sabrina.

– A pozostałe?

– Pręgowane nazywają się Tygrys.

– Oba?

– Tak. Początkowo miały osobne imiona, tą drugą nazwałam Łatka, bo ma taką plamkę koło ogonka, widzisz? Ale i tak, kiedy mówiłam Tygrys, przychodziły obie. Albo żadna, to też im się zdarza. Natomiast na Łatkę nie reagowały nigdy.

– Ale dlaczego pani mówi w rodzaju żeńskim?

– Bo to są kotki, dziewczyny. Problem w tym, że nie miałam o tym pojęcia, kiedy je brałam ze śmietnika. U kotów to nie tak łatwo rozpoznać, one były maleńkie, a zresztą ja wtedy nic o kotach nie wiedziałam.

– O rany. U psa łatwo.

– Tak, wiem. Dowiedziałam się dopiero, kiedy poszłam do weterynarza je wykastrować. Jajka chciałam im wyciąć.

Zaczęłyśmy się śmiać.

– Coś mi się przypomniało – powiedziała nagle Ulka. – À propos kastrowania. Tylko się nie obraź, ale ja jestem lekarzem i cały czas o tym myślałam. Dlaczego ty nie miesiączkujesz?

Zrobiłam się czerwona. Co jak co, ale na dyplomatkę to ona się nie nadawała. „À propos kastrowania"!

– Skąd pani wie?

– Daj spokój. Myłam cię przez parę tygodni, przebierałam. Nie było menstruacji, a w ciąży przecież nie jesteś.

Potrząsnęłam głową.

– Od dawna? – spytała jeszcze.

– Ostatni raz miałam w kwietniu. Potem już nie.

– Przez to odchudzanie?

Skinęłam głową, choć przecież nie byłam tego pewna. Ulka westchnęła i rozłożyła ręce.

– No nic, może jak trochę przybierzesz i zaczniesz współżyć, to wszystko zaskoczy. Jak nie, to trzeba by leczyć hormonalnie. A wracając do kotów. Czarny już posiadał imię, Demon. Tak miał napisane na klatce. Bo on był do wzięcia z klatką, obróżką i nawet z miseczką.

– To nie dało się znaleźć właściciela? – z ulgą powitałam zmianę tematu.

– A gdzież tam. To musiał być letnik, nikt z tutejszych. Odpoczywał w ośrodku nad wodą w Grabowie, kot mu zachorował, odstawił do weterynarza, podał zmyślone nazwisko i numer telefonu, a potem… wiesz, jak to jest, wakacje, kto by tam myślał o chorym kocie.

– No tak.

– U mnie połamańce życiowe czują się dobrze. Ciągnie swój do swego – dodała jeszcze Ulka, a ja zastygłam

257

nad kubkiem herbaty, bo już wiedziałam, że to jest ten dzień. – Moja historia jest prostsza niż twoja. I banalna. Żadnych tajemnic.

Jej uśmiech zatrzymał się poniżej oczu – te były pełne bezbrzeżnego smutku.

– Była sobie kobieta, Ula jej było na imię. Mieszkała w Toruniu, swoim rodzinnym mieście. Była lekarzem internistą. Miała męża i syna, Zbyszka. To było wtedy popularne imię. Dobrze im się powodziło, ale czasy były niedobre. Zbyszek poszedł do szkoły, a oni się gnieździli w bloku, w dwóch maleńkich pokoikach, bo takie wtedy budowano chude kiszki. Ta Ula marzyła o domu z ogródkiem, a jej mąż Staszek miał jeszcze jedno marzenie: staw, własny staw, w którym miałby ryby. On w ogóle kochał wodę. Więc harowali oboje jak woły, nie mieli czasu dla siebie, dla dziecka, tylko praca i praca, żeby zarobić więcej na to marzenie. I zarobili. Ale czasy były naprawdę niedobre. Nie tak jak dzisiaj, że bierzesz firmę budowlaną i fachowcy stawiają ci dom. Wtedy jak już ktoś miał pieniądze, kupił jakimś cudem materiały, to albo sam się brał do roboty, albo zatrudniał znajomych. Prosiło się jakiegoś pana Janeczka albo Zdzisia, żeby zespawał piec centralnego ogrzewania, podłączył prąd, wodę poprowadził, wiesz, same złote rączki. I tak nam podłączyli, i do takiego na wpół surowego się wprowadziliśmy, bo Staszek już chciał ten staw kopać. Ściany na poddaszu były z płyty pilśniowej, nawet drzwi wewnętrznych jeszcze nie było, wiesz, wszystko taka niedoróbka. I w dodatku to było nielegalne, wiesz? Budynek nie był odebrany przez nadzór budowlany, ale wtedy wszyscy tak robili... Więc i my.

Zamilkła. Na długo. Patrzyła na swoje pomarszczone dłonie.

– A potem co? – nie wytrzymałam, ponieważ ta cisza była gorsza niż najgorsze słowa.

– Potem miałam nocny dyżur w szpitalu. Pamiętam, że było bardzo zimno, mróz straszny i ślisko, w izbie przyjęć masa ludzi ze złamaniami i stłuczeniami, ale u mnie na internie spokój. Rano pomalutku, żeby się nie wyłożyć na tym lodzie, poszłam na przystanek autobusowy, po drodze jeszcze kupiłam chleb i serek topiony. W tubce, wtedy były takie... I później przyjechałam do domu, otworzyłam i mówię: „A co wy, jeszcze nie na nogach?". I biegnę ich budzić, bo to już było po siódmej i wiedziałam, że się spóźnią, jeden do pracy, a drugi do szkoły. A oni śpią jak zabici, ale ja nie byłam zbyt delikatna, więc chwyciłam Stasia za ramię i potrząsam nim. A on już nie żył, wiesz? Patrz, jakie podobne nasze historie...

Nie miałam siły nawet skinąć, byłam jak sparaliżowana.

– I ja się dopiero wtedy zorientowałam, że w domu jest dziwny zaduch, rozumiesz? – podjęła Ulka. – Ta instalacja centralnego ogrzewania... To było jakieś nieszczelne i tam się cały czas czad sączył. Oni obaj spali na dole, bo na górze było zimniej, jeszcze nieocieplone, takie na wpół surowe wszystko. Gdyby spali na piętrze, to może by się nie potruli, bo czad jest ciężki i gromadzi się przy podłodze. Ale wtedy był ten mróz i zeszli obaj na dół, bo tam cieplej, w gościnnym pokoju była taka szeroka wersalka.

Urwała i wpatrzyła się w jakiś punkt na ścianie szeroko otwartymi oczami, w których zatrzymała się groza tamtej chwili. Nie mogłam na to patrzeć, odwróciłam się i przyłożyłam kubek z herbatą do policzka. Zupełnie nie wiedziałam, co powiedzieć, jak się zachować. Potem przypomniałam sobie, co zrobiła ona kilka dni temu, kiedy ja wyrzucałam z siebie moją opowieść. Przysunęłam się bliżej z krzesłem i niezdarnie próbowałam ją przytulić. Ulka obudziła się z zamyślenia i z wysiłkiem wygięła usta w słaby uśmiech.

– To nic, kochanie. To było bardzo dawno. Już tak nie boli. I ciebie też przestanie boleć, zobaczysz.

Pokręciłam głową, ponieważ miałam przed sobą dowód, że to nieprawda, nigdy nie przestanie; ona była staruszką, a rozpacz pozostała ta sama, tak samo młoda i silna.

Zbliżała się Wielkanoc. Powinnam o tym myśleć z doskonałą obojętnością, ale tak nie było, po pierwsze dlatego, że spodziewałam się przyjazdu Konrada, a nie czułam się wobec niego w porządku; wiedziałam, że czeka mnie trudna rozmowa, bo nigdy nie umiałam przepraszać. Po drugie – bałam się, czy wraz z nim nie przyjedzie Aneta. W końcu to święta, pewnie zechce spędzić je z rodziną. A skoro niedługo ślub, to i z przyszłym teściem.

A po trzecie… W jakiś sposób czułam, że czas na mnie. Mieszkałam tu od jesieni. Świat zdążył pogrążyć się w ciemności i rozkwitnąć na nowo – ze mną musiało teraz stać się tak samo, skąpałam się w mroku, wyciągnęły mnie z niego czyjeś dobre, mocne dłonie, nadeszła pora, by stanąć na własnych nogach. Tylko wciąż jeszcze bardzo się bałam tego wielkiego świata, który gdzieś tam istniał, pulsował w szaleńczym tempie i pędził do przodu. Nie byłam pewna, czy dam radę, czy nadążę.

Któregoś dnia, gdy wracałam z codziennego spaceru z psami, minęła mnie na drodze furgonetka z warszawską rejestracją. Musiała jechać od Ulki, nikt inny tam dalej nie mieszkał. Zaintrygowana zmieniłam kierunek, postanawiając wybrać się w odwiedziny. Miałam nadzieję, że koty są zamknięte w domu, ponieważ nie wiedziałam, jak zareagowałyby Suka i Mały na takie spotkanie.

Ulki nie było na podwórku, kociej ferajny na szczęście też, więc zapukałam. Gospodyni otworzyła mi zdziwiona.

– A, to ty. Myślałam, że wróciła, że coś się nie zgadza.

– Kto wrócił?

– Aldona. Moja dystrybutorka.

Kompletnie nic nie rozumiałam.

– Odbiera ode mnie moje cudeńka – wytłumaczyła. – I sprzedaje je potem w galeriach i sklepikach w Warszawie. Nie wiedziałaś? Myślałam, że ci Konrad mówił, że ja sobie tak dorabiam.

– Nie, nic mi nie mówił. Co to za „cudeńka"?

Ulka zaprowadziła mnie do drugiego pokoju, w którym nigdy dotychczas nie byłam. Psy zostały na podwórku, bo – jak wyjaśniła staruszka – tutaj żaden zwierzak nie miał wstępu. Pokazała wielki stół, na którym rozłożone były pęczki suszonej lawendy, wstążki, piórka, koraliki, barwne serwetki i setki innych drobiazgów. Potem zaprowadziła mnie do biurka pod oknem.

– Teraz akurat dobrze schodzą pisanki – powiedziała, wskazując drewniane jajeczka. – Po ozdobieniu wygląda to tak.

Wzięła w dłoń śliczne jajko przepasane kremową koronką. Było matowe, mlecznobiałe, ozdobione delikatnym rysunkiem kwiatów bzu.

– Umie pani tak pięknie malować? – szepnęłam.

– Skądże. Nie umiałabym narysować nawet stokrotki. Ale tego się nie maluje, tylko nakleja. To się nazywa decoupage. Pokażę ci.

I pokazała.

Tak zaczęła się moja nauka. Codziennie przed południem, kiedy już posprzątałam po śniadaniu i przygotowałam coś na obiad – bo pan Stefan wreszcie zgodził się, żebym kucharzyła, kiedy on oprzątał drób i kręcił się po gospodarstwie – wsiadałam na rower i jechałam do Ulki na kolejną lekcję. Pokazała mi, jak ozdabiać szklane, a jak metalowe przedmioty, jak szlifować drewno, odpylać je i gruntować. Poznałam technikę malowania suchym pędzlem, dowiedziałam się, co to jest primer, kraker i fiksatywa.

Kiedy po raz pierwszy wróciłam do domu z samodzielnie ozdobioną szkatułką, byłam niemal tak dumna, jak wtedy, gdy Konrad powiedział, że uratowałam Małego. Ścianki pomalowałam na wiśniowo, wieczko zaś zrobiłam kremowe, z delikatnym wiankiem z wrzosów w jednym rogu. Dookoła przykleiłam bordową wstążkę w groszki. Absolutne dzieło sztuki. Pudełko nie było mi do niczego potrzebne, ostatecznie włożyłam do niego komórkę i ładowarkę, obie wciąż jeszcze nieużywane.

Wkrótce nabrałam wprawy i pomagałam Ulce w realizacji zamówień. Dla sklepiku z drobiazgami w pobliskim miasteczku miała zrobić dziesięć par kolczyków i tyle samo bransoletek. Było też sporo chętnych na drewniane korale, ale to już była bardzo precyzyjna robota, tym Ulka zajmowała się sama; ja tylko zaglądałam jej przez ramię.

Z jej pomocą ozdabiałam szkatułki, dzbanki, napisy *Home, sweet home* i wieszaki na klucze, doniczki, herbaciarki i chusteczniki. Nawet miniaturowe koniki na biegunach. Mnóstwo niepotrzebnych przedmiotów, takie durnostojki, które na chwilę wniosą piękno do czyjegoś życia, zanim wylądują na śmietniku.

– Ze wszystkim tak jest – odpowiedziała Ulka, kiedy podzieliłam się z nią tą myślą. – Nawet my wylądujemy kiedyś na śmietniku, prawda? Trzeba się tylko pospieszyć z tym pięknem.

– Nie rozumiem.

– Żeby je zdążyć wnieść do czyjegoś życia – uśmiechnęła się smutno.

Pewnie miała rację. Należy żyć tak, żeby komuś dzięki nam zrobiło się w życiu lepiej, ładniej. I jeszcze – trzeba się nauczyć cieszyć drobiazgami, ładnym przedmiotem, chwilą spokoju, zapachem lasu i tym, co przyniesie kolejny dzień. Ulka formułowała swój przepis na szczęście bardzo prosto: „Bądź zadowolona – z siebie, ludzi, słońca, zapachu kawy z cynamonem. Z czego tylko się da. Znajdź powód".

Uświadomiłam sobie, że nawet zaczynało mi się to udawać. Wieczorami zasypiałam od razu, bez dręczących myśli, zaś rano budziłam się z ciekawością, co się wydarzy. Mimo że według moich warszawskich standardów – nie działo się właściwie nic.

– Mogę o coś spytać?

– Oczywiście.

– Jak to się stało, że pani tu przyjechała? Po tym, co panią spotkało... – zaczęłam się plątać, nigdy nie umiałam nazywać po imieniu rzeczy, które budziły mój lęk.

– To długa historia – odpowiedziała Ulka. – I dość paskudna. Streszczę ją tak: prawie zwariowałam, ale inaczej niż ty.

Cóż, ona nazywała rzeczy po imieniu, pod tym względem była moim przeciwieństwem.

– Było tam wszystko: lekomania, alkohol, agresja, samookaleczanie, próba samospalenia, leczenie psychiatryczne w Świeciu, pełen serwis – ciągnęła po chwili milczenia. – Potem wzięła mnie do siebie rodzina, pewnie się wstydzili takiego okazu i chcieli mnie mieć pod kontrolą. Rodzina była z Sieradza. No i uspokoiłam się trochę, lizałam rany, w przenośni i dosłownie. Widzisz ten łysy łepek? Zrobiłam to nieumiejętnie, podpalanie siebie zaczęłam od głowy, na szczęście ubranie się nie zajęło, włosy stanęły w płomieniu i zgasły, a ja z bólu zemdlałam. Obudziłam się w szpitalu.

Słuchałam z przerażeniem. Nie potrafiłam sobie wyobrazić takiego koszmaru.

– Chciałam się ukarać, wiesz? – spojrzała na mnie. – Tak jak ty. Głupie cipki. Nie trzeba siebie karać. Jeśli zrobisz coś złego, zło do ciebie wróci, to się po prostu stanie, nie musisz mu w tym pomagać. A dla siebie samej musisz być dobra. Łagodna i cierpliwa. Najpierw ty, żeby potem inni byli dobrzy. I żeby życie było dla ciebie dobre. Nie wiem, czy rozumiesz, co mam na myśli.

– Rozumiem. Chyba.

– Ty nie byłaś dobra, obraziłaś się na siebie, nie chciałaś jeść, umrzeć ci się zachciało. Ja wiem, że to nie przez tego aktora. Dobrze mówię?

Kiwnęłam głową.

– Chciałaś sobie zrobić krzywdę. Obwiniasz się o śmierć dziecka, chociaż zupełnie nie rozumiem dlaczego – znowu zerknęła na mnie, ale widząc, że pokręciłam głową, nie zapytała o nic. – Nie będę ci tu prawić kazań. Powiem tylko, jaki popełniłam błąd. Za późno zrozumiałam, że mam prawo spróbować jeszcze raz. W końcu wybaczyłam sobie i pogodziłam się z życiem, owszem, po śmierci siostry przeniosłam się tutaj, zaczęłam leczyć w ośrodku zdrowia w Mikołkach i nauczyłam się dobrego, spokojnego szczęścia. Ale można było wcześniej. Bez tych blizn na łbie, bez tej szczerbatej gęby. Może nawet znalazłabym jeszcze miłość. Bo jak tak patrzę wstecz, wiesz...? To chyba tylko tego nie dało się niczym zastąpić. Niczym.

W końcu nadeszła Wielkanoc. Konrad nie przyjechał. Pan Stefan w skupieniu odczytał list i świąteczną kartkę od syna, ja nie czytałam; na kopercie nie było przecież mojego nazwiska.

– Pierwsze święta z Anetą – mruknął. – No i słusznie, kiedyś muszą być te pierwsze.

– Może i lepiej, że teraz – odpowiedziałam. – Dopóki ja tu jestem. Bo potem by pan został sam.

– I tak zostanę. Oni się tu przecież nie wprowadzą.

Mówił to bez smutku, pogodził się z tym, że będzie musiał spędzić resztę życia samotnie. Może i ja mogłabym to zaakceptować.

– Konradek życzy zdrowych świąt – usłyszałam jeszcze. – Mnie i tobie.

– Dziękuję. Ja też mu życzę.

Przyszło mi do głowy, że mogłabym do niego zadzwonić, oczywiście gdybym miała zapłacony abonament... albo od Ulki. Skoro mogłam w sprawie psa, to tym bardziej z życzeniami. Tyle że teraz, po tych naszych rozmowach i nocnym czytaniu wierszy, było w tym coś niewłaściwego. On spędzał Wielkanoc ze swoją kobietą. Ja na jej miejscu nie życzyłabym sobie, żeby...

Czy to oznaczało, że między mną a Konradem coś się wydarzyło? Coś zaszło między nami, coś nas łączyło? Nigdy dotąd tak o tym nie myślałam. Czyżby Aneta miała pełne prawo demonstrować mi swoją niechęć?

A może on do mnie dzwonił? Albo napisał wiadomość. Na wszelki wypadek włączyłam telefon. Ręce mi drżały, kiedy wpisywałam PIN. Pojawił się komunikat: Połączenia wychodzące zostały odblokowane. Musiał zapłacić mi ten abonament. Mnóstwo nieodebranych połączeń, w tym kilkanaście najnowszych od Grześka. Cała masa wiadomości tekstowych, ale wszystkie od znanych mi numerów, nie od Konrada.

Czy byłam gotowa, żeby przeczytać to wszystko? Nie, jeszcze nie teraz. Tamten świat był wciąż obcy i zbyt niebezpieczny. Wyłączyłam komórkę i odłożyłam ją do mojej szkatułki.

～ଈ

Pierwszy dzień świąt spędziliśmy z panem Stefanem sami, ale w poniedziałek przyszła Ulka. Zjedliśmy babkę, którą upiekłam, jajka z sosem tatarskim – dzieło pana Stefana, i piliśmy nalewkę przyniesioną przez naszego gościa. Żołądek miałam jeszcze mały, więc niewiele w siebie wcisnęłam, ale nalewka wchodziła mi bardzo łatwo.

– Z czego pani ją zrobiła? – zapytałam, patrząc pod światło na ciemnoczerwony płyn.

– To ratafia.

Nic mi to nie mówiło.

– Do ratafii wrzuca się różne owoce – wyjaśniła Ulka, widząc moją minę. – W miarę jak dojrzewają. Garść owoców, łyżka cukru, trochę wódki, zamieszać, odstawić. Ot i cała tajemnica.

Zrobiło mi się ciepło – od ratafii i od marzeń. Kiedyś, gdy już będę miała dom... Kiedy już zamieszkam w spokojnym miejscu, gdzie Mały będzie mógł się wyszaleć, gdzie nie będą mnie ścigać paparazzi, w ogóle nikt nie będzie się wtrącał do mojego życia... Wtedy zacznę robić nalewki.

Ta myśl zaskoczyła mnie, bo nigdy dotąd o tym nie myślałam, nie w ten sposób. Wyszłam na dwór, żeby pobyć przez chwilę sama ze sobą. Czego właściwie chcę? Dotąd pragnęłam... Czego? Jeszcze w Warszawie? Żeby Grześ był ze mną, żebyśmy oboje mieli ciekawe role,

żeby o nas pisali, fotografowali nas na ściankach, żebyśmy zarobili mnóstwo pieniędzy.

Czy którekolwiek z tych pragnień przetrwało? Nie.
I to było odkrycie, które mnie oczyściło. Nie marzyłam już o żadnej z tych rzeczy. Zamiast nich – pragnęłam prywatności i spokoju, śmiesznych główek orlików
w ogrodzie, żeby Mały i Suka byli ze mną, żebym mogła ozdabiać szkatułki i może jeszcze... Może marzyłam
jeszcze o czymś, ale w tej chwili nie umiałam złapać tej
myśli. Tylko niejasno czułam, że ma ona związek z moją
ostatnią rozmową z Ulką.

Zajrzałam do szopy, w której nie tak dawno obserwowałam Konrada przy pracy. Wydało mi się, jakby to
było sto lat temu – przed tym, jak wypłakałam z siebie
śmierć Krzysia, jak ją na nowo nazwałam, przeżyłam
i wyrzuciłam z zakamarków pamięci. Czułam się lżejsza,
mądrzejsza, wolna od lęku.

Wzięłam zapomniany kubek po kawie ze stołu, który
wtedy szlifował mój paparazzo. Z przerażeniem dostrzegłam, że naczynie zostawiło po sobie brunatny krążek,
widocznie denko było brudne. Kawa wsiąkła w surowe
drewno. Pobiegłam do domu po wilgotną szmatkę i próbowałam zetrzeć zabrudzenie, ale to na nic. Ulka wyszła
z domu, pewnie zaniepokoił ją mój pośpiech.

– Co się stało? – zapytała.

– Zniszczyłam Konradowi stół – wyjaśniłam płaczliwie.

Naprawdę chciało mi się beczeć, pewnie dlatego, że
byłam trochę podchmielona. Zaprowadziłam ją do szopy i pokazałam.

– Można by zeszlifować – zastanawiała się Ulka. – Tylko to dość głęboko wsiąkło. Ale możesz też zrobić mu niespodziankę i ozdobić ten mebel tak, żeby zakryć to miejsce. Na przykład pobielić całość suchym pędzlem, a tu w rogach zrobić jakieś delikatne wzory.

– A jeśli mu się nie spodoba?

– I tak pewnie robi to na sprzedaż, ale chyba nie na konkretne zamówienie, bo już by skończył. A jeżeli nawet, i jeśli klientowi nie będzie odpowiadało takie zdobienie, to sama możesz go kupić.

Ten pomysł bardzo mi się spodobał. Taki stary mebel pasował do moich nowych marzeń, tych o domu i ogródku z orlikami.

– Może te wianki z lawendy? – zapytałam. – Pani ma takie serwetki... W każdym rogu wianuszek. Tylko czy średnica będzie taka, żeby akurat zasłaniało?

– Powinna być w sam raz. A jak nie, to wyszukasz sobie inny wzór. Jutro weźmiesz ode mnie serwetki i poprzymierzasz.

Jakiś tydzień później stół był prawie gotów. Idąc za radą Ulki, pobieliłam go suchym pędzlem – dzięki temu doskonale było widać rysunek drewna, wszystkie słoje i sęki. W miejscu, gdzie stał nieszczęsny kubek z kawą – i symetrycznie w pozostałych rogach – umieściłam wycięte z serwetek wzory: kwiaty słonecznika. Chciałam, aby to była lawenda, ale motyw okazał się za mały, nie przykryłby kawowej plamy. A słoneczniki były duże i ładne, w całkiem niesłonecznikowym kolorze – sepii.

Zrezygnowałam z bardzo modnych w decoupage spękań – wolałam prostotę.

Nałożyłam ostatnią warstwę matowego lakieru, sprawdziłam, czy nie ma zacieków. Teraz pozostało mi poczekać na Konrada i wytłumaczyć, dlaczego wtrącam się do cudzych spraw.

Przez pięć dni zabraniałam sobie wchodzić do szopy, aż wreszcie byłam już pewna, że lakier wysechł. Zebrałam się na odwagę i poszłam. Słońce świeciło ukośnie przez uchylone okienko, oświetlając drobinki kurzu, które tańczyły przy każdym moim kroku. Stół był piękny. Przeciągnęłam po nim dłonią – motywy z serwetki wtopiły się idealnie w lakier, powierzchnia była równiutka. Właśnie przy tym stole chciałabym jadać śniadania w moim przyszłym życiu.

Właściwie decyzja podjęła się sama. Kiedy Ulka wpadła do nas po drodze do miasteczka, żeby zapytać, czy nie potrzebujemy czegoś z targu, spytałam, czy mogłabym się z nią zabrać. Zauważyłam porozumiewawawcze spojrzenia, które wymienili między sobą – ona i pan Stefan.

– Przyszła wiosna – wyjaśniłam. – A ja tu mam same zimowe ubrania. Muszę sobie coś kupić.

– Ale przecież Konradek może coś przywieźć... – zaczął pan Stefan, ale Ulka machnęła na niego niecierpliwie.

– Prawdziwa kobieta musi sobie coś kupić na wiosnę – ucięła. – A ty bądź cicho.

Ze śmiechem wsiadałyśmy do auta. Kochałam Ulkę. Kochałam pana Stefana i moje psy. I to dobre miejsce, tę wieś.

– Jaki dziś dzień? – zapytałam, gdy już jechałyśmy wyboistą drogą.

– Czwartek.

– To dobrze. A jak się nazywa to miasteczko, do którego jedziemy?

Ulka popatrzyła na mnie ze zdziwieniem.

– Chcesz powiedzieć, że przez cały ten czas nie wiedziałaś... Że nie wiesz, gdzie właściwie jesteś?

– Tak. Właśnie tak. Ale teraz już chcę wiedzieć.

Wytrzymałam jej spojrzenie.

– Grabowo – rzekła w końcu. – Tam jest targowisko.

– A my jesteśmy niedaleko Warszawy?

– Niedaleko.

Aha. No to pewnie trzeba się będzie wybrać któregoś dnia.

Targowisko okazało się potężne. Ulka udała się prosto do kobiety, która sprzedawała wyroby z wikliny i drewna. Wzięła od niej jakieś pudło, zajrzała do środka, pokiwała głową i zapłaciła.

– To ramki i szkatułki – wyjaśniła. – Ja się u niej zaopatruję w materiały. Jak jest Konrad, to mi przez internet zamawia te wszystkie kleje, lakiery i werniksy. Ale jak go nie ma, to jej robię listę zakupów i też jest dobrze. Człowiek musi sobie radzić.

Następnie poszłyśmy do stoiska z ciuchami. Całkiem niezłe bluzki, pomyślałam. Za coś takiego w warszawskim butiku zapłaciłabym... – sprawdziłam cenę – pewnie ze cztery razy więcej. Co najmniej. Byłam zaskoczona. Od razu wzięłam białą koszulkę w drobne błękitne groszki i bladozieloną tunikę. Do tego białe rybaczki. Schowałam się za zasłoną, żeby przymierzyć. Przeżyłam szok na widok mojej twarzy w lustrze – dotarło do mnie, od jak dawna o siebie nie dbam. Koszmar. Pora coś zrobić z włosami, no i te brwi jak u Breżniewa.

Bluzki i spodnie leżały świetnie, zapłaciłam i przy okazji stwierdziłam, że to ostatnie pieniądze. Z tego, co ostatnio wypłacił mi Konrad, większość poszła na psią karmę. Nie wystarczy na buty, a przecież nie założę moich nowych rybaczek do zimowych botków. Parodia. Swoją drogą ciekawe, ile mam na koncie.

Kiedy podzieliłam się tą myślą z Ulką, podwiozła mnie do banku. Wypłaciłam kilka setek, przy okazji sprawdziłam stan konta – wciąż byłam człowiekiem zamożnym. Nie według cen warszawskich, oczywiście, ale tutaj wciąż byłam bogata. Chciało mi się śmiać. Witaj, świecie. Wróciłyśmy na targowisko, kupiłam sobie balerinki, obcisłe dżinsy i jeszcze jedną tunikę, tym razem beżową w etniczne wzory.

– Pani Ulu, która jest godzina? – zapytałam, gdy wsiadłyśmy już do samochodu.

– Jakoś koło południa.

Umilkłam na chwilę, zbierałam się na odwagę.

– A nie wie pani, gdzie tu jest jakaś szkoła?

Pożałowałam, że nie mam aparatu Konrada, to byłoby rewelacyjne zdjęcie. Ulka dosłownie cała stała się zdumieniem.

– Szkoła?!

– Tak. Mogłaby być średnia. Albo gimnazjum.

Przez chwilę myślała, potem przyspieszyła i wzięła zdecydowany zakręt.

– Nie wiem, co wykombinowałaś, ale podoba mi się ta mina – oznajmiła. – Jedziemy.

Po kilkunastu minutach stałyśmy przed gmachem liceum w Grabowie.

– Tutaj uczył się Konrad. I Aneta. Idziesz? – zapytała.

Czy mi się wydawało, czy w jej głosie pobrzmiewało rozbawienie? Nie wierzyła, że pójdę? Kpiła sobie ze mnie?

– Idę. Oczywiście.

I naprawdę poszłam. Ona nie wiedziała, po co mi była ta szkoła, ja sama jeszcze nie byłam tego pewna. Ale poszłam, nieumalowana, uczesana byle jak, w znoszonym swetrze, w sztruksach koloru cappuccino i zimowych botkach, bez torebki, jak ostatnia łajza – poszłam tam zapytać, czy znalazłaby się tu dla mnie praca.

Maj

Obudziłem się zapuchnięty, obok mnie pojękiwała Aneta. Pewnie znowu źle się czuła. Przyniosłem jej miskę, a oprócz tego kubek herbaty z miodem i ciastko owsiane. Sobie zrobiłem mocną kawę. Usiadłem do laptopa – pora na codzienną prasówkę paparazzo. Przejrzałem newsy, ale nic nie przykuło mojej uwagi. Ktoś nie miał dokładnie wygolonych pach, ktoś inny założył brązowe buty a do tego miał czarną torebkę – rzeczywiście skandal. Tu rozwód, tam ślub, jeszcze gdzie indziej śmierć znienawidzonej matki i walka o spadek.

Znienawidzona matka skierowała moje myśli na sprawy Kasi, a jakże; można by sądzić, że dawno o niej nie myślałem. Nie było dnia, żebym nie spróbował rozgryźć tajemnicy jej dzieciństwa. Ale wykorzystałem wszystkie sposoby, jakie przyszły mi do głowy. Utknąłem w martwym punkcie.

Wtedy, w kwietniu, uciekłem z deszczowego Krakowa do jeszcze bardziej deszczowego Zakopanego. Nie miałem porządnych butów ani ekwipunku, ale machnąłem

na to ręką. Samochód zostawiłem u Reni i Józka Swaj-
nosów, zaprzyjaźnionych górali z Mrowców – i ruszyłem
w góry, żeby dostać w tyłek, żeby się odstresować i wy-
pocić z siebie cały smutek, który nie wiadomo dlaczego
otoczył mnie jak chmara much.

Podjechałem do Łysej Polany, powędrowałem szosą
do Wodogrzmotów i jakiś czas gapiłem się w milczeniu
na plujący pianą potok. Później ruszyłem Doliną Roztoki
w górę, do Pięciu Stawów. Ale ani jedząc ulubioną szarlotkę, ani wpatrując się w nieruchome tafle jezior, bo
gór nie było widać z powodu mgły, ani zasypiając wieczorem na schroniskowym łóżku – nie poczułem ulgi.
Przez cały czas kotłowały mi się w głowie myśli: jak
mogę odnaleźć zagubioną przeszłość Kasi? I po co właściwie chcę ją znaleźć? Czy jestem pewien, że to w czymś
pomoże?

Zamiast się odmóżdżyć, nie myśleć o niczym, tylko
o zmęczeniu mięśni i wyrównaniu oddechu, odbywałem
ze sobą długie rozmowy. Góry były niemal puste, o tej
porze roku już nie pojawiali się narciarze, a turyści jeszcze się nie zwalili na szlaki. Zupełnie sam poszedłem
ścieżką na Zawrat i dalej w górę. Na Świnicy spotkałem
dwoje przytulonych zakochanych, więc szybko zszedłem
na Kasprowy, a potem lazłem przed siebie dalej granią
Goryczkowych, aż zorientowałem się, że już późno. Wtedy postanowiłem wracać. Taka wędrówka nic nie zmienia, pomyślałem. Nie daje mi ani poczucia wolności, ani
nawet ulgi. Żadnego piękna, bo gór nie widać, chodziłem
w chmurach, wiał lodowaty wiatr, zamarzały mi palce
i końcówki włosów. Do dupy. Już nawet góry były do
dupy.

U górali przespałem dwie kolejne noce. Nie wychodziłem prawie, bo i nie było po co – lało, Tatry pokazywały się tylko na moment między jedną kurtyną z chmur a drugą. Rozłożyłem laptopa i szukałem Kasi Pietry na Naszej Klasie.

Zacząłem od Bydgoszczy – przeszukiwałem wszystkie podstawówki, jedna po drugiej. Mozolna to była robota i skończyła się niczym. Potem wziąłem się za podbydgoskie miejscowości – z otwartą w drugim oknie mapą Google wypisałem sobie takich miasteczek kilkanaście. Po jakichś trzech godzinach puknąłem się w głowę. To bez sensu, jestem idiotą. Przecież to, że ktoś urodził się w Bydgoszczy, wcale nie znaczy, że w tym mieście albo w okolicach dorastał. Kasia mogła chodzić do szkoły wszędzie, od Szczecina po Bielsko-Białą. Zresztą mogła nawet mieszkać w tej Bydgoszczy, ale nie musi być na NK. Niektóre klasy mają po dziesięć miejsc pustych, Kasia może być jedną z takich luk. To na nic.

Dlaczego jest mi tak źle, myślałem, dlaczego cierpię? Życie nie ma smaku, nie mają go moje ukochane Tatry, nie ma go urlop ani grzaniec wypity z przyjaciółmi góralami. Przeczytałem wszystkie książki, jakie ze sobą wziąłem, nie chciało mi się iść do księgarni w taką pogodę.

W końcu zebrałem się i wyjechałem. Zakopianka była pusta, za Nowym Targiem już nie lało, lesiste stoki Beskidów gotowały się w gęstych mgłach; jeszcze niedawno od takiego widoku śpiewałaby mi dusza. Tymczasem coś mnie uwierało gdzieś na samym jej dnie, zapadałem się coraz głębiej w poczucie bezsensu i nie mogłem sobie wyobrazić innego miejsca niż rodzinny dom, żeby wreszcie zrobiło mi się lepiej.

I pojechałbym tam, nawet jeśli bałem się spotkania z Kasią po tym, jak wyszarpnęła mi teczkę z wierszami i tak dobitnie powiedziała, żebym się nie wpieprzał w jej sprawy. Pojechałbym, gdyby nie zadzwoniła moja dziewczyna.

– Konrad, gdzie ty jesteś? – zapytała.

– Gdzieś tam jestem – odparłem. – Jadę przed siebie. Byłem w górach.

– W górach? W jakich znów górach?

– Aneta, nie wiesz, co to góry? W Tatrach byłem.

– Ale przecież nie wziąłeś plecaka ani śpiwora, buty trekkingowe tu stoją...

Podczas tej rozmowy uświadomiłem sobie, że dawny czar nie działa. Ta kobieta już mnie nie uwodziła, jej głos przestał być cudownie miękki i czarowny, ulotniły się feromony, czy jak to się zwie. Naresznie mogłem podjąć tę decyzję, o której myślałem od kilku lat, ale zawsze tchórzliwie, zawsze z podkulonym ogonem, bo przecież bałem się, że mnie rzuci. Przestałem ją kochać – i to odkrycie stało się dla mnie przepustką do wolności.

– Poczekaj, zjadę na pobocze – powiedziałem. – Bo muszę ci coś powiedzieć.

Czekała.

– Jesteś?

– Jestem.

– Słuchaj – zacząłem odważnie. – Ja tak dłużej nie mogę. Mówiłem ci tysiąc razy, mierzi mnie ta robota, mierzi mnie takie życie. Chcę mieć dom i rodzinę.

– Konrad, dokąd ty teraz jedziesz?

– Do domu.

– Czyli tu do mnie?

– Nie, Aneta. Do domu.

Zamilkła na długo. Przestraszyłem się, że płacze, a ja przecież jeszcze jej nie powiedziałem, że nie wracam, że to koniec mojej pracy jako paparazzo.

– Pobędę trochę z ojcem, podłubię w drewnie, uspokoję się i przyjadę. Wtedy porozmawiamy na spokojnie. Musimy to sobie oboje przemyśleć...

– Konrad – przerwała. – Nie chciałam ci tego mówić przez telefon.

– Czego?

– Myślałam, że przyjedziesz i wtedy...

– Czego, Aneta?!

– Jestem w ciąży.

Czy tak się czuje schwytany i zamknięty w klatce ptak? Jeszcze przed chwilą miał rozpięte skrzydła i tysiące możliwości – a teraz nie może nic, co najwyżej kręci się w kółko, żeby sobie dokładnie obejrzeć, co stracił. W odróżnieniu od uwięzionego ptaka, ja byłem sam sobie winien. Skoro chciałem się rozstać z Anetą, należało to zrobić. Tak po prostu.

Prawda okazała się cholernie smutna – bałem się. Po pierwsze, że zostanę sam. Nigdy nie umiałem nawiązywać nowych znajomości, a z kobietami – poza Ulką, Anetą i Kasią – w ogóle miałem marny kontakt. Taki był ze mnie trochę wiejski dzikus. Więc pewnie rzeczywiście zostałbym sam. Ale czy to wystarczający powód, żeby z kimś być?

Po drugie, chyba obawiałem się reakcji ojca. Gówniarskie. Byłem niedojrzałym dupkiem, małym chłopcem zamkniętym w wielkim ciele. Jasna cholera, nie można gardzić sobą bardziej, niż ja gardziłem w tej chwili.

Po trzecie, nie był to powód do dumy, ale jeśli już wygarniałem sobie prawdę w oczodoły, to musiałem chlusnąć porządnie – po trzecie miałem fajny seks, ilekroć zapragnąłem. Aneta była chętna, gorąca, sprawna. To mnie przy niej trzymało, kiedy już odkryłem, że nie jest dziewczyną z moich snów. I wystarczyło tego na bardzo długo.

Po czwarte – to jedyne, co nie budziło we mnie wstydu – chyba wierzyłem, że ją kocham. Kochałem tak długo, że nie zauważyłem, kiedy przestałem, kiedy ta miłość przeobraziła się w przyzwyczajenie, w nawyk samego mówienia o miłości.

W takim razie co się teraz zmieniło? Co sprawiło, że przejrzałem na oczy i już byłem gotów odejść – i odszedłbym, to przecież miałem zamiar jej powiedzieć po powrocie ze wsi, chciałem jeszcze tylko zobaczyć... No właśnie. Chciałem zobaczyć Polę i sprawdzić, czy to, co mi się wydaje, jest prawdą. Bo Pola – nie, nie Pola, tylko Kasia – zmieniła wszystko.

Stałem wtedy na poboczu godzinę, może dwie. Próbowałem ułożyć sobie w głowie cały mój świat. Jakkolwiek bym do tego podchodził, jak bym główkował, za każdym razem wychodziło mi, że nie mam wyjścia. Muszę pojechać do Anety i wdepnąć w to do końca. Zwyczajnie nie było innej możliwości.

Wielkanoc była smutna. Bardzo się starałem udawać radość z tego, że będziemy mieli dziecko, nie, inaczej – bardzo chciałem naprawdę się z tego cieszyć. Ale nie umiałem, ani jednego, ani drugiego. Pocieszałem się, że gdy już maleństwo się urodzi, wszystko mi się poukłada, wskoczy na właściwe miejsce. Zapewne też pomoże mi czas i to, że nie będę widywał Kasi, bo przecież nie będę, niby gdzie miałbym ją widywać... Aneta zapewne nie zleci mi więcej fotografowania jej, zresztą mogłem też zwyczajnie odmówić.

Tak naprawdę było mi smutno głównie dlatego, że nie pojechaliśmy na wieś. Bardzo namawiałem Anetę, staruszek jest tam zupełnie sam, przekonywałem, twoi rodzice mają jeszcze synów na miejscu, a mój...

– Przecież jest z nim ta wasza znajda – odpowiedziała. – A zresztą pora dorosnąć. Chciałeś mieć rodzinę, to ją masz. Teraz ja i dziecko jesteśmy ważniejsi, z nami będziesz odtąd spędzał święta.

Wiedziałem, że ma rację. Kiedyś trzeba na dobre wyfrunąć z rodzinnego gniazda, a ja dotąd tego nie zrobiłem. Wracałem tam, ilekroć miałem ochotę podłubać w drewnie, pogadać z ojcem, wyspać się i zjeść coś domowego... A ostatnio wracałem też z innego powodu. Od teraz – koniec z tym.

Aneta nie zrobiła tych wszystkich tradycyjnych potraw, które od lat próbowaliśmy z ojcem nieporadnie odtwarzać, żeby chociaż przypominały to, co przygotowywała matka. Jajka w sosie tatarskim, bigos, biała kiełbasa i żur, sernik, babka. Zamiast tego moja kobieta zaserwowała polędwicę, kindziuk i francuskie sery, jajka z łososiem i kawiorem, a na obiad pieczonego kurczaka.

I jeszcze szarlotkę z budyniem. Zjadłem, pochwaliłem, że pyszne, obejrzeliśmy kilka filmów, przed snem szybki seks – i po świętach.

Wieczorem w lany poniedziałek nie mogłem spać. Napiłem się trochę żubrówki z sokiem, Aneta psioczyła, że ona nie może, w końcu się położyła i coś czytała, a ja kręciłem się bez celu po mieszkaniu. Było mi za ciasno, duszno jakoś.

Wyszedłbym teraz do szopy, pomyślałem, skończyłbym ten stół, nawdychałbym się żywicy. Ogarnęła mnie taka tęsknota za rodzinnymi stronami, że otworzyłem laptopa i zacząłem szukać zdjęć. Tu zachód słońca między wierzbami. Tu słoneczniki koło płotu. Koty Ulki wygrzewają się na parapetach – byłem u niej wtedy po aspirynę dla ojca, przypomniałem sobie, i strzeliłem parę fotek tym kotom.

A tu... A tu Kasia. I zdjęcia wcale nie ze wsi. Folder z warszawskimi fotografiami sam mi się jakoś otworzył. Pominąłem te, na których była z Grześkiem, szukałem zbliżeń jej twarzy, dłoni na filiżance espresso, otwierałem kolejne fotografie w poszukiwaniu jej smutnego wzroku i wymuszonego uśmiechu. Była wtedy nieszczęśliwa, nie jadła, pomyślałem. Teraz zdjęcia byłyby inne, lepsze.

I już wiedziałem, że pojadę. Choćbym miał okłamać Anetę, choćbym miał jej uciec, pojadę na wieś. Musiałem zobaczyć, czy tam u nich wszystko dobrze.

Pojadę. Jeszcze tylko ten cholerny długi weekend, straszna majówka Polaków, kiedy jak co roku będę musiał czatować na rodzime gwiazdki upijające się z nudów po knajpach, lansujące się przy placu Zbawiciela – albo nawet Aneta każe mi się gdzieś wybrać, nad jakieś jezioro, w jakieś góry. To nic, pojadę, zrobię, co do mnie należy – a potem do niej, do Kasi. Do ojca, do domu, na wieś – poprawiłem się.

⁶⁵

I właśnie jechałem. Długi weekend jakoś przeleciał, nie miałem nawet tak strasznie dużo roboty. Pierwszego maja pojechaliśmy z Anetą nad wodę, ona chciała się poopalać, kochać się na piasku, tyle że ja nie bardzo miałem chęć, poza tym wypiłem zimne piwo, więc kłótnia, bo ona pić nie mogła.

Czy tak będzie już zawsze? Widziałem, że się stara – chciała, żeby znowu układało się między nami dobrze. Ale chyba było za późno, musieliśmy poprzestać na takim „byle jak", dopóki we mnie nie zaiskrzy na powrót, a tego nie dało się zrobić siłą woli. Może kiedy urodzi, tłumaczyłem sobie. Może kiedy będzie karmić, bo karmiące kobiety były dla mnie uosobieniem piękna; kiedy będzie dobra i czuła dla naszego dziecka, stanie się taka kobieca jak dawniej, i zachwycę się nią na nowo.

Wjechałem na podwórko. Wyszedł do mnie tylko ojciec. Mały leżał w plamie słońca i leniwie machał ogonem. Nie był już wcale taki mały; pomyślałem, że wyrośnie na dużego psa, łapy miał grube jak niedźwiadek. Był podobny do owczarka niemieckiego, taki trochę wilkokształtny.

– Cześć, tato – przywitałem się i wszedłem do domu.

Kręciłem się przez chwilę po kuchni, umyłem ręce i nastawiłem sobie wodę na kawę, ale w rzeczywistości czekałem, kiedy wyjdzie. Powinna wyjść i się przywitać, no, chyba żeby spała. W końcu nie wytrzymałem, postanowiłem, że zajrzę do niej i zapytam, czy chce kawy. Uchyliłem drzwi, ale ojciec wszedł do sieni.

– Nie ma jej.

Dosłownie zdrętwiałem. Jak to: nie ma? Odeszła? Wyjechała? Znowu była w szpitalu? Coś się stało? Czy to przez te wiersze, czy ja coś zepsułem? Odwróciłem się i chciałem chyba zadać te wszystkie pytania, ale ojciec, który patrzył w okno, więc nie widział mojej twarzy, dodał:

– Pojechały z Suką do weteryniarza. Bo coś tam jej zaczęło wyciekać, ropa czy coś. I chyba będzie operacja, tak mówiła, a to już chyba ze trzy godziny ich nie ma.

– Ulka z nią pojechała, tak? I Pola... Chciała też jechać?

Zabrakło mi słów. Ze wzruszenia, ze strachu o nią, sam nie wiedziałem, z żalu, że jej tu nie było, nawet jeśli wiedziałem, że niedługo wróci.

– Ona teraz ciągle jeździ – zaśmiał się ojciec. – A to na targ, a to do fryzjera, a to w jakichś tam interesach. Albo z Ulką, albo sama, na rowerze.

– A na targ... po co?

– Roślin nakupiła, nasion jakichś w ogrodniczym. A jeszcze drewniane pudełka i robi te naklejanki, Ulka ją nauczyła.

Zaparzyłem kawę i usiadłem ciężko na krześle. Myślałem, że coś będzie trzeba naprawiać, że znajdę tu jakiś totalny regres, że zepsułem wszystko, bo drążyłem, chciałem więcej, zadawałem pytania i czytałem wiersze, a zastałem – no, może nie zastałem, ale przecież zaraz wróci – dziewczynę, która zajmuje się decoupage i jeździ na rynek po rośliny...

– A te rośliny jej po co?

– Wyjdź do ogródka, popatrz. Jakby matka żyła, tak to teraz wygląda.

Wyszedłem. Trochę przesadził, kiedy żyła mama, panoszyła się tu kwiatowa dżungla. Teraz był maj, latem to się dopiero rozrośnie. Nie pamiętałem już nazw tych kwiatów, ale kilka rozpoznałem – były tam piwonie, z ziemi wyłaziły płomyki. Mama lubiła ich zapach. Pola nasadziła też mnóstwo bratków, a pod płotem, o ile dobrze rozpoznałem, urządziła poletko lawendowe. Ładnie się zrobiło.

Wróciłem do domu, wypiłem kawę w jej pokoju i przyglądałem się przedmiotom, które ozdobiła. Najbardziej podobało mi się pudełko ze wstążką w kropki. Zajrzałem do niego – ładowarka i komórka. Ojciec został w kuchni, więc ukradkiem sprawdziłem, czy telefon jest włączony. Ku memu zdumieniu – tak. Przez chwilę trzymałem go w dłoni, a potem, pod wpływem impulsu, wpisałem jej mój numer do kontaktów. To było zupełnie bez sensu, bo w ten sposób zostawiłem dowód, że tu grzebałem. Po namyśle postanowiłem jednak usunąć, ale w tym momencie dał się słyszeć silnik samochodu, więc jak oparzony zatrzasnąłem wieczko szkatułki i wyszedłem przed dom. Serce mi waliło, jakby stało się coś niebezpiecznego – albo jakby coś się miało wydarzyć.

Najpierw wysiadła Ulka.

– O, jest Konrad. To świetnie, potrzebny nam siłacz. Sukę trzeba przenieść.

Przywitałem się z nią, ucałowałem w oba policzki. Serce nadal mi się szamotało jak oszalałe.

Z drugiej strony samochodu trzasnęły drzwi. To ona. Była zupełnie odmieniona, jej skóra miała inny odcień, pewnie przez tę pracę w ogródku. Włosy związała w koński ogon, znowu miała cieńsze brwi – zmiana niewielka, ale jednak inny rysunek.

Wymieniliśmy powitania. Chyba się zarumieniła. Poszedłem za nią do bagażnika, gapiąc się na jej obcisłe dżinsy, bluzkę w kropki; nawet buty miała nowe. Wyglądała ślicznie, chociaż bez makijażu nie przypominała tamtej Poli, którą fotografowałem w Warszawie. No i ta fryzura nastolatki.

Mały podbiegł do niej natychmiast, ale ona tylko poklepała go po grzbiecie i otworzyła bagażnik.

– Gdzie ją zanieść? – zapytałem, widząc zwiniętą w kłębek Sukę.

Nie była już podobna do tamtego szkieletu, który brałem na ręce w grudniu. Zaokrągliła się, wreszcie wyglądała jak pies.

– Do pokoju, na legowisko – odpowiedziała Kasia. – Teraz musi dojść do siebie.

– A co to w ogóle było?

– Początek ropomacicza. Leszek ją zoperował, wyciął macicę, teraz trzeba pilnować, żeby nie lizała sobie tej rany, bo jej się szwy rozejdą.

Zrobiło mi się niedobrze, kiedy kładąc Sukę na legowisku, zobaczyłem wielkie cięcie wzdłuż brzucha. Posmarowane było czymś żółtym, zszyte na okrętkę czarną nicią. Kasia pochyliła się i pogłaskała psinę z czułością.

Dopiero teraz dotarło do mnie, co powiedziała. Leszek?

– Jaki Leszek? – skierowałem to pytanie do Ulki, bo Pola tymczasem wyszła umyć ręce.

– Weterynarz. Zgadali się z Kasią, że oboje studiowali w Poznaniu, w tym samym czasie, wyobrażasz sobie? Zdaje się, że mieli nawet jakichś wspólnych znajomych.

Cieszyłem się przedtem jak dzieciak z tego jej rumieńca, a teraz cała radość ze mnie opadła. Znałem weterynarza, chociaż nie wiedziałem, że ma na imię Leszek. Wiedziałem za to, że jest wdowcem, cztery lata temu jego żona utonęła w Wiśle. To była straszna historia, wszyscy tu ją pamiętali. Facet był sam, Pola, tfu, Kasia była sama... Na myśl, że może między nimi iskrzyć, że coś się może dziać...

– Od kiedy ona tam jeździ? – ściszyłem głos, bojąc się, że Kasia wróci do pokoju.

– Najpierw pojechała ze mną na rynek raz i drugi, potem zaczęła mieć swoje sprawy. A do weterynarza? No wiesz, Mały miał kolejne szczepienie, potem coś tam jeszcze było w uszach, jakaś grzybica czy coś. No to jeździ.

Pokiwałem głową. Usiadłem na podłodze przy Suce, poklepałem ją po łbie. Ulka pożegnała się i pojechała do siebie. Wiedziałem, że Kasia zaraz tu wejdzie, i czekałem na to jak mały chłopiec na urodziny – ale było trochę tak, jakby ten chłopiec już wiedział, że nie dostanie wymarzonego prezentu. Niby nic, weterynarz Leszek, ona jeździ do miasta, bo ma „swoje sprawy" – zupełnie nic złego, ale uświadomiło mi, że nie miałem nawet prawa być zazdrosny. Moja kobieta jest w ciąży, niedługo się żenię, upomniałem się w duchu. Jasna dupa, wszystko spieprzyłem.

Kiedy wreszcie przyszła, akurat ojciec zawołał mnie do kuchni. Prosił, żeby przynieść ziemniaki, potem pomogłem mu obierać. Zrobiliśmy obiad. Tata wyjaśnił, że zazwyczaj gotuje Pola, ale dziś ze względu na Sukę ma wolne.

– To co ona jeszcze robi? – zażartowałem. – Kucharzy, ozdabia te swoje pudełka, jeździ na zakupy i do weterynarza, rośliny sadzi i co jeszcze?

– Jeszcze Ulce pomaga – odparł ojciec bardzo poważnie. – Jej tego było trzeba, synu. Pracy, zwyczajnie. I widzisz, od razu dziewczyna jak kwiat. A teraz tam jeszcze ma te swoje plany...

Urwał, jakby się zorientował, że powiedział za dużo. To mnie upewniło, że weterynarz Leszek nie próżnował. Kurwa mać, poderwał ją, zarwał dziewczynę, w której się zakochałem, i nawet nie mogłem o nią walczyć, dać mu w zęby czy coś, ani nikomu o tym powiedzieć po pijaku. Czułem, jakby mnie od środka zżerał jakiś obrzydliwy robal. Chyba powinienem wyjechać. Porozmawiam tylko z Kasią, jestem jej winien przeprosiny za to z wierszem, że się wtrącałem, powiem jej... Nie, nic nie powiem o Anecie, zwyczajnie muszę stąd spieprzać, bo oszaleję. Jeszcze tylko chwilę na nią popatrzę.

Po obiedzie nie było okazji pogadać, bo Suka wstała i chwiejnym krokiem wyszła na podwórko. Wszyscy jej kibicowaliśmy. Potem tata przyszedł do pokoju i razem z nami kucnął przy legowisku. Rozmawialiśmy o bzdurach, o cenie warzyw na rynku i o pogodzie, i że były tanie rowery, Kasia chyba sobie kupi. Kręciłem się jak dzieciak, chciałem już zostać z nią sam.

Tymczasem ona – wykorzystując to, że byliśmy tu obaj z ojcem i w razie potrzeby mogliśmy zająć się rekonwalescentką – wybrała się na spacer z Małym. Kiedy wróciła, zrobiliśmy wczesną kolację, ojciec wyciągnął wino z zeszłego roku, wypiliśmy za zdrowie Suki, potem Małego, potem Kasi i tak po kolei, aż w końcu tacie zaczęła ciążyć głowa i poszedł spać. Nareszcie miałem ją tylko dla siebie.

Wziąłem resztę wina i kieliszki, i przeszliśmy oboje do pokoju, gdzie na podłodze spała Suka. Mały usadowił się jak zwykle na Kasinych kolanach, jednak teraz był już taki duży, że mieścił mu się na nich tylko łeb.

– Pamiętasz, jaki był maleńki? – spytałem. – Jak pięść.

– No, jeśli weźmiemy pod uwagę twoje pięści, to znacznie mniejszy – zaśmiała się.

– Dokonałaś cudu.

– Jakiego tam cudu. Po prostu mu pomogłam. Tak jak ty pomogłeś mnie. Życie jest silne, Konrad. – Kiedy podniosła na mnie te swoje ciemne oczy, ciarki przeszły mi po grzbiecie. – Niekiedy trzeba tylko leciutko popchnąć albo odwrotnie, przytrzymać...

Widziałem, że łzy zatrzymały jej się na rzęsach. Powinienem teraz zażartować, powiedzieć coś, co by rozładowało napięcie, ale sam byłem równie wzruszony i to odebrało mi głos.

– Dziękuję – szepnęła. – Za to, że właśnie przytrzymałeś, wtedy na moście. I za to, że zupełnie bezinteresownie, tak... z czystej dobroci... Że pozwoliliście mi tu być. Konrad, ja... nawet nie umiem tego powiedzieć.

Patrzyła na mnie, a ja widziałem wszystko w jej twarzy. To byłoby takie łatwe, wziąć ją teraz w ramiona i całować do utraty tchu. Była samotna, wdzięczna, potrzebowała miłości, pewnie pozwoliłaby mi na to. Nawet jeśli był ten Leszek.

– Wszystko, co wtedy mówiłeś – podjęła, a ja wpatrywałem się w jej usta i myślałem, co by było, gdybym się odważył. – No wiesz, przez te tygodnie, kiedy nie mogłam wydobyć głosu... Ja tego uważnie słuchałam. Wszystko było prawdą. Twoje zdjęcie nie było przyczyną mojej depresji, ono zdarzyło się gdzieś pośrodku. Gdyby Grześ mnie nie zdradzał, nie byłoby zdjęcia, prawda? To bardzo proste. A jednak na początku cię nienawidziłam, obwiniałam. To było takie dziecinne.

Dopiła wino, jakby potrzebowała paliwa do dalszej jazdy – jakoś zamaszyście, z determinacją. To będzie długa rozmowa, pomyślałem. A moglibyśmy się całować, kochać, wyszeptać sobie to, co się naprawdę liczy. Gdybym był wolny. I gdyby ona mnie chciała... Rzecz w tym, że w tej chwili byłem skłonny uwierzyć, że chce.

– I jeszcze, Konrad... Jeszcze jedno. Miałam tu naprawdę dużo czasu, żeby wszystko przemyśleć. Rozmowy z tobą i z Ulką, i mądre milczenie twojego taty... I psy. To wszystko uświadomiło mi, że goniłam za czymś, czego wcale nie chciałam złapać. Po śmierci... Po śmierci mojego synka... Bo chyba muszę ci najpierw wytłumaczyć... Tamten wiersz...

– Nie musisz – przerwałem, ponieważ widziałem, jak się męczy. – Ja już wiem.

– Wiesz? Ulka? Kiedy ci powiedziała?

– Nie Ulka. Byłem w Krakowie, rozmawiałem z twoim mężem.

– Z Jakubem?

– A było ich więcej? – próbowałem zażartować.

Uśmiechnęła się. Czyli z poczuciem humoru nie było tak źle. Zawsze chciałem to wiedzieć.

– Pytał o mnie?

– Pytał, czy ty o niego pytałaś.

– No tak.

Umilkła na długo, a ja nie miałem odwagi tego przerwać, bo zdawałem sobie sprawę, że myśli o innym mężczyźnie.

– Pewnie nie wiesz, co właściwie usiłuję powiedzieć – uśmiechnęła się ponownie.

– Chyba wiem.

– Naprawdę?

– Że aktorstwo to nie było to. I dlatego byłaś taka zrezygnowana. Grzesiek tylko przepełnił kielich goryczy.

– Ładnie to ująłeś – pokiwała głową. – Tak właśnie było. Po śmierci Krzysia zostałam sama. Odtrąciłam Jakuba, taka jest prawda, opuścił mnie na moje własne życzenie, bo ja wolałam cierpieć w samotności. Zatraciłam się w smutku, chyba chciałam pozostać w tym stanie już na zawsze. Nie przewidziałam tylko, że za rozwodem idą pewne sprawy... takie przyziemne. Że będzie trzeba sprzedać dom, bo wszystko w nim było wspólne; Jakub nie miał dokąd pójść, więc należało mu się coś, z czym mógłby zacząć od nowa. I że trafię do matki. A moją matkę już poznałeś.

Tylko przytaknąłem, nic nie powiedziałem.

– Po roku wspólnego mieszkania byłam już tylko strzępkiem człowieka... Ale wtedy umarła ciocia Stasia z Warszawy, i okazało się, że zapisała mi mieszkanie, wyobrażasz sobie? Trzy pokoje, taka lokalizacja, prawie w samym centrum. Więc chwyciłam się tego, że do stolicy, że zawsze chciałam, bo aktorstwo, teatr, marzenie z młodości... To nie była prawda, Konrad. Kochałam teatr, ale nigdy nie pragnęłam zostać aktorką. Tylko sobie to pragnienie wmówiłam, chyba potrzebowałam pretekstu, żeby uciec od matki. Chciałam się czegoś uchwycić.

Nalałem jeszcze wina. Podniosłem kieliszek i patrzyłem na nie pod światło, było niemal fioletowe. Kasia dostała od niego wypieków, mnie też zrobiło się ciepło. Zresztą ciepło mi było od samej jej obecności. Wargi mi drętwiały, przygryzłem je i wyobrażałem sobie, jak by mi teraz smakowały pocałunki. Dlaczego nie mogłem przestać o tym myśleć?

Wiedziałem dlaczego. Bo kochałem tę kobietę, która tu przy mnie siedziała. Kochałem ją, pragnąłem jej i nie mogłem jej mieć.

– Ale tam, w Warszawie, też było źle – podjęła. – Nie robi się człowiekowi mniej pusto od samej przeprowadzki. Niby miałam cel, ale ten cel był tak daleko... Chyba nie wierzyłam, że uda mi się zahaczyć w filmie. Miałam pieniądze ze sprzedaży domu, kupowałam ciuchy, chodziłam na wszystkie castingi, kręciłam się wokół ludzi związanych z show-biznesem, lansowałam się... Ale brakowało mi wiary. Dopiero Grześ... On był inny. Bez żadnych traum, bez problemów, bez zwątpień. Przyjechał, żeby podbić świat. Mój Boże, jacy byliśmy szczęśliwi...

Kurwa, kurwa, chyba nie będzie mi tu wspominać, jak to było z Grześkiem... Nie zniósłbym tego; było mi wystarczająco paskudnie, kiedy on o tym mówił.

Na szczęście Kasia zamilkła i upiła wina. Ja też wziąłem w dłoń kieliszek. Chciałem jej powiedzieć... Chciałbym móc jej powiedzieć... Nie miałem pojęcia, jak się to robi, jak się uwodzi kobiety. Z Anetą, wiele lat temu, to stało się samo, na jakimś spotkaniu po szkolnej dyskotece, przy ognisku. Przysiadłem się, ona się uśmiechnęła, razem piliśmy piwo, samo się zrobiło tak, że potem ją odprowadziłem, a ona pocałowała mnie w usta, więc jak pijany – z miłości, nie od tego jednego piwa – wracałem przez pola do domu, a nad głową miałem miliony rozmruganych, frywolnych gwiazd.

Z Kasią było przecież podobnie, piliśmy wino, siedzieliśmy ramię w ramię, ale doskonale wiedziałem, że nic nie wyjdzie samo tak jak wtedy, ona mnie nie pocałuje, ja jej nie odprowadzę i nie pójdę spać z piersią wypełnioną szczęściem.

Nagle zdjął mnie lęk, że ona może coś zrobić, wykonać jakiś gest, przysunąć się czy przytulić, a może pocałować mnie, a ja? Co wtedy zrobię? Co mogłem zaofiarować tej dziewczynie? Oddać pocałunek, tulić, kochać się z nią, a potem powiedzieć, że Aneta jest w ciąży? Okazać się sukinsynem? Nie, powinienem powiedzieć jej teraz, ale nie umiałem, nie dałbym rady. Nie dzisiaj.

Wstałem, zabrałem kieliszek i pustą butelkę.

– Czas na mnie – rzuciłem w akcie rozpaczliwej odwagi. – Już późno.

Kasia spojrzała na mnie zdziwiona, podała mi swój kieliszek. Nadal siedziała na podłodze. Dusza we mnie skowyczała i dałbym teraz wszystko, żeby móc klęknąć i rozebrać ją powoli, a potem całować to jej szczuplutkie ciało, dłonie, szyję, kark, który odsłoniła, bo wciąż miała koński ogon, i bardzo chciałem dotknąć tego wicherka z włosów. Kaśka, zakochałem się w tobie, wariuję, kiedy jesteś tak blisko.

– Muszę ci coś powiedzieć, Kasiu.

Od tego zdrobnienia zrobiłem się czerwony, poczułem się jak chłopczyk w krótkich spodenkach. Idiota.

– Okłamałem cię – wyjaśniłem szybko, bo podniosła brwi pytająco. – Ja przeczytałem wszystkie wiersze. Już przedtem. Tylko nie wszystkie... nie wiedziałem, kogo niektóre z nich dotyczą.

Zapadła cisza. Pewnie była na mnie zła.

– Na ogół nie kłamię, uwierz mi. Czułem się z tym paskudnie. Bałem się twojej reakcji i dlatego nie powiedziałem prawdy, ale...

– Wszystkie? – przerwała. – Przeczytałeś je wszystkie? Nie tylko tamte, co ze mną na głos...

– Wszystkie. Po kilka razy, żeby zrozumieć.

– I zrozumiałeś?

– Chyba tak.

– Aha. W porządku. – Chwila ciszy. – A podobały ci się? Bo ja nie wiem, czy to w ogóle przypomina poezję.

– Pewnie, że przypomina – powiedziałem bez sensu, bo przecież nie był ze mnie żaden znawca.

– To dobrze.

Już? Tak po prostu? Uśmiechnęła się, więc chyba tak, chyba naprawdę w porządku.

Może to było znacznie mniej istotne, niż mi się wydawało. Albo może przestało już mieć znaczenie? Wyszedłem do kuchni, odstawiłem szkło do zlewu, a potem uciekłem na dwór. Kilka głębokich wdechów, odlać się za stodołą i schować się w pokoju, zanim ona tu do mnie przyjdzie i zanim złamię wszystkie zasady.

Historia się powtarza, pomyślałem, znowu jest taki wieczór, że ja leżę w ciemności, na drugim łóżku pochrapuje ojciec, a za ścianą Kasia myje się nad miską.

Tylko że teraz nie czułem pożądania, a wyłącznie straszny, zgniatający mi klatkę piersiową żal, że przepadło, to koniec, byłem głupi, nie wiedziałem, że ją kocham – tak, naprawdę nie wiedziałem, to się pojawiało tak powoli, bo robiła na mnie wrażenie jako kobieta już wtedy, kiedy ją fotografowałem w Warszawie, ale do miłości była daleka droga i ja kompletnie nie zdawałem sobie sprawy, że cały czas nią szedłem.

Nie spałem tej nocy. Nad ranem wymknąłem się z domu, zostawiwszy ojcu kartkę: „Aneta dzwoniła, żebym szybko wracał". Wino jeszcze nie wywietrzało mi ze łba, więc zatrzymałem się na pierwszym parkingu na szosie warszawskiej, pod Żabką. Jeszcze zamknięte. Rozłożyłem fotel i dopiero teraz, gapiąc się na jaśniejące niebo i czując się jak ktoś, komu brakuje powietrza, bo na piersi spadł mu potężny ciężar, zasnąłem.

Maj

Wyjechał. Kompletnie tego nie rozumiałam. Nie powiedział ani słowa, nie pożegnał się. Piliśmy wino, byliśmy wreszcie sami i bardzo chciałam dotknąć jego wielkiej dłoni. A potem on nagle wyszedł.

Kiedy usłyszałam, że idzie na podwórko, zamierzałam wyjść za nim. Całe moje ciało krzyczało z tęsknoty do niego. Wiedziałam, że nic się nie wydarzy, przecież on miał tę swoją Anetę, Ulka wspominała, że pewnie latem będzie wreszcie ślub. Ale mogłabym się przecież przytulić jak do przyjaciela, ten jeden raz, nim odejdę stąd na dobre. Nie zdążyłam – kiedy założyłam sweter i miałam zamiar wyjść na dwór, on był już w drugim pokoju.

Usiadłam przy stole, przez chwilę po prostu patrzyłam przed siebie i porządkowałam myśli. Jak zawsze w takich razach, kiedy czegoś nie mogłam z siebie wyrzucić, zaczynał się we mnie kłębić wiersz. Jeszcze w kawałkach, jeszcze nieskładny, ale już tam był, czekał. Grzebałam w torebce tak długo, aż znalazłam długopis. Otworzyłam teczkę. Nie miałam wolnych kartek, więc odcięłam nożyczkami tytuł *Pożegnanie z życiem* i wykorzystałam wolne miejsce pod spodem.

A poza tym chciałam poprosić Konrada o zwrot kluczy od warszawskiego mieszkania. Uznałam, że będą mi potrzebne.

Wyprowadziłam Sukę, obejrzałam jej ranę po operacji. Chyba wszystko w porządku. Zabrałam jeszcze Małego na porządny spacer, żeby się wybiegał. Teraz będzie spał przez kilka godzin. Ugotowałam rosół. Jutro zrobi się z tego pomidorową, pan Stefan sobie poradzi. Kiedy mięso zmiękło, wyłączyłam i poprosiłam gospodarza o rower.

– Muszę jechać do miasteczka – wyjaśniłam. – Rosół gotowy, makaron ugotuję, jak wrócę, chyba że pan wcześniej zgłodnieje, bo trochę mi tam może zejdzie.

– A po co ty znów jedziesz? Wczoraj byłaś.

– Ale wczoraj to całkiem inna historia, operacja. A dziś jadę we własnej sprawie. Leszek, ten weterynarz, obiecał mi pomoc, wie pan, z tym domem. A nie wygadał pan Konradowi?

– Nie, nic nie powiedziałem.

– No to dobrze. Jadę. Suka już jadła, tylko żeby wodę miała świeżą, ja teraz nalałam, ale później...

– Jedź, dziecko, jedź – przerwał mi, ze swoim pomarszczonym uśmiechem. – My tu sobie poradzimy.

Pogoda była piękna, niebo tak niebieskie, że aż nieprawdziwe, ale nie zachwycałam się świeżą zielenią pól ani migotaniem listków brzóz rosnących wzdłuż drogi. Myślałam o Konradzie. Nie mogłam nic poradzić na to, co się porobiło. Wiedziałam, że minie. To nie mój mężczyzna, był zajęty od początku, więc w zasadzie nie miałam prawa nic sobie wyobrażać, na nic czekać, niczego pragnąć.

A jednak pokochałam go. To się działo powoli, nie było gromu z jasnego nieba, nie było uwodzenia – zamiast tego jego silne dłonie, kiedy mnie niósł, kiedy dosłownie i w przenośni wyrwał mnie śmierci. Jego cierpliwość, mądre słowa, spokojny głos. Zapach świeżego drewna w swetrze, jego stara kurtka na moich plecach i to, jak ładnie czytał moje wiersze, jak pytał o charta i Platona. Kochałam go. Kochałam jego jasne włosy, wielkie ramiona i brązowe oczy, i mocne łuki brwi, i...

Przestań, wariatko, niepotrzebnie się nakręcasz. Jesteś już duża, wykaraskasz się – tłumaczyłam sobie. Zaczynasz życie od początku, przekonałaś się przecież, że zawsze jest szansa na nowy start, nawet z najgłębszego dołu wypełnionego płynnym gównem potrafisz wypłynąć. Tak będzie i tym razem.

Wszystko wyklarowało mi się tamtego dnia, kiedy poznałam Leszka. Byłam wtedy z Ulką na zakupach, zawiozłyśmy też przy okazji ozdobione kolczyki i korale. Kupiłam sobie nową torebkę, taniochę z tworzywa sztucznego, ale ładną. Potem Ulka miała coś do załatwienia na poczcie, a ponieważ przypomniało mi się, że Mały ostatnio trzepał uszami, weszłam do lecznicy, żeby zapytać, co z tym zrobić, może trzeba jakoś czyścić.

Leszek – jeszcze wtedy nie Leszek, tylko pan weterynarz – zareagował tak, jak wiele innych osób, czyli mrużył oczy, marszczył czoło, przyglądał się badawczo, a w końcu przerwał mi opis tego trzepania uszami i zapytał, czy się znamy.

Doskonale wiedziałam, że pamięta moją twarz z telewizji, ale ponieważ teraz się nie malowałam, nie robiłam pasemek i w ogóle wyglądałam inaczej, nie mógł skojarzyć. Zapytałam więc, gdzie studiował, żeby odwrócić jego uwagę. Okazało się, że też w Poznaniu – i kiedy zaczęliśmy porównywać daty i miejsca, wyszło nam, że bywaliśmy w tym samym czasie w tych samych miejscach, co więcej – oboje znaliśmy Rosoła, gitarzystę z amatorskiego zespołu szantowego, w którym śpiewał Jakub.

Leszek cieszył się jak dziecko. Ponieważ jednak pojawił się następny pacjent – świnka morska z zaropiałym pyszczkiem – umówiliśmy się na kawę następnego dnia. I tak się zaczęło.

Właśnie przy tej kawie wszystko mi się ułożyło w głowie – dzięki Leszkowi. Opowiadał mi o swojej dziewczynie, która mieszka na Kurpiach. Był wdowcem, znalazł tę nową miłość przez internet. Chcieliby wreszcie zamieszkać razem, ale on miał małe mieszkanko, a ona zajmowała się hodowlą drobiu ozdobnego, nie było mowy, żeby rzuciła wszystko i przeniosła się tu, w cztery ściany. Leszek marzył o kupnie jakiegoś starego domu i wyremontowaniu go – tylko skąd pieniądze.

– A jakby ona sprzedała tamten dom na Kurpiach? – podsunęłam.

– Bożenka mieszka z rodzicami w wielkim gospodarstwie – odparł. – Jedynie ten drób należy do niej.

– No tak. Ale może ty? Sprzedałbyś mieszkanie...

– Dziewczyno, to nie te pieniądze. Za mieszkanie w Grabowie nie dostanę takiej sumy, żeby dom wyszykować. Co innego ty – powiedział. – Trzy pokoje w Warszawie to jest porządna lokata. I teraz mogłabyś z niej skorzystać. Mówiłaś, że rozglądasz się tu za pracą?

– Tak, ale w tym liceum nie było miejsc. Zostawiłam podanie w gimnazjum i podstawówce. Zobaczymy. Zresztą już znalazłam mieszkanie do wynajęcia od września...

– Chyba że tak. Tamto warszawskie też komuś wynajmiesz, kasa się przyda.

– Ale teraz przyszło mi do głowy, że masz rację. Jeśli będzie dla mnie praca, to może rzeczywiście... Bo ja sobie po cichu marzę o domu z ogródkiem, psom też byłoby lepiej i może...

Zaczęło się więc szukanie ofert sprzedaży starych domów, nawet niekoniecznie w Grabowie, niechby gdzieś na wsi. W międzyczasie odebrałam wiadomość z gimnazjum – zaproszenie na rozmowę. Pojechałam z tłukącym się w piersiach sercem, przecież nie mam nawet przy sobie dyplomu, myślałam, to idiotyczne. Dyrektorka rozpoznała mnie natychmiast.

– Pani Pola Gajda, witam! Ale tu w podaniu jest inne nazwisko.

– Naprawdę nazywam się Katarzyna Pietra – wyjaśniłam. – I właśnie wracam do prawdziwego życia.

– To już nie będzie pani grała? Przez ten wypadek?

Nie miałam pojęcia, o czym mówi. Domyśliłam się, że ktoś z produkcji spreparował naprędce jakąś historię, aby wytłumaczyć moje zniknięcie z dwóch seriali. Kiwnęłam tylko głową.

– Wie pani, ja tak naprawdę kocham teatr, film mnie rozczarował – powiedziałam.

– A to wspaniała nowina! Bo widzi pani, my tu mieliśmy takie sceniczne tradycje... Ale ta pani od teatru szkolnego poszła na emeryturę.

No i tak to się wszystko poukładało. Anglistka wzięła urlop zdrowotny, wyjechała na pół roku do Irlandii i właśnie dała znak, że nie wraca. Tak więc była dla mnie praca, będę miała półtora etatu, no i ten teatr. Musiałam tylko w miarę prędko dostarczyć dyplom i te wszystkie dokumenty z poprzedniej szkoły, a wtedy podpiszemy umowę i będę mogła wziąć z biblioteki podręczniki, żeby się przygotować; podstawa programowa jest na stronie ministerialnej, wszystkie potrzebne dokumenty, statut szkoły i tak dalej – na stronie internetowej. Do widzenia wkrótce, a do roboty bierzemy się w sierpniu, ostatni tydzień to czas gotowości do pracy. Aha, i trzeba będzie odnowić kursy pedagogiczne, ale to w zasadzie tylko formalność.

Leszek czekał na mnie przed kościołem. Przypięłam rower i wsiadłam do jego terenówki. Wybieraliśmy się na oględziny domu, trzeciego i jak na razie ostatniego, więcej ogłoszeń nie znalazłam. To niedaleko, ale on nie chodził pieszo z zasady – ja na odwrót, chętnie bym się przeszła, tylko oczywiście nie wiedziałam, jak trafić.

Kiedyś poznam to miasteczko – śpiewało mi w duszy – będę tu chodziła na spacery z psami, będę żyła życiem mieszkańca prowincji, przejmowała się lokalnymi sprawami, ludzie będą się do mnie uśmiechali i mówili „dzień dobry" wcale nie dlatego, że będą mnie kojarzyli z serialu. Będę sobą, Kaśką Pietrą, i będą o mnie wiedzieli tylko tyle, ile zechcę im powiedzieć. Żadnych paparazzi.

Ta ostatnia myśl nie była tak radosna, jak bym sobie życzyła, więc spróbowałam skierować swoje rozważania na inne tory.

– A porządnych fachowców pomożesz mi znaleźć? – zapytałam. – Bo wiesz, zatrudnię byle kogo i potem będę płakać po nocach. Trochę jeszcze pamiętam z czasów, kiedy remontowałam dom po dziadkach, ale wtedy byłam z mężem...

– Nie martw się na zapas. Najpierw miej ten dom, potem się pomartwisz.

Lubiłam go. Był taki pogodny, silny psychicznie. Z takim facetem życie byłoby prostsze.

Dojechaliśmy. Posesja właściwie na uboczu, nie miałabym bliskich sąsiadów, tylko za ścianą niskich drzew majaczyła z oddali zielona elewacja piętrowej willi. Dom był niewielki. W sam raz dla mnie. Parterowy, ale z poddaszem, na górze widziałam maleńkie okienko, a w nim drewnianą figurkę anioła. Chyba mi się podobało.

Kobieta, która nas oprowadzała, nie była właścicielką, lecz kuzynką właścicielki – która wyjechała za granicę. Dom odziedziczyła po rodzicach, nie był remontowany od lat.

– A kuzynka na pewno nie wróci? – zapytałam, bojąc się rozczarowania.

Gdybym teraz zaczęła marzyć o tym domu, a potem by się okazało...

– Nie, ona jest w Australii, wyszła za mąż za górnika z Polski. Już tam zostaną. Chciała mi go odsprzedać, ale ja mam nowe mieszkanie w Łowiczu, na co mi taki dom.

Obeszłam wszystkie pomieszczenia. Obejrzałam trzy pokoiki, sporą kuchnię, niewielką łazienkę. W piwnicy kotłownia, piec na węgiel i drewno. Jak nie napalisz, nie masz ciepłej wody. I co z tego? Śmiałam się w duchu. Od jesieni myłam się w misce, biegałam do drewnianego wychodka i jakoś żyłam. Teraz nawet ta stara muszla klozetowa była dla mnie luksusem.

– Piec można by wymienić, zrobić gazowy – mówiła kobieta. – Bo teraz już tu pociągnęli gaz, kiedyś nie było.

Wyjrzałam przez okno. Widok obejmował zapyziały domek gospodarczy, coś w rodzaju wiaty na drewno – i mnóstwo chaszczy. Dalej furteczka do ogrodu. Zapytałam, czy możemy wyjść na zewnątrz.

Leszek milczał, chyba nie był zadowolony. Ale mnie się podobało. Właściwie można by zamieszkać od razu. Owszem, dom wymagał odświeżenia, pewnie rzeczywiście warto by wymienić ten piec, żebym nie musiała rąbać drewna i nosić węgla – od niedawna wiedziałam, jak to wygląda w zimie. Remontu wymagała też łazienka, może kuchnia, chciałabym wygładzić ściany, zapewne dom należało także ocieplić. Jednak w tej chwili to był dla mnie wersal, bo już rozumiałam, jak niewiele potrzeba, żeby nie tylko przeżyć, ale nawet żeby poczuć się dobrze.

Sprawdziłam ogrodzenie i bramę – były solidne. To ważne, gdy się ma dwa psy. Potem zajrzałam do ogrodu, lecz poza kilkoma drzewkami owocowymi i krzakami malin nie znalazłam tam nic. To znaczy owszem, znalazłam: jeden wielki chwast. Ale to też mnie nie przerażało.

Uśmiechnęłam się bezrozumnie, kiedy kobieta podała cenę. Tak. Biorę ten dom. Dwa poprzednie były znacznie droższe, bo większe i nie tak na uboczu – ale nie podobały mi się tak bardzo jak ten. Chcę, chcę, chcę.

Wyjaśniłam kobiecie moją sytuację: że w tej chwili mogę wpłacić taką a taką zaliczkę, a resztę po sprzedaży obecnego mieszkania. Nie powiedziałam jej, że w stolicy, bo mogłaby podnieść cenę – wiedziałam, że za moje warszawskie lokum dostanę dwa razy więcej, niż musiałam jej zapłacić. Umówiłyśmy się, wymieniłyśmy się numerami telefonów. Byłam szczęśliwa.

Pożegnałam się z Leszkiem, dziękując mu po raz setny. On wprawdzie twierdził, że będę żałować, bo jako samotna kobieta powinnam wybrać tamten bliżej centrum miasteczka, to nic, że większy, ale bezpieczniej, a zresztą przecież jeszcze wiele się może zdarzyć, może założę rodzinę. Popukałam się w czoło.

– Daj spokój. Ten jest idealny. Teraz tylko muszę sprzedać warszawskie mieszkanko i przeprowadzka.

Przesiadłam się na rower, podjechałam do spożywczego. Kilka drobnych zakupów, w tym cztery gazety z ogłoszeniami o nieruchomościach w Warszawie. Pora zorientować się w tym temacie.

Mały buszował w trzcinach. Wiał ciepły wiatr. Dobry dzień na załatwianie ważnych spraw, pomyślałam. Wybrałam numer. Trochę drżał mi głos, kiedy mówiłam: „Halo".

– To naprawdę ty? – Jemu też drżał.

To dobrze. Byłoby mi znacznie trudniej, gdyby traktował to lekko.

– Dzwoniłem... Nie odbierałaś.

– Tak. Wiem.

Uśmiechnęłam się do siebie. Z jakiegoś powodu ta rozmowa wydała mi się zabawna. Słowa były niczym piłeczki, przebijaliśmy je raz na jedną, raz drugą stronę.

– Nie byłam w najlepszej formie – dodałam. – Ale teraz już jest okej i dlatego musimy się spotkać.

– Pola, kochanie, zaczekaj. Najpierw ci wszystko wyjaśnię, bo boję się, że potem, kiedy się zobaczymy, dojdą do głosu emocje...

– Nie, Grześ, to ty zaczekaj – przerwałam mu. – Chyba źle mnie zrozumiałeś. Chcę się spotkać, bo musisz mi oddać klucze. Sprzedaję mieszkanie w Warszawie. Musisz stamtąd zabrać biurko, ono było twoje, i tę minisofę z IKEA. Niebieską. Reszta mebli jest moja, prawda? Aha, lodówkę kupiliśmy na spółkę. Przemyśl, czy chcesz połowę ceny, czy raczej ty ją weźmiesz i mnie spłacisz. Bo ja w zasadzie będę tu potrzebowała lodówki, więc w sumie chętnie...

– Pola.

– No co?

– Porozmawiajmy spokojnie.

– Przecież to robimy.

– Ale Pola... – W jego głosie usłyszałam rozpacz, nie wiedziałam tylko, czy jest szczera, czy po prostu stał się aż tak dobrym aktorem.

– Wiesz co, nie bardzo mogę teraz rozmawiać. Zależy mi na czasie... Możesz być jutro w tym barze na Powiślu, wiesz, gdzie jeździliśmy na hummus?

– Dlaczego tam?

– Ja teraz muszę oszczędzać, zaczynam sobie wszystko budować od nowa – zaśmiałam się, bo mówiąc to, poczułam się naprawdę szczęśliwa. – To jak, jutro? O której masz czas?

– A ty?

– Ja? Ja mam wolne całe życie, Grzesiu.

Ostatecznie umówiliśmy się na czwartą po południu. Przywołałam Małego i wróciłam do domu. Teraz czekała mnie poważna rozmowa z panem Stefanem.

– Mam prośbę – zaczęłam.

Pan Stefan tylko patrzył. Dobrze wiedziałam, że o cokolwiek poproszę, zgodzi się od razu – ale i tak chciałam poprosić.

– Muszę wyjechać do Warszawy na jakiś czas. Będę załatwiać sprawę sprzedaży mieszkania, cały ten notariusz i tak dalej. Pewnie przyjadę jeszcze za parę dni, bo muszę tu wpłacić zaliczkę na mieszkanie i przywieźć dyplom do szkoły, ale większość spraw do załatwienia będzie jednak tam, w Warszawie.

– Jaki dyplom? – zapytał skołowany.

– Bo ja tu pracę dostałam, w szkole.

Twarz mu się rozjaśniła.

– To dobry zawód jest, szanowany.

Cóż, pewnie chciał przez to powiedzieć, że aktorka nie jest szanowanym zawodem. Pod tym względem zgodziłby się z moją matką. Ale pod żadnym innym już nie.

– I właśnie chciałam poprosić... Czy psy mogłyby tu na razie zostać? I moje rzeczy, te, co mi przedtem Konrad przywiózł.

– A co ty, dziecko, chciałaś psy do miasta zabrać? Gdzież one do miasta, nawet na smyczy nie umieją chodzić.

O, to mi uświadomiło, że mamy problem. Muszę kupić obrożę i smycz, i rozpoczynamy naukę. Ale to już może jednak po moim powrocie.

– I jeszcze jedno, panie Stefanie... Czy ja bym mogła tu jeszcze pomieszkać do jesieni? Jak już wszystko załatwię w tej Warszawie i w nowym domu. Bo remont muszę robić, to znaczy zatrudnię fachowców, ale to potrwa pewnie kilka miesięcy...

Patrzył na mnie poważnie. Zaczęłam się bać, że może powie, że nie bardzo, bo Konrad, Anetka, ślub będzie...

– Ty naprawdę myślisz, że musisz o to pytać? – rzekł w końcu. – Ja jestem prosty chłop i nie umiem ładnie mówić. Ale przecież wiesz, że odkąd Konradek cię przywiózł, to ja już nie jestem tak całkiem sam.

Łzy popłynęły mi po twarzy i kapały z brody. Kiwnęłam tylko głową, ale najchętniej wzięłabym tę spracowaną, szorstką dłoń, która kiedyś podała mi kubek z mlekiem, i przycisnęłabym ją do ust. I jeśli tego nie zrobiłam, to tylko dlatego, że dobrze wiedziałam – pan Stefan by tego nie chciał. Zresztą on widział, że płaczę, i wszystko rozumiał.

Przed wyjazdem poszłam jeszcze na chwilę do szopy. Konrad pewnie wcale tu nie zajrzał podczas ostatniego pobytu, nic nie mówił o stole. Zostawiłam mu więc kartkę: „Jeśli ci się nie podoba, to chętnie go odkupię. Za każdą cenę. Kasia". Potem wróciłam na podwórko i długo tarmosiłam Małego za uszy. Przymykał oczy z lubością, uwielbiał to.

– Kocham cię, piesku – szepnęłam.

Chyba pod wpływem brzmienia tych słów, nagle wróciła do mnie rozmowa z Ulką. „Za późno zrozumiałam, że mam prawo spróbować jeszcze raz" – przypomniałam sobie jej wyznanie. W akcie jakiejś rozpaczliwej odwagi poszłam do domu, wyciągnęłam z teczki z wierszami wszystkie teksty poza tym najnowszym. Tamte przełożyłam do torebki, a ten napisany dla Konrada zaniosłam do szopy i zostawiłam na stole. W końcu kto da mi szansę, jeśli ja sama jej sobie nie dam.

Tylko trochę się denerwowałam. Znalazłam się na miejscu przed czasem – kiedyś przeszłabym się pewnie po sklepach albo zabunkrowała gdzieś, a potem odegrała scenę gwarantującą mi dobre wejście – ale teraz byłam na innym etapie, niczego już nie chciałam odgrywać. Po prostu usiadłam, zamówiłam sobie sok i czekałam na Grzegorza.

Wreszcie zobaczyłam go, szedł na pozór swobodnie i zamaszyście, ale nerwowo przełykał ślinę. Zbyt dobrze go znałam, doskonale wiedziałam, jak się czuje. Jak świnia. I rzeczywiście.

– Poluś, jestem najgorszą świnią – rzucił na powitanie.

– Jesteś – zgodziłam się z uśmiechem. – Ale nie przejmuj się tym tak bardzo.

Patrzył na mnie z niedowierzaniem, po chwili także się uśmiechnął.

– Co się zmieniło? Jesteś zupełnie inna.

– Jestem. A ty? Zmieniłeś się?

Nie chciałam być złośliwa, samo mi tak wychodziło.

– Zmieniłem – zapewnił skwapliwie.

Nie wyczuł ironii. Niedobrze. Jeszcze mi się tu roz-
klei. Przyglądałam mu się i rozważałam, jak mógł mi się
kiedyś tak bardzo podobać. Był drobny, pewnie ważył
o połowę mniej niż Konrad. I taki jakiś lalusiowaty. Wymuskany.

– Dostałem rolę w komedii o...

– Przestań, Grzesiek. Nie chcę rozmawiać o twojej
ani mojej karierze. Masz klucze?

– Mam.

Wyciągnął je z kieszeni na piersi, położył na stole.

– Daj mi rękę – poprosił.

Nie miałam pojęcia, o co mu chodzi, jednak dałam. To
przecież nic nie kosztuje. Nachylił się, chwycił ją mocno.

– Polka, wybacz mi. Zachowałem się jak ostatni skurwysyn, ale wybacz. Tylko tyle.

Teraz i ja nachyliłam. Pogładziłam te jego zaciśnięte
kurczowo palce.

– Spokojnie, Grzesiu. To już było, minęło, rozumiesz?
Ja nawet zapomniałam, że bolało. Było ze mną źle, już ci
mówiłam, ale teraz jest okej.

– Rozmawiałem z tym twoim... przyjacielem paparazzo.

– Wiem. Opowiadał.

– Urżnęliśmy się na perłowo.

– O, tego nie mówił. I jak? Bolała główka?

– Bolała – zaśmiał się.

Gdzieś z boku błysnął flesz. Skurwysyny, znowu robią nam zdjęcia, sformułował mi się nawykowy epitet.

Szybki rzut oka, czy to nie Konrad – ale nie, jakiś okular-
nik. Miałam go gdzieś.

– Kiedy wpadniesz po rzeczy?

Grześ wyprostował się, puścił moją rękę.

– Już je zabrałem.

– Świetnie. Krótko i na temat.

Dopiłam sok, wzięłam klucze i wstałam.

– Czy jestem ci coś winna? – Chciałam mieć już za
sobą te przykre sprawy. – Popłaciłeś rachunki, abonament za telefon...

– Nie, absolutnie.

– Ale to były zaległe opłaty – upierałam się. – Powinnam ci oddać.

– Płaciłem z twojego konta.

Zaśmiałam się z własnej głupoty. Jak mogłam sądzić,
że zapłaciłby ze swojego?

– A ta lodówka? Chcesz ją?

– Zapomnij o lodówce. Mieszkałem u ciebie tyle czasu... A ty się jeszcze chcesz za lodówkę rozliczać? Daj
spokój.

– No dobrze. To powodzenia, Grzegorz.

– Zaczekaj – poprosił jakoś płaczliwie. – Myślałem,
że porozmawiamy. Pola, byłaś najlepszym przyjacielem,
jakiego miałem...

– Byłam – zgodziłam się. – Natomiast ty nie byłeś jakimś specjalnie dobrym, wiesz? Teraz znalazłam znacznie lepszych. Nie mam do ciebie żalu, ale po prostu
chciałabym zapomnieć, że byłeś w moim życiu.

I wyszłam. Czułam się lekko. Zacisnęłam dłonie
w pięści, żeby przestały drżeć.

Wróciłam do miejsca, które nazywałam domem przez ostatnie kilka lat. Wszystko było takie obce. Wielka wanna, potężne lustro, które bezlitośnie pokazywało, jak bardzo Kasia Pietra różni się od Poli Gajdy. Łóżko przestało być wygodne – stało się za szerokie, zbyt zimne, pościel miała obcą fakturę. Brakowało mi zapachu starych wełnianych kap, brakowało ciasnoty – tu było za dużo chłodnej, bezosobowej przestrzeni. Już wiedziałam, że wyprowadzę się bez żalu i ta myśl sprawiła mi ulgę.

Włączyłam komputer, wyszukałam kilka stron z ogłoszeniami, wybrałam te, które mogły być dla mnie przydatne, po czym zaczęłam dzwonić. Pytałam, próbowałam negocjować, zapisywałam sobie metraż mieszkań, lokalizację, ceny. Po sześciu takich telefonach już wiedziałam, na czym stoję. Dopiero wtedy zamieściłam własne ogłoszenie. Zrobiłam jeszcze kilka zdjęć telefonem, włażąc w tym celu na stół i oparcie kanapy. I po sprawie.

Przygotowałam sobie w wannie kąpiel z pachnącymi kulkami, nałożyłam odżywkę na włosy. Potem pianka, wałki, makijaż, szybki manicure. Chciałam wyjść, przewietrzyć sobie głowę. Postanowiłam, że zjem coś na mieście, potem może kino, teatr, jakiś koncert. To już końcówka życia w Warszawie, a teraz wreszcie mogłam się skupić na tym, co sprawiało mi przyjemność, nie na lansie. Wybrałam z szafy dawno nienoszone ciuchy, pewnie już niemodne, ale miałam to gdzieś.

Przed wyjściem jeszcze rzut oka w lustro, poprawiłam fryzurę, odrobina transparentnego błyszczyku. Nie chciałam się przyznać sama przed sobą, dlaczego zależało mi, aby ładnie wyglądać, ale w końcu się poddałam – no dobrze, ty idiotko, gdzieś tu jest Konrad, może właśnie dziś poluje z aparatem na aktorki, może się spotkacie; ale znacznie bardziej prawdopodobne jest, że spędza czas ze swoją narzeczoną, więc równie dobrze możesz założyć jakiś bury worek i zalać się w samotności.

Mimo to poszłam na chińszczyznę, a potem do kina. Ktoś zrobił mi zdjęcie komórką, ale nie ruszyło mnie to. Bo to nie był mój paparazzo. Wieczorem padłam na łóżko z bólem głowy. Za dużo hałasu, świateł i smrodu. Tęskniłam za ciszą podwórka we wsi, w której nauczyłam się czerpać zadowolenie z życia, a której nazwę poznałam dopiero niedawno. Śmiesznie się nazywała: Wydmy.

Pierwszy potencjalny nabywca mieszkania pojawił się już następnego dnia – to znaczy nie pojawił się osobiście, tylko zadzwonił. Nie spodobał mi się jednak, bo rozmowę zaczął od targowania się.

– Proszę pana, w ogłoszeniu podałam cenę – odparłam spokojnie. – I nie napisałam, że do negocjacji.

– Ale wszyscy negocjują.

– Ja nie – rzuciłam słuchawką.

Dupek. Potrzebowałam pieniędzy, miałam zacząć nowe życie. I tyle.

Dopiero trzeci rozmówca wzbudził moją sympatię. Musiał być młody, miał delikatny głos, nie słyszałam w nim cwaniactwa.

– Kiedy można by przyjechać obejrzeć? – zapytał.

– Kiedy panu pasuje. Mam teraz urlop, proszę tylko podać dogodny termin.

– To ja zatelefonuję do żony i się odezwę.

Zadzwonił ponownie dosłownie po minucie.

– My możemy nawet natychmiast – powiedział i nawet przez telefon wyczułam jego podekscytowanie. – Żona właśnie wyszła od lekarza.

– Dobrze, zapraszam.

Szybko ogarnęłam dom, pościerałam kurz z ciemnych powierzchni – po przyjeździe tego nie zrobiłam, więc mieszkanie wyglądało jak pokryte patyną. Całości nie zdążyłam sprzątnąć, zresztą chodziło tylko o to, żeby zrobić dobre wrażenie. Na stole ustawiłam sztuczne stokrotki z IKEA. Uśmiechnęłam się, kiedy przypomniałam sobie, z jakimi uczuciami patrzyłam na nie poprzednio. Gdyby ktoś mi wtedy powiedział, co mnie czeka, gdybym spotkała wróżkę, jasnowidza jakiegoś – posłałabym go do domu wariatów. Nie byłabym w stanie uwierzyć, że spotka mnie jeszcze coś dobrego.

Zapukali. Domofon na dole wciąż był zepsuty. Otworzyłam i już wiedziałam, dlaczego żona miała wizytę u lekarza – była w ciąży, wyglądała na szósty miesiąc. Uśmiechnęłam się do jej brzucha.

– Proszę.

Weszli ostrożnie, jak do jakiejś świątyni. Zachowywali się tak nieśmiało, byli tak łagodni i delikatni, że miałoby się ochotę oddać im to mieszkanie za darmo. Ona podeszła do okna i patrzyła na ulicę, potem poszukała łazienki. On oglądał kuchnię, balkonik od strony podwórza, dotykał drzwi i futryn. Później wzięli się za ręce i wspólnie chodzili po pokojach. Wydali mi się zabawni – widać było, że kompletnie nie wiedzą, na co zwrócić uwagę przy zakupie mieszkania.

– To będzie państwa pierwsze wspólne lokum? – zapytałam.

– Tak – ożywiła się dziewczyna. – Bierzemy kredyt, mamy spory wkład własny, bo mąż pracował kilka lat w Niemczech...

Widziałam, że małżonek dyskretnie ją szturchnął, pewnie miała tego nie mówić.

– Proszę się nie przejmować – zwróciłam się do niego. – Postawię sprawę jasno. Ja potrzebuję pieniędzy, wy potrzebujecie mieszkania. Kupuję dom na wsi, taki stary, do remontu. Potrzebuję każdego grosza. Dlatego od razu uprzedzam, że nie ma tu za bardzo szans na negocjacje.

– Ale... pół miliona to za dużo...

– Macie tu trzy duże pokoje – powiedziałam. – Decydujcie się. Od razu mówię, że jesteście trzecimi chętnymi, a ogłoszenie zamieściłam dopiero wczoraj.

– A tamci przed nami zrezygnowali?

– Nie, jeszcze nie byli obejrzeć. Macie nad nimi przewagę, oni są umówieni na jutro – próbowałam blefować.

Spojrzeli na siebie, ona z nadzieją, on jakiś spłoszony.

– Chociaż pięć tysięcy pani opuści – sapnął w końcu.

Widziałam, że to dla niego bardzo ważne. Pewnie chodziło nie tyle o pieniądze, ile o zasadę. Może i ja powinnam się była targować przy zakupie domu.

– Niech będzie moja strata – zgodziłam się w końcu i wszyscy odetchnęliśmy z ulgą.

Było mi pusto. Nie chodziło o to, że kończy się warszawska przygoda. Nie chodziło o to, że pora się żegnać, bo umówiliśmy już spotkanie u notariusza i lada dzień miałam stąd zabrać rzeczy.

Zadzwoniłam do Ulki, zgodziła się, żebym na razie wstawiła je do jej stodoły – bo mój dom przecież będzie w remoncie. Już nawet wyszukała ekipę remontową. Gdyby ktoś mi powiedział, że będę miała prawie łysą, niemal bezzębną i dwa razy ode mnie starszą przyjaciółkę, nie uwierzyłabym. I to było właśnie cudowne. Że niczego nie można być pewnym. Że za rogiem może na nas czekać coś, na co nie liczymy, czego się nie spodziewamy i w co nie wierzymy.

A jednak było mi pusto, i dobrze wiedziałam dlaczego. Byłam beznadziejnie zakochana.

W końcu nadszedł koniec maja – wszystkie organizacyjne sprawy były za mną. Sprzedaż mieszkania się dokonała, umówiłam się z nowymi właścicielami, że mam tydzień na wywiezienie rzeczy. Zatrudniłam firmę, biegałam po dziesięć razy w dół i w górę z kartonami. Kilka razy mignął mi flesz, ale nie zwracałam na to uwagi, sprawdziłam tylko, czy za aparatem nie stoi facet z blond kitką.

Wreszcie firma przeprowadzkowa odjechała w siną dal – do Wydm, a konkretnie do Ulkowej stodoły, ja zaś zostałam jeszcze na kilka dni. Chciałam pokręcić się po marketach budowlanych, może udałoby się wypatrzyć jakieś niedrogie kafelki do łazienki i kuchni. Musiałam też kupić smycz i obróżkę dla Małego, no i większą dla Suki.

Poszłam na górę, do pustego mieszkania. Miałam tylko nadmuchiwany welurowy materac i pościel, laptopa, dwie kosmetyczki, ręcznik, kilka naczyń i sztućce, kawę i czajnik; uznałam, że tyle mi wystarczy do życia. Na kolację kupiłam sobie bułkę i kabanosy. Pola Gajda złapałaby się za głowę, słysząc o takiej diecie. Kasia Pietra miała to w nosie.

Zadzwoniłam do Ulki, zapytałam, co u pana Stefana i psów. Wszystko dobrze, mam się niczym nie martwić.

Rano tylko przeczesałam włosy, szybkie mycie zębów, kawa, po czym wyskoczyłam na zakupy. Kupiłam sobie rogala i serek homogenizowany. Płacąc, uświadomiłam sobie, że w spojrzeniach ludzi coś się pojawiło. To samo „coś", które tak dobrze pamiętałam. Patrzyli ze współczuciem pomieszanym ze wzgardą, a to mogło oznaczać tylko jedno – że jakiś poczytny portal znów urządził łowy i to ja byłam zwierzyną. Uświadomiłam sobie teraz, że zbyt często ostatnio rejestrowałam błysk flesza albo po prostu wymierzony we mnie obiektyw – ale jedynym, co mnie interesowało, była sylwetka paparazzo.

Wróciłam do domu. Nie bałam się, bo nie miałam czego, czułam się całkowicie spokojna. Oni nie wiedzieli, że stałam się odporna na ich strzały, ponieważ chronił mnie pancerz obojętności. Zwisało mi, co o mnie myślą, nie zależało mi już na poklasku, na zainteresowaniu mediów czy widzów. Pewnie dlatego zaczęłam się serdecznie śmiać, widząc na dobrze sobie znanym portalu plotkarskim zdjęcie ukazujące mnie i Grześka, jak czule trzymamy się za ręce. On wpatruje się we mnie, a ja gładzę jego dłoń. Ale jaja.

Przejrzałam artykuł, jedząc śniadanie. Pola Gajda wróciła do stolicy i do dawnego ukochanego. Jest w świetnej formie, choć niestety przytyła – tu zdjęcia z mojego wyjścia na chińszczyznę. Wyprowadza się, pewnie zamieszka z Grzegorzem – fotki z przeprowadzki. Niestety, zupełnie straciła wyczucie stylu – i teraz następuje seria zdjęć pokazujących, jak się stoczyłam pod względem modowym.

Popieprzyło ich. Jakie to ma, do cholery, znaczenie, że miałam tanią torebkę z tworzywa sztucznego? Skoro mi było z taką torebką wygodnie, a pieniądze wolałam wydać na rower albo lampę do kuchni, albo wygodny fotel? Czy naprawdę zaledwie pół roku temu przejmowałam się takimi bzdurami? Nie do uwierzenia.

Wyłączyłam komputer, wzięłam moją tanią torebkę, założyłam tanie balerinki (na złość redaktorom portali plotkarskich) i wybrałam się do marketu budowlanego, żeby pooglądać kafelki. Spędziłam cały dzień, jeżdżąc od jednego sklepu do drugiego, zjadłam golonkę z kapustą w IKEA, kupiłam preparat na pchły i kleszcze, tanie obroże i smycze, dwie książki – niestety już znacznie droższe – o projektowaniu ogrodów, i wreszcie, zupełnie skonana, wróciłam do domu.

Właśnie zamierzałam wejść do klatki schodowej, kiedy ktoś podszedł od tyłu i złapał mnie za rękaw. Odwróciłam się z głupią nadzieją, że to Konrad, ale ujrzałam przed sobą obcego człowieka. Już go kiedyś spotkałam, wiedziałam to na pewno. Tylko nie mogłam sobie przypomnieć, gdzie i kiedy. Miał dziwną fryzurę, włosy zaczesane na jedną stronę, jakby chciał ukryć połowę twarzy. Bełkotał coś. Jest pijany, pomyślałam i odwróciłam się z odrazą.

W tym momencie usłyszałam trzask migawki i dostrzegłam jakiegoś paparazzo, który robił mi zdjęcie

z otwartego okna samochodu. Byłam zdezorientowana, nie rozumiałam, co się dzieje. Mężczyzna z dziwną
fryzurą wybełkotał coś jeszcze, a kiedy chciałam odejść,
ponownie złapał mnie za łokieć. Migawka znowu trzas-
nęła sucho. Nieznajomy wyciągnął coś z kieszeni; wpadłam w panikę, myśląc, że może to szaleniec, może chce
mnie zabić – ale trzymał w dłoni tylko notes i długopis.
Napisał coś szybko, po czym podsunął mi kartkę, a ja
przeczytałam i ugięły się pode mną kolana.

Czerwiec

Przeczytałem już chyba wszystkie książki świata. Poprawiłem się – wszystkie obyczajowe, takie o miłości. I nawet nieobyczajowe, ale o miłości. Ostatnio wypożyczyłem *Sto lat samotności* i *Miłość w czasach zarazy*, bardzo mi się podobały, chociaż chyba nie wszystko rozumiałem. Chciałbym być bardziej inteligentny, chwytać, o co chodzi w poezji i powieściach. Z drugiej strony, czasami sobie myślałem, że może z większością ludzi tak jest, że nie wszystko rozumieją, tylko się do tego nie przyznają.

Anety już nie męczyły mdłości, za to miała ciągły apetyt na seks. No, może nie ciągły. Zdarzyło się, że przez jakiś tydzień nie dała się dotknąć. A potem znowu wróciło.

Trochę mnie martwiło to, że wcale nie zaczęła się zdrowo odżywiać, ale nie chciałem jej pouczać, w końcu akurat ja nie byłem ekspertem od zdrowej żywności.

Cały maj spędziłem, harując jak wół, bo przecież będziemy potrzebowali więcej pieniędzy, pora zacząć odkładać. Dotychczas nie miałem jakichś szczególnie dużych oszczędności, nie lubiłem gromadzić. Tyle, żeby coś tam zawsze było na koncie. Aneta też sporo pracowała, jak zwykle większość czasu spędzała w redakcji.

Nie mogłem przestać myśleć o Kasi. O tym, co się z nią dzieje, co postanowiła. Nic nie wiedziałem. Byłem na wsi jakiś czas temu – tata sam z psami, powiedział, że poprosiła go o opiekę nad zwierzakami.

– Jak to „poprosiła"? – zapytałem. – To potem zamierza je zabrać? I gdzie ona w ogóle jest?

– E, ja tam nie wiem, synu. A psy, tak mówiła, że chce zabrać.

Przecież nie do centrum Warszawy, dwa wiejskie burki. Absurd.

Kręciłem się po jej pokoju i dotykałem przedmiotów, które miały z nią związek. Poduszki, na której sypiała, i kapy na jej łóżku, i tych drobiazgów, które ozdobiła sobie u Ulki. Ona ma prawo odejść, co więcej, powinna to zrobić – tłumaczyłem sobie. Tylko dlaczego to musi tak cholernie boleć.

Zadzwoniłem do jej matki. Chciałem powiedzieć, że nie musi już przysyłać pieniędzy, ale odezwała się tylko automatyczna sekretarka. Nagrałem więc informację, że z córką już wszystko w porządku i że dziękujemy za pomoc. Musiałem tak postąpić. Wprawdzie Kasia jeszcze nie zarabiała, jednak też najwyraźniej nie potrzebowała pomocy.

A potem poszedłem do szopy, do mojego drewna, i tam czekał mnie szok. Podwójny. Pierwszy – bo stół był skończony. Zupełnie inny niż planowałem. Chciałem zostawić surowe, woskowane drewno, a tymczasem był pobielony na sucho, tak że rysunek słojów pozostał widoczny. Na blacie miał słoneczniki, w każdym rogu jeden. W pierwszej chwili się zdenerwowałem, jednak potem pomyślałem, że w sumie ładnie to wygląda. Mój pomysł był lepszy, szkoda takiego pięknego, zdrowego drewna, ale musiałem przyznać, że to była dobra, staranna robota.

Na stole leżała teczka Kasi. Nie mogłem sobie przypomnieć, gdzie widziałem ją ostatni raz – czy możliwe, żebym to ja ją tu zostawił? Nie, zupełnie bez sensu, przecież ostatnia nasza rozmowa o wierszach skończyła się tym, że Kasia wyrwała mi teczkę z rąk. Potem już pozostawała u niej, a więc albo zapomniała jej, zostawiła ją tu przypadkiem, albo zrobiła to celowo. Dla mnie. Kiedy po nią sięgnąłem, spod spodu wypadła karteczka: „Jeśli stół ci się nie podoba, to chętnie go odkupię. Za każdą cenę. Kasia".

– Nie sprzedam ci, za żadne pieniądze – mruknąłem.

Miałem ochotę pocałować tę kartkę; Aneta miała rację, że jednak straszna baba ze mnie.

Potem otworzyłem teczkę. Ręce mi drżały. Chyba spodziewałem się listu, jakichś wyjaśnień. Ale był tam wiersz. Tylko jeden. Wcześniej go nie czytałem, byłem tego absolutnie pewien – musiał być nowy.

– *zakochałam się*
– *tak nie zaczyna się wiersza*
nie w tych czasach
słowa muszą być nowoczesne i śliskie
jak sztuczny jedwab
nie miąć się nie zużywać
nie brzmieć nigdy jednoznacznie
koniecznie daj im drugie dno
na wypadek gdyby pierwsze
ktoś osiągnął zbyt szybko

– ale ja
tak po prostu
zakochałam się
– i nie zapominaj o zębach metafor
zaostrz je tak żeby bolało
gdyby ktokolwiek spróbował zrozumieć
niech zadowoli się przeczuciem
że coś tu zostało powiedziane
że poeta nazbyt niezwykły jest
by go można było dotknąć w wierszu
– zakochałam się
pod prąd ja wiem
niemodnie niemądrze
nawet nie udaję że to pasuje do moich snów
a jednak

I to był właśnie ten drugi szok.

Wziąłem psy na spacer, łaziłem po polu i gadałem do siebie pod wiatr. Jak to: „zakochała się"? Co próbuje mi w ten sposób wyjaśnić? Że musi odejść? Że z tym Leszkiem to poważna sprawa? Przecież ja wiedziałem, że ten dzień nadejdzie, bo nie liczyłem na to, że taka kobieta jak ona mogłaby tu zostać, zresztą to by nie było dobre, ona musiała coś robić, czymś się zająć. Wydobrzała już, zaokrągliła się, świat na nią czekał. Ale dlaczego zwierzała mi się, że się zakochała, przecież musiała wiedzieć, że ja tego nie chcę słuchać, wolałbym nie wiedzieć.

A jeśli ona to widziała inaczej? Jeśli myślała, że się ucieszę, że sobie kogoś znalazła? W końcu nazywałem siebie jej przyjacielem.

A czy nie było możliwe, czy nie istniał choćby cień szansy, że...

Że we mnie?

Wróciłem do domu, przeczytałem wiersz jeszcze kilka razy i poszedłem do ojca.

– Tato, powiedz mi prawdę, bo przecież widzę, że ty tu coś ukrywasz. Gdzie jest Pola?

– Nie wiem, synu, słowo daję. Poprosiła o opiekę nad psami, bo na jakiś czas musi wyjechać.

– Na jakiś czas?

– No tak. Potem wraca, ale nie będzie...

Urwał. Czułem, że jest coś, czego nie chce mi powiedzieć.

– Nie będzie tu mieszkać? – podpowiedziałem.

Kiwnął głową.

– Wraca na stałe do Warszawy?

– Nie, synu. Mieszkanie kupuje czy coś. Ale kazała nie mówić.

Zatkało mnie.

– Kupuje mieszkanie? Sama? Jak ona sama to pozałatwia, przecież trzeba o tylu rzeczach pomyśleć? Nie chciała, żebym... żeby ktoś jej pomógł, doradził?

– Ja tam nie wiem – zdenerwował się ojciec, pewnie zły, że z niego wydobyłem tajemnicę. – Zresztą ona wcale nie sama, bo ten weterynarz z nią jeździł, razem oglądali.

A no to wszystko jasne. Wiedziałem już to, co chciałem wiedzieć. Kurwa jego pierdolona mać, wiedziałem już wszystko.

Wieczorem wziąłem sobie ten wiersz do poduszki i rozdrapywałem we łbie słowo po słowie. Zakochała się. Tak po prostu. Zwyczajnie. Tak pisze. Czyli ma chyba na myśli kogoś zwyczajnego i miłość zwyczajną, bez jakichś romantycznych porywów, taką rozsądną. Co to za miłość bez porywów, podpowiadała mi babska część mojej natury, ta od romantycznych książek.

Dalej: zakochała się „pod prąd". To znaczy, że nie powinna była? Że w niewłaściwym człowieku? A jak można rozpoznać, który jest właściwy? Beczkę soli z kimś zjesz, a tego się nie dowiesz. I jeszcze: niemodnie i niemądrze. I to nie pasuje do jej snów. Czyli nie chciała, planowała coś innego, może na przykład zamierzała wyjechać, a tu na miejscu zatrzymała ją miłość.

Nie mogłem dłużej o tym myśleć, czułem, że lada moment szlag mnie trafi. Zasnąłem z myślą, dlaczego wszystko musi być tak bardzo do dupy.

Pojechałem wtedy do Ulki, żeby zapytać, gdzie może być Kasia, ale jej nie zastałem. Musiałem już wracać do Warszawy, Aneta wydzwaniała, więc jeszcze tylko po drodze zajrzałem do tej pieprzonej lecznicy. Cholera, pomyśleć, że gdyby nie te psy, to wszystko by się nie stało, analizowałem. I zaraz potem puknąłem się w czoło, bo uświadomiłem sobie, że gdyby nie psy, to może nawet Kasia do dziś by nie mówiła. To Mały wyciągnął ją z dołka i to dzięki temu, że udało jej się go uratować, stanęła na nogi. Przynajmniej tak mi się wydawało, choć żaden ze mnie psycholog.

Weterynarz Leszek kojarzył mnie z widzenia, zresztą Kasia mu o mnie wspominała, więc bez problemów

podał mi adres mieszkania, które kupiła. Zaciskałem pięści i tak się zastanawiałem, czy gdybym dał mu w zęby,
zrozumiałby, o co mi chodzi. Był uprzejmy, rzeczowy,
naprawdę sympatyczny gość. Niższy ode mnie o głowę.

Grzecznie się pożegnałem, pojechałem pod wskaza-
ny adres – i dopiero zdębiałem. Byłem pewien, że ona
kupuje mieszkanie. Tymczasem to był dom. Parterówka
z poddaszem, zaniedbana, chociaż ładna, trzeba przyznać, otoczona niewyobrażalnym gąszczem chwastów.
Pusta. Kasi nie było.

Jadąc do Warszawy, znowu gadałem do siebie – nigdy
wcześniej mi się to nie zdarzało.

– Masz dwie możliwości – powiedziałem, zerkając
w lusterko. – Albo do niej zadzwonisz... Nie masz nume-
ru, palancie, wpisałeś jej swój, ale nie spisałeś sobie jej...
To jednak nic nie znaczy, możesz przecież zadzwonić do
Ulki. Albo pojedziesz do jej mieszkania warszawskiego.
Tylko po co? Zastanów się. Po co ci to?

Milczenie. Moje odbicie nie miało nic do powiedzenia.

– To jeszcze ci powiem tak: jeżeli ona się zakochała
w tym Leszku, to nie masz tu nic do roboty. Pogratulo-
wać zawsze zdążysz. A jeśli... Gdyby jakimś cudem... zakochała się w tobie...

I w tym momencie zamknąłem się na dobre. Bo
uświadomiłem sobie, że gdyby tak rzeczywiście było,
gdyby stało się tak, że ja tam do niej jadę i pukam, a ona
otwiera mi i na moje pytanie odpowiada, że tak, we mnie
– to co ja miałbym wtedy zrobić? Ja też cię kocham, Kasiu, ale niedługo zostanę ojcem, sama rozumiesz, muszę
lecieć? Czy raczej wziąłbym ją w ramiona, nasycił wreszcie to straszne pragnienie i powiedział prawdę dopiero

324

po seksie? Rany, jakie to trywialne, jakie płytkie, naskórek chce do naskórka, a przecież chodzi o coś więcej.

Ostatecznie ani nie zadzwoniłem, ani nie pojechałem.

Ostatnie dni maja przeleżałem z jelitówką. Aneta robiła mi rano herbaty, kładła przy łóżku suchary i tyle ją widziałem. Lało się ze mnie górą i dołem, nie miałem nawet siły sięgnąć po książkę ani po laptopa. Myślałem, marzyłem. Zwinięty w kłębek, między jednym pawiem a drugim wyobrażałem sobie, że do pokoju wchodzi Kasia i przynosi mi diphergan, a potem siada przy mnie i wsuwa palce w moje włosy.

A dzisiaj spojrzałem w kalendarz i dowiedziałem się, że już pierwszy czerwca. Dzień Dziecka. Kupiłem Anecie pudełko rafaello z przeznaczeniem dla malucha. Nie miałem pojęcia, czy wolałbym chłopca, czy dziewczynkę. Najchętniej jedno i drugie, chociaż może jednak nie jednocześnie.

I jeszcze udało mi się kupić pięknego misia – innego niż chińskie zabawki z byle jakiego tworzywa, nie, ten był wyjątkowy, uszyty z takiego kraciastego materiału, jak kiedyś szyło się płaszcze, miał mądry pyszczek i sweterek z włóczki. Wiedziałem, że jestem infantylny i to jak zwykle po babsku; prawdziwi faceci, jeśli już, kupowali kolejki elektryczne. Ale ten niedźwiadek wydał mi się dziełem sztuki, wypatrzyłem go na wystawie lumpeksu, kupiłem i wyprałem w pachnącym mydle.

Zrobiłem sobie mocną herbatę, na kawę po wczorajszych sensacjach żołądkowych nie miałem ochoty.

Do tego sucha bułka, wolałem jeszcze nie szaleć z jedzeniem.

Aneta była już w pracy; wczoraj wróciła bardzo zaaferowana, mówiła, że opublikowali świetny materiał, ale oczywiście nie byłem zainteresowany. Teraz jednak postanowiłem przejrzeć portale plotkarskie; wyzdrowiałem już, więc jak zwykle czekała mnie prasówka, trzeba się było zorientować, co w trawie piszczy.

I ledwie otworzyłem, niemal trafił mnie szlag. Na „Gorącej Plotce" tematem tygodnia był powrót Poli Gajdy. Gorączkowo przeglądałem od początku – najpierw newsy sprzed paru dni: Pola wraca do stolicy, spotyka się z Grzegorzem, trzymają się za ręce, czułe, intymne rozmowy, ich wyraz twarzy, dwuznaczny uśmiech, to wszystko atakowało mnie ze zdjęć, które Aneta zleciła zapewne Waldkowi. Pola na samotnej kolacji, Pola w kinie, Pola się zaokrągliła, straciła wyczucie stylu, szkoda, taka była wystylizowana, a już nie jest. Zacisnąłem pięści, kurwa mać, Aneta nie mogła być taka płytka.

Ale dopiero najświeższe wiadomości naprawdę zwaliły mnie z nóg. Pola Gajda jesienią przeżyła załamanie nerwowe. Pola Gajda na torach, pijana, chciała się zabić. Leczyła się w szpitalu. Teraz się wyprowadza. Zdjęcia Kasi podającej jakieś pudełka facetom w uniformach firmy przeprowadzkowej. I na koniec: Kim jest tajemniczy mężczyzna w jej życiu? Czy dla niego zostawi Grzegorza? Czy odwrotnie, próbuje uciec przed kimś ze swojej przeszłości? Tu zdjęcie Poli, która najwyraźniej próbowała wyrwać się facetowi z dziwną asymetryczną fryzurą. W głowie rozległ mi się „pstryk" i już wiedziałem, że widziałem tego gościa – i to niejeden raz, przed jej domem. Kim jest? Dlaczego złapał ją za łokieć, dlaczego ona się wyrywała?

A przede wszystkim: skąd, do kurwy nędzy, wzięli te zdjęcia na torach?!

Nie wypiłem herbaty, wziąłem bułkę w zęby, narzuciłem na grzbiet jakiś T-shirt i wciągnąłem dżinsy, i po chwili już gnałem motorem do mieszkania Poli. Wbiegłem na górę i chciałem właśnie zapukać, kiedy drzwi otworzyły się znienacka.

– A gdzie te płytki? – zapytała jakaś kobieta z brzuchem.

– Płytki? – Stałem przez chwilę, gapiąc się na nią, zanim zrozumiałem, że wzięła mnie za glazurnika.

– A przepraszam, myślałam, że to ktoś inny. Pan do nas?

– Nie, ja... Chciałem porozmawiać. Czy wie pani, dokąd wyjechała pani Pola Gajda?

– A wie pan, że naprawdę nazywa się zupełnie inaczej? – odpowiedziała kobieta z nagłym ożywieniem. – Katarzyna Pietra. Mamy tak w umowie kupna.

– Wiem. Czy pani wie, dokąd ona pojechała?

– No chyba na tą wieś. Mówiła, że dom kupiła.

– A kiedy dokładnie wyjechała?

– Wczoraj chyba. Nie wiem. Byliśmy umówieni, że dziś rano wchodzimy z remontem. Klucze miała zostawić u sąsiadki, i zostawiła.

– O właśnie – przypomniałem sobie i pogrzebałem w kieszeni. – Ja mam przecież drugi komplet.

– Dziękuję.

– Myślałem, że ona jeszcze tu mieszka.

– No niestety, jak pan widzi, już nie.

Wyszedłem na ulicę i stałem jak ogłuszony. Co teraz? Jechać do Grabowa czy raczej na wieś? Może jest u Ulki? Zadzwoniłem. Ulka odebrała natychmiast, ale twierdziła, że Kasi tam nie ma. Ani u niej, ani u ojca – wie, bo była jakieś dwie godziny temu, w drodze na targ. Wszystkie Kasine meble są u niej w stodole, przedwczoraj przyszedł ostatni transport.

Poprosiłem ją jeszcze o numer do Kaśki, niech mi go przyśle esemesem. Zgodziła się, ale od razu uprzedziła, że to na nic, bo Kasi najwyraźniej rozładował się telefon. Sama też od wczoraj próbowała się dodzwonić.

Zajrzałem na podwórze kamienicy. Samochód wciąż stał pod wiatą, ale kiedy podszedłem bliżej, zobaczyłem materac na tylnym siedzeniu. Taki welurowy, nadmuchiwany – teraz zdechły, bez powietrza, wepchnięty byle jak. Wyglądało to tak, jakby nie miała czasu, jakby się chciała szybko wynieść. Dlaczego jednak nie pojechała samochodem? Gdzie znajdowała się w tej chwili? Traciłem rozum z niepokoju.

Gdy tylko odebrałem wiadomość z numerem od Ulki, zadzwoniłem. Dupa. Przepraszamy, abonent jest w tym momencie nieosiągalny. Zapisałem numer w kontaktach, wsiadłem na motor i pognałem do redakcji. Teraz sobie, kurwa, porozmawiam z Anetką.

Wpadłem jak wilk w stado owieczek. Moja kobieta siedziała za biurkiem, na mój widok zrobiła dzióbek. Dwie inne dziewczyny opuściły głowy nad klawiatury, udając, że mnie nie znają, choć przecież byliśmy razem na niejednej imprezie, a z Elą nawet się polubiliśmy. Waldka okularnika, który robił zdjęcia Poli przez kilka ostatnich dni, nie było w redakcji – na szczęście, bo pewnie dałbym mu w pysk, choć nie wiedziałem dokładnie za co.

– Skąd wzięłaś te zdjęcia?

– Waldi zrobił.

Udawała, że nie rozumie. Teraz widziałem w niej cały ten fałsz, którego wcześniej nie dostrzegałem. Manipulowała, kłamała, wykorzystywała swoje kobiece sztuczki, była przebiegła. A ja jej chciałem dać misia na Dzień Dziecka. Kretyn.

– Aneta, wiesz, o co pytam. Skąd wzięłaś zdjęcia na torach? Nie sprzedałem ci ich.

– A, jeśli o to chodzi, to oczywiście, że ci zapłacę.

– Nie o to, kurwa, chodzi! – zacząłem wrzeszczeć. – Chodzi o to, że były w moim komputerze! Chronionym hasłem!!!

Dziewczyny podniosły się zza biurek i ulotniły w milczeniu. W samą porę.

– Przecież ja od dawna znam hasło – odpowiedziała Aneta lekko. – *Anetka1990*. Pocałowałam cię wtedy pierwszy raz, jak mogłabym nie pamiętać tej daty.

Kurwa, kurwa. Musiała podpatrzeć, jak wpisywałem.

– I tak po prostu weszłaś sobie do mojego laptopa...

– Konrad, to jest biznes – przerwała mi zimno. – Słabi odpadają. Wiedziałeś, czym się zajmuję, poszedłeś na to. Zleciłam ci pilnowanie tej Gajdy, więc pilnowałeś, zrobiłeś swoje. To, co się działo potem, w twoim domu, to już nie moja broszka. Ale wcześniej pracowałeś na moje zlecenie, pamiętasz?

– Nienawidzę cię – powiedziałem. – Myślałem, że oprócz tego cię jeszcze kocham, ale nie, już tylko nienawidzę.

Patrzyła na mnie tymi swoimi wielkimi oczami. Zrobiło mi się strasznie zimno, zacząłem się trząść.

– Aneta, co się z nami stało? – spytałem bezradnie.

– Ja nie wiem. Myślałam, że akceptujesz to, jak żyję. Chciałeś się żenić, chciałeś dziecka. Teraz, kiedy jestem w ciąży, już nie chcesz? Teraz nagle przestajesz mnie kochać? I co, zostawisz mnie? Dla niej, dla aktoreczki?

– To nie tak.

Zasłoniła twarz dłonią, drugą położyła sobie na podbrzuszu. Poczułem się jak ostatni sukinsyn. Przykucnąłem przed nią i wtuliłem twarz w jej kolana.

– Tęsknię za tamtymi czasami... Byliśmy młodzi i naiwni, tacy jacyś czyści, niewinni. Aneta... Byłaś dla mnie wtedy uosobieniem kobiecości, taka czuła, ciepła...

– Nadal taka jestem, kochanie. Ale tu panują inne reguły, tu muszę być twarda. Rozumiesz? – Podniosła moją głowę, chwyciła pod brodę i zajrzała mi w oczy.

– Rozumiem.

Poddałem się. Nie dlatego, że przyznałem jej rację; zrobiłem to wyłącznie dlatego, że wojna niczego by nie zmieniła. Musiałem być z tą kobietą, ponieważ ona nosiła moje dziecko. Był czas, że błagałem ją o rodzinę, o wspólne mieszkanie. No to teraz to wszystko dostałem. Koniec, kropka.

Wracałem do domu jak zbity pies, z podkulonym ogonem, bez źdźbła szacunku dla samego siebie. Usiadłem nad wystygłą dawno herbatą, przejrzałem jeszcze raz zdjęcia. Kasia, moja Kasia. Ładnie jej w bladożółtej bluzce, była opalona, ale innym odcieniem niż opalenizna z solarium – ten brąz ze wsi wydawał się zdrowszy, czuło się w nim ciepło.

Spróbowałem ponownie z telefonem, niestety jej numer pozostawał niedostępny. Patrzyłem na zdjęcia z Grześkiem. Może była u niego? Może ten wiersz, to zakochanie – to właśnie o nim? Ale w takim razie dlaczego „to nie pasuje do moich snów"? No jak to, właśnie dlatego, że nie miała zamiaru do niego wracać, wcale nie chciała mu wybaczyć, a jednak. Na fotografii gładziła jego palce, on trzymał jej dłoń w swojej. Mógł to być gest pojednania, mogło być wyznanie miłości, ale mogło być także pożegnanie. Bardzo chciałem, żeby to ostatnie.

W takim razie – w kim by się zakochała? Poza Leszkiem – on był bardzo prawdopodobny, ale jednak nie w stu procentach pewny. Pozostawał jeszcze facet z dziwną fryzurą. On miałby być tym tajemniczym ukochanym? Raczej stalkerem, jakimś prześladowcą, bo przecież widywałem go już wcześniej, ale nigdy z nią, zawsze gdzieś w tle.

Coś mi nagle zaświtało gdzieś na dnie pamięci, otworzyłem foldery ze zdjęciami sprzed roku i wybrałem te, na których zdejmowałem Polę z pewnej odległości. Mam! Jedno, drugie, piąte... W sumie pięć zdjęć, na których w tle mignął mi ten człowiek, tak charakterystyczny dzięki włosom. Teraz pamiętałem, że kiedyś natknąłem się na tego gościa, a on, spłoszony, wsiadł do auta dostawczego.

Znowu przejrzałem zdjęcia. Na kilku miałem granatowy samochód dostawczy, po powiększeniu widziałem już, że to peugeot. No to teraz przynajmniej wiedziałem, kogo trzeba znaleźć. Wybrałem najlepsze zdjęcie i zrobiłem jeszcze jedno przybliżenie, tym razem na rejestrację. Okej. Widać słabo, ale jednak widać.

Dobre dwie godziny zajęło mi zastanawianie się, kto mógłby pomóc. Skąd miałem wytrzasnąć policjanta, który rozpracuje ten numer rejestracyjny. Zatelefonowałem do Ulki, ale nikt nie przychodził jej do głowy. Zyga też nie potrafił nic wskórać. Do Anety nie chciałem dzwonić w tej sprawie. Przeglądając kontakty w telefonie, natrafiłem na Jakuba Cykana. Nie miałem nic do stracenia. Zadzwoniłem.

– Słucham, Cykan.

– Dzień dobry. Pamięta mnie pan? Byłem niedawno w Krakowie, rozmawialiśmy o Kasi...

– Człowieku, czy ty się w końcu odpierdolisz? Powiedziałem ci wszystko...

– Czekaj pan – przerwałem mu po chamsku, bo mnie wkurzył. – Kasia zniknęła. Jedyne, co mam, to numer rejestracyjny auta, które widziano pod jej domem.

Trochę koloryzowałem, ale co mi tam. Cel uświęca środki. Zyskałem tyle, że były mąż się zamknął.

– Potrzebuję policjanta, który by mi sprawdził, kto siedział za kółkiem. Może to fałszywy trop, a może nie. Dzwonię do wszystkich, bo nie mam pojęcia, gdzie szukać pomocy.

– Mam kuzynkę – rzekł po chwili. – W Łodzi. Ale nie wiem, czy...

– W policji?

– Tak. Anita ma na imię.

Anita. Prawie jak Aneta. Ale jednak nie tak samo.

– Wyślę ten numer esemesem. Załatwi to pan? Na cito.

– Postaram się. Ale nic nie obiecuję. To jest, zdaje się, nielegalne.

– Jasne.

332

Rozłączyłem się, spisałem numer rejestracyjny ze zdjęcia i wysłałem. Czekając na odpowiedź, zmieniłem hasło w laptopie. Czy było coś, na co nie wpadłaby Aneta? Coś, o czym zwyczajnie nie wiedziała? Ostatecznie zdecydowałem się na *erotyk3*. Idiotyczne, ale tego nie odgadnie, choćby szukała całe życie. Tylko ja potrafiłem odtworzyć drogę, jaką poszły moje myśli. W teczce Kasi były dwa erotyki, jeden z nich dotyczył Pawła, drugi zapewne Jakuba. Kiedy puściłem wodze fantazji, marzyłem, żeby kiedyś pojawił się trzeci. I żebym to ja był jego bohaterem.

Ponieważ wciąż nie miałem pewności, czy Kasia nie pojechała po prostu do tego swojego Leszka, wyszukałem w internecie lecznicę w Grabowie i zadzwoniłem. Facet odebrał, wysłuchał moich wyjaśnień i odpowiedział uprzejmie, że nie ma zielonego pojęcia, gdzie jest Kasia. Nie widział jej od dość dawna, ostatnio wtedy, kiedy byli razem obejrzeć dom. To zdanie sprawiło, że zapragnąłem tam pojechać i mu przyłożyć, ale z drugiej strony dało mi odrobinę nadziei, bo nie spotykali się jakoś szczególnie często.

Odpowiedź od Jakuba Cykana przyszła dopiero po dwóch godzinach. W międzyczasie wziąłem prysznic, wypiłem kawę i zjadłem jajecznicę na boczku. Z żołądkiem już dobrze, byłem gotów do drogi. Wiadomość od Jakuba brzmiała: „Robert Korwin, Wieliki".

Pogrzebałem w necie, gdzie leżą te jakieś Wieliki – bo oczywiście Robertów Korwinów znalazłem wielu, ale żaden z nich nie pasował do mojego poszukiwanego z dziwnym fryzem. Wieliki... Jest. Wieś koło Ełku, nad jednym z bardzo wielu jeziorek. Po namyśle wziąłem aparat, spakowałem też laptopa, a zdjęcie z portalu Anety, na którym było widać, jak Robert Korwin łapie Kasię za łokieć, zapisałem jako tło pulpitu. Postanowiłem jechać samochodem. Diabli wiedzą, gdzie przyjdzie mi spać i jak długo będę szukał – ale znajdę.

Anecie zostawiłem na komodzie kartkę: „Muszę wyjechać na jakiś czas. Prezenty są dla malucha, dzisiaj Dzień Dziecka". Obok postawiłem pudełko rafaello i posadziłem misia. Chwilowo na nic cieplejszego nie było mnie stać.

Czerwiec

Po przebudzeniu przez dłuższą chwilę nie mogłam sobie przypomnieć, gdzie jestem. Wpatrywałam się w przybrudzony sufit. W rogu spory pająk uwijał się przy swojej zdobyczy. Zamiast żyrandola dyndała nade mną upstrzona przez muchy żarówka.

Czułam się jak ogłuszona. Wczoraj bardzo długo nie mogłam zasnąć, w głowie miałam już nie gonitwę myśli, ale jeden wielki wrzask. Teraz wydawałam się sobie jakaś poobijana wewnętrznie, obolała i spuchnięta. Sen przyszedł dopiero nad ranem i był zły, ale nie pamiętałam, co mi się śniło.

Wyszłam z pokoju – spałam w ubraniu, więc teraz tylko je na sobie przygładziłam. Udałam się do prymitywnej ubikacji. Przemyłam twarz zimną wodą i przeczesałam palcami włosy. Tusz rozmazał się już wczoraj, wyrzeźbił ciemne smugi w dół policzków, ale nie chciało mi się teraz iść po kosmetyczkę. Spróbowałam ponownie wodą i mydłem, a kiedy to nie przyniosło efektów, dałam za wygraną.

Poszłam na pomost i odetchnęłam głęboko. Pięknie pachniało – wodą, wakacjami, po prostu latem. Taki zapach towarzyszył mi, kiedy zakochałam się w Pawle, i taki sam zapach miał świat, kiedy stało się tamto. Tamto najgorsze. Jeszcze nie umiałam tego nazwać po imieniu, ale wiedziałam, że dziś będę się musiała odważyć. Już to zrozumiałam.

∽

Kiedy facet z dziwną fryzurą chwycił mnie za rękaw, a potem pokazał, co napisał w swoim notesie, miałam wrażenie, że zapadam się w coś miękkiego. Wszystko stało się na chwilę wściekle jaskrawe i wyraźne – jego twarz, błysk flesza, granat samochodu i biel elewacji budynku. Chwilę trwało, zanim naprawdę dotarło do mnie znaczenie słów, które w pośpiechu zapisał: „Pani ojciec mnie przysłał".

Wtedy to ja chwyciłam go za rękaw i pociągnęłam za sobą, do pustego mieszkania, wepchnęłam za drzwi i bez słowa pokazałam materac, bo nie było już ani jednego krzesła.

– Proszę mówić – zażądałam.

Dopiero po chwili dotarło do mnie, jakie to było absurdalne, bo Robert – wtedy jeszcze nie wiedziałam, że tak ma na imię – zwyczajnie mówić nie mógł. Miał uszkodzoną połowę twarzy. Bełkotał, lecz ten bełkot rozumiało tylko kilka osób, w tym mój tata. Jednak taty z nami nie było, więc Robert najpierw zaczął pisać w tym swoim notesie, a potem jego wzrok padł na laptopa rozłożonego przy materacu i jeden kącik jego ust uniósł się w uśmiechu. Skinęłam głową. Otworzył nowy dokument i zaczął pisać. Robił to bardzo sprawnie.

– Jestem przyjacielem Pani ojca. Przysyłał mnie tu już kilka razy, ale ja nie mogłem znaleźć właściwego momentu, mam trochę problemów z komunikacją, jak Pani zauważyła. Potem Pani zniknęła na bardzo długo, a media podawały informacje o wypadku. Pani tata bardzo się niepokoił i codziennie śledził wiadomości. Wreszcie wczoraj ukazały się artykuły o tym, że wróciła Pani do Warszawy, i natychmiast przyjechałem.

– A dlaczego tata nie mógł przyjechać? Nie puściła go ta jego… nowa kobieta? – zapytałam zadziornie.

Spojrzał na mnie i o ile mogłam coś wyczytać w tej jego połówce twarzy, było tam zdziwienie.

– Jaka kobieta? – napisał.

Aha, pewnie odeszła, tatuś został sam i dlatego przypomniał sobie, że ma rodzinę.

– Dlaczego nie przyjechał? – powtórzyłam.

– Ma niesprawną nogę.

Milczałam. W głowie mi się to wszystko nie mieściło.

– Zgodzi się Pani pojechać ze mną?

– Dokąd?

– Do taty. Mieszkamy pod Ełkiem – wystukał.

– Mieszkamy? Mieszka pan z moim ojcem? Jest pan moim… przyrodnim… Jest pan jego…?

Pokręcił głową, znów się uśmiechnął tą jedną stroną ust.

– Pani ojciec uratował mi życie. Ja nie mieszkam z nim, tylko w tej samej miejscowości. Przyjaźnimy się.

Siedziałam obok niego na tym materacu. Rzecz w tym, że cokolwiek by napisał, byłam gotowa rzucić wszystko i pojechać z nim na koniec świata. Tylko musiałam się jakoś upewnić, że to się dzieje naprawdę, że

337

on jest wysłannikiem mojego taty, a nie jakimś mistyfikatorem. Szybko zebrałam myśli.

– Niech mi pan udowodni. Niech pan napisze coś o moim ojcu – poprosiłam.

– Był pilotem, ale nie lata od... nie pamiętam roku. Mieszkaliście w Bydgoszczy, a potem w Bukach. Tata latał w Goleniowie.

– To każdy może sprawdzić w internecie – powiedziałam, choć wcale nie byłam tego pewna. – Ja chcę dowodu. Co lubi robić, co jada, no nie wiem. Coś charakterystycznego.

To było głupie żądanie, jeśli wziąć pod uwagę, że ja sama niewiele wiedziałam o moim ojcu. Tyle, co zapamiętałam z dzieciństwa. Robert zamyślił się na chwilę, a potem napisał:

– Najbardziej to on lubi robić wino. I jeszcze grzyby... zbiera, suszy i przyrządza z nich cuda.

Nie musiał pisać nic więcej, bo w tym momencie się rozbeczałam.

Poprosiłam, żeby wrócił rano. Musiałam oswoić w myślach to, co się właśnie działo, w czym uczestniczyłam. Nabrać odwagi, wypłakać nadmiar łez. I jeszcze – spakować się. Wszystkiego po trochu.

Odpowiedział, że nie ma sprawy, oni w ogóle nie liczyli, że ja się tak od razu wybiorę, bo przecież praca. Nie pracuję, odparłam. Już nie albo jeszcze nie, jak kto woli. I pojadę, ale potrzebuję jeszcze tej jednej nocy.

Nie mogłam zmrużyć oka. Ojciec. Człowiek, którego nauczyłam się nienawidzić, bo przecież tylko to mu się należało po tym, jak nas zostawił, mnie i matkę, a może najbardziej właśnie mnie – z nią. Mogłam mu wybaczyć tę spódniczkę, za którą – jak powtarzała mama – poleciał. Mogłam wybaczyć zdradę, słabość, wszystko, tylko nie to okrucieństwo. To, że mnie zostawił, nie zabrał ze sobą.

Rano byłam już spakowana, materac i wielką reklamówkę upchnęłam w samochodzie, walizka czekała w holu, więc kiedy tylko Robert zapukał, wyszłam bez słowa, klucze zaniosłam do sąsiadki z dołu i tak pożegnałam się z moim warszawskim życiem. Nie myślałam o tym jednak, nie było miejsca na sentyment czy choćby refleksję, bo czekało mnie spotkanie, o którym podświadomie marzyłam przez te wszystkie lata – i którego bałam się najbardziej na świecie.

Zasnęłam, kiedy tylko wyjechaliśmy ze stolicy. Za mną była nieprzespana noc, przede mną – diabli wiedzą co. Jechaliśmy w milczeniu, nic dziwnego, że mnie zmogło. Tak czy owak, obudziłam się z niemiłosiernie obolałym karkiem, gdy wyjeżdżaliśmy z Grajewa. Nie miałam pojęcia, czy jeszcze daleko, co to w ogóle za miasto: Grajewo, ale bardzo się starałam nie zamykać już oczu – chciałam wiedzieć, gdzie się znajduję, bo nagle ogarnął mnie lęk, że dałam się oszukać i za tym wszystkim czai się jakieś zło. Nie dałam jednak rady, wciąż przysypiałam, ale tym razem były to krótkie, nerwowe drzemki, takie z paskudnymi snami. Śniła mi się matka, która z twarzą wykrzywioną złością strofowała ojca, takiego, jakiego zapamiętałam z dzieciństwa: „Milcz, człowieku. Nie możesz zrozumieć? Tego po prostu nie było".

Milczenie było naczelną zasadą w naszym domu. Mnie przychodziło to łatwiej, tata nie umiał. Teraz sobie to przypomniałam.

Najpierw zobaczyłam jeziorko. Podjechaliśmy do końca asfaltu, dalej wiodła droga polna. Z trzcin co kilka metrów wyłaniały się małe drewniane mostki. Na niektórych stali wędkarze, odwracali się w naszą stronę i kiwali głowami albo pozdrawiali Roberta ruchem dłoni.

Wreszcie dojechaliśmy do przystani. Drewniany pomost ujmował w ramki spokojną taflę, na której kołysał się rower wodny. Obok dostrzegłam otwarte drzwi blaszanego budynku, w którym dnem do góry leżały kajaki. Chciałam zapytać, dlaczego tu jesteśmy, ale wiedziałam, że nikt mi nie odpowie, wysiadłam więc, kiedy Robert zatrzasnął drzwi po swojej stronie.

Patrzyłam na przystań i nie byłam w stanie zrobić kroku. Może chciał się tu ze mną spotkać, bo w domu nie może. Pewnie ma jednak kobietę, może nawet dzieci. Wybrał więc to miejsce – bo co? Bo lubi wędkować? Bo tu nas nikt nie zobaczy?

Z budynku po prawej stronie, gdzie – jak wyczytałam z tabliczki informacyjnej – mieściło się biuro wypożyczalni sprzętu wodnego, wyszedł starszy mężczyzna. Wyszedł to za dużo powiedziane. Jedną nogę ciągnął za sobą jak bezwładny kloc. Krzyknęłam bez słów, samym krzykiem, jak ptak. Zrobiłam to bezwiednie, dopiero kiedy usłyszałam własny krzyk, uświadomiłam sobie, że to mój głos. Tata. Tatuś. Szedł ku mnie z wysiłkiem, a ja nie byłam w stanie zrobić kroku, żeby wyjść mu naprzeciw. Cholerny zdrajca. Cholerny, kochany, najukochańszy, wytęskniony zdrajca. Wreszcie ruszyłam biegiem i rzuciłam się w jego mocne objęcia.

Milczeliśmy bardzo długo. Robert ulotnił się taktownie, nie zauważyłam nawet, kiedy odjechał. Patrzyłam na ojca i nie mogłam uwierzyć, że to się dzieje naprawdę. Miał przerzedzone włosy, całkiem siwe. Kiedyś był blondynem, przypomniałam sobie. Oczy pozostały te same, jasne jak niebo, dobrotliwie uśmiechnięte, okolone siateczką zmarszczek, które sprawiały, że nawet kiedy był poważny, miał w sobie jakąś pogodę. Tylko teraz tych zmarszczek było dużo, dużo więcej. Przytył. Niewiele, ale jednak. Tata.

Wreszcie wziął mnie pod rękę i poczłapał do biura, a ja dałam się prowadzić, skupiona tylko na tym, żeby się nie rozbeczeć. Wszystkie pretensje, jakie kiedykolwiek miałam, wszystkie żale – znikły na chwilę. Zapomniałam, co to było. Zapomniałam słów. Słuchałam naszych kroków na drewnianym pomoście i próbowałam uwierzyć, że idę pod rękę z moim tatą, drewno jest suche i ciepłe, woda pachnie latem. I myślałam też z wielkim żalem, z takim spokojnym smutkiem – myślałam, że to nie powinno mnie wzruszać, tak powinno wyglądać życie, że się ma ojca i matkę, że idzie się z tatą pomostem i nie znajduje się w tym nic szczególnego; i że miliony ludzi to ma, a mnie zostało odebrane.

– Gdzie byłeś przez te lata? – zapytałam. – Tato. Wyjaśnij mi.

Weszliśmy do biura. Ojciec pokazał mi drzwi na lewo, otworzył je i zaprosił. Wtedy zrozumiałam, że oprócz biura mieści się tu jego mieszkanie. Tapczan w paski, dwa regały pełne książek, dwa krzesła i stół, a na nim laptop. I kartonowe pudełka. To tyle.

– Gdzie byłem? Przez większość czasu tutaj – zamilkł na chwilę, po czym dodał: – A przedtem w szpitalu. I w różnych innych miejscach, których dokładnie nie pamiętam.

Jego opowieść płynęła przez całe popołudnie, do wieczora. Piliśmy wino porzeczkowe z ubiegłego roku, stawaliśmy się coraz bardziej pijani, ja miałam w sobie coraz mniej łez, a on coraz mniej słów. W końcu wyrzucił je wszystkie, ale mnie jeszcze trochę zostało, więc poszliśmy na pomost i beczałam jeszcze dobrą godzinę, zanim w końcu odprowadził mnie do pokoiku, w którym spędziłam noc. Był tam taki sam pasiasty tapczan, ale to wszystko. Poza tym pusto. I taką samą pustkę miałam w środku.

– A jak tam mama? – zapytał, kiedy nalał nam tego wina. – Opowiedz trochę.

Patrzyłam na niego z niedowierzaniem. Jak mógł zadawać pytania? Nie on tu jest od tego, on musi wyjaśniać, ja mogę pytać.

– Chleje – odpowiedziałam sucho. – Zostawiłeś mnie z pijaczką i pytasz, co u niej? Dlaczego nie pytasz o mnie, jak dałam sobie radę?

– Jak dałaś sobie radę? – powtórzył natychmiast.

Ale zamiast czekać na odpowiedź, sam zaczął mówić:

– Ja nie umiałem, Kasiu. Nie potrafiłem przestrzegać jej zasad. Kazała milczeć, nie wspominać o tym nigdy więcej, a ja nie mogłem, potrzebowałem właśnie rozmawiać, nazwać to, rozumiesz? Wyspowiadać się z tego, co się stało, wyrzucić wreszcie to straszne poczucie winy.

– Przestań. Milcz.

– Teraz ty? To samo? Zabraniasz o tym mówić? Nie rozumiesz, że od tego oszalałem, z tego właśnie wyszedł ten mój obłęd? I twój jest z tej samej ciszy. Czytałem, widziałem zdjęcia, że się kładłaś na torach, że byłaś w szpitalu.

Nie wiedziałam, o jakich zdjęciach mówi. Przecież Konrad nie opublikował tamtych fotografii. Ale nawet gdyby, było mi w tej chwili wszystko jedno.

– Przestań, tato. Nie wolno. Po co o tym mówisz? Mów o tym, że mnie zostawiłeś. Że poleciałeś za spódniczką.

– Za żadną spódniczką, Kasia. Nikogo nie było. Co ci matka naopowiadała? Że odszedłem do innej kobiety? Odszedłem, uciekłem właściwie, bo byłem już chory od tego. Nie umiałem dłużej udawać, że nie było tamtej śmierci.

– Przestań! Nie wolno!

– Kasiu. Wolno. Będziemy o tym rozmawiać. Będziemy rozmawiać o Piotrusiu.

Wtedy zaczęłam krzyczeć po raz pierwszy.

Ojciec wysłuchał mojego wrzasku, mojego sprzeciwu, bo przecież tak mnie nauczono, wyszkolono – nie wolno, tego imienia nie ma, nie ma słowa „brat", nie ma słów „umarł", „zatruł się", „aviomarin" ani nawet „tic-tac". To

ostatnie zwłaszcza było torturą, bo przecież ciągle nada-
wano te same reklamy, które przyczyniły się do całego
nieszczęścia, Piotruś myślał, że to tic-taki, małe i okrągłe,
więc zjadł, a potem sen, a potem śmierć, a potem milczenie. A teraz krzyk bez słów.

– Mama oszalała, Kasiu. Oszalała z bólu i dlatego
musimy jej wybaczyć, oboje. Z tego bólu, z poczucia
winy, tak, bo ty myślisz, że tylko my byliśmy winni,
ale ona siebie też obwiniała, to ona kupiła te tabletki,
prawda? Położyła byle gdzie, nie wysoko, nie na szaf-
ce, włożyła do torby. Przecież jako lekarz nie powinna
była tego zaniedbać, wiedziała, że dla dziecka to truci-
zna. I właśnie z poczucia winy wzięło się szaleństwo
i potem picie. Zabroniła o tym mówić i z tego też obłęd,
bo człowiek musi mówić. Jeśli czegoś nie nazwiesz, to
to wcale nie znika, nie wierz w to, przeciwnie, to nara-
sta i zaczyna ci wyłazić wszystkimi otworami. I mnie
właśnie wylazło. Zacząłem się dusić. Pewnie ci nie powiedziała. Wsiadałem do samolotu. I nagle brak tlenu,
łapię się za gardło, hełmofon w porządku, a mnie coś
ciśnie w szyję, umieram z braku powietrza. Raz i drugi,
wreszcie trafiam do lekarza, a potem na oddział ner-
wic, tu do Ełku. Lekarz mówi: „wyleczony", wsiadam
w pociąg i to samo, duszę się, nie ma powietrza w całym wagonie, dziwię się, jak ci ludzie tak zwyczajnie
siedzą, nikt się nie chwyta za szyję, a ja się duszę. Wy-
siadam, ulga. Oddycham normalnie. Ale ilekroć wsiadam znowu, zdycham z braku tlenu. Znowu trafiam na
oddział dla czubków, lekarz pyta, co się stało, dlaczego
nie chcę wrócić do domu, ale milczę, bo Marysia tak
kazała, przecież nie wolno, zresztą nawet nie ma takich

344

słów. Nie powiedziała ci, prawda? Byłem na komisji, dostałem rentę, nie było już mowy o lataniu. Zadzwoniłem do niej, powiedziałem, jak jest. Powiedziałem: „Musimy porozmawiać o Piotrusiu, wszyscy, Kasia też", a ona nawrzeszczała na mnie, że nie ma żadnego Piotrusia, nie ma, jestem pierdolnięty, jestem słaby i mam się więcej nie pokazywać. Ona drugiego dziecka nie pozwoli zmarnować, tak powiedziała. Nie pokazuj się więcej. Ja jej powiem, że ty nie żyjesz albo że odszedłeś. Załatw to, wszystko jedno jak, ja zarobię na córkę, a ty zniknij, bo jesteś obłąkany, szalony, nie mów nic, nie ma takich słów. Nie potrzebujemy cię, a Kasia cię nienawidzi, bo to twoja wina, ty go zabiłeś. Umrzyj albo zniknij, nie ma takich słów, nie wymawia się imienia „Piotruś" ani słowa „synek", ani „brat".

Wyłam. To już nawet nie był płacz. Wyłam, a on mówił dalej:

– Byłem wtedy bezdomny przez jakiś czas. Mieszkałem na dworcach, trochę na Centralnym, trochę w Bydgoszczy, potem był Wrocław i Gdynia Główna Osobowa. Zjadałem resztki w barach dworcowych, w koszach się coś znajdowało, najwięcej na plaży. Dostawałem rentę, to mi się gromadziło, ale ja nie wiedziałem, nie miałem wtedy konta, imienia ani nazwiska, nie miałem chyba wcale świadomości. Jedyne, co mi kołatało w głowie, to tamten obraz: nasza czwórka nad jeziorem w Borównie, pogoda byle jaka, Marysia proponuje, że pojedziemy w Bory Tucholskie, kupuje zapas aviomarinu, bo ty zawsze wymiotowałaś w aucie, a potem jedzie na zakupy do Bydgoszczy, wyjeżdżając, przypomina: „Pilnujcie Piotrka", ja mówię: „Kasiu, zostawiam ci Piotrusia pod opieką" i idę na ryby, kurwa mać, dlaczego ja poszedłem na te ryby; ty poszłaś do Pawła, bo byłaś przecież zakochana, zakochani inaczej czują czas, a Piotruś bawił się sam w domku kempingowym, ja byłem blisko, na pomoście, nic się nie mogło stać. A potem wróciłaś, bo zawsze byłaś bardzo posłuszna, i ja wróciłem, a Piotruś powiedział: „Tik-tak, tik-tak" i śmialiśmy się, że znowu zjadł ci wszystkie tic-taki, jedynie to wtedy jadłaś ze słodyczy, bo w reklamie mówili, że tylko dwie kalorie. Jak to nastolatki, chciałaś być szczuplutka, i byłaś, Kasiu, a potem Piotruś zasnął, i tyle. Tyle, Kasiu. I to był koniec, bo gdybyśmy wcześniej znaleźli te opakowania po aviomarinie, gdybyśmy wiedzieli, co oznacza jego „tik-tak", to zawiózłbym go na pogotowie, wypłukaliby mu żołądek, ale skąd mogłem wiedzieć.

Wyłam. Tata mnie tulił, a ja wylewałam z siebie hektolitry łez. Że Piotruś i że mama, że ją zawiodłam, że nie upilnowałam brata, że Paweł był wtedy dla mnie ważniejszy. I jeszcze, że mnie oszukiwała przez tyle lat, mówiła, że ojciec odszedł, bo mnie nie kochał, że za spódniczką...

– Powiedz to – szepnął. – Powiedz: miałam brata, Piotrka, i on umarł, i to niczyja wina. Wypadek. Powiedz to, Kasiu.

Ale ja nie umiałam. Nie dałam rady, i może dlatego płakałam tak długo i tak głośno. W końcu dałam się ukołysać ojcowskim ramionom. Na policzku odciskał mi się drapiący ściągacz jego swetra. Tata odprowadził mnie do tego drugiego pokoiku i wreszcie zasnęłam, mała dziewczynka, spuchnięta, spłakana i przerażona tym, że tatuś złamał wszystkie możliwe zasady.

Siedział na pomoście. Słysząc moje kroki, odwrócił się z niepewnym uśmiechem.

– Dzień dobry – powiedział. – Jak się spało? Pewnie okropnie?

– Okropnie. Koszmar.

– Tak myślałem.

Milczeliśmy przez chwilę. Tata wyciągnął wędkę, haczyk był pusty.

– Cwane są. To leszcz. Inteligentna ryba. Podbiera, podbiera, aż weźmie wszystko, a ty się nie zorientujesz.

Spojrzał na mnie z ukosa.

– Potrzebujesz kawy – orzekł. – I śniadanie by się przydało. Pisali, że miałaś anoreksję albo bulimię.

– Bzdura. Przecież jem.

– To dobrze. Chodź na śniadanie.

Wstał z trudem, niemal położył się na brzuchu, żeby móc się podnieść – ale kiedy wyciągnęłam rękę, by mu pomóc, udał, że nie widzi. Pokuśtykał do swojego mieszkanka, ja poszłam za nim, a w głowie miałam pustkę.

– Robert mi tu czasem podrzuci pieczywo. I masło świeże, jakiś ser, jajka, kiełbasę. Warzywa mam własne, do tego trzy krzaczki porzeczek, trochę malin.

Pokazał dłonią w stronę okna, więc podeszłam i wyjrzałam. Ogródek. Na skrawku lądu wcinającym się w jezioro, pewnie nie trzeba wcale podlewać. Starannie utrzymane grządki. O ile potrafiłam rozpoznać po listkach, marchewka, rzodkiewka i coś strączkowego.

– Co to jest, to podobne do fasolki? – spytałam.

– Bób. Bardzo lubię.

Pokiwałam głową. Ja też lubiłam bób.

– Kupiłam dom na wsi – pochwaliłam się. – No, może niezupełnie na wsi, ale pod miastem. Też będę miała ogródek.

– A rodzina?

– Nie.

– Co: nie?

– Nie będę miała.

– Dlaczego?

Więc teraz moja kolej. Opowiedziałam o Jakubie i maleńkim Krzysiu – nie do wina, lecz do kawy, więc i łez było mniej. Zresztą wylałam niemal wszystkie wtedy, gdy opowiadałam to Ulce.

– Co to znaczy, że ci się należało? – spytał ojciec. – Coś ty sobie myślała?!

– Przecież wiesz, tato.

– Powiedz.

– Nie wolno.

– Kaśka! – zaczął krzyczeć. – Powiedz! Wywlecz to z siebie, do cholery!

– Nie umiem.

Był zdenerwowany, a ja wraz z nim. Cała się trzęsłam.

– Dlaczego ci się należało?!

– Bo zabiłam!

– Kogo?!

– Brata. Przeze mnie umarł.

Zaczęłam beczeć.

– Jak miał na imię twój brat?

Szlochałam.

– Imię! Kasiu, imię.

– Piotruś.

– Dlaczego umarł?

– Bo zjadł aviomarin. Dwa opakowania. Myślał, że to tic-taki. Potem zasnął, a ja... my nie wiedzieliśmy...

– Głupiutki był, Kasiu. Miał dwa latka. To niczyja wina. Był taki głupiutki. Powtórz to.

– Głupiutki – powtórzyłam, ale reszty już nie dałam rady.

Tata objął mnie, a ze mną cały mój połamany świat, i potem płakaliśmy już razem.

Patrzyłam na błękit wody. Potem na niebo. Byłam spokojna. Ojciec wyrywał chwasty spośród bobu. Mogłabym teraz umrzeć, to byłby dobry koniec życia.

– Jak tu trafiłeś? – spytałam.

– O, to długa historia i sam nie pamiętam jej całej. Kiedy wypisali mnie z Ełku, jeszcze przez jakiś czas się błąkałem. Nie wiedziałem, że mam jakieś pieniądze, więc żyłem jak żebrak. To u kogoś przekopałem ogródek, to udało się zdrzemnąć w altance na działkach. I na tych dworcach mieszkałem, to już ci mówiłem. Nie pamiętam dokładnie, jak tutaj trafiłem, chyba chciałem wrócić do czubków, bo przynajmniej jedzenie było i dach nad głową. Często wtedy bywałem pijany, piło się nawet denaturat, byle było cieplej. No i głodu się nie czuje po dykcie, wiesz?

– Nie wiedziałam – odparłam spokojnie.

– Każdemu kumplowi od butelki opowiadałem o Piotrusiu, i z każdą taką opowieścią robiło mi się lepiej. Myślałem często o tobie. Czy też uciekniesz, czy zdołasz się uwolnić od matki.

– Nie zdołałam.

– Nie.

Przez jakiś czas pracował w ciszy.

– Potem już przestałem pić, bo żołądek mi dokuczał, myślałem nawet, że to rak i że niedługo pociągnę. Ale nie, odstawiłem wódę i boleści przeszły. Teraz sporadycznie winka się napiję.

Położyłam się na brzuchu na trawie i zanurzyłam końcówki palców w wodzie.

– Jak miałem parę groszy na żeton, to dzwoniłem. Pamiętasz?

– Nie.

– Nie odzywałem się.

A więc te głuche telefony... Było ich mnóstwo. Czasem po kilka razy na tydzień, potem zapominałam o wszystkim, by nagle, ni stąd, ni zowąd, odebrać trzy jednego dnia. Zwłaszcza w okolicach świąt.

– Przestałem dzwonić, kiedy zaczęła odbierać tylko Maria. Pomyślałem wtedy, że wyjechałaś na studia. A potem raz się tak zdarzyło, że nad ranem wracałem z jakiejś nocnej jazdy pociągiem, na gapę, jak zwykle... Z dworca szedłem. I usłyszałem nieludzkie wycie. Miałem zamiar zdrzemnąć się gdzieś do świtu, w czyimś ogródku, w altance jakiejś, a tu taki głos, jakby ktoś komuś flaki wypruwał. Rzuciłem się tam i znalazłem Roberta. Atakował go pies, taki zwykły burek pilnujący czyjejś posesji, a Robert był zalany w trąbę, wracał z jakiejś szczenięcej popijawy i przelazł przez płot, bo mu się wydawało, że to skrót. Na nieszczęście pies rzadko dostawał jeść, głodny był. Pół twarzy miał już chłopak zjedzone, kiedy go wywlokłem i wyrzuciłem za płot. A mnie kawał pośladka bydlę odgryzło i udo poszarpało.

Zatkałam sobie usta rękoma. Bałam się, że zwymiotuję.

– I wbrew pozorom to był początek tego lepszego życia – podjął tata pogodnie. – Dla mnie, nie dla Roberta. Kiedy już wyszedłem ze szpitala, jego ojciec z wdzięczności, że mu syna uratowałem, zajął się mną, znalazł mi robotę. Ot, widzisz, kajaków doglądam, rowerów wodnych, wypożyczam w sezonie, a poza sezonem jestem stróżem. Dostałem przystań na mieszkanie, łazienka jest, kącik kuchenny. I w dodatku kawałek ziemi pod ogródek. Pieniądze marne, ale to nic, bo za mieszkanie nie muszę nic płacić. Zresztą pan Bogdan, ojciec Roberta, pomógł mi pozałatwiać tak, że tą rentę zaległą przelali na nowe konto, sam mi założył. I mogłem sobie laptopa kupić. Robert mnie nauczył, bo on jest grafikiem, robi te wszystkie witryny czy jak to się nazywa. W każdym razie dzięki temu ciebie znalazłem.

Razem zrobiliśmy obiad. Przyjechał Robert, przywiózł warzywa i jogurt. Tata oznajmił, że nauczy mnie robić chłodnik – i uczył, ale nic nie zapamiętałam, napawałam się samym faktem, że on do mnie mówi, że naprawdę jest. Szorowałam młode ziemniaczki, gotowaliśmy je w skórkach, potem obrałam, pokroiłam w plastry i podsmażyłam z boczkiem.

Pierwszy raz od bardzo dawna zjadłam tyle, że ledwie zmieściło mi się w żołądku. Już od jakiegoś czasu jadałam normalne posiłki, ale zawsze przychodził ten moment, kiedy czułam, że jeszcze kęs i zwrócę. Tym razem nasyciłam się bez przeszkód, jakby mi się rozsupłało wszystko w środku. Chłodnik wyszedł pyszny, było mi dobrze, ogarnął mnie spokój.

Robert coś wybełkotał, tata pokiwał głową.

– Chłopak nam wyniesie leżaki – wytłumaczył mi. – Poleżymy sobie w słońcu.

Wędka, zarzucona jakąś godzinę temu, zwisała obojętnie nad wodą. Tata wyciągnął pusty haczyk, założył nową kulkę z ciasta.

– Widzisz? Mówiłem, leszcze.

Miało się już ku wieczorowi, kiedy ojciec przyniósł wino.

– Napijesz się czy trzyma cię kac? Opowiedziałabyś mi o tym swoim nowym domu.

– Nie mam kaca. A wino jest pyszne. Nalej, tato.

Robert otworzył sobie piwo bezalkoholowe.

– On nie pije alkoholu – wyjaśnił tata. – Wcale. Mówi, że od samego zapachu wódki czuje na twarzy psie kły.

Piliśmy więc wino, opowiadałam trochę o pobycie na wsi, potem odstawiłam kieliszek i położyłam się na deskach, bo były cudownie ciepłe. Dotykałam policzkiem szorstkiego drewna. Robert przesiadł się na mój leżak. Byłam lekko zawiana, zaczynałam przysypiać. Zwinęłam się w kłębek, odwróciłam twarzą na zachód, żeby łapać resztki słońca, i podłożyłam sobie łokieć pod głowę. Chłonęłam całą sobą ciepło i spokój tego miejsca.

Kiedy usłyszałam silnik samochodu, nawet nie chciało mi się podnieść głowy. Pod moim uchem zadudnił odgłos czyichś mocnych kroków. To na pewno ktoś do taty. Kroki przyspieszyły, strasznie łomocząc w deski.

– Ty skurwysynu! – usłyszałam. – Co jej zrobiłeś?!

To był głos Konrada. Odwróciłam się i podniosłam odrobinę za późno – nie zdążyłam go powstrzymać, dopadł do Roberta i uderzył pięścią w twarz, a potem zwrócił się do ojca.

– Nie! – krzyknęłam.

Zatrzymał się, zaskoczony, a wtedy spadł na niego cios. To Robert walnął go z całej siły między oczy. Nie pięścią, butelką z piwem.

෫෧

– Mężczyźni! Wielkie dzieci! – prychnęłam, podając Konradowi kolejną chusteczkę higieniczną.

Robert ze spuchniętym, zakrwawionym nosem pojechał już do domu. Ponieważ miał częściowo „nieczynne" nerwy twarzy, nie czuł takiego bólu, jakiego niewątpliwie powinien doznać po ciosie Konrada.

Z kolei mój paparazzo miał rozwalony łuk brwiowy i kilka drobnych skaleczeń na czole. Rana brwi wydawała się głęboka, jednak Konrad rozzłościł się, kiedy chcieliśmy zadzwonić po karetkę. W końcu ojciec wygrzebał z apteczki plaster i zakleiliśmy mu na krzyż całą brew. Nie miałam pojęcia, co powie, kiedy przyjdzie pora to odlepić, pewnie będzie jeden wielki wrzask. Zresztą opatrunek i tak był do dupy, bo spod plastra wypłynęła właśnie kolejna kropla krwi.

– Będzie blizna – orzekł tata. – Lepiej by to zszyć.

Ale Konrad tylko wzruszył ramionami.

Trochę czasu zajęło mi uspokojenie towarzystwa i wyjaśnienie każdemu z nich, kto jest kim. Konrad z kolei nieporadnie tłumaczył, dlaczego wydawało mu się, że trzeba mnie ratować. Nie dość, że na zdjęciach wyglądało to na próbę porwania, to jeszcze kiedy tu przyjechał, kierowany objaśnieniami wędkarzy – pytał o gościa ze zdjęcia w swoim laptopie – zobaczył mnie zwiniętą w kłębek na pomoście. Był pewien, że jestem nieprzytomna.

Śmialiśmy się wszyscy, ale w tym śmiechu wyczuwało się wielkie napięcie. Tata rozluźnił się najszybciej.

– Polać ci wina? – zapytał. – Skoro przyjaciel, to się przecież z nami napije.

– Ale... Będę musiał jechać – odpowiedział paparazzo, zerkając na mnie.

– A gdzież tam jechać – roześmiał się ojciec. – Prześpisz się na moim miejscu, a ja na polówce.

– To może ja na polówce.

– Nie zmieścisz się. To jest polówka normalnych rozmiarów.

Sprawa zamknięta, Konrad wypił trochę wina, ja już odmówiłam, bo zaczęła mnie pobolewać głowa. Po kolacji złożonej z jajek na miękko i chleba z rzodkiewką tata podniósł się z trudem i poszedł do pokoju.

– Pościelę ci – powiedział. – A sam się już położę. Nie te lata, i za dużo tego wina wypiłem, żołądek zaczyna mi dokuczać. Kasia ci pokaże, gdzie łazienka. Tylko chodź, zobacz, gdzie stoi twoje łóżko, żebyś się na moje po ciemku nie walnął, bo mnie zabijesz. Ważysz pewnie tonę.

Konrad wstał niepewnie i ruszył za nim, po chwili wrócił. Jego rana chyba przestała krwawić.

– Wyjaśnisz mi to wszystko? – poprosił szeptem. – Bo czuję się, jakbym trafił w sam środek jakiegoś czeskiego filmu.

– Zaczekaj, sprzątnę po kolacji, a potem pójdziemy na pomost.

Krzątałam się przez chwilę, ponieważ chciałam odwlec rozmowę. Drżały mi dłonie. Zostawiłam mu na wsi tamten wiersz z wyznaniem miłości. Co powie? Bo przecież musi coś powiedzieć.

Wreszcie wyszliśmy. Usiedliśmy na samym końcu pomostu, majtałam nerwowo nogami nad czarną powierzchnią wody. Opowiedziałam mu wszystko. O tym, jak znalazł mnie Robert i przywiózł do ojca. I historię taty, tak w skrócie, żeby wiedział, dlaczego nie było go w moim życiu przez tyle lat.

– Ale zaczekaj, to o czym nie wolno było wspominać? Bo nie rozumiem tego fragmentu.

Pewnie że nie rozumiał, ponieważ celowo pominęłam śmierć Piotrka. Jeszcze nie miałam odwagi. Potem przypomniałam sobie, co mówił ojciec: że opowiadał to każdemu, kto chciał słuchać, i za każdym razem robiło się lżej. Może i mnie ulży.

– Obiecujesz, że nigdy więcej o to nie zapytasz? Dopóki ja sama nie będę chciała pogadać. Będziemy milczeć na ten temat.

– Obiecuję.

Tak, jakby czekało nas jeszcze wiele rozmów, pomyślałam. Jakbyśmy mieli przed sobą jakąś przyszłość. Przecież ty będziesz z Anetą w Warszawie, a ja... Cóż, pewnie ja też sobie w końcu kogoś znajdę.

I powiedziałam mu o śmierci brata. Ku mojemu zdumieniu – bez łez. Opowiadałam krótko, sucho, a jednak czułam, jak Konrad zesztywniał od tej opowieści, jak ogarnęła go zgroza.

355

– Kasiu...

– Nie, nie, ja muszę dokończyć. Pytałeś wtedy o tamten wiersz. To było podwójnie bolesne. Wiesz, ja się bałam przez cały czas. Żyłam z przeświadczeniem, że przeze mnie umarł Piotruś, więc potem, kiedy zaszłam w ciążę, ogarnął mnie absurdalny lęk, że teraz matka się zemści, że ona pragnie, żebym i ja straciła dziecko. Nigdy tego nie powiedziała, ale miała w sobie tyle złości, tyle żalu do nas, do mnie i taty... I jak tylko Krzyś się urodził, ja się zaczęłam strasznie bać. Było dokładnie tak, jak napisałam w wierszu. Wsłuchiwałam się w jego oddech, sprawdzałam, czy bije w nim to malutkie serce, a ono się tak trzepotało... I pewnego dnia naprawdę ucichło, jak w moich najgorszych lękach.

Konrad zagarnął mnie ręką i przyciągnął do siebie. Siedzieliśmy tak, przytuleni, ja z głową na jego ramieniu. Pierwszy raz byliśmy naprawdę blisko, obejmował mnie tak kojąco, czule i tkliwie, że byłam gotowa na tę drugą rozmowę. Niech mi już powie, że nic z nas nie będzie, że kocha Anetę. On jednak milczał.

Odwróciłam twarz w jego stronę, on zwrócił ku mnie swoją. Nie pocałowałam go ani on nie pocałował mnie, po prostu dotykaliśmy się leciutko nosami, oparliśmy o siebie czoła, a potem spotkały się nasze wargi, ale to nie były pocałunki, tylko bardzo tkliwy dotyk i gotowość do tego, żeby całować.

– Długo cię nie było – udało mi się wyszeptać.

Nie mogłam złapać tchu. Błądziliśmy ustami po swoich twarzach jeszcze przez chwilę, wreszcie nie wytrzymałam już dłużej, wsunęłam mu palce we włosy, dotknęłam jego policzków i szorstkiego od zarostu podbródka, i delikatnie pocałowałam tę zaklejoną brew. Zamknął oczy.

– Aneta... – powiedział dziwnym, drewnianym głosem, chwycił moje dłonie i zdjął je ze swojej twarzy.

Zesztywniałam.

– Jest w ciąży.

Odsunęłam się odrobinę, zabrałam ręce. Nie myślałam o niczym. Aneta jest w ciąży, odbijało się echem w mojej głowie. Aneta jest w ciąży.

– Kasiu – zaczął znowu Konrad.

– Nic nie mów.

– Ale ja muszę ci to powiedzieć. Kaśka, Kaśka...

Przez chwilę szukał mojej dłoni na pomoście, wreszcie znalazł i ścisnął ją bardzo mocno, tak że aż zabolało.

– Na początku byłaś tylko chorą, chudziutką dziewczyną. Zbyt drobna, zbyt słaba, takie nieszczęśliwe chuchro. Strasznie chciałem zobaczyć, że zdrowiejesz, że jakoś udało mi się naprawić tamto, ale ty nie reagowałaś, i zależało mi na tobie, ale nie tak, jak mężczyźnie zależy na kobiecie, tylko jak człowiekowi na człowieku. Potem urodził się Mały, a ty znalazłaś w sobie tyle siły i cierpliwości, podziwiałem cię i w dodatku zaczęłaś jeść, rozmawiać, i te wiersze... Ech, dziewczyno... A potem...

Głos mu drżał i wiedziałam doskonale, że był na skraju płaczu. Nie mogłam dopuścić do tego, żeby ten wielki mężczyzna rozkleił się przy mnie, żeby się zupełnie rozsypał. I ja się nie mogłam rozsypać. Aneta jest w ciąży, przypomniałam sobie. Gdyby mnie kochał, gdyby czuł to co ja, nie uprawiałby z nią seksu. Odsunąłby się od niej. To zwykłe zauroczenie, powiew nowej przygody, zwyczajnie było mu żal.

– A potem przyszła wiosna – weszłam mu w słowo.

– Nie, zaczekaj...

– To ty zaczekaj. A potem przyszła wiosna – powtórzyłam. – Każdy wie, jak jest z wiosną. Feromony, hormony czy coś tam lata w powietrzu. Konrad, ja to przeżywałam tyle razy. Fascynacja, pożądanie, chęć przeżycia czegoś nowego, nastrój. To tylko wiosna. Nie myl tego z miłością.

– Ale sama mi napisałaś... Ten wiersz...

– Wiersz? – udałam zdziwienie; bardzo się starałam, żeby to zabrzmiało chociaż odrobinę naturalnie. – O czym ty mówisz?

– „Zakochałam się". Tak się zaczynał.

– Gdzie go znalazłeś?

– W teczce. Leżał na tym stole w szopie.

– Mój Boże, a ja się tyle naszukałam. Zostawiłam go tam przypadkiem, dla ciebie przeznaczona była kartka. A sprzedasz mi ten stół?

Milczał. Wytrzymaj, Kaśka, wytrzymaj. Jeszcze chwila i będziesz mogła uciec do pokoju, wybuchnąć płaczem, rzucić mięsem na cholerny, popierdolony los, który sprawia, że człowiek zakochuje się w niewłaściwej osobie.

– Weź go sobie – udało mu się w końcu powiedzieć. Nie panował nad głosem.

– Nie, chcę go kupić. Powiedz, ile kosztował.

– Dla kogo był ten wiersz?

– A ty znowu swoje.

– Dla kogo? Powiedz mi. Dla Leszka?

Zwariował? Leszek! Co mu przyszło do głowy? Ale nagle dotarło do mnie, że to dobry pomysł.

– Dla Leszka – przytaknęłam skwapliwie, modląc się, żeby to idiotyczne wyjaśnienie mu wystarczyło. – Nie planowałam tego, zamierzałam wyjechać, zmienić otoczenie. Ale stało się.

– I dlatego zostajesz w Grabowie?

– Tak. Już wiesz, że kupuję dom?

– Wiem. Życzę wam szczęścia – rzekł gorzko.

– Ja wam też.

Wstałam. Nie było sensu ciągnąć tego dłużej.

– Pokazać ci łazienkę? – zapytałam jeszcze.

– Nie trzeba, sam znajdę. Albo odleję się w krzakach.

Obrażony na cały świat. No i dobrze.

– Dobranoc – powiedziałam, ale ponieważ nie usłyszałam odpowiedzi, poszłam do siebie.

Rano, kiedy się obudziłam, nie było ani Konrada, ani jego samochodu. Tata siekał szczypiorek do jajecznicy.

– Pojechał bardzo wcześnie – wyjaśnił. – Miły chłopak.

– Miły.

– Prosił, żeby przekazać, że masz rozładowaną komórkę, a jakaś Ulka dzwoniła i się martwi.

– Aha. Dobrze, naładuję.

– Wyjaśniliście sobie wszystko?

– Nie było co wyjaśniać.

– To po co on właściwie przyjechał?

– Nie wiem, tato – odpowiedziałam bezradnie. – Ja już nic nie wiem.

I dopiero teraz wybuchnęłam strasznym płaczem, który udało mi się zabić w sobie poprzedniej nocy.

Lipiec

Wszystko się poplątało. Pan Wiesiek zrobił zupełnie na odwrót – ciemne płytki miały być na zewnątrz, a jaśniejsze tuż przy umywalce. Obawiałam się zacieków, na ciemniejszym zawsze bardziej widać ślady po wodzie. Ale przecież nie każę mu tego skuwać. Niech już zostanie.

Pomieszczenie zaczynało przypominać łazienkę, jaką sobie wymarzyłam. Jeszcze tylko jedna ściana, potem fugi i wstawimy wannę. Koniecznie chciałam mieć wannę, żeby móc leżeć w niej w jesienne wieczory i słuchać Vivaldiego. Na kabinę prysznicową nie było niestety miejsca; pan Wiesiek mówił, że ma pomysł, jak powiększyć łazienkę, ale kiedy zaczął objaśniać, którą ścianę by przesunął i w którą stronę, wystraszyłam się, że cały dom zawali mi się na głowę. Nie, dziękuję. A prysznic można brać także siedząc w wannie, bez przesady.

Piec wymieniony, piwnica wysprzątana, w kuchni też wszystko już gotowe. Tutaj nie wprowadziłam wielu zmian, kafelki były tylko na jednej ścianie i nie do samego sufitu – zwykłe kremowe kwadraciki tam, gdzie może mi pryskać przy gotowaniu. Zlew znajdował się pod oknem i to mi się nie podobało, bo wyobraziłam sobie wiecznie zachlapaną szybę, ale z tym też się pogodziłam. Skoro od czystych szyb człowiek nie staje się szczęśliwy, to nie staje się również nieszczęśliwy od brudnych. Proste.

Kupiłam już meble kuchenne w stylu prowansalskim, jednak na razie stały u Ulki, bo tu wszędzie unosił się pył. Już niedługo.

Ulka podarowała mi starą zastawę w kolorze kości słoniowej, z delikatnym motywem dzwonków. Uznała, że do tych mebli, do takiej kuchni w ogóle, będzie idealna, a u niej stoi i się tylko kurzy. Musiała mi obiecać, że będzie wpadała co tydzień na kawę, bo inaczej i u mnie ta zastawa pokryłaby się kurzem.

Ja jeździłam do niej nawet częściej niż co tydzień. Kupiłam sobie trochę sportowych ubrań i porządny rower. W moim domu było na razie zbyt brudno, żebym mogła się tam zajmować decoupage, więc nadal pracowałam u Ulki. Ale wstępnie już sobie urządziłam gabinet do pracy. Stało tam wielkie, nowiutkie biurko, jeszcze w folii; a na nim będzie lampka kreślarska, bo muszę mieć dobre światło. Obok biurka ustawię dwa regały i komodę na serwetki, kleje, lakiery i inne takie różności. Szafka na sprawy szkolne będzie stała w rogu, obok miękki fotel i mały stolik. Tu zamierzałam oceniać sprawdziany. Dziwne mi się wydało, że czeka mnie takie uregulowane, spokojne życie, ale już się na nie cieszyłam. Pamiętałam, że kiedyś bardzo lubiłam uczyć.

Wracając do decoupage i Ulki – wczoraj wtajemniczyłam ją w mój nowy pomysł. Uznała, że jest genialny. A wszystko zaczęło się od tego, że kiedy wyjeżdżałam od ojca, przyszedł Robert, żeby się ze mną pożegnać.

Uściskałam go, zapytałam, jak tam nos, a na koniec wymieniliśmy się adresami mailowymi. Potem podwiózł mnie do Ełku na dworzec, bo uparłam się, że wrócę do Warszawy autobusem. A po przyjeździe na wieś od razu odebrałam maila, w którym pytał, jak się jechało.

I tak zaczęła się nasza korespondencja. Najpierw grzecznościowo, o dupie Maryni, a potem o sprawach komputerowych, bo podpytywałam go, jaką drukarkę kupić i jaki komputer – wydawało mi się, że do pracy w szkole, do tych wszystkich testów i raportów laptop nie będzie wygodny... I tak dalej, aż zeszło na jego sprawy zawodowe, a wtedy zobaczyłam, jakie robi strony internetowe – i olśniło mnie. Założymy z Ulką sklep! Internetowy oczywiście! Stronę zrobi nam Robert – nie chciał za to ani grosza. Nauczy mnie wszystko obsługiwać, podobno to bardzo proste. I będziemy sprzedawać swoje pudełeczka, kolczyki z drewna i doniczki przez internet!

Ulka uznała, że jestem genialna, a przy okazji zainteresowała się także robieniem biżuterii innej niż drewniana, siedziała pół dnia z moim laptopem, bo znalazła jakąś stronę z paciorkami, drucikami i zawieszkami – i teraz projektowała naszyjniki i kolczyki. Chciałabym mieć tyle werwy i odwagi, kiedy będę w jej wieku.

Ja póki co zostałam przy drewnie i metalu. Ostatnio najbardziej lubiłam ozdabiać ocynkowane osłonki. Poprzedniego wieczoru skończyłam komplet, który zamierzałam podarować tacie – jasnozielone doniczki miały z przodu motyw warzyw: na jednej rzodkiewka, na drugiej marchewka, a na trzeciej cebulka szalotka. Niestety, nie znalazłam serwetek z bobem. Zrobiłam zdjęcie komórką i wysłałam tacie w mailu. Odpisał, że już szykuje dla nich miejsce na parapecie.

❧

Po powrocie od ojca zamieszkałam u pana Stefana, zgodnie z umową. Nie powiedziałam mu, że zostanie dziadkiem. Pomyślałam, że takie nowiny powinien przekazać ojcu sam Konrad. Zresztą może to jeszcze nie było pewne, może to był pierwszy albo drugi miesiąc i czekali na potwierdzenie. Nie moja sprawa.

Zatrudniłam fachowców poleconych mi przez Ulkę, codziennie jeździłam nadzorować ich pracę i tłumaczyć, czego właściwie chcę. Pan Stefan żartował, że nigdy nie było mu tak dobrze, codziennie świeże pieczywo, regularna dostawa. Gotowałam obiady, uczyłam Małego chodzić przy nodze, ze smyczą i bez smyczy. Suki nauczyć nie mogłam, ona w ogóle nie rozumiała, czego od niej oczekuję. Zresztą pan Stefan poprosił mnie, żebym jej nie zabierała.

– Ale jak to? – powiedziałam. – Jak mogę rozdzielić matkę i syna?

– U psów to jest inaczej, dziecko – odparł. – Dla Małego najważniejsza jesteś ty. Nie masz pojęcia, jak tęskni, kiedy wyjeżdżasz. On nawet nie zauważy, że matka gdzie indziej została. A dzięki temu ja nie będę sam jak palec.

Na próbę w którąś niedzielę zabrałam Małego do nowego domu. Fachowców nie było, chciałam trochę pościerać pył gipsowy, pozmywać podłogi, no i opanować chwasty na podwórku. Mały biegł przy rowerze – bardzo szybko go tego nauczyłam; w mieście prowadziłam i rower, i jego, bo trochę się płoszył, kiedy przejeżdżał samochód. Chowany na odludziu, to dlatego. Przyzwyczai się. Tak czy owak, w domu najpierw penetrował każdy kąt i kichał niemiłosiernie, potem zaszył się w chaszczach, kiedy ja sprzątałam, a wreszcie przyniósł mi zdechłego kreta i położył triumfalnie na progu. Gdy przecierałam okna, zasnął na stercie zużytych szmat. Będzie mu tu dobrze, da sobie radę bez Suki.

Któregoś dnia, kiedy dłubałam przy nowej szkatułce – zamierzałam przybić jej ozdobne okucia, ale za diabła nie mogłam wbić gwoździka; chyba trafiłam na sęk – Ulka odebrała telefon.

– Dobrze, przekażę – powiedziała. – Kiedy?

Chwila ciszy, a potem:

– W porządku, Konrad.

Serce zaczęło mi bić na alarm. Próbowałam się uspokoić, zanim Ulka zobaczy piekący rumieniec na mojej twarzy. Ale ona nie zwracała na mnie uwagi. Rozłączyła się i zamyśliła na bardzo długo.

– Stefan się ucieszy – powiedziała. – Konrad wraca. W przyszłym tygodniu przyjeżdża ze wszystkimi swoimi rzeczami.

– Z tą Anetą?

– Nie wiem. Chyba tak. Ale ona pewnie na razie zamieszka u swoich rodziców. Naprawdę nie wiem.

Patrzyła na mnie jakimś nieobecnym wzrokiem.

– Miał dziwny głos... Albo jest chory i coś go bolało, albo nie wyszło mu w tej Warszawie...

– Co by mu miało nie wyjść? – zapytałam, udając spokój, ale musiałam zrezygnować z wbijania gwoździka, tak drżały mi dłonie.

– Nie mam pojęcia. Różnie to bywa, prawda? No bo dlaczego by wracał.

Była zamyślona jeszcze przez jakiś czas, ale wreszcie się rozpogodziła.

– Już wiem – powiedziała. – Pewnie przyjeżdża i będzie szykował tę chałupę po wuju Mańku, w Wydmach przy szosie warszawskiej. On tam miał sklep zrobić. Może wreszcie będzie ten ślub, w Warszawie o mieszkanie trudno, to w końcu zdecydowali, żeby wrócić.

– Może – odparłam, a gardło miałam zaciśnięte, jakby mnie ktoś dusił.

Tamtego wieczoru powiedziałam panu Stefanowi, że dziękuję mu za gościnę i nigdy nie zapomnę ogromu dobroci, jaka mnie tu spotkała, ale muszę się przenieść do nowego domu. Tam już pokoje są wygipsowane, teraz tylko malowanie ścian, kuchnia gotowa, łazienka już prawie – i koniec remontu.

– Ale co ty, dziecko, na podłodze spać będziesz?

– Mam taki wygodny materac – uspokoiłam go. – Wie pan, tam są wszystkie te kupione rzeczy, pralka, lampy, jeszcze mi kto ukradnie. A tak to i ja będę, i Mały do stróżowania.

Ten argument go przekonał. Przeniosłam się więc z najpotrzebniejszymi rzeczami, a potem – gdy wysprzątane były już dwa pokoje z trzech – Ulka pomogła mi przewieźć kilka mebli i większość rzeczy z Warszawy. Na razie miałam to wszystko w pudłach, ale jakoś sobie radziłam. Mały spał ze mną na materacu.

Kilka razy wpadł w odwiedziny Leszek z piwem, wypiliśmy siedząc na schodkach przed domem i marząc, jak to będzie, gdy życie nam się poukłada – on miał na myśli swoją kobietę, a ja koniec remontu i pracę. Ale na ogół widywałam się tylko z Ulką. Czułam się trochę samotna. Wiedziałam, że to minie; kiedy zacznie się wrzesień, pojawią się nowe znajomości, koleżanki z pracy, mnóstwo zajęć. Zostało mi nieco ponad miesiąc wakacji, a później nie będę miała czasu na samotność.

Mojego paparazzo nie widziałam od tamtej rozmowy na pomoście, nie pojechałam już więcej do pana Stefana, a Konrad też mnie nie odwiedził. Może to i lepiej, bo ręce mi się trzęsły na samą myśl, że mogłabym go spotkać. Za każdym razem, kiedy jechałam do Ulki i mijałam zarośla, za którymi należałoby skręcić do Wysockich, serce zaczynało mi się tłuc jak oszalałe i przyspieszałam w panice. Bardzo bym chciała przestać go kochać, bo przecież nasze spotkanie, prędzej czy później, było nieuniknione. Może wpadniemy na siebie na targu, może u lekarza. Jeśli oni będą tu mieszkać, to pewnie będę widywała Anetę z wózkiem, Konrada z maluchem na barana. Kto wie, może będę kiedyś uczyła ich dziecko.

No, do tego czasu przejdzie mi na pewno – pocieszałam się. Tymczasem... niech boli. Dopóki bolało, wiedziałam przynajmniej, że żyję. A ja teraz bardzo lubiłam żyć.

Lipiec

Zamknąłem laptopa. Nie chciałem, żeby Aneta, zaglądająca mi co jakiś czas przez ramię, zobaczyła, że przeglądałem zdjęcia. Poszedłem do kuchni, zrobiłem sobie kanapkę z ogórkiem małosolnym. Smak dzieciństwa.

– Dlaczego nie pojedziemy nad morze? – zapytała moja przyszła żona tonem rozkapryszonego dziecka.

– Możemy jechać. Myślałem, że trzeba teraz trochę oszczędzać.

– Przecież oszczędzamy. Już nie pamiętam, kiedy kupiłam sobie nowy ciuch.

Ja pamiętałem doskonale, ale wolałem milczeć.

– Taki wyjazd nad morze to ze dwa tysiące – próbowałem jeszcze negocjować. – Nie wiem, czy nie lepiej byłoby skoczyć nad jakieś ciche jeziorko, po pierwsze mniej ludzi, po drugie znacznie taniej.

– Boże drogi, w życiu bym cię nie podejrzewała o skąpstwo. A to, że byśmy się zanudzili na śmierć, też zaliczasz do zalet?

– Co to znaczy: zanudzili? A nad morzem co chcesz robić?

– Cokolwiek. Nawet jak nie ma pogody, są kina, knajpy, ludzie, z którymi można rozmawiać. Może jakiś ciekawy temat się nawinie, tam jest mnóstwo znanych twarzy...

– To ty do pracy chcesz jechać?

– Nie, ale parę zdjęć przecież możesz zrobić! Nie przemęczasz się!

– Za to ty pracujesz za nas dwoje!

– Żebyś wiedział.

Znowu. Nie było dnia, żebyśmy się nie kłócili, nie umieliśmy już inaczej rozmawiać. Aneta próbowała rozładowywać to seksem, ale ja tak nie mogłem. Mój sprzęt zawodził coraz częściej. Powiedziałem jej, że to przez ciążę, ale oboje dobrze wiedzieliśmy, że to bzdura.

Otworzyłem okno, musiałem poczuć w płucach trochę świeżego powietrza, inaczej bym się udusił. Przypomniałem sobie opowieść Kasi o nerwicy jej ojca. Czy ze mną działo się coś podobnego?

– Komary wlecą. Otwórz tamto z siatką.

Posłusznie zamknąłem i odwróciłem się do Anety.

– Duszę się – wyznałem, zaskakując tą szczerością samego siebie.

– To mówię, otwórz tamto drugie.

– Nie, Aneta. Duszę się tu z tobą.

Patrzyła na mnie poważnie, usiadła na łóżku. Miała pięknie splątane włosy, to byłoby wspaniałe zdjęcie – prześwitująca koszulka, resztki snu na twarzy, te włosy mówiące: „przed chwilą się kochałam". Tylko fotograf i modelka wiedzieliby, że wcale tak nie było.

– O co ci chodzi?

– Nie wytrzymam dłużej. Wszystko się wypaliło. Nie dam rady.

Wstała i powolnym ruchem obciągnęła na sobie koszulkę. Była ponętna, musiałem to przyznać. Umiała grać ciałem.

– Chcesz się rozstać, tak? Chcesz odejść?

– Może po prostu odpocznijmy od siebie. Nie wiem, Aneta, potrzebuję czasu. Potrzebuję pomocy – dodałem już ciszej, bo ona wyszła do kuchni i chyba miałem nadzieję, że tego nie usłyszy.

– Te kłótnie są normalne – jej głos docierał do mnie jak przez watę. – W ciąży tak jest, to hormony. Jestem gderliwa, nieznośna, wiem, trudno ze mną wytrzymać.

Nagle dotarło do mnie, dlaczego te słowa są takie przytłumione – ona przyciskała dłonie na twarzy, pewnie płakała. Poszedłem do niej. Odwróciła się. Nie, nie płakała, ale była bardzo smutna. Chyba chciała coś powiedzieć, ale zamiast tego chwyciła się za brzuch.

– Muszę do łazienki – stęknęła. – Konrad, proszę... Pomóż mi.

Wpadłem w panikę.

– Ale co się stało? Anetko, co się dzieje? Może trzeba do szpitala?

– Nie. Do łazienki.

Zaprowadziłem ją. Jedną ręką wciąż trzymała się za podbrzusze.

– Kochanie, co ci jest? Boli cię? Aneta!

Jej twarz wykrzywił grymas.

– Zostaw mnie samą.

Drżącymi rękoma zamknąłem za nią drzwi. Zajrzałem przez szybkę, nie mogłem się powstrzymać. Aneta usiadła na muszli, zgięła się wpół. Odszedłem od drzwi. Ja pierdolę, żeby tylko to nie było coś z dzieckiem.

Kiedy w końcu wyszła z toalety, nie wiedziałem, gdzie podziać oczy.

– Musisz iść po podpaski – powiedziała jakoś głucho.

– Ale przecież...

– Musisz iść. Bo nie mam.

– Jak to? Po co ci podpaski?

– Straciłam dziecko.

Leżeliśmy, wtuleni w siebie. Ona łkała, ale bez łez, ja nie potrafiłem wykrzesać z siebie słów pocieszenia, bo wszystkie wydawały mi się banalne. Czy przeze mnie poroniła? Ale dlaczego przeze mnie? Przecież ludzie się kłócą, prawda? Bywa, że chłop pije, uderzy ciężarną kobietę, wyzywa ją, przecież zdarzają się takie rodziny. Od tego się nie traci ciąży.

Ale tu mogło być inaczej. Pierwsze dziecko, Aneta się martwiła, sama mówiła, że ostatnio ciągle była zdenerwowana, bo w ogóle od momentu, kiedy powiedziała mi o ciąży, byłem jakiś obcy i daleki. I wyjeżdżałem, najpierw do tego Krakowa, potem na wieś, potem diabli wiedzą gdzie, miesiąc temu – nie powiedziałem jej o ojcu Kasi. A ona wtedy opublikowała te materiały o Gajdzie i bała się, że może odszedłem. Taki stres nie robi dobrze dziecku.

– Ale może trzeba iść do lekarza – szepnąłem.

– Po co? – zapytała opryskliwie. – Chyba wiem, jak wygląda poronienie. Kiedy ciebie nie było, ja ciągle siedziałam w internecie. Przeczytałam chyba wszystko, co napisano o pierwszych miesiącach ciąży, zagrożeniach, badaniach...

– A ty w ogóle robiłaś jakieś badania?

Zamilkła na chwilę.

– No oczywiście, nic nie wiesz. W ogóle się tym nie interesowałeś.

– Nic mi nie mówiłaś – broniłem się. – To robiłaś te badania?

– Bo ciebie nie było. Nigdy cię nie było, kiedy potrzebowałam twojej obecności. Oczywiście, że robiłam. Byłam u ginekologa na potwierdzeniu ciąży.

– Widziałaś zdjęcie dziecka? – spytałem bardzo cicho.

– Daj spokój, ono było wtedy jak fasola. Zdjęcia się robi później.

Fasola. Tak powiedziała. Ja bym powiedział: groszek. Ziarenko. A ona: fasola.

Aneta krwawiła jeszcze przez kilka dni. Martwiłem się, że może jednak trzeba do lekarza, ale prychała na mnie z rozdrażnieniem. Zarezerwowała w końcu kwaterę w Międzyzdrojach, uparła się na ten wyjazd. Zgodziłem się, bo dotarło do mnie, że już nie musimy oszczędzać.

Czułem się jak ostatni skurwysyn; obiecałem sobie, że to będzie jej najpiękniejszy urlop. Musiałem teraz zrobić tak, żeby znowu chciało jej się śmiać, żeby wróciła tamta dawna Aneta. Pójdziemy potańczyć, będziemy się upijać, a potem kochać – nie wiedziałem tylko, czy można tak szybko po poronieniu. Jeśli nie, to też nic nie szkodzi, będę jej kupował kwiaty, pójdziemy w nocy popływać nago, spędzimy całą noc na plaży, zawinięci w koce. Pokochamy się na nowo. Czułem się tak strasznie winny, że bardzo, bardzo chciałem ją pokochać.

Kiedy zaczęła się pakować, wrócił jej dobry humor. Ona po prostu musi być czymś zajęta – pomyślałem. Rozkwita wtedy, gdy wokół niej coś się dzieje. Taka już jest.

– O jasna cholera – powiedziała nagle. – Zostawiłam pendrive'a w redakcji.

– No to co?

– Chciałam go zabrać. Mam tam pomysły na artykuły, wiesz, była burza mózgów i ja to zapisałam.

– Chyba nie zamierzasz pracować nad tym morzem.

– A jakby lało? Ty jesteś śpioch, a ja czasem leżę i gapię się w ciemność.

– I będziesz mnie budzić swoim stukaniem w klawiaturę? Nie ma mowy.

Objąłem ją w pasie i przytuliłem.

– Zapomnij o pracy – szepnąłem jej we włosy.

– Ale to tylko ten pendrive – odszepnęła. – Skocz do redakcji, proszę.

– A tam ktoś jest o tej porze?

– Nie, dam ci klucze. Ja w tym czasie spakuję ci ciuchy.

Jeśli ona za mnie załatwi pakowanie, to ja mogę jechać wszędzie. Nienawidziłem się pakować na takie wyjazdy. Nie umiałem się zdecydować, co muszę zabrać, co będzie mi potrzebne. Wziąłem klucz, założyłem kask i pojechałem.

Był ciepły wieczór. Miałem ochotę pojechać za miasto i rozpędzić się tak, żeby podnosiło mi przód, żebym prawie odleciał. Chyba chciałem naprawdę odlecieć. Boże, jak ja tęskniłem za Kaśką.

W redakcji było ciemno. Zapaliłem światło i rozejrzałem się po pomieszczeniu. Na biurku leżały trzy
pendrive'y, ale ten czerwony z serduszkiem nie należał
chyba do Anety, nigdy przedtem go nie widziałem. Dwa
pozostałe były identyczne. Skąd miałem wiedzieć, który zabrać? Mógłbym wziąć oba, ale jeśli jeden z nich to
własność innej osoby z redakcji, zabiorę komuś materiał
i będzie problem. Włączyłem komputer, postanowiłem
sprawdzić ich zawartość. Na pewno nie było na nich nic
osobistego, bo nie leżałyby tutaj.

Kiedy usiadłem na krześle, za plecami usłyszałem
zgrzyt klucz w zamku. Odwróciłem się, przestraszony.
To tylko Ela, jedna z dziewczyn, które pracowały z Anetą.
Fajna, wesoła, też ze wsi. Kiedyś całą imprezę u Waldka
przegadaliśmy na temat krów i gnojowicy. Na mój widok
aż podskoczyła, ja też ją wystraszyłem.

– Cześć. Co tu robisz?

– Wróciłam po pedrive'a – wyjaśniła i wzięła ten
czerwony.

– To tak samo jak ja. Tylko nie mam pojęcia, który
jest ten właściwy.

– Chyba oba. Nie pamiętam, żeby Iza miała taki. Oba
muszą być Anety.

– Dzięki. To chyba już nie będę sprawdzał, wezmę je
po prostu.

– Ale przecież szefowa miała jechać na urlop.

– No i jedziemy. Tylko... Ona nie umie żyć bez pracy,
wiesz. Chce poprzeglądać materiały, tu ma podobno zebrane pomysły.

– A, no tak. I gdzie jedziecie, nad morze? Tak jak
chciała?

– Tak.

– Ale ty nie wyglądasz na szczęśliwego. Wolałbyś pewnie w góry.

Nagle naszła mnie potrzeba, żeby się zwierzyć tej dziewczynie. Tak zwyczajnie z nią pogadać, jak wtedy o tych zwierzakach – tylko teraz chciałem porozmawiać o sobie.

– Wszystko się spieprzyło, Elu – powiedziałem. – Aneta straciła ciążę.

– Co takiego?

Aż przysiadła na krześle.

– Krwawiła przez kilka dni. Kłóciliśmy się bez przerwy, może to dlatego. Ja się kompletnie nie znam na ciąży, nic nie wiem o poronieniach... Czy to może być moja wina?

Zacząłem beczeć. Kurwa, tak długo się trzymałem – wtedy, kiedy wyznałem Kasi miłość, a ona mnie wyśmiała, kiedy usłyszałem, że tamten wiersz był jednak dla Leszka; nie rozkleiłem się nawet, gdy biegłem po te podpaski dla Anety – a teraz, przed prawie obcą dziewczyną, rozpłakałem się jak dzieciak.

Ela dostawiła bliżej swoje krzesło, położyła lekką dłoń na moim ramieniu.

– Konrad, ty jesteś w porządku – szepnęła. – To na pewno nie jest twoja wina.

– Ale to się stało właśnie podczas kłótni. I o co? O morze. O pierdolone morze! Bo nie chciałem jechać, wolałem nad jezioro.

Zanosiłem się płaczem, nakręcałem się coraz bardziej. Chyba bardzo tego potrzebowałem przez te kilka ostatnich dni. Tygodni. A może miesięcy.

– Konrad, ja cię bardzo szanuję – powiedziała Ela, a jej dłoń zacisnęła się na moim ramieniu. – Jesteś uczciwy i masz zasady. Aneta ich nie ma.

Wytarłem twarz i spojrzałem na nią, bo w jej głosie zabrzmiała dziwna nuta.

– I dlatego powiem ci coś, czego nie wolno mi powiedzieć, bo to jest zdrada. Przysięgałam, że nie powiem. Ale nie dotrzymam słowa, bo widzę, że to się za daleko posunęło.

Płacz we mnie ucichł momentalnie. O czym ona mówi?

– Aneta nie była w ciąży. Ona cały czas brała piguł-ki. Wymyśliła to, ponieważ podejrzewała cię o skok w bok i nie miała pomysłu, jak cię zatrzymać. Ona cię naprawdę kocha, Konrad, tylko że to jest taka zaborcza miłość.

Gapiłem się na nią bez słowa. Musiałem mieć strasznie głupią minę.

– Najpierw brała pigułki bez przerwy, bo chciała zatrzymać okres, ale potem Izka powiedziała jej, że to strasznie niezdrowe i że jej się całkiem rozreguluje cykl. Więc potem już odstawiała normalnie, żeby dostać mie-siączkę, ponieważ wyczytała, że w czasie ciąży czasami się zdarza niechęć do seksu. Wymyśliła, że będzie cię na przemian dopuszczać do siebie i odsuwać.

– Dopuszczać? – zakrztusiłem się. – Psa do suki się dopuszcza.

– Przepraszam. Powtarzam jej słowa.

– Ale ja nie widziałem, żeby brała pigułki. Przedtem zawsze leżały przy łóżku, szklanka wody i pigułki, żeby nie zapomniała rano wziąć.

Ela bez słowa odsunęła dolną szufladę biurka Anety. Wyjęła jakąś grubą książkę – *Motyle Polski*. Motyle?! Pod spodem pigułki. Okrągłe opakowania, które tak dobrze znałem. Nazwy dni tygodnia zatańczyły mi przed oczami.

– Kurwa mać – to jedyne, co byłem w stanie powiedzieć.

– Przyłapałam ją, jak brała – wyjaśniła jeszcze Ela. – I tylko dlatego mnie wtajemniczyła. Ale Konrad, ona cię naprawdę kocha. I rzeczywiście planowała dziecko, tylko jeszcze nie teraz.

– Czyli to poronienie też było wyreżyserowane? To jest zwykła miesiączka?

– Pewnie tak. To znaczy... Ona chyba nie zaplanowała tego w ten sposób. Mówiła, że już najwyższa pora, bo przecież byś się zorientował, że jej brzuch nie rośnie. Ale chyba nie miała zamiaru zrobić tego tak, żebyś poczuł się winny.

Zacząłem się śmiać jak wariat.

– Spontanicznie jej tak wyszło. Taki spontan.

Rechotałem, wyłem ze śmiechu, nie mogłem przestać, aż znowu poleciały mi łzy. Dziewczyna wyglądała na przestraszoną.

– Konrad, przepraszam.

– Nie, nie przepraszaj – otarłem oczy i klepnąłem ją w kolano. – Dziękuję ci. Nawet nie wiesz, jak wiele ci zawdzięczam. Kochana jesteś. Gdybyś kiedyś potrzebowała pomocy, wal jak w dym, zaciągnąłem u ciebie potężny dług.

– Konrad...

– Nie zwariowałem, nie bój się. I w ogóle się o mnie nie martw, poboli i przestanie. Nienawidzę kłamstwa. Dziękuję ci.

– Nie powinnam była ci tego mówić...

– Nie bój się – powtórzyłem. – Nie pisnę ani słowa, że cię tu spotkałem. Powiem, że sam znalazłem te pigułki.

Pokiwała głową. Jeszcze się niepokoiła, nie wiedziałem tylko, czy o mnie, czy o siebie samą. W końcu wyszła, a ja zostałem w pustym biurze. Komputer mrugał do mnie monitorem. Wreszcie wyłączyłem go, wziąłem oba pendrive'y i opuściłem to miejsce na zawsze.

Tym razem zrobiłem to, na co miałem ochotę już wcześniej. Wyjechałem za miasto, w stronę Gdańska. Gnałem tak szybko, jak tylko moja honda potrafi. Czułem ten pęd każdą cząstką ciała, a wraz z nim wracała do mnie wolność. W końcu oprzytomniałem i zawróciłem. Wszedłem do domu i zamaszyście trzasnąłem drzwiami.

– Co tak długo? – zapytała Aneta, odwracając twarz od telewizora.

– Miałem ochotę się przejechać.

Wziąłem gorący prysznic, potem położyłem się spać. Gapiłem się w ciemność przed sobą, układałem scenariusz najbliższych dni. Nastąpił nieoczekiwany zwrot akcji i jeszcze nie wiedziałem, co się teraz stanie. Ale przeczuwałem, że coś dobrego. A potem wreszcie zasnąłem.

Kiedy się obudziłem, po raz pierwszy od wielu miesięcy nie bolał mnie kark. Niewiarygodne, jak dobrze się czułem, jaki byłem lekki i młody. A więc tak smakuje wolność. Nie szczęście – bo szczęście przepadło na dobre tamtego dnia, kiedy Kasia wyśmiała mnie i moją miłość do niej – ale wolność. I była bardzo podobna do szczęścia, w każdym razie w owej chwili tak to czułem.

Zbiegłem na dół, do spożywczaka, żeby poprosić o jakieś kartony. Dostałem ich kilka – po sokach, dżemach, puszkach z ananasem. Przy okazji kupiłem świeże bułki na śniadanie. Przytargałem to wszystko na górę, rozłożyłem i zacząłem się pakować. Aneta obudziła się i usiadła na łóżku.

– Co ty robisz, do cholery?

– Pakuję swoje rzeczy.

– Dlaczego? Ja cię już spakowałam. Wczoraj.

Przecież widziała, że wkładam do pudeł książki, pudełka z filtrami do obiektywu, statyw. Tego się nie zabiera nad morze.

– Konrad?

– Tak?

– Co ty robisz?

– Wyprowadzam się.

– Dlaczego?

Zapadła cisza. Zastanawiałem się, co jej powiedzieć. Gdybym wspomniał o pigułkach, mogłaby coś podejrzewać i to by się potem odbiło na Eli, w końcu nikt normalny nie grzebałby jej w szufladzie biurka, skoro pendrive'y leżały na wierzchu.

– Konrad, co się dzieje?

Wstała i ruszyła w moim kierunku. Spod koszulki prześwitywały jej sutki. Ktoś inny będzie je całował, pomyślałem – ale nie czułem żalu ani zazdrości. Ktoś inny będzie przygniatał sobą to ciało. Znalazłem w sobie wyłącznie ulgę.

– Ja cię nie kocham – odpowiedziałem szczerze. – Więc teraz, skoro nie ma już ciąży, nie muszę udawać.

∽

Zboże było złote. Kiedyś podobała mi się dziewczyna, która miała takie rzęsy i brwi. To było zanim zakochałem się w Anecie. Tamta tylko mi się podobała, byłem za smarkaty, żeby myśleć o całowaniu czy innych bzdurach. Była interesująca pod względem kolorystycznym, tak bym to ujął. Rudozłota.

Poszedłem za stodołę, bo wiedziałem, że zwykle o tej porze Kasia przejeżdża drogą. Małego zostawiała w nowym domu, koty Ulki dałyby mu popalić. Większość ludzi w takich sytuacjach bałaby się o koty, ale w tym wypadku to pies by oberwał, byłem tego pewien.

Usiadłem pod akacją – czułem się tu bezpieczny, nie mogła zobaczyć mnie z drogi. Nie musiałem czekać długo, raptem jakieś dziesięć minut. Wyciągnąłem aparat, błyskawicznie złapałem ostrość i już ją miałem – strzeliłem kilka fotek.

Kiedy znikła za wierzbami, wróciłem do domu i wgrałem zdjęcia do laptopa. Powiększyłem, poprzycinałem. Dziś była w krótkich spodenkach, do tego prosty biały T-shirt. Koński ogon, jak zawsze, kiedy jest gorąco. Białe skarpetki, pomarańczowe buty sportowe. Wyglądała zupełnie zwyczajnie i absolutnie przepięknie. Kochałem ją tak, że aż bolało gdzieś w środku.

Sierpień

Skończyłem kolejny kredens. Poprzedni wystawiłem na Allegro i sprzedałem za niezłe pieniądze, ale ten wolałbym już tak tradycyjnie, w moim sklepie. Tylko ciągle tego sklepu nie posiadałem. Chałupa wuja Mańka czekała, lebiodę z podjazdu wyplewiłem – jedynie do spraw papierkowych jakoś nie miałem zapału.

Ojciec mówił, że skoro dobrze mi szła sprzedaż przez ogłoszenia, to czemu by nie, przecież aukcje to prawie to samo. A do takiego sklepu przy szosie warszawskiej kto by przyjeżdżał? Może miał rację, w końcu czasy się zmieniły. Kiedy zaczynały się moje marzenia o stolarce, ludzie nie kupowali przez internet.

– Popatrz na Ulkę i Polę – powiedział tata. – One handlują teraz w tym internecie.

To prawda. Obejrzałem sobie stronę ich sklepu – profesjonalnie zrobiona, licznik odwiedzin wybił już siedem tysięcy.

Zresztą było mi wszystko jedno. Skoro dobrze mi się sprzedawało na aukcjach, mogły być aukcje. Pieniądze były niewiele mniejsze niż za zdjęcia, a robota przyjemniejsza. I pachniała. Wreszcie miałem wokół siebie ten zapach, który kochałem – drewno, żywica, coś z natury, coś prawdziwego.

❧

Aneta, z tego, co wiedziałem, pojechała wtedy nad morze. Zrobiła mnóstwo fantastycznych zdjęć, no może nie fantastycznych pod względem jakości, ale naprawdę – sensacja. Kto z kim jadł kolację, całował się, kto się jak wystylizował. Następnie zamieściła to na portalu, oczywiście z odpowiednim komentarzem.

Wsłuchiwałem się w siebie, ale nic nie czułem. To dobrze. Tamten rozdział był zamknięty.

❧

Bardzo nas gnębiła, mnie i ojca, sprawa pieniędzy od matki Kasi. Już od tak dawna nie były potrzebne, a przekazy wciąż przychodziły. Dzwoniłem jeszcze kilkakrotnie, ale nigdy nie odebrała.

Któregoś dnia wsiadłem więc na motor i pojechałem do Buków. Stanąłem przed żółtym domem i wydzwaniałem, jednak nikt nie otwierał. W końcu poszedłem do znajomej knajpki. Patrycja uśmiechnęła się na mój widok, musiała mnie zapamiętać.

– Pan z telewizji – powitała mnie. – Co podać?

Zamówiłem kawę i zapytałem o matkę Poli Gajdy.

– A Pola wróci do serialu? Bo my tu wszyscy czekamy.

– Wróci albo i nie wróci – powiedziałem niecierpliwie. – Ale na razie martwi się o matkę.

– A, no tak. Bo pani doktor, widzi pan, na leczeniu jest.

– Na leczeniu? Gdzie?

– U delirków, tak to się nazywa.

Pokiwałem głową, nie pytałem o nic więcej. Musiało być z nią już naprawdę źle. Z drugiej strony, to chyba dobrze, że jest na leczeniu. A te pieniądze jej zwrócimy. Pewnie zleciła bankowi przelewy. Tak czy owak, po prostu będę odsyłał na to samo konto. Teraz, kiedy poznałem historię tej rodziny, nie miałbym odwagi oddać ich Kasi.

Któregoś upalnego dnia wybrałem się do biblioteki. Potrzebowałem czegoś optymistycznego – czegoś, co przywróciłoby mi wiarę w miłość i natchnęłoby otuchą. Pani Grażynka, która pracowała w bibliotece, odkąd nauczyłem się czytać, z trudem podeszła do regału. Poruszała się o kulach, ale nadal pracowała. Mawiała, że chce umrzeć wśród książek.

– Polecam ci Greena. John Green, taki pisarz.

– Znam. Nie za bardzo lubię.

– No to może nowy Sparks.

– Kupiłem sobie niedawno.

Była zawiedziona.

– Szwaja? Chyba jeszcze nie brałeś?

– A fajnie pisze?

– Fajnie. O miłości, tak jak lubisz, ale lekko, z humorem.

– W porządku. Tego mi trzeba.

Wypożyczyłem *Romans na receptę*, żeby przetestować.

– Mnie też trzeba trochę humoru – wyznała pani Grażynka. – Kot mi umiera.

– Jak to? Co się stało?

– A bo ja wiem? Kot stary wprawdzie, ale żeby tak całkiem nic nie jeść?

– A weterynarz co mówi?

– Kiedy właśnie nie ma weterynarza.

– Nie ma? A ten Leszek... Nie pamiętam nazwiska...

– No przecież mówię, że go nie ma. Wyjechał do dziewczyny, diabli wiedzą, kiedy wróci. A mój Maestro słabnie z dnia na dzień.

Stałem jak porażony.

– Co to znaczy: wyjechał do dziewczyny? Przecież on dziewczynę ma na miejscu.

– A jakie tam na miejscu – zniecierpliwiła się pani Grażynka. – Każdy wie, że dwa lata temu zapoznał jedną z Ostrołęki.

Kurwa, kurwa. Jak to z Ostrołęki?

– I co, żeni się? – zapytałem jeszcze, choć w sumie miałem w dupie, czy się żeni; interesowało mnie jedynie, czy to jest Kasia.

– Diabli wiedzą. Dziewczyna podobno bardziej się interesuje bażantami niż nim. Korespondują już od dawna, parę razy byli razem na wywczasach, ale ona za mąż nie chce wychodzić, póki nie będzie miejsca dla jej ptaków. Bo ona je hoduje.

Zrobiło mi się zupełnie miękko w nogach, więc kiedy wreszcie znalazłem się na parkingu, jeszcze przez długi czas nie ruszyłem – nie byłem w stanie wcisnąć sprzęgła.

✍

Pogładziłem rozgrzane, odkryte spod farby olejnej drewno. Nowy stół, to znaczy stary, ale niedawno go zdobyłem – już opalony, teraz przeszlifować, zaszpachlować dziury i można kłaść grunt, tylko... Może jednak pobielić suchym pędzlem, tak jak zrobiła Kasia z tamtym.

Powinna go była zabrać, a wciąż stał w szopie. Mówiłem Ulce.

– Może ona wcale nie chce twojego stołu – odparła.

– Jak to: nie chce. Pytała, czy jej sprzedam.

– Ale może już nie chce. Zadzwoń. Dałam ci numer.

– Nie, pewnie rzeczywiście nie chce.

Ale może jednak by chciała. Byłem na nią zły, okłamała mnie – wcale nie napisała tego wiersza dla Leszka; nie mogła, skoro on miał dziewczynę z Ostrołęki, od dawna, każdy o tym wiedział.

A może ona nie wiedziała? Może myślała, że to miłość?

Nie, okłamała mnie. Tak samo jak Aneta. Tylko nie rozumiałem, po co.

Postanowiłem, że jednak zadzwonię. Wyłącznie dlatego, że chciałem się pozbyć tego stołu z szopy. Potrzebowałem miejsca dla nowego mebla.

– Halo.

– Halo? – Zdziwienie w głosie, pewnie nawet nie wiedziała, że ma w kontaktach mój numer.

– Cześć.

– Cześć.

Cisza.

– Co tam słychać?

– Aaa, nic takiego. Kończę remont domu.

– Aha. To dobrze.

Cisza.

– Dzwonię, żeby cię zapytać o stół.

– Jaki stół?

– Ten ze słonecznikami. Chcesz go?

Cisza.

– Chcę.

Cisza. Nieco dłuższa, bo szukałem słów.

– Dlaczego kłamałaś?

Cisza.

– Powiedziałaś, że to dla Leszka. Tamten wiersz.

– A co miałam powiedzieć?

– Prawdę.

Cisza.

– Miałam powiedzieć: cieszę się, że Aneta w ciąży, gratulacje, a tak przy okazji kocham cię? Tak?

– Tak.

– Aha.

– A kochasz?

Cisza. Zbyt długo.

– Kasiu...

– Tak?

– Ona nie była w ciąży. Oszukała mnie.

– Aha.

– Powiedziała mi o dziecku w maju, jak wracałem z Krakowa, od Jakuba, od twojego męża, wiesz.

– Tak.

– I ja prawie zwariowałem, bo miałem zamiar odejść, powiedzieć jej, że to koniec, bo się zakochałem. A ona mi mówi, że jest w ciąży.

Cisza.

– Kasia?

Cisza.

– Powiedziałaś: „A potem przyszła wiosna".

385

Cisza.

– A teraz przyszło lato, i nie widzę różnicy. Dalej jest tak, jakby mi ktoś wyrwał duszę, i boli jak diabli.

Cisza.

– Bierzesz ten stół?

– Biorę.

– To ja przyjadę.

Listopad,
cztery lata później

Już wieczór. To był dobry dzień, a takie zawsze mijają zbyt szybko. Poczytałam na dobranoc, sprawdziłam testy, uaktualniłam stronę, podliczyłam sprzedaż. Ktoś złożył zamówienie na dwie komody, zwykłe woskowane, bez ozdób.

Po cichu zamknęłam drzwi, zostawiłam zapaloną lampkę w holu i poszłam do sypialni. Mój mąż już spał, z ręką śmiesznie podwiniętą pod policzek, jak dziecko. Przysiadłam na skraju łóżka i delikatnie odgarnęłam mu włosy z czoła. Nachyliłam się i pocałowałam bliznę w kształcie białego przecinka, potem musnęłam wargami także drugą brew. Nie obudził się, miał sen jak niedźwiedź w zimie.

Zanim wsunęłam się do niego pod kołdrę, usiadłam jeszcze na chwilę przy biurku i wyciągnęłam teczkę. Przejrzałam zapisane drobnym pismem kartki. Przypomniałam sobie tamte dni, ten straszny, ciemny czas, kiedy trzeba było ze mnie wyrywać, wiersz po wierszu, całą prawdę o moim połamanym świecie i o tym, czego nie umiałam nazwać. Cierpliwie, ostrożnie, dobrzy ludzie wyprowadzili mnie z mroku do światła.

Potrząsnęłam głową, spoglądając w okno, na roz-gwieżdżone niebo pokrojone na porcje gałęziami stare-go dębu – a wtedy złe wspomnienia osypały się ze mnie niczym uschnięte liście. To już przeszłość.

Na chwilę zamknęłam oczy i poszukałam w sobie tej myśli, którą chciałam dzisiaj zamknąć w wierszu. Jakie ulotne wrażenie chciałam uwięzić w mojej teczce? Żeby się nie pogubić, nie zapomnieć, co naprawdę ważne. Ubrać w słowa to, co jeszcze nienazwane, pobawić się znaczeniem i brzmieniem. Uśmiechnęłam się do siebie ze zwyczajnego, spokojnego szczęścia, kiedy wreszcie ujęłam w palce długopis i zaczęłam pisać.

Anioł

mój ojciec był pilotem
pyzata dziewczynka w kusej spódniczce
zadzierałam wysoko głowę
śledziłam biały szyfr
którym pisał do mnie na niebie
mój własny anioł stróż

nawet gdy nasz dom pękł na dwoje
i wyrwano mnie z korzeniami
z podwórka
domu
ciepła
anioł o skrzydłach blaszanych
z potężnym hukiem krążył czasem
nad moją oszołomioną głową

a od tego huku nie walił się świat
przeciwnie
budował się co dzień
na nowo

mój ojciec jest miłym staruszkiem
składam mu niekiedy
kurtuazyjne wizyty
staram się nie dostrzegać
tabletek na nadciśnienie
zamykam oczy
gdy pochylony w skupieniu
skubie chwasty wśród rzodkiewki
przecież dotykał głową nieba
jak teraz może stąpać
tak mocno po ziemi

pyzata dziewczynka w kusej spódniczce
moja córka
zadziera głowę
by spojrzeć w wyblakłe jak niebo oczy dziadka
anioła stróża
który skrzydła z metalu zamienił
na te miękkie
z cierpliwości

O autorce

 **Agnieszka Olejnik** – polonist-
ka i anglistka, mama trzech
synów oraz właścicielka czterech psów. Odkąd zamieszkała w domu na skraju lasu, pod
wielkimi dębami, codziennie
budzi się z uczuciem spokoju
w duszy i zwyczajnego szczęścia. Święcie wierzy, że to dzięki bliskości drzew.

W przeszłości szybowniczka i wielbicielka jaskiń. Podróż-
niczka – odwiedziła m.in. Czarnogórę, Bośnię, Rumunię, Estonię,
Sycylię, zjechała całą Skandynawię, by dotrzeć do Nordkapp.
Tatry kocha miłością niemal romantyczną. Prowadzi bloga „Barwy i smaki mojego życia", gdzie opowiada nie tylko o książkach,
ale też o fotografowaniu przyrody, zdrowej kuchni i pysznych
nalewkach.

Autorka książki dla dzieci *Ava i Tim. Droga na północ* (2013),
powieści młodzieżowej *Zabłądziłam* (2014), kobiecego krymi-
nału *Dante na tropie* (2015) oraz powieści obyczajowej *Dziewczyna z porcelany* (2015).